A família O'Brien

Lisa Genova

A família O'Brien

Tradução
Elisa Nazarian

Harper Collins

Rio de janeiro, 2019

Diretora editorial: *Raquel Cozer*

Gerente editorial: *Alice Mello*

Editor: *Ulisses Teixeira*

Copidesque: *Thadeu Santos*

Preparação de original: *Daniel Austie*

Revisão: *André Sequeira*

Capa e projeto gráfico: *Túlio Cerquize*

Diagramação: *Abreu's System*

CIP-Brasil. Catalogação na Publicação
Sindicato Nacional dos Editores de Livros, RJ

G293f

Genova, Lisa, 1970-
A família O'Brien / Lisa Genova ; tradução Elisa Nazarian. – 1. ed. – Rio de Janeiro : Harper Collins, 2019.
384 p.

Tradução de: Inside the O'Briens
ISBN 978-85-9508-441-4

1. Ficção americana. I. Nazarian, Elisa. II. Título.

18-57262 CDD: 813
CDU: 82-3(73)

Leandra Felix da Cruz – Bibliotecária – CRB-7/6135

HarperCollins Brasil é uma marca licenciada à Casa dos Livros Editora LTDA.
Todos os direitos reservados à Casa dos Livros Editora LTDA.
Rua da Quitanda, 86, sala 218 — Centro
Rio de Janeiro, RJ — CEP 20091-005
Tel.: (21) 3175-1030
www.harpercollins.com.br

Para Stella
Em amorosa memória de Meghan

Se você expuser o que estiver dentro do seu coração, o que expuser será sua salvação. Se não expuser o que estiver dentro de seu coração, o que não for exposto o destruirá.

– O evangelho de Tomé, versículo 70

Depois que você imagina certas coisas,
não consegue parar de imaginá-las.

– John O'Brien

PARTE 1

A doença de Huntington (DH) é uma disfunção neurodegenerativa caracterizada pela perda progressiva do controle motor voluntário e pelo aumento nos movimentos involuntários. Os primeiros sintomas físicos podem incluir perda de equilíbrio, redução na agilidade, quedas, choreia, fala arrastada e dificuldade para engolir. A doença é diagnosticada por meio de um exame neurológico baseado nesses distúrbios de movimento e é confirmada por exame genético, uma vez que apenas uma única mutação genética provoca a doença.

Embora o diagnóstico exija a apresentação de sintomas físicos, existe um "pródromo de DH" insidioso, um grupo de sintomas que pode ter início até quinze anos antes do surgimento de problemas motores. Os sintomas pródromos de DH são tanto psiquiátricos quanto cognitivos, e podem incluir depressão, apatia, paranoia, transtorno obsessivo-compulsivo, impulsividade, surtos de raiva, redução na velocidade e na flexibilidade do processo cognitivo além de prejuízo da memória.

Normalmente, a doença de Huntington é diagnosticada entre as idades de 35 e 45 anos, prosseguindo, inexoravelmente, até a morte, em um período de dez a vinte anos. Não existe tratamento que interfira na progressão, nem cura.

É considerada a mais cruel das doenças conhecidas pelo homem.

Capítulo 1

Aquela maldita mulher está sempre mexendo nas coisas dele. Não pode tirar as botas na sala ou colocar os óculos escuros na mesinha de centro sem que ela mexa em tudo, até as coisas estarem em "seu devido lugar". Quem a transformou em Deus nesta casa? Se ele quiser deixar uma pilha fétida da própria merda bem no meio da mesa da cozinha, é lá que deve ficar até que decida que é hora de tirar dali.

Cadê a porra da minha arma?

— Rosie — grita Joe, do quarto.

Ele olha a hora: 7h05. Se não der o fora dali imediatamente, vai chegar atrasado para a chamada, mas ele não pode ir a lugar algum sem sua arma.

Pense. Tem sido muito difícil pensar quando está com pressa. Além disso, está mil graus mais quente do que no inferno. Junho está abafado, a semana toda acima de 30 graus, e mal refresca à noite. Uma temperatura terrível para dormir. O ar dentro de casa é igual ao de um pântano pesado, o calor e a umidade de hoje já estão fermentando o que estava ontem aqui dentro. As janelas estão abertas, mas não têm a menor serventia. Sua camiseta branca gruda nas costas por debaixo do colete, deixando-o irritado. Ele acabou de tomar banho e já poderia tomar outro.

Pense. Ele tomou uma chuveirada e se vestiu: calça, camiseta, colete Kevlar, meias, botas, cinturão com o coldre. Então, tirou a arma do cofre, destravou o gatilho e o que aconteceu? Ele olha para a coxa direita. Não está ali. Dá para sentir a falta de peso até sem olhar. Pegou a cartucheira, as algemas, o spray de gás lacrimogênio, o rádio, o cassetete, mas nada de arma.

Não está no cofre, nem sobre sua cômoda ou dentro da sua primeira gaveta, nem em cima da cama desarrumada. Olha na cômoda de Rosie. Nada a não ser a Virgem Maria bordada em uma toalhinha de renda. Com certeza, ela não vai ajudá-lo.

Santo Antônio, cadê a porra da arma?

Ele está cansado. Monitorou o trânsito durante a noite anterior no Garden. O maldito show do Justin Timberlake foi até tarde. Portanto, ele está exaurido. E daí? Há anos se sente assim. Não pode imaginar um cansaço tão grande a ponto de tal descuido, a ponto de nem imaginar onde deixou sua arma carregada. Um monte de sujeitos com tantos anos na polícia quanto Joe acabam complacentes em relação à própria arma, mas ele jamais.

Segue pisando firme pelo corredor, passa pelos outros dois quartos e enfia a cabeça no único banheiro. Nada. Entra zunindo na cozinha, as mãos no quadril, a mão direita, por hábito, procurando o alto da arma desparecida.

Seus quatro adolescentes, ainda sem tomar banho, descabelados, sonolentos, estão sentados ao redor da mesa minúscula da cozinha para o café da manhã: pratos de bacon mal passado, ovos mexidos semilíquidos e torrada branca queimada. O normal. Joe percorre o cômodo com os olhos e avista sua arma, carregada, no balcão de fórmica amarelo-mostarda ao lado da pia.

— Bom dia, pai — arrisca Katie, a mais nova, sorrindo com timidez, sentindo que algo não está certo.

Ele ignora Katie. Pega a Glock, prende-a no coldre, e depois dirige sua raiva a Rosie.

— O que você tá fazendo com a minha arma ali?

— Do que você está falando? — diz Rosie, parada junto ao fogão, num top rosa, sem sutiã, de shorts e descalça.

— Você está sempre tirando as minhas coisas da merda do lugar.

— Eu nunca encosto na sua arma — responde Rosie, confrontando-o.

Rosie é mignon, 1,45 metro e 45 quilos, no máximo. Joe também não é nenhum gigante. 1,70 metro com as botas de patrulheiro, mas todos o consideram mais alto, talvez por ser encorpado, ter braços musculosos e uma voz grave e rouca. Aos 36 anos, tem uma barriguinha, mas nada mal para sua idade, ou se for considerado o quanto de sua vida ele passou sentado numa viatura. Normalmente é brincalhão e despreocupado, um doce de pessoa, mas quando sorri com aquele brilho nos olhos azuis, todos percebem que é um brigão à moda antiga. Ninguém se mete com Joe. Só Rosie.

Ela tem razão. Nunca encosta na arma. Mesmo depois de todos esses anos em que ele está na polícia, ela nunca se sentiu confortável com uma arma em casa, ainda que fique sempre no cofre, ou na primeira gaveta da cômoda, travada, ou na coxa direita dele. Até hoje.

— Então, como é que essa porra foi parar ali? — pergunta ele, indicando o ponto ao lado da pia.

— Veja como fala — diz ela.

Ele olha para seus quatro filhos, que pararam de comer para assistir ao show. Concentra-se em Patrick. Deus o proteja, mas está com 16 anos e não passa de um estúpido. Este seria o tipo de idiotice que ele faria, mesmo depois de todos os sermões que as crianças aguentaram sobre a arma.

— E aí? Qual de vocês fez isso?

Todos ficam com o olhar vidrado, sem dizer nada. O código do silêncio de Charlestown, é isso?

— Quem pegou minha arma e largou ela ao lado da pia? — insiste ele, a voz explodindo. O silêncio não vai ser uma opção.

— Não fui eu, papai — diz Meghan.

— Nem eu — responde Katie.

— Eu também não — completa JJ.

— Eu não peguei nada — diz, enfim, Patrick.

É o que fala todo criminoso que ele já prendeu. Todo mundo é uma porra de um santo. Os filhos olham para ele, piscando e esperando. Patrick enfia uma fatia borrachuda de bacon na boca e mastiga.

— Coma alguma coisa antes de sair, Joe — aconselha Rosie.

Ele está atrasado demais para tomar café da manhã. Atrasado porque ficou procurando sua maldita arma, que alguém pegou e depois largou no balcão da cozinha. Atrasado e descontrolado, e sente-se quente, excessivamente quente. O ar neste cômodo entulhado está úmido demais para respirar e a sensação é de que o calor do fogão, dos seis corpos e do clima está fomentando algo que já ameaça ferver dentro dele.

Vai chegar atrasado à chamada e o sargento Rick McDonough, cinco anos mais novo do que Joe, mais uma vez vai conversar com ele ou talvez até notificá-lo. Essa ideia humilhante é insuportável e algo dentro dele explode. Ele agarra pelo cabo a frigideira de ferro fundido que está no fogão e a arremessa pela cozinha. Ela abre um buraco considerável na drywall, a pouca distância da cabeça de Katie, depois aterrissa com um sonoro *BANG* no assoalho de linóleo. Uma gordura marrom-ferrugem escorre pelo papel de parede estampado de margaridas, como sangue saindo de uma ferida.

As crianças ficam mudas, os olhos arregalados. Rosie não se mexe. Joe sai da cozinha, furioso, segue pelo corredor estreito e entra no banheiro. Seu coração está disparado, a cabeça está quente, quente demais. Joga água fria no cabelo, no rosto, e se enxuga com uma toalha de mão.

Precisa sair agora, já, mas algo em seu reflexo o impede e congela seus movimentos.

Seus olhos.

Suas pupilas estão dilatadas, pretas e grandes de adrenalina como olhos de tubarão, mas não é isso. O que o mantém ali é a expressão dos olhos, alucinada, desfocada, cheia de ódio. Sua mãe. É o mesmo olhar desequilibrado que costumava aterrorizá-lo quando menino. Analisa-se no espelho, atrasado para a chamada, grudado nos olhos miseráveis da mãe que costumava encará-lo deste mesmo jeito, quando não conseguia fazer nada além de permanecer deitada na cama do pavilhão psiquiátrico do hospital estadual, muda, emaciada e possuída, esperando a morte.

O diabo nos olhos da mãe, morta há 25 anos, agora olha para ele no espelho do banheiro.

SETE ANOS DEPOIS

Capítulo 2

É uma manhã fria de domingo e Joe passeia com o cachorro enquanto Rosie está na igreja. Ele costumava ir com a família sempre que tinha folga, mas depois da crisma de Katie, aquilo acabou. Agora apenas Rosie vai à igreja, aborrecida com o bando patético de pecadores formado por eles. Grande fã da tradição, característica infeliz para alguém que só consegue um fim de semana completo de folga a cada sete semanas e meia, além de não passar a manhã de Natal com a família há seis anos, Joe ainda vai à missa na véspera de Natal e na Páscoa sempre que pode, mas cansou do sacramento semanal.

Não é que não acredite mais em Deus, paraíso e inferno, bem e mal, certo e errado. A vergonha ainda orienta várias de suas decisões diárias. *Deus pode vê-lo. Deus pode ouvir o que está pensando. Deus te ama, mas se você fizer merda, vai arder no inferno.* Ao longo de toda a juventude de Joe, as freiras martelaram essas crenças paranoicas na cabeça dura dele, bem no meio dos olhos. Tudo ainda chacoalha lá dentro, sem possibilidade de escape.

Deus deve saber que Joe é um homem bom. E se não souber, o fato de passar uma hora ajoelhando-se, sentando e se levantando, uma vez por semana na Igreja de São Francisco não vai salvar sua alma imortal agora.

Embora ele ainda aposte suas fichas em Deus, é na igreja católica como instituição que ele perdeu a fé. Inúmeros padres bolinando inúmeros garotinhos; bispos, cardeais, e até o Papa, encobrindo toda aquela desgraça. Joe não é feminista, mas acha que os católicos não agem corretamente com as mulheres, se alguém quiser sua opinião. Em primeiro lugar, nada de controle de natalidade. Tenha dó, isso vem mesmo como uma ordem de Jesus? Se Rosie não tomasse pílula, provavelmente eles agora teriam uma dúzia de filhos, e ela estaria, no mínimo, com um pé na cova. Deus abençoe a medicina moderna.

É por isso que eles têm um cachorro. Depois de Katie, ele disse para Rosie que era suficiente. Quatro bastam. Rosie engravidou de JJ no verão seguinte à formatura dos dois no ensino médio (tiveram sorte de o coito interrompido ter funcionado por todo aquele tempo antes disso), então, casaram-se às pressas e tiveram um bebê antes de completarem 19 anos. JJ e Patrick eram praticamente gêmeos, nascidos com onze meses de diferença. Meghan veio 15 meses depois de Patrick e Katie chegou a este mundo aos berros, 18 meses depois de Meghan.

À medida que as crianças cresceram e foram para a escola, a vida ficou mais fácil, porém os primeiros anos foram pesados. Ele se lembra dos vários beijos não correspondidos que deu em Rosie ao se despedir, deixando-a em casa sozinha com quatro crianças com menos de 5 anos, três delas ainda de fraldas, grato por ter um motivo legítimo para dar o fora dali, mas preocupado o dia todo caso ela não conseguisse dar conta até o final do seu turno. Chegava a imaginar a esposa fazendo algo terrível, seus piores medos sendo alimentados pela experiência no serviço ou pelas histórias presenciadas pelos colegas policiais. Pessoas normais acabam fazendo merda quando levadas ao limite. Provavelmente, há uma década, Rosie não tinha uma noite inteira de sono e as crianças davam muito trabalho. Era um milagre que eles ainda todos estivessem vivos.

De início, a esposa não tinha embarcado no Plano de Circuito Interno, denominação dada por Joe. Por insanidade, ela queria mais bebês. Queria, no mínimo, acrescentar um arremessador e um receptor ao time dos O'Brien. Sendo a mais nova de sete irmãos, a única menina, embora mal veja seus irmãos hoje em dia ela gosta de pertencer a uma grande família.

Mas Joe tomou sua decisão e ponto final. Ele não cedia e, pela primeira vez na vida, recusou-se, realmente, a fazer sexo até que ela concordasse com ele. Foram três meses tensos. Estava disposto a resolver a coisa no chuveiro, indefinidamente, quando notou um recipiente chato e circular em seu travesseiro. Dentro, encontrou um círculo de pílulas, onde já estava destacado o equivalente a uma semana. Contrariando a vontade de Deus, Rosie terminou a guerra fria entre eles. Joe mal teve tempo para despi-la.

Se ela não podia ter mais bebês, queria, ao menos, um cachorro. Era justo. Chegou em casa, vinda do abrigo de animais, com um shih-tzu. Ele ainda acha que ela fez isso para irritá-lo, uma maneira de ter a última palavra. Joe é um policial de Boston, faça-me o favor! Deveria ser o orgulhoso dono de um labrador, ou de um bernese, um cachorro montanhês, ou de um akita. Concordou em arrumarem um cachorro, um de verdade, não um ratinho fresco. Ele não ficou satisfeito.

Rosie deu-lhe o nome de Yaz, o que, pelo menos, tornou o bicho tolerável. Joe costumava detestar passear sozinho com Yaz, sair em público com ele; sentia-se um idiota. Mas, a certa altura, superou isso. Yaz é um bom cachorro e Joe é homem o suficiente para ser visto em Charlestown desfilando com um shih-tzu, desde que Rosie não vista o cachorro com um daqueles malditos suéteres.

Joe gosta de passear pelo Centro quando está de folga. Ainda que todos aqui saibam que ele é policial e que sempre está com uma arma escondida debaixo da camisa solta, ele se sente aliviado quando não está encarnando o papel de policial temido, com o uniforme e o distintivo que o tornam um alvo visível. Ele nunca deixa de ser policial, mas nos momentos de folga, também é um cara comum, passeando pelo bairro com seu cachorro. A sensação é boa.

Todos aqui chamam este lugar de Centro, mas Charlestown não é realmente uma cidade, é um bairro de Boston, e pequeno além do mais, apenas 2 km^2 de terra enfiada entre os rios Charles e Mystic. No entanto, assim como qualquer irlandês lhe dirá sobre sua masculinidade, o que falta em tamanho é compensado pela personalidade.

A Charlestown onde Joe cresceu era, não oficialmente, dividida em dois bairros. O Bottom of the Hill (a parte baixa) era onde viviam os irlandeses pobres, e no Top of the Hill (a parte alta), perto da Igreja de São Francisco, moravam os metidos a besta. As pessoas do Top of the Hill podiam ser tão pobres quanto os putos do Bottom e, na maioria dos casos provavelmente eram, mas a impressão era de que estavam melhor de vida. As pessoas ainda pensam assim.

Havia, ainda, algumas poucas famílias negras nos conjuntos habitacionais e alguns italianos que transbordaram do North End. Mas, em geral, Charlestown era uma colina homogênea de irlandeses católicos da classe trabalhadora, com suas famílias vivendo em fileiras apertadas de casas coloniais e em pequenos prédios simples de três andares. Eram os Townies. E cada um conhecia todo mundo no Centro. Se Joe estivesse fazendo alguma coisa errada quando criança, o que era frequente, ouviria alguém gritando de um alpendre ou de uma janela aberta: “Joseph O’Brien! Estou te vendo e conheço sua mãe!” Naquela época, as pessoas não precisavam ligar para a polícia. As crianças tinham mais medo dos pais do que das autoridades. Joe temia sua mãe mais do que ninguém.

Há duas décadas, Charlestown era toda de Townies. Mas o lugar mudou muito nos últimos anos. Joe e Yaz esfalfam-se ladeira acima, até a Cordis Street, e é como se tivessem virado a esquina e entrado em outro bairro. As casas da rua foram todas reformadas. São de tijolo ou estão pintadas com uma paleta viva de reconhecidas cores históricas. As portas são novas, as janelas foram trocadas e junto a elas acham-se fileiras bem cuidadas de flores vicejando em floreiras de cobre. As calçadas são pontilhadas com encantadores lampiões a gás. Joe verifica a marca de cada carro estacionado, enquanto avança pela colina íngreme: Mercedes, BMW, Volvo. Aqui é como a porra de Beacon Hill.

Bem-vindo à invasão dos Toonies. Ele não os culpa por virem. Charlestown tem uma localização perfeita, junto à água; uma caminhada pela ponte Zakim até o centro de Boston, pela ponte Tobin até o norte da cidade, pelo túnel até a South Shore, por uma pitoresca viagem de balsa até Faneuil Hall. Então, eles começaram a vir, com seus sofisticados cargos corporativos, as carteiras recheadas, comprando os imóveis e valorizando as espeluncas.

Mas os Toonies não costumam ficar. Quando chegam, a maioria são DINKs — Double Income (renda dupla), No Kids (sem filhos). Depois, em poucos anos, podem ter um filho, talvez mais de um para equilibrar as coisas. Quando chega a hora do mais velho ir para o jardim da infância, partem para os subúrbios.

Portanto, é tudo temporário desde o começo, eles não se importam com o lugar onde moram tanto quanto as pessoas que sabem que vão ficar ali até serem postas no caixão. Os Toonies não se oferecem como voluntários na YMCA, nem treinam as equipes infantis da liga, e, em sua maioria, são presbiterianos, unitários, vegetarianos ou qualquer outra coisa maluca. Sendo assim, não apoiam as igrejas católicas daqui, motivo pelo qual a Igreja de Santa Catarina está fechada. Eles não se tornam, de fato, membros da comunidade.

Porém, o maior problema é que os Toonies tornaram Charlestown atraente para os forasteiros, inflacionando o mercado imobiliário. Agora, é preciso ser rico para morar na região. Os Townies são uma gente muito boa, mas a não ser que tenham roubado um banco, nenhum deles é rico.

Joe pertence à terceira geração irlandesa em Charlestown. Seu avô, Patrick Xavier O'Brien, veio da Irlanda, em 1936, e trabalhou no estaleiro naval como estivador, sustentando uma família de dez pessoas com quarenta dólares semanais. O pai de Joe, Francis, também trabalhou na base da marinha, ganhando seu sustento de uma maneira difícil, mas respeitável, consertando navios. Joe não ganha rios de dinheiro com o salário de policial, mas eles vão sobrevivendo. Nunca se sentiram pobres aqui. No entanto, a maioria dos Townies da próxima geração, não importa no que trabalhe, não conseguirá arcar com os custos de viver aqui. É uma grande humilhação.

Joe passa por uma placa de VENDE-SE em frente a uma casa colonial isolada, uma das raras com quintal, e tenta adivinhar o ultrajante valor estabelecido. O pai de Joe comprou um dos pequenos prédios no Bottom of the Hill, em 1963, por dez mil dólares. Um prédio semelhante, a duas ruas de Joe e Rosie, foi vendido na semana anterior por nada mais nada menos do que um milhão. Sempre que ele pensa nisso, sua maldita cabeça vai a mil. Às vezes, Rosie e ele conversam sobre vender a casa, uma conversa boba e fantástica, muito parecida com imaginar o que fariam se ganhassem na loteria.

Joe compraria um carro novo. Um Porsche preto. Rosie não dirige, mas compraria roupas e sapatos novos, e algumas joias de verdade.

Mas onde iriam morar? Não se mudariam para alguma casa monstruosa nos subúrbios, com um terreno imenso. Ele teria que arrumar um cortador de grama. Todos os irmãos de Rosie vivem em cidades rurais a, no mínimo, 45 minutos de Boston, e parecem passar todos os finais de semana arrancando pragas, adubando, e se esfalfando com a grama. Quem quer isso? Ele teria que deixar o Departamento de Polícia de Boston, caso se mudassem para um subúrbio. Não vai dar. E, falando sério, ele não pode dirigir esse tipo de carro por aqui. Tem a ver com passar a ser um alvo. Portanto, de fato não compraria o carro, e Rosie está satisfeita com seus diamantes falsos. Quem quer se preocupar com a perda ou o roubo de joias? Então, embora a conversa comece entusiasmada, sempre gira num grande círculo que os traz de volta para onde estão. Ambos amam este lugar e nem por todo o dinheiro do mundo morariam em outra parte. Nem mesmo na zona sul.

Eles têm sorte de ter herdado o prédio. Quando o pai de Joe morreu, nove anos atrás, deixou a casa para Joe e sua única irmã, Maggie. Foi necessário um sério trabalho de detetive para localizá-la. Sempre o oposto de Joe, Maggie empenhou-se em deixar Charlestown após o término da escola e nunca voltou. Ele a descobriu vivendo no sul da Califórnia, divorciada, sem filhos, e sem querer nada com a casa. Joe compreende.

Rosie e ele moram no primeiro andar, e Patrick, que tem 23 anos, ainda mora com eles. Seu outro filho, JJ, e sua mulher, Colleen, moram no segundo andar. Katie e Meghan convivem no terceiro. Todos, com exceção de Patrick, pagam aluguel aos pais, mas é uma quantia irrisória, bem abaixo do valor de mercado, só algo para que se mantenham responsáveis. E isso ajuda a pagar a hipoteca. Eles tiveram que refinanciar duas vezes para que os quatro filhos frequentassem a escola paroquial. O custo foi imenso, mas nem pensar que seus filhos pegariam o ônibus para Dorchester ou Roxbury.

Joe vira a esquina e decide atravessar o Doherty Park. Charlestown está tranquila nesta hora sonolenta de uma manhã de domingo. A piscina Clougherty está fechada. As quadras de basquete estão vazias. As crianças estão todas na igreja ou ainda deitadas. A não ser pela passagem ocasional de um carro, os únicos barulhos vêm do tilintar das plaquinhas de Yaz e das moedas no bolso da frente de Joe, soando juntas, como uma canção.

Como era de se esperar, encontra Michael Murphy, de 83 anos, sentado no banco distante, à sombra. Está com a bengala e seu saquinho pardo de pão amanhecido para os passarinhos. Fica ali o dia todo, todos os dias, a não ser quando o tempo está particularmente ruim, para observar as coisas. Já viu de tudo.

— Como está, Prefeito?

Todos chamam Murphy de Prefeito.

— Melhor do que muitas mulheres merecem — Murphy diz.

— É isso aí — responde Joe com uma risadinha, ainda que esta seja a resposta literal do Prefeito a uma em cada três vezes que Joe faz a mesma pergunta.

— Como vai a Primeira Dama? — pergunta Murphy.

Murphy chama Joe de Presidente. O apelido começou tempos atrás como Kennedy, referência a Joe e Rosie, pais de John Kennedy, e depois, a certa altura, transformou-se, pulando de pai para filho, num desafio à verdadeira história política americana, quando Joseph Kennedy tornou-se presidente. Obviamente, isso faz de Rosie a primeira dama.

— Bem. Está na igreja, rezando por mim.

— Então, ela vai ficar um bom tempo por lá.

— É. Tenha um bom dia, Prefeito.

Joe segue seu caminho, admirando da colina a vista distante dos silos industriais e do estaleiro Everett do outro lado do Mystic River.

A maioria das pessoas diria que a vista não tem nada de especial e poderia até achar que é uma monstruosidade. Provavelmente, ele jamais encontrará um pintor parado neste local com um cavalete, mas Joe vê certa beleza urbana no lugar.

Está descendo a colina íngreme pela escada e não pela rampa sinuosa, quando, de alguma maneira, pisa em falso e, subitamente, não vê nada além do céu. Desliza de costas por três degraus, antes de ter a presença de espírito de frear com as mãos. Consegue se sentar e já sente uma série desagradável de machucados surgindo nas protuberâncias da sua coluna. Gira para analisar a escada, esperando culpar algum tipo de obstrução, como um pedaço de pau, uma pedra, ou um degrau arrebentado. Não há nada. Olha para o alto da escada, para o parque à sua volta e para o terreno abaixo. Pelo menos, ninguém viu.

Yaz ofega e abana o rabo, ansioso por seguir em frente.

— Só um segundo, Yaz.

Joe ergue cada braço e verifica seus cotovelos. Os dois estão ralados e sangrando. Limpa o cascalho e o sangue, levanta-se devagar.

Como, diabos, ele tropeçou? Deve ter sido seu joelho ruim. Torceu o joelho direito uns dois anos atrás, perseguindo um suspeito de arrombamento pela Warren Street. As calçadas de tijolo podem parecer bonitas, mas são acidentadas e irregulares, péssimas para quem está correndo nelas, especialmente no escuro. Seu joelho não é o mesmo desde então, parece deixá-lo na mão de tempos em tempos. Deveria pedir que o examinassem, mas ele não se dá com médicos.

Desce o restante da escada com cuidado redobrado, segue pela Medford Street. Decide encurtar o caminho pela escola. Rosie deve sair logo. Ele sente uma pontada na região lombar a cada passo. Quer chegar em casa.

Enquanto caminha pela Polk Street, um carro diminui a velocidade ao seu lado. É Donny Kelly, o melhor amigo de Joe desde a infância. Donny ainda mora no Centro e trabalha como paramédico, portanto Joe o vê com certa frequência, no trabalho e fora dele.

— Com o que você encheu a cara ontem à noite? — pergunta Donny, sorrindo para ele pela janela aberta do seu Pontiac.

— Hã? — Joe sorri de volta.

— Você está mancando?

— Ah, estou, minhas costas estão repuxando.

— Quer uma carona morro acima, meu velho?

— Não, estou bem.

— Vamos lá, entre no carro.

— Preciso do exercício — comenta Joe, batendo na barriga. — Como está Matty?

— Bem.

— E Laurie?

— Bem, estão todos bem. Ei, tem certeza de que não quer uma carona pra algum lugar?

— Não, de verdade, obrigado.

— Tudo bem. Tenho que ir. Bom ver você, OB.

— Você também, Donny.

Joe faz questão de andar normalmente e com uma passada vigorosa enquanto ainda pode ver o carro de Donny, mas quando ele chega ao alto da colina e desaparece, Joe para de fingir. Caminha penosamente, cada passo como se torcesse um parafuso invisível dentro da sua espinha, e ele lamenta não ter aceitado a carona.

Refaz o comentário de Donny sobre ter enchido a cara. Sabe que não passou de uma brincadeira inocente, mas Joe sempre foi sensível sobre sua reputação com a bebida. Nunca bebe mais do que duas cervejas. Bom, às vezes termina suas duas cervejas com uma dose de uísque, só para provar que é macho, mas não passa disso.

Sua mãe era alcoólatra. Bebeu para valer até ir para o manicômio e todo mundo ficou sabendo. Isso já faz muito tempo, mas essa merda o persegue. As pessoas não esquecem nada e de quem você veio é tão importante quanto quem você é. Todo mundo meio que espera que você se torne um alcoólatra enfurecido se sua mãe bebeu até morrer.

"Ruth O'Brien encheu a cara até morrer."

É o que todo mundo diz. É sua história, o legado da sua família. Sempre que isso vem à tona, um desfile de lembranças segue logo atrás. A coisa fica desconfortável com muita rapidez, e ele logo muda de assunto para não ter que "chegar lá". Vamos mudar de assunto, vamos falar de beisebol? E o Red Sox?

Mas hoje, ele não sabe dizer se é por causa de um aumento de coragem, da maturidade ou por curiosidade que permite que essa frase o acompanhe na subida da colina. "Ruth O'Brien encheu a cara até morrer." Isso, de fato, não faz sentido. É verdade, ela exagerava. Para dizer o mínimo, bebia tanto que não conseguia andar ou falar em linha reta. Dizia e fazia loucuras. Coisas violentas. Ficava completamente descontrolada e, quando seu pai não conseguiu mais lidar com a situação, colocou-a em um hospital estadual. Joe tinha apenas doze anos quando ela morreu.

"Ruth O'Brien encheu a cara até morrer". Pela primeira vez na vida, ele racionalmente percebe que esta frase, que ele tinha como verdade, um fato tão comprovável e real quanto sua própria data de nascimento, pode não ser verdade. Sua mãe ficou no hospital por cinco anos. Deveria estar só pele e osso quando morreu, em abstinência permanente em uma cama de hospital.

Talvez ela tivesse passado tantos anos embebida em álcool, que seu cérebro e seu fígado tenham virado uma papa. Então, talvez fosse tarde demais, o dano estava feito, não havia recuperação. Seus órgãos encharcados tinham parado de funcionar. Causa da morte: exposição crônica ao álcool.

Ele chega ao alto da colina, aliviado e pronto para seguir para um pensamento e uma rua mais tranquilos, mas a morte da mãe continua a atormentá-lo. Algo nessa nova teoria não soa verdadeiro. Tem aquela sensação desconfortável, aquele buraco no estômago, que sente quando chega em uma ocorrência e não consegue saber o que de fato aconteceu. Tem um bom faro para a verdade e aquilo não é verdade. Então, se ela não bebeu até morrer, nem morreu de causas relacionadas com o álcool, o que houve?

Procura uma resposta melhor por mais três quarteirões e não encontra nada. O que importa isso, afinal? Ela está morta. Está morta há um bom tempo. "Ruth O'Brien encheu a cara até morrer." Deixe pra lá.

Quando chega à Igreja São Francisco, os sinos estão tocando. Avista Rosie esperando por ele no degrau de cima, e sorri. Quando eles começaram a namorar, aos 16 anos, achava-a um arraso e, na verdade, acha que ela está ficando mais bonita com o passar do tempo. Aos 43 anos, tem uma pele de pêssego, salpicada de sardas, cabelo ruivo (ainda que nestes dias a cor venha de um frasco), e olhos verdes que ainda fazem seus joelhos fraquejarem. É uma mãe incrível e é, de fato, uma santa por aguentá-lo. Ele é um homem de sorte.

— Você rezou por mim? — pergunta Joe.

— Muitas vezes — diz ela, jogando umas gotas de água benta nele com os dedos.

— Ótimo. Você sabe que eu preciso de toda ajuda possível.

— Você está sangrando? — ela pergunta, reparando em seu braço.

— É, caí numa escada. Estou bem.

Ela pega na sua outra mão, levanta seu braço, e descobre seu cotovelo esfolado e sangrento.

— Tem certeza? — pergunta, os olhos preocupados.

— Estou bem — repete ele, e aperta a mão dela. — Venha, minha noiva, vamos para casa.

Capítulo 3

São quase 16h30, e toda a família espera por Patrick. Estão em volta da mesa da cozinha, arrumada com copos de geleia vazios, pratos e talheres sobre os jogos americanos verdes, acolchoados e puídos, que Katie costurou na aula de economia doméstica tempos atrás. Desde ontem à tarde, ninguém o viu. Patrick trabalha como barman à noite no Ironsides, portanto, presumivelmente, ficou lá até fechar, mas não voltou para casa na noite passada. Eles não têm ideia de onde esteja. Meghan o manda mensagens pelo celular, mas ele não responde, o que não surpreende ninguém.

Joe notou a cama de casal de Patrick vazia, perfeitamente arrumada, quando se dirigia ao banheiro de manhã cedo. Parou, antes de continuar pelo corredor, seu olhar vagando acima de onde a cabeça de Patrick deveria estar, até o pôster na parede do central dos Bruins, Patrice Bergeron. Joe sacudiu a cabeça para Bergy e suspirou. Em parte, teve vontade de entrar, bagunçar os cobertores e lençóis, dar a entender que Patrick esteve em casa e já tinha se levantado e saído, só para Rosie não se preocupar. Mas, de qualquer modo, esse não seria um estratagema crível. Se Patrick tivesse vindo para casa, ainda estaria lá, desmaiado até, no mínimo, meio-dia.

É melhor que Rosie saiba a verdade e possa manifestar sua preocupação. Joe poderá, então, ouvir e concordar, sem dizer nada, escondendo suas próprias teorias sob um silêncio velado. O que Joe é capaz de imaginar é muito pior do que qualquer coisa que Rosie pudesse inventar. O rapaz bebe demais, mas tem 23 anos, é jovem. Joe e Rosie ficam de olho nisso, porém, as verdadeiras preocupações dos dois não está na bebedeira excessiva.

Rosie tem pavor da possibilidade de ele engravidar alguma menina. Esta mulher profundamente religiosa, na verdade, enfia camisinhas na carteira do filho. Uma por vez. A pobre fica absolutamente mortificada cada vez que olha dentro da carteira dele e encontra apenas alguns dólares e nenhuma camisinha, muitas vezes na mesma semana. Mesmo assim, ela sempre o reabastece, inclusive com um pouquinho de dinheiro. Em seguida, faz o sinal da cruz e não diz nada.

Embora Joe deseje que Patrick tenha uma namorada firme, alguém com nome, um rosto agradável e um lindo sorriso, alguém que Patrick tenha consideração a ponto de trazer para casa no jantar de domingo, ele consegue conviver com o mulherengo. Deus, em parte ele até admira o rapaz. Joe também pode perdoá-lo por não voltar para casa à noite, também pela vez em que pegou o carro de Donny "emprestado" e acabou com ele. Joe está mais preocupado com as drogas.

Ele nunca teve esse tipo de desconfiança com os outros três filhos, e não tem uma prova objetiva de que Patrick esteja usando. Ainda. Ele não consegue evitar que o pensamento termine com um "ainda", portanto, é aí que está a sua preocupação. Sempre que trabalha no turno da meia-noite e é convocado para a rampa de barcos de Montego Bay, ou algum outro estacionamento isolado, para prender alguns punks portando drogas, ele se vê procurando o rosto de Patrick em meio à moçada antes de qualquer coisa. Pede a Deus para que esteja errado e que tudo seja paranoia, mas existe um comportamento familiar nesses moleques que remete excessivamente ao filho, uma apatia e uma imprudência além do senso de invencibilidade comum nos jovens. O que o preocupa mais do que ele gostaria de admitir.

Joe já prendeu membros da família, e não é nada divertido. Pegou seu cunhado Shawn em flagrante, manchado da cabeça aos pés com um corante vermelho explosivo, com um maço grosso e fresquinho de notas de um dólar no meio de duas notas de cinquenta, enfiadas dentro do bolso do seu blusão de capuz — minutos após um banco ter sido roubado em City Square. Outro cunhado, Richie, ainda cumpre pena por traficar drogas lá nos anos 90. Joe lembra-se de ver Richie pelo retrovisor, algemado, olhando pela janela do banco traseiro da sua viatura, e da vergonha que sentiu, como se fosse ele que tivesse cometido um crime. Rosie ficou devastada. Ele jamais quer voltar a pôr outro parente na parte de trás do seu carro, muito menos seu próprio filho.

— Meghan, mande uma mensagem pra ele — diz Rosie, os braços cruzados.

— Acabei de mandar, mãe — responde Meghan.

— Então, mande de novo.

A preocupação de Rosie está se deteriorando até chegar à raiva. O jantar de domingo é inegociável para os filhos, especialmente em um domingo em que Joe está em casa. Um atraso é quase imperdoável. Enquanto isso, ela continuará preparando a comida, que já estava mais do que pronta meia hora atrás. O rosbife ficará seco, uma sola sem gosto, o purê de batatas virará uma bola de cola cinza, e as ervilhas enlatadas estarão tão cozidas que ficarão irreconhecíveis. Como tem feito há 25 anos, Joe encarará o jantar com muito sal, duas cervejas e nenhuma reclamação.

As meninas sofrem mais com o jantar de domingo. Katie é vegana. Toda semana faz pregações apaixonadas para eles sobre a crueldade animal e as práticas absurdamente repugnantes da indústria da carne, enquanto o restante da família, com exceção de Meghan, enfia goela abaixo porções salgadíssimas de chouriço bem passado.

Normalmente, Meghan rejeita a maior parte da refeição por causa do seu conteúdo calórico e gorduroso. Ela é bailarina do Balé de Boston e, até onde Joe tem conhecimento, come apenas salada. Geralmente, ela escolhe os relegados vegetais enlatados, enquanto o restante da família, com exceção de Katie, abastece-se de carne e batatas. Meghan não é demasiadamente magra, mas seus olhos sempre parecem muito famintos, acompanhando o movimento dos garfos deles, como um leão enjaulado perseguindo filhotes de gazelas. Em relação às duas meninas, é preciso ter um diploma universitário para aprender e memorizar todas as regras e restrições que envolvem suas dietas.

JJ e sua esposa, Colleen, comerão, educadamente, qualquer coisa que Rosie coloque à frente deles. Deus os abençoe. Isso exige um comportamento extremamente habilidoso.

Joe e JJ são muito parecidos. Compartilham o mesmo nome, a mesma compleição encorpada e os mesmos olhos azuis sonolentos. Os dois têm uma pele branca macilenta que ruboriza num desfavorável rosado cravina sempre que ficam eufóricos (com a vitória do Red Sox) ou zangados (com a derrota do Red Sox), e que pode ficar queimada de sol mesmo na sombra do final de tarde. Ambos têm senso de humor idêntico do qual, pelo menos em metade do tempo, Rosie não acha a mínima graça, e se casaram com mulheres boas demais para eles.

JJ é bombeiro, e esta é a diferença mais marcante entre eles. Na maior parte do tempo, os bombeiros e policiais de Boston consideram-se irmãos e irmãs, dispostos a proteger e servir esta grande cidade e seus moradores, contudo, os combatentes do fogo ficam com toda a glória e isso deixa Joe emputecido. Os bombeiros são sempre os grandes heróis. Aparecem na casa de alguém e todos comemoram e agradecem. Alguns desses sujeitos até são abraçados. Os policiais aparecem e todo mundo se esconde.

Além disso, os bombeiros ganham mais e trabalham menos. Joe vai à loucura quando eles comparecem em batidas de carro mesmo não sendo necessários, atrapalhando o trânsito, interferindo no trabalho dos paramédicos e da polícia. Joe acha que eles estão entediados, tentando mostrar serviço. "É nossa função, caras. Voltem para o quartel e tirem outro cochilo."

Para ser sincero, ele se sente realmente agradecido por JJ não ter se tornado policial. Joe orgulha-se de ser da polícia, mas não desejaria tal vida para os filhos. Mesmo assim, às vezes se sente estranhamente traído pela escolha da carreira do filho, do modo que um jogador do Red Sox se sentiria se seu filho se jogasse no New York Yankees quando crescesse. Em parte, Joe está estourando de orgulho e, por outro lado, pergunta-se onde foi que errou.

— Qual é o problema, papai? — pergunta Katie.

— Hã?

— Você está muito calado, hoje.

— Só perdido em pensamentos, querida.

— Pensar em duas coisas ao mesmo tempo deve ser mesmo difícil — zomba JJ.

Joe sorri.

— Agora estou pensando que você deveria ir buscar uma cerveja pra mim — diz Joe a JJ.

— Pra mim também — completa Katie.

— Aceito uma — acrescenta Colleen.

— Nada de cerveja até o jantar — diz Rosie, parando JJ na geladeira.

Ela olha o relógio da cozinha. Agora são 17 horas. Continua a olhar os ponteiros pelo que parece um minuto e, então, sem avisar, bate com a colher de pau na bancada. Desamarra o avental e o pendura no gancho. Chega! Vão jantar sem Patrick. JJ abre a geladeira e pega uma embalagem com meia dúzia de Budweisers.

Rosie tira do forno, ou do "extrator de gosto", como Joe gosta de chamá-lo, o que deveria ser um rosbife, e Meghan ajuda a levar toda a refeição para a mesa pequena e redonda. Está tudo se amontoando: cotovelos se batendo, pés se chutando, vasilhas encostando em pratos, pratos encostando em copos.

Rosie senta-se e faz uma oração, todos mecanicamente dizem "Amém" e começam a passar a comida.

— Ei, Joe, pare de esbarrar em mim — diz Rosie, esfregando o ombro.

— Desculpe-me, querida, não tem espaço.

— Tem espaço de sobra. Pare de se mexer tanto.

Ele não consegue evitar. Tomou três xícaras de café de manhã, em vez das duas costumeiras, e está com os nervos à flor da pele, imaginando onde estará Patrick.

— Cadê o sal? — pergunta Joe.

— Eu peguei — diz JJ, que salga a comida em seu prato e depois passa o saleiro para o pai.

— Você só vai comer isso? — pergunta Rosie a Katie, olhando seu grande prato branco com apenas uma porção modesta de ervilhas cinza e murchas.

— É, tranquilo.

— Que tal um pouco de batata?

— Você colocou manteiga nas batatas.

— Só um pouquinho.

Katie revira os olhos.

— Mãe, eu não sou só um pouquinho vegana. Sou vegana. Não como laticínios.

— E qual é a sua desculpa? — pergunta Rosie, referindo-se ao prato igualmente vazio de Meghan.

— Tem salada? — replica Meghan.

— É, eu gostaria de uma salada — diz Katie.

— Tem um pouco de alface e um pepino na geladeira. Sirvam-se — diz Rosie, suspirando e acenando as costas da mão para elas. — Essas meninas são muito difíceis de alimentar.

Meghan levanta-se, abre a geladeira, acha os dois ingredientes e nada mais, e se coloca junto ao balcão.

— Que tal um pouco de carne? — propõe JJ, estendendo a travessa de rosbife debaixo do nariz da irmã.

— Pare com isso. É nojento — repreende Katie, empurrando a travessa de volta para o irmão.

Meghan volta para a mesa e coloca metade da salada no prato de Katie, a outra metade no dela e, depois, larga a tigela vazia na pia. Enquanto isso, Joe corta seu rosbife com o mesmo nível de esforço que um lenhador poderia usar para serrar uma árvore. Ao terminar, observa suas meninas mastigando a salada alegremente, enquanto ele tritura um pedaço de carne.

— Sabem, os fazendeiros que produziram essa alface e esse pepino provavelmente usaram fertilizante — diz Joe, usando a expressão mais neutra possível.

Katie e Meghan ignoram o que ele diz, mas JJ abre um sorriso, sabendo onde isso vai dar.

— Não sou fazendeiro, mas acho que eles usam esterco bovino para fertilizar, não usam, JJ?

— Com certeza usam — diz JJ, que nunca colocou um pé num jardim ou numa fazenda.

— Parem — diz Meghan.

— As sementes de alface e de pepino usam nutrientes vindos do esterco de vaca pra crescer. Então, basicamente, se fizerem as contas, a salada que estão comendo é feita de bosta de vaca.

— Que nojo, pai. Muito nojento — reclama Katie.

— Eu preferiria comer a vaca do que a bosta da vaca, você não, JJ?

JJ e Joe dão uma boa risada. Por vários motivos, as mulheres da sala não acham engraçado.

— Ok, chega — diz Rosie que, normalmente, acharia a provocação de Joe no mínimo bem-humorada.

Ela também não entende a coisa toda de ser vegana, mas ele sabe que ela ainda está fumegando sobre o paradeiro desconhecido de Patrick e está distraída demais com a ausência dele para achar qualquer coisa divertida.

— Podemos, por favor, falar de outra coisa que não seja essa merda?

— Tenho as datas para *Coppélia* — conta Meghan. — Vai de 10 a 24 de agosto.

— Colleen e eu vamos na primeira sexta-feira — diz JJ.

— Pra mim tudo bem. Katie? — diz Rosie

— Hã, ainda não tenho certeza. Posso ter compromisso.

— Que compromisso? — pergunta Meghan, num tom desdenhoso que Joe sabe que Katie achará ofensivo.

— Não é da sua conta — diz Katie.

— Deixe eu adivinhar. Ironsides com Andrea e Micaela.

— Minhas noites de sexta-feira são tão importantes quanto as suas. O mundo não gira ao seu redor.

— Meninas — previne Rosie.

Quando crianças, Katie era uma sombra submissa de Meghan. Pelo que Joe se lembra, ele e Rosie sempre cuidavam das duas como se fossem uma só. A não ser quando se tratava de dança, os dois referiam-se às meninas em conjunto com tanta frequência, que seus nomes individuais pareciam se confundir em um único terceiro nome. "Meg-e-Katie, venham aqui. Meg-e-Katie vão pro desfile. Meg-e-Katie, hora do jantar."

Mas, desde a escola, as meninas começaram a se afastar. Joe não pode precisar exatamente por quê. Meghan vive consumida pela rigorosa agenda de balé; ainda que as duas morem juntas, ela não vive muito por lá. Katie poderia se sentir deixada de lado. Ou com ciúmes. Todos eles dão muita importância a Meg. Joe ouve com educação sempre que outros pais do Centro vangloriam-se da filha que trabalha na biblioteca, ou nos serviços de transporte da grande Boston, ou que acabou de se casar. Abre um sorriso quando eles terminam, quando, finalmente, chega sua vez. "MINHA filha dança no Balé de Boston." Nenhum outro pai do Centro pode superar isso. Só agora ele percebe que não fala nada sobre a outra filha.

Katie dá aulas de ioga, prática sobre a qual Joe admite não conhecer nada, a não ser que é a mais recente mania fitness, como zumba, tae bo ou crossfit, mas alinhada com um tipo de clientela New Age, pretensamente hippie, que gosta de uma atmosfera cult. Acha maravilhoso que ela esteja fazendo algo que goste, mas percebe que está insatisfeita. Não tem certeza se é com a ioga, com toda atenção que eles dão a Meghan, ou com um namorado do qual ele nada sabe. Contudo, existe uma tensão na impostação de voz de Katie que parece estar ficando mais contraída a cada semana, um rancor que ela carrega como um acessório. Era uma criança tão dócil! Sua menininha. Ele deduz que seja lá o que esteja ocorrendo, é apenas uma fase. Ela dará um jeito.

— Papai? — pergunta Meghan. — Você vai?

Joe ama ver Meghan dançando e não tem vergonha de admitir que isso sempre o faz chorar. A maioria das garotinhas diz que quer ser bailarina, mas é um desejo na mesma categoria de querer ser uma princesa de conto de fadas, uma fantasia extravagante e não um objetivo real de carreira. Mas quando Meghan, aos 4 anos, disse que queria ser bailarina, todos acreditaram nela.

Ela começou com aulas na academia de dança local e depois entrou no programa gratuito Citydance, quando estava na terceira série. Desde o começo foi determinada e persistente. Aos 13 anos, ganhou uma bolsa de estudos da Escola do Balé de Boston. Depois de se formar na escola, foi contratada para o corpo de baile.

Meghan trabalha pesado, provavelmente mais do que qualquer um deles, mas Joe também acredita que ela nasceu para dançar. A beleza impressionante daqueles rodopios, seja lá como se chamam, a altura inacreditável na qual ela segura uma perna no ar, enquanto o restante se equilibra em um dedão do pé. Ele nem mesmo consegue tocar nos dedos do pé. Meghan tem os olhos do pai, mas graças a Deus as semelhanças param por aí. O restante vem de Rosie ou é uma dádiva direta de Deus.

Neste ano, ele perdeu o *Quebra-Nozes*. Viu-a dançando muitas outras vezes, mas não neste papel no Balé de Boston. Pouco tempo depois, ele foi convocado para o turno da noite quando deveria ver *A bela adormecida*, em abril. Sabe que a desapontou. Uma das piores coisas em seu trabalho é perder manhãs de Natal, aniversários, jogos do campeonato da liga infantil dos filhos, todos os Quatro de Julho, e inúmeros recitais de dança de Meghan.

— Estarei lá — diz Joe.

Dará um jeito. Meghan sorri. Abençoada seja por ainda acreditar nele.

— Cadê a água? — pergunta Rosie.

Joe avista a jarra no balcão.

— Eu pego.

Ela é pesada, cristal de verdade, provavelmente uma das coisas mais caras que eles têm, se Joe tivesse que adivinhar. Foi um presente de casamento dos pais de Rosie e todo domingo ela a enche com água, cerveja ou chá com gelo picado, dependendo da ocasião.

Joe enche a jarra na pia, volta para a mesa e, ainda de pé, pede a cada um seu copo de geleia, um por vez, as senhoras primeiro. Está despejando água no copo de Katie quando, de alguma maneira, perde o controle da alça, em pleno ar, no meio do ato. A jarra cai, derrubando o copo de Katie da sua outra mão, ambos batem na mesa estilhaçando-se instantaneamente em centenas de cacos minúsculos. Meghan grita e Rosie segura o fôlego, a mão na boca.

— Tudo bem. Ninguém se machucou — diz JJ.

Com a mão imóvel, como se ainda estivesse segurando a jarra, Joe avalia o estrago. A jarra está totalmente destruída. Tudo na mesa está molhado e temperado com pedaços de vidro. Por fim, ele se mexe, esfrega os dedos e o polegar na palma da mão, esperando que estivessem engordurados ou molhados, mas estão limpos e secos. Olha para a mão como se não lhe pertencesse e se pergunta que diabos aconteceu.

— Me desculpe, Rosie — diz.

— Tudo bem — devolve ela, triste, mas conformada com a perda.

— Tem vidro na minha comida — diz Katie.

— Na minha também — comenta Colleen.

Joe olha para seu prato. Tem vidro em seu purê. Que caos!

— Ok, ninguém come nada — diz JJ. — Mesmo que não possam ver nenhum vidro, não vale a pena arriscar.

Enquanto Katie limpa o chão com uma vassoura e uma pá de lixo e Rosie e Meghan tiram os pratos do jantar arruinado de domingo, Patrick chega calmamente, as roupas do dia anterior amarrotadas e penduradas em sua estrutura magérrima, cheirando a cerveja amanhecida, cigarros e hortelã, trazendo uma caixa de Dunkin'Donuts debaixo do braço.

— Você está atrasado — diz Rosie, seus olhos como dois formidáveis raios laser fixos em perfurar um buraco no centro da testa do rapaz.

— Eu sei, mãe, sinto muito — desculpa-se Patrick.

Ele beija a mãe no rosto e se senta à mesa.

— Não quero nem saber onde você estava — Rosie diz.

Patrick fica calado.

— Não tem desculpa por perder o jantar de domingo.

— Eu sei, mãe, não perdi, estou aqui.

— Ah, perdeu — diz JJ.

Katie bate no ombro de Patrick, sinal para tirar os cotovelos da mesa, para que ela possa passar uma esponja.

— Cadê a comida? — pergunta Patrick.

— Papai achou que o jantar precisava de mais água e uma pitada de vidro — diz Meghan.

— Agradeça por não ser desastrada como seu pai — lamenta Joe.

Patrick, orgulhoso, coloca a caixa de Dunkin'Donuts sobre a mesa, o jantar deste domingo da família O'Brien. JJ ataca primeiro e tira uma Boston Kreme. Katie espia dentro da embalagem, esperando ficar desapontada, mas seu rosto se ilumina.

— Você me trouxe um bagel tostado com manteiga de amendoim!

— Claro que trouxe — diz Patrick. — E um pão sírio vegetariano com clara de ovo, sem o pão sírio, para Meg.

— Obrigada, Pat — diz Meghan.

Rosie relaxa a postura, e Joe sabe que Patrick está perdoado. Ele escolhe um donut com geleia e uma rosquinha. Donuts e cerveja. Bate em sua barriga protuberante e suspira. Vai ter que começar a prestar atenção no físico se quiser viver até a velhice.

Assimila a cena rotineira em sua mesa modesta, os filhos crescidos, a esposa, todos felizes e saudáveis, juntos em uma tarde de domingo, apesar de todas as peculiaridades e defeitos. Então, uma onda de gratidão cresce dentro dele tão repentinamente que não há tempo para se preparar. Sente toda a magnitude dela pressionando a parede interna do seu peito e expira com força pelos dentes travados, para aliviar parte da pressão. Debaixo do seu exterior macho de policial durão, é macio como um donut com geleia. Ao virar a cabeça e enxugar os cantos molhados dos olhos com a base da mão antes que alguém possa ver, agradece a Deus por tudo o que tem. Ele sabe que é verdadeiramente abençoado.

Capítulo 4

Joe está patrulhando as ruas íngremes de Charlestown, sozinho em sua viatura, já há algumas horas. É um circuito normal diário, o que é impossível, e ele sabe disso. Não existe tal coisa como um circuito normal. Esta é uma das coisas que ele ama e detesta em seu trabalho.

Ama porque nunca se sente entediado. Não que cada minuto de cada turno seja empolgante. A maioria dos turnos rasteja por horas de um tédio que entorpece a mente, começando com a chamada e o esforço diário ridículo de localizar o número com os quatro malditos dígitos do carro que lhe é destinado, em meio a um mar de viaturas idênticas estacionadas; depois dirigir pelas mesmas ruas conhecidas, sem que nada aconteça. E então, invariavelmente, algo acontece.

Chega uma ocorrência. Alguém está arrombando uma casa na Green Street, algum marido está espancando sua amada esposa, há um engavetamento envolvendo um caminhão-tanque lançando combustível na via expressa que vai para o norte, outro roubo a banco, várias bolsas foram roubadas de um escritório no Schrafft Center, está acontecendo uma briga em frente à Warren Tavern, uma briga de gangues em frente à escola, um carro afundado no porto com um corpo dentro, alguém pulou da ponte Tobin. Pode ser qualquer coisa, e nunca se repete. Cada roubo, cada agressão, cada incidente doméstico é diferente, e diferente quer dizer que nunca é tedioso, que, em cada chamada, existe a chance de que Joe seja requisitado a usar todas ou qualquer uma de suas habilidades e de sua capacitação.

Atender a uma ocorrência também lhe dá a rara chance de viver o que ele mais ama em seu trabalho, quando de fato ajuda alguém, quando uma ação rápida e decisiva resulta numa vitória para o pessoal do bem, quando tiram as pessoas do mal da rua e mantêm este canto do planeta só um pouco mais seguro. Se isso soa como um programa brega de televisão para o público adolescente, que seja. É o motivo de Joe continuar se apresentando para o trabalho de rua, ele apostaria o melhor camarote no estádio de beisebol de que todo policial digno desta função sente a mesma coisa.

Mas é uma faca de dois gumes, porque cada chamada também traz a maior possibilidade de levar Joe diretamente para as profundezas do que ele mais odeia no seu trabalho. Todos os dias, os policiais deparam-se com o lado mais hostil e fétido da humanidade, a merda mais depravada e perversa que o ser humano é capaz de produzir, uma merda que os cidadãos, felizmente, não podem imaginar. Chega uma ocorrência. Um homem em Roxbury estrangulou a esposa, enfiou-a em um saco de lixo, e depois a atirou do telhado do seu prédio. Uma mãe em Dorchester afogou seus gêmeos de três anos na banheira. Duas bombas no dia da maratona.

Ele passou pelo treinamento de policiais e da unidade de estresse para ajudá-lo a lidar com o que quer que seja; assim como todos seus colegas policiais, especializou-se em contar piadas chulas e em agir com frieza, comportamento padrão e razoavelmente transparente de autodefesa, visando impedir que a carnificina abominável que presenciou o invada. Mas isso acontece. E o muda. Muda todos eles.

A estratégia é não deixar que isso afete Rosie e os filhos. Ele se lembra do corpo de uma adolescente, deixado apodrecendo em uma caçamba em Chinatown com dois tiros na cabeça. Mesmo sem vida, emaciada e coberta de moscas, a menina parecia-se demais com Meghan. Joe não aguentou. Teve que usar toda sua força de vontade para reprimir a vontade de vomitar logo ali, na frente de todos. Fez o que tinha que fazer, aguentando, contendo a repulsa, executando suas obrigações no piloto automático. Horas depois, sozinho em sua viatura, notou as mãos agarradas na direção, tremendo com tal violência que o carro todo trepidava.

Ao chegar em casa naquela noite, Rosie perguntou: "Como foi seu dia, querido?". Provavelmente a pergunta mais inocente e banal na maioria dos casamentos que para Joe soa como uma lata de víboras malditas — e ele não vai abri-la. Naquela noite, como tantas outras, deu um beijo em Rosie com um vago "Bom" e foi para a cama.

Durante meses, teve pesadelos com aquela menina na caçamba, mas nunca disse uma palavra sobre isso à esposa. Frequentemente, ela reclama sobre o seu silêncio e deseja que ele se abra mais com ela. Joe sabe que uma boa comunicação é importante para um relacionamento saudável e que os policiais têm uma taxa de divórcios acima do normal, mas nunca a sobrecarregou com os horrores que presenciou. Depois que você imagina tais coisas, não consegue tirá-las da cabeça.

Sendo assim, nenhum turno é normal e não existe ocorrência rotineira, mas, até agora, nada aconteceu hoje. Diminui a velocidade em frente à sua casa, na Cook Street. Ninguém à vista. Mesmo sendo quase meio-dia, é provável que Patrick ainda esteja dormindo. Meghan levantou-se e saiu antes de Joe. Ele dá uma olhada na hora. Katie vai sair para dar aula de ioga na Town Yoga em poucos minutos, a Hora do Poder do meio dia. Passará por ela a seguir. JJ pode ou não estar trabalhando agora, Joe não se lembra. Colleen está no trabalho. É fisioterapeuta no Spaulding. E, hoje, Rosie está trabalhando. É recepcionista por meio período em um consultório de dermatologia no edifício Schrafft. Ele sorri, imaginando sua família fazendo tudo como de costume. Tudo vai bem.

Não viu as outras viaturas aqui desde cedo. Apenas quatro policiais cobrem Charlestown: um carro com dois homens, o que eles chamam de rápido, e dois com um homem em cada. Joe sente-se satisfeito por estar sozinho em um carro de patrulha, e não ter sido designado para um rápido, hoje. Não está no clima para conversas e vários dos homens, especialmente os jovens novatos, são verdadeiras bonecas falantes, incapazes de calar a boca. Talvez ele esteja apenas se tornando um velho ranzinza de 43 anos, porém, percebe que, cada vez mais, prefere a solidão e o silêncio de um carro de patrulha à conversa fiada de um rápido.

Joe dirige pelo monumento Bunker Hill e diminui a velocidade para analisar o memorial improvisado, onde um garoto de 19 anos foi morto com um tiro na semana anterior: uma cruz de madeira, balões vermelhos, brancos e azuis, uma luva de beisebol, um ursinho de pelúcia, sua foto do anuário escolar. Joe suspira. Uma grande perda.

Charlestown é um bairro relativamente seguro. Não é típico ver muitos crimes violentos e quase nunca um homicídio. Mas lá está aquela palavra novamente. Típico. Não existe tal coisa.

O coquetel de crimes de Charlestown consiste, sobretudo, de drogas, roubos e brigas domésticas e em bares. Nos últimos anos, Joe viu vários assaltos em Charlestown. Esse tipo de merda não acontecia aqui quando ele era criança. Não que as pessoas, então, estivessem longe de roubar. Quase toda criança que Joe conhecia tinha relação com alguém que tivesse cometido um crime de verdade e, provavelmente, o roubo era o mais popular. Mas havia um código de ética em relação ao roubo, se é que isso é possível. Roubar um banco ou um prédio de escritórios era aceitável por ser considerado um crime "sem vítima". Roubar uma pessoa ou a casa de alguém nunca era normalizado.

John se lembra de Billy Ryan, o pior marginal que ele conheceu, repreendendo Mark Sullivan por roubar cinco dólares de um apartamento em Belmont Street. "Aquela é a casa do Kevin Gallagher.

Você roubou a mãe do Kevin? Seu merdinha, qual é a sua?" Se Joe bem se lembra, fez Mark passar pela vergonha de invadir novamente a casa de Kevin e devolver o dinheiro. No dia seguinte, Billy roubou um banco.

Joe dirige pelo Dougherty Park. As quadras estão vazias, mas a piscina está lotada. Faz 36 graus. Tempo encoberto, quente e úmido. O pronto-atendimento do hospital vai ficar entupido de insolação e ataques cardíacos. Mesmo com o ar-condicionado no máximo, Joe está suando. Sua camiseta e a cueca estão ensopadas, o algodão molhado grudando na pele. O ataque dos raios de sol implacáveis pelas janelas e pelo para-brisas, juntamente com seu colete à prova de bala e o uniforme azul-marinho de policial, fazem com que ele se sinta como um tomate de estufa, morrendo no pé. Poderia ser pior. Ele poderia estar em pé, no calçamento negro, controlando o trânsito.

Segue pelas curvas da Main Street e para em frente da Town Yoga. Não há janelas por onde se possa espiar, então, na verdade, ele não consegue ver Katie. Não faz ideia do que acontece lá dentro, mas se tivesse que adivinhar, diria que tem algo a ver com mulheres vestidas com calças pretas justas, contorcendo-se como pretzels. Há bem mais de um ano, Katie tem insistido para que ele faça uma de suas aulas, mas ele sempre dá alguma desculpa em tom de piada. "Eu bem que iria, querida, mas distendi meu terceiro chacra ontem, e o médico me disse: 'Nada de ioga por um mês'. Estou avariado."

Ele desembrulha seu sanduíche de atum e o engole quase de uma vez só, mal sentindo o gosto. Está com o último pedaço na boca quando vem uma ocorrência. Um roubo em andamento no 344 da Bunker Hill Street. Apartamento 31. Joe limpa a maionese da boca com as costas da mão, aperta os botões ao lado da coxa para as luzes e a sirene, e parte.

Ele conhece o endereço. Acabou de passar por lá. É o prédio da antiga escola, agora um condomínio sofisticado cheio de Toonies, em frente ao parque e à piscina. Apartamento 31. Terceiro andar.

Será que dá para a rua ou para os fundos do prédio? Se for um apartamento de fundo, terá uma sacada? Uma saída de incêndio? O suspeito sairá por lá ou pelo interior do prédio? Escada ou elevador? Se o suspeito for um Townie, poderia, facilmente ser descarado ou estúpido o bastante para sair pela porta da frente. O fundo do prédio tem um estacionamento. Um lugar perfeito para um carro de fuga. Dependendo do que está sendo roubado, o suspeito poderia estar num carro ou a pé. O prédio tem uma garagem no subsolo. Ótimo lugar para se esconder. Haverá mais de um suspeito? Será um golpe ao acaso, oportunista, ou um assalto premeditado? Será que tem alguém em casa? É provável, mas se espera que não. Estamos no meio do dia e esse prédio é habitado, principalmente, por trabalhadores jovens. É verão, então é possível que o morador tenha saído de férias. Mas quem ligou, um vizinho, está em casa, então é possível que o morador também esteja. Um pai ou mãe idoso. Um aposentado. Uma mãe com um bebê. Alguém que não foi trabalhar por estar doente. Será que o suspeito está armado?

Joe desliga a sirene e estaciona a duas casas do prédio. É a única viatura no local. Merda. Não sabe o que o espera lá dentro. Na medida do possível, os policiais enfrentam esse tipo de situação com as chances a seu favor, uma demonstração de força para que não tenham, de fato, que usar nenhuma. Mas Joe não pode ficar esperando no carro até a chegada dos outros policiais. Tem que sair e lidar com a situação, seja qual for. Sua adrenalina dispara.

Joe saca sua arma e a segura apontada para baixo, ao seu lado, enquanto entra no prédio e sobe as escadas até o terceiro andar. Vira-se para a direita: 35, 37. Direção errada. Gira e avança para a esquerda. Para em frente à porta do apartamento 31 e seus sentidos aguçados começam a funcionar. O apartamento dá para os fundos do prédio. O batente ao lado da fechadura está estilhaçado, quebrado à força. A denúncia é verdadeira. A frequência cardíaca de Joe aumenta. Ele fica em silêncio e escuta. Sua própria respiração pesada. Ar saindo da ventilação do ar-condicionado. Falatório. Vozes masculinas. Uma conversa.

Ele recua e, com a voz abafada e mais clara possível, manda esta informação pelo rádio:

— Temos, pelo menos, dois lá dentro. O apartamento dá pros fundos. Precisamos de alguém pra cobrir a retaguarda.

Alguns segundos depois, o policial Tommy Vitale, o amigo mais antigo e mais próximo de Joe na polícia, está parado ao seu lado. O outro policial da unidade rápida de Tommy deve estar lá fora, cobrindo os fundos do prédio. Joe e Tommy falam com os olhos e, então, o companheiro acena com a cabeça. Joe vira a maçaneta e eles entram no apartamento.

Imediatamente, dividem o cômodo. Joe apressa-se em diagonal para a esquerda, e Tommy move-se para a direita, os dois seguem em direção às paredes, em lados opostos do cômodo. Joe fica com as costas voltadas para a parede da sala de jantar e Tommy posiciona-se contra a parede da cozinha. Até então, não viram ninguém.

Estão em um desses apartamentos modernos, de conceito aberto, e podem ver a sala de visitas. Está um caos. Gavetas jogadas e vazias, papéis e tralha por todo o chão. Além da sala de visitas, há uma porta de correr de vidro aberta que dá para uma sacada ao ar livre. Bingo, lá estão os dois suspeitos. Adolescentes.

Joe e Tommy avançam com as armas apontadas para o peito dos meninos.

— Polícia de Boston! Larguem as mochilas e mostrem as mãos! — grita Joe.

Os meninos estão de camisetas, bermudas longas e baggy, tênis, boné de beisebol e óculos escuros. Os dois carregam mochilas pretas. Joe está tentando descobrir se o menino da esquerda está armado, enquanto ainda aponta a arma para o centro do peito dele, quando o idiota resolve tentar escapar e pula o parapeito.

Um apartamento no terceiro andar está a nove metros de altura. Joe não tem certeza do que esse gênio estava pensando que aconteceria quando chegasse ao chão, mas, provavelmente, quebrou as duas pernas e talvez a coluna. Está deitado no chão e seus gritos transformam-se num guincho patético quando o policial Sean Wallace vira-o e coloca as algemas.

— E aí, é a sua vez? — pergunta Tommy, inclinando a cabeça para o parapeito.

O outro menino larga a mochila e levanta as mãos vazias para o alto.

— Pelo menos esse daqui tem cérebro — diz Tommy ao algemá-lo. — Do tamanho de uma ervilha, mas tem.

Joe vasculha o restante do recinto para ter certeza de que não há outros parceiros no assalto. Os dois dormitórios, os dois banheiros e o escritório estão vazios. Os quartos não parecem tão ruins, mas o escritório está devastado.

Joe volta para a sacada.

— O resto está limpo.

Tommy está revistando o prisioneiro, procurando uma arma, mas não encontra nada. Isso acontece toda hora, principalmente no verão, quando a escola está fechada e os moleques têm tempo sobrando. Esses adolescentes invadem a casa de alguém e roubam o que conseguem para vender. O dinheiro é sempre para drogas.

Se Joe não flagra roubando, flagra comprando. Se não flagra comprando, flagra usando ou fazendo alguma coisa estúpida, enquanto usam. Depois que saem sob fiança ou liberdade condicional, ele flagra de novo. Tudo é um ciclo.

Joe olha o rapaz algemado e curvado à sua frente. Está com a cabeça baixa, por isso, não consegue dar uma boa olhada no seu rosto debaixo da aba do boné de beisebol, mas reconhece a tinta escura nos dois braços: as bandeiras irlandesa e americana, um navio da marinha, um coração, um trevo de quatro folhas. É Scotty O'Donnell, irmão mais novo de Robby O'Donnell, que cresceu com Patrick. Robby era uma estrela do basquete na escola e não se meteu em confusão. As irmãs mais velhas de Scotty foram todas estudantes com as melhores notas. A mãe vai à igreja com Rosie e o pai trabalha na agência dos correios. Ele vem de uma boa família.

— Scotty, que diabos você está fazendo? — pergunta Joe.

Scotty olha para seus tênis e dá de ombros.

— Olhe pra mim quando falo com você.

Scotty levanta a cabeça. Tommy tira os óculos escuros de Scotty e os olhos do menino estão desafiadores, sem demonstrar nada, nem ao menos estão assustados.

— Você vai envergonhar sua pobre mãe. Ela terá que vir à delegacia e pagar fiança, seu cretino. Ela não merece isso.

Agora, a ambulância chega e os paramédicos levantam o atleta olímpico para uma maca. O policial Wallace terá que acompanhar esse menino até o hospital e vigiá-lo nos raios-X e em todos os procedimentos que ele possa precisar.

— Quer ficar com esse daqui? — pergunta Tommy.

— Quero, levo ele — diz Joe.

— Vou esperar o detetive.

Joe olha a mochila preta e uma onda inesperada e adicional de adrenalina passa por ele, fazendo com que cada músculo e nervo em seu corpo voltem a entrar em estado de alerta, contraindo-se, pronto para estourar. Provavelmente, será preciso muito tempo até que um policial de Boston possa olhar um rapaz com uma mochila e ver simplesmente um moleque com material escolar e não um terrorista em potencial com uma arma de destruição em massa.

Barulhos altos e repentinos não são muito melhor. Todos os policiais foram convocados no Quatro de Julho. Menos de três meses depois da explosão na maratona, a segurança para um evento público, que atrai trezentos mil civis para o gramado da esplanada em comemoração à liberdade da nação, estava altíssima. Em todos os seus anos na força, Joe nunca tinha visto algo assim. A noite transcorreu sem incidentes, mas cada estouro de fogos de artifício dava uma pontada no coração dele e sua mão direita ia até a coxa. Repetidas vezes. Tentou a noite toda superar a reação automática de sobressalto, antecipar-se e reprimir o reflexo, mas sua incapacidade de se conter foi frustrante. *Bum*. Pontada. Recuo. O encerramento foi uma maldita tortura. Ele ainda pode sentir o gosto das cervejas geladas que tomou com Tommy e os outros caras no final daquele turno. As melhores cervejas da sua vida.

— Quer dar uma olhada lá dentro? — pergunta Joe, acenando para a mochila.

— Sirva-se — diz Tommy.

— Primeiro as damas.

— Seu frouxo.

— Estou ocupado com o Scotty aqui.

Tommy agacha-se junto à mochila e abre seu zíper num movimento rápido, como se estivesse tirando um esparadrapo. A mochila contém o que, logicamente, eles sabiam que teria: um iPad, joias, uma máquina fotográfica, alguns bonecos pintados, nada de uma panela de pressão cheia de pregos e rolamentos esféricos. Joe relaxa e só então percebe que estava prendendo a respiração.

Tommy fecha o zíper da mochila e passa a prova para Joe. Os dois trocam um olhar rápido e compreensivo de alívio.

— Essas pérolas são um presente pra sua namorada, Scotty? — pergunta Joe.

Scotty não responde.

— Eu achava mesmo que não era. Vamos.

Joe pendura a mochila em seu ombro esquerdo e conduz Scotty para fora do condomínio com sua mão esquerda. Ao levar o assaltante até sua viatura, fica satisfeito por ele, Tommy e Sean terem feito tudo certo e pelas duas prisões terem sido legítimas. Sente-se aliviado pelo fato de que os meninos não estivam armados, também porque os três estão saindo nas mesmas condições de quando atenderam à ocorrência. Está feliz pela dona do apartamento, que precisará arrumar uma verdadeira bagunça, mas recuperará todas as suas coisas. Preocupa-se com a pobre mãe do jovem, imaginando o telefonema que ela está prestes a receber. Mas, mais do que tudo, está puto da vida com Scotty, por ter feito com que ele passasse um medo desnecessário com aquela mochila. Protegendo o alto da cabeça de Scotty com a mão, Joe agarra o ombro esquelético do rapaz, aperta-o com força, depois o empurra para dentro da viatura, com um pouco mais de brutalidade do que o necessário.

— Ai — diz Scotty.

Ele bate a porta do carro e sorri. A sensação é boa.

Joe entrou com seu prisioneiro pela porta de segurança da delegacia por volta das 13 horas. Revistou Scotty mais duas vezes;

tirou seus tênis, meias, boné e brincos; registrou suas informações básicas, incluindo nome, altura e peso; tirou suas digitais; permitiu-lhe uma chamada telefônica; e o jogou dentro da cela de menores. Agora são quatro da tarde, fim do turno de Joe, e ele ainda está sentado em frente a um computador, escrevendo o relatório.

Os relatórios são um verdadeiro pé no saco, mas uma parte necessária e crítica do trabalho. Joe sabe que nunca escreverá o grande romance americano, mas se orgulha da precisão do seu relato. Suas narrativas tendem a ser longas e detalhadas. Ele leva essa merda a sério. Um detalhe ínfimo e inconsequente pode se revelar a peça crucial de prova no tribunal, o elemento-chave necessário para prender o sujeito, mesmo anos mais tarde. Veja o caso Whitey Bulger. Aqueles promotores estão usando uma linguagem específica dos relatórios policiais, redigidos décadas atrás para condenar esse traste.

Portanto, é imperativo anotar todos os fatos. Deixe uma coisa de fora e isso pode significar um espaço suficiente por onde alguém como Whitey pode se esgueirar e ser solto por uma tecnicalidade. E aí, todo aquele trabalho, tempo e dinheiro vão pelo ralo, poluindo o porto com o restante do esgoto. Ao treinar os jovens recrutas, Joe não se cansa de reforçar tal aspecto. Os relatórios precisam ser meticulosos.

Uma invasão de domicílio evidente como aquela não deveria levar mais de uma hora. Contudo, Joe ainda não terminou. Ele foi interrompido inúmeras vezes por sujeitos que queriam ouvir tudo sobre o flagrante do assalto, o que Joe narrou, animado. Fiel a sua origem irlandesa, ele adora contar uma boa história, principalmente se tiver um final feliz como aquela. E tem só trinta minutos que recebeu as informações do hospital de Sean Wallace sobre o outro custodiado. Mas, deixando de lado todas as distrações e atrasos, ele está tendo problemas para se concentrar, não tem certeza absoluta de que tenha elaborado adequadamente a sequência precisa dos acontecimentos e de cada detalhe.

Precisa incorporar a informação do detetive, as fotografias da sala e a entrevista com o vizinho que acionou o 911. Precisa decifrar os malditos garranchos de Sean Wallace sobre o moleque no hospital — o nome do médico de plantão, os exames, o diagnóstico e o tratamento. Precisa captar cada elemento numa sequência metódica, para que o suspeito possa ser identificado com precisão e a detenção revele-se legal.

Joe encara a tela do computador, o mar de palavras em maiúsculas e sem parágrafos, e seu cérebro flutua. Pense. O que aconteceu e, depois, o que houve a seguir? Não consegue pensar. Está cansado. Por que está tão cansado? Olha para o relógio. Seu turno acabou há cinco minutos e não tem como ele dar o fora dali em pouco tempo.

Uma vozinha dentro da sua cabeça incentiva-o a desistir: *Já é o suficiente. Acabe com isso e vá pra casa.* Mas Joe não é bobo. Foi treinado para ignorar essa voz, para acabar com ela caso seja preciso. Nunca desiste. De nada. Além disso, sabe que se o relatório não for feito de acordo, não será aprovado pelo seu supervisor.

Esfrega os olhos e se concentra na tela, esforçando-se. Há a lista de pertences roubados, que passa de 250 dólares, o que caracteriza invasão de domicílio seguido de furto. Há as fotos digitais mostrando o estado da cozinha e da sala de visitas, dos quartos, dos banheiros e do escritório. O relatório do hospital. A madeira arrebentada do batente, na altura da fechadura, provando que houve arrombamento na invasão. Encontraram dois moleques na sacada. Precisa descrever exatamente o que eles estavam usando, o que carregavam. As tatuagens nos braços de Scotty. Um pulou, o outro ficou. Tem quem atendeu à denúncia e o vizinho que denunciou. Tem a proprietária do apartamento, que não estava em casa.

Trata-se de um assalto simples. Joe contempla a tela, batucando os dedos na mesa, enquanto lê e relê seu relatório. Está uma bagunça.

Trata-se de um assalto simples. Então, por que diabos não está simples?

São seis horas da tarde e Joe deveria estar em casa com Rosie. Deveria estar sentado na poltrona da sala, seus pés feios sobre a mesa de centro, em frente à abertura do ar condicionado, uma cerveja gelada na mão, preparando-se para assistir ao Sox. Mas, em vez disso, está parado no meio da rua, no cruzamento da Beacon com a Charles, entre o Common e o Jardim Público, dirigindo o trânsito da hora do rush. Terminou o maldito relatório da invasão de domicílio às cinco da tarde, uma hora depois do fim do seu turno. Então, provavelmente por estar por lá e o supervisor de plantão precisar de gente, Joe foi mandado para trabalhar no destacamento de trânsito do show no Common, das 5h30 até meia-noite.

A temperatura ainda está às voltas com abafados 36 graus e ele está parado no calçamento negro, exatamente onde, mais cedo, se sentia agradecido por não estar, usando um uniforme azul-marinho e, por cima, um fascinante colete verde-limão, cercado por um trânsito entulhado, emitindo um cheiro atroz e ainda mais calor. A porra da Lei de Murphy. Devia ter batido na madeira.

A esta hora do dia, o cruzamento fica um nó, mesmo quando não existe a atração do show gratuito ao ar livre. Um número muito grande de carros tenta deixar a cidade, todos de uma vez; um número muito grande de passageiros em trânsito caminha por lá; há doze locais independentes onde os pedestres podem descer da calçada. Os homens estão de terno e gravata, as mulheres de salto alto, todos irritados por estar quente demais e haver muitas pessoas suadas paradas bem perto umas das outras, aguardando para atravessar a rua. A espera se estende muito, eles acabaram de trabalhar por oito horas, já queriam estar em casa. Sorte deles. Pelo menos, estão a caminho. Embora Joe esteja aqui para ajudá-los em seu intento, ninguém reconhece isso e, de fato, quando ele acena para que atravessem, a maioria dos pedestres, quando chega a se dar ao trabalho de olhar para ele, desferem um olhar peçonhento, como se ele fosse o culpado por toda essa desgraça. É uma tarefa ingrata de merda.

Por causa disso, a pobre Rosie está em casa sozinha. De novo. Ela conhece essa rotina bem demais. Assim é a vida de uma mulher de policial. Se ele pensar em quantas noites deixou de estar com Rosie, se realmente fizer as contas, algo que pediria uma calculadora porque o número é grande demais, é possível que chorasse ali, bem no meio de Boston. Então, não pensa. Só almeja chegar ao fim da noite e ir para casa, para ela, quando terminar.

Pelo menos, eles não tinham nenhum plano em especial. Já é ruim demais chegar em casa depois de uma jornada de 16 horas e encontrar uma esposa solitária ou decepcionada, mas quando ele perde um casamento, um batizado ou um feriado, dá de cara com o ressentimento, e isso é muito mais difícil de compensar. Quando eles não têm planos, Joe pode acabar com a solidão ou a decepção de Rosie com um abraço sincero e um beijo. Chocolate e vinho também ajudam. Ela sabe que a culpa não foi dele por ter sido convocado para fazer hora extra e, em seus braços, lembra-se de se sentir agradecida por ele ter chegado vivo em casa. Mas quando ele perde um compromisso que planejara antecipadamente, nada, a não ser o tempo, consegue abrandar a hostilidade de Rosie, como se fosse possível ele escolher ficar parado, sozinho, no meio da rua durante sete horas, depois de trabalhar um turno completo, dirigindo pedestres e motoristas irritados, que quase o atropelam num calor de 36 graus.

Agora são oito da noite e o show ainda vai se estender por duas horas. Então, centenas de pessoas deixarão o Common e Joe voltará a ficar ocupado, mas, por enquanto, passa a maior parte do tempo à toa, esperando. Além de orientar os dois grupos de turistas que lhe perguntaram como chegar ao bar e restaurante Cheers, quase não teve o que fazer desde a hora do rush. Está em pé há duas horas e meia, consegue sentir cada grama dos quase seis quilos do cinto da arma ao redor da sua cintura. Está exausto, suas costas e seus pés estão insuportáveis, e ele está doido de vontade de se sentar naquele banco que vê debaixo do salgueiro no Jardim Público. Aquilo também poderia ser na Califórnia.

Continua parado e tenta escutar a música. É jazz, mas longe demais para ser ouvido com clareza. Uma nota aguda flutua aqui e ali, porém, os ouvidos de Joe não conseguem juntá-las para decifrar a melodia, nada que ele possa acompanhar assobiando, o esforço apenas o frustra.

Percebe um som de percussão, como uma sacudida de maracá, além das notas de jazz, mas é um som separado, fora de sincronia, mais próximo. Sintoniza com o barulho e descobre que vem dele. É o punhado de moedas, o troco da merda de sanduíche de queijo e presunto comprado no começo do dia, no 7-Eleven, para o jantar chacoalhando no bolso lateral da calça. O motivo de estar chacoalhando despertou sua curiosidade, até ser, finalmente, registrado. Está pulando para frente e para trás, como se estivesse parado descalço sobre brasas de carvão.

Nem mesmo tinha percebido que estava se mexendo. Achava que estivesse perfeitamente parado.

Talvez precise mijar. Verifica. Não precisa. Está desidratado demais por suar neste calor terrível.

Deve ser ressaca de adrenalina do flagrante do assalto. É claro que a ameaça presumível acabou há muito tempo, mas John sabe, por experiência, que esses aditivos poderosos podem continuar pressionando, horas depois, cada botão de funcionamento do seu corpo. Sempre que precisa sacar a arma, seu corpo se enche de adrenalina, um fluxo visceral que se parece muito com entornar três Red Bulls. Ele pode ficar, o resto do dia, contraindo-se e vibrando, os músculos prontos para entrar em ação. Deve ser isso.

Imagina o pessoal no Common, casais bebendo vinho em copos de plástico, garotos dançando descalços na grama, todos aproveitando a música ao vivo. Gostaria que ele e Rosie pudessem estar entre eles, sentados em um cobertor, fazendo um piquenique, relaxando juntos. Então, imagina Fenway Park, o campo de beisebol, a apenas alguns quilômetros dali, e se pergunta se os Sox estarão jogando bem. Gira em seus pés inquietos, dando as costas para o show que não consegue ouvir bem, nem assistir, para longe do banco onde não pode se sentar, para longe do time de beisebol que ama, em direção a Bunker Hill, perto de onde Rosie espera por ele, e se imagina chegando em casa para ela.

Mais quatro horas e estará em casa. Mais quatro.

Vira-se de volta para o Common, só que agora sua atenção vagueia do show de jazz para a cidade além dele, e um pensamento infiltra-se em sua consciência como tinta derramada manchando o papel, acabando por ensopar a folha toda e vazar para o outro lado.

A Opera House!

Joe consulta o relógio e seu coração despenca rápido e pesado como uma pedra na água. É provável que, neste exato momento, Meghan esteja apresentando seu solo em *Coppélia*. JJ, Colleen e Rosie estão na plateia, e há um assento desgraçadamente vazio ao lado de Rosie, onde Joe disse que estaria.

Merda.

Joe fica parado na rua, os pés já nervosos, desesperado para disparar pelo Common até a Opera House, logo além do parque, mas ele é tomado pela paralisia. Não pode ir. Está em serviço. Perdeu o espetáculo.

Sim, mandaram que fizesse hora extra, contudo, ele poderia ter pedido um favor ao supervisor. Poderia ter tentado fazer um acordo com outro policial, oferecendo-se para assumir um futuro turno por ele, em troca desta noite. Alguém o ajudaria.

Apalpa o bolso do peito à procura do celular, mas não está ali. Olha para a viatura estacionada. Tem certeza que o deixou no banco. Estava tão esgotado com aquele maldito relatório do assalto que esqueceu de ligar para Rosie e dizer que tinha sido convocado para cumprir hora extra. Há horas não checa o celular. Cristo. Haverá muitas mensagens não lidas, cada vez mais furiosas, de Rosie esperando por ele.

Quando não chegou em casa na hora, depois do seu turno, ela, provavelmente, ficou preocupada. Mas Joe sabe que quando ela não vê nada no noticiário da noite e não recebe um telefonema, deixa de se preocupar. O mais certo é ela ter concluído que ele foi convocado para fazer hora extra ou que estava bebendo com os colegas. Seja como for, ele não retornou suas mensagens de texto e perdeu a apresentação de dança de Meghan. Agora ela está sem dúvida e, com todo direito, puta da vida.

E Meghan. Ele prometeu que estaria lá. Decepcionou-a. Mais uma vez. Este último pensamento acerta Joe na boca do estômago.

Enxuga a testa suada, sacode a cabeça e olha para suas botas, desejando poder chutar sua própria bunda por ter esquecido do espetáculo essa noite. Suspira e levanta os olhos em direção à Opera House, imaginando sua linda filha dançando no palco. Reza por perdão.

Capítulo 5

O Red Sox está nas finais e todos na Nova Inglaterra nutrem grandes esperanças. O time soma nove vitórias consecutivas, enfrentou o primeiro jogo na noite anterior, trucidando o St. Louis Cardinals por 8 a 1. As coisas parecem estar indo bem, postura que nenhum bostoniano saudável ousaria ostentar antes de 2004. Mas a Maldição do Bambino foi revertida e os torcedores são agora loucos otimistas.

Hoje é a noite do segundo jogo, no Fenway, e a Nação Red Sox está febrilmente entusiasmada com os preparativos, fazendo sua parte para garantir outra vitória, usando bonés com o B, comprando salsichas Fenway na Stop & Shop e engradados de cerveja na loja de atacados, deixando de fazer a barba e usando as meias desemparceiradas puxadas até os joelhos ou seguindo qualquer superstição que tenha, clinicamente, provado ter seus efeitos. Joe está vestindo sua nova camiseta do Pedroia por debaixo do colete à prova de balas. E existem aqueles putos sortudos que já garantiram entradas para o jogo. Joe não pode nem se permitir pensar neles.

Joe ama o Red Sox, mas é uma relação complicada, agridoce, para um policial de Boston. Como todo moleque da cidade, cresceu adorando o time. Colecionava cartões e colava cartazes de Jerry Remy e Carlton Fisk na parede do seu quarto. Jogava na liga infantil, na segunda base, e sua luva era seu bem mais precioso. Cuidava mais dela do que da bicicleta ou dos próprios dentes. Ainda se lembra do cheiro maravilhoso que ela tinha: couro, óleo e terra. Esfregava a luva com óleo de linhaça, escurecendo cada centímetro do couro, colocava uma bola no bolso da luva, amarrava-a com um barbante, e a espancava até ficar macia como a bundinha de um bebê. Lembrava-se de usar a luva para dar sorte, enquanto assistia aos jogos na TV da sala com seu pai e Maggie. Durante os comerciais, buscava na geladeira latas de Schlitz para o pai, e todos se levantavam no intervalo, cantando "Take Me Out to the Ball Game". Muitas vezes permanecia acordado bem depois da hora de dormir, de pijama, principalmente se o Sox tivesse passado para as eliminatórias.

Ganhando ou perdendo, Joe só tem boas lembranças de assistir ao Sox no outono, quando criança. As lembranças não são as mesmas, quando adulto. Pelo menos, não dos jogos em casa. Cada um deles, nas eliminatórias, significa controle de multidão e horas extras de trabalho. Significa treinamento de tumulto em Dorchester, antes do jogo, e ficar do *lado de fora* de Fenway, durante e depois da partida. Significa que não vai ter cerveja e não vai ter luva da sorte. Significa que seus filhos não cresceram com o tipo de lembranças que Joe cultiva, como a de assistir às finais na sala com o pai.

Quando o Sox participa de um jogo em casa, em outubro, todos os policiais de Boston são convocados, todas as folgas são canceladas. E isso significa que ele jamais assiste ao jogo.

Em seus momentos mais egoístas e vergonhosos, Joe se pega desejando que eles percam, que as finais terminem, apenas para que não tenha que ficar do lado de fora do Fenway, como um cavaleiro banido do seu castelo, torturado a cada ímpeto de comemoração, excluído da excitação do outro lado do muro verde. É óbvio que ele não quer, de fato, que o time perca, e bate na madeira assim que se vê tentando a sorte com tais pensamentos funestos.

Joe tenta manter o pensamento positivo. Sempre deseja que aconteça uma vitória esmagadora. Esse seria o cenário ideal. O Sox venceria *e* haveria ao menos a chance de assistir na TV. Todos ganhariam. Mas isso nunca acontece com Joe ou com o Sox.

Hoje à noite, o jogo começa às 20h07, o que significa que, nesta manhã, Joe está no velho National Guard Armory, em Dorchester. O hangar é enorme, uma área vasta de espaço vazio, rodeando o grupo de policiais reunidos no meio do ginásio. A altura do lugar é tão impressionante quanto seu diâmetro. As janelas, que pegam a extensão do prédio, estão dispostas numa altura que só permite avistar o céu, e o teto está a pelo menos doze metros de altura. Joe avista um casal de pombos sentado em uma das vigas.

Ele está parado no centro do ginásio, em meio a outros 49 policiais de todos os distritos, sujeitos que, normalmente, só vê em desfiles e funerais. Joe passa alguns minutos colocando a conversa em dia com Darryl Jones e Ronnie Quaranto, dois dos seus melhores amigos do tempo da Academia de Polícia. A filha de Darryl vai se casar. Isso está lhe custando uma fortuna e ele não suporta o noivo. Fora isso, nenhuma reclamação. Ronnie está ansioso pelas férias mais do que necessárias, na semana seguinte, com a esposa. Um cruzeiro no Caribe.

Joe vê o rosto conhecido do seu melhor amigo, Tommy Vitale, mas depois olha novamente. Seu lábio. Nos 24 anos em que os dois se conhecem, nunca tinha visto o lábio superior de Tommy.

— Ei, Magnum, quer que a gente preencha um relatório de desaparecimento pro seu bichinho peludo? — pergunta Joe.

Tommy passa os dedos na pele exposta debaixo do nariz.

— Estava na hora de mudar. O que você acha?

Tommy vira de lado, mostrando o perfil, e sorri.

— Acho que você deveria ter feito o contrário, deixar crescer uma barba cerrada pra cobrir essa cara feia.

— A Amy gosta. Diz que eu pareço um jovem Robert De Niro.

— É trágico que ela esteja ficando cega tão nova.

Tommy ri.

— Não, ficou bom. Você está dez anos mais moço.

— É mesmo?

— Nunca me senti tão atraído por você.

— É esquisito. Não paro de passar a mão.

Joe solta uma risada. Tommy leva um segundo e, logo, os dois estão rindo como adolescentes.

O sargento põe um fim ao encontro alegre. As brincadeiras e piadas acabaram. Chegou o momento de três horas de treinamento tedioso, exercícios no estilo militar para controle de multidão, visando um potencial tumulto pós-jogo nesta noite.

Todos se enfileiram com todo o equipamento, capacetes e luvas, segurando cassetetes de quase um metro e máscaras de gás. Do lado de fora, é um agradável dia de outono, ensolarado, com uma brisa leve e fresca que vem do Atlântico, mas dentro daquele ginásio parece a porra do verão na Flórida. A camiseta do Pedroia de Joe já está úmida e a etiqueta irrita o alto das suas costas. Ele se recrimina por não ter se lembrando de cortá-la fora.

Os policiais estão perfilados à distância de um braço, enfileirados lado a lado. Joe está na coluna dois, na posição 13 da sorte, doze sujeitos mais altos à sua frente, quatro mais baixos, atrás. O sargento Ferolito, ex-fuzileiro naval, grita os comandos, ecoando gravemente a voz pelo hangar e pelo capacete de Joe.

— Coluna número dois, formação em fila, até mim. *AVANÇAR!*

O líder move-se primeiro. Os números ímpares avançam para frente e vão para a esquerda, os pares, para a direita. Bastões e botas batem no chão em uníssono. Passo, junto, passo, junto, passo. A batida é intimidante, um trote trovejante, que cresce exponencialmente à medida que mais policiais se desprendem, como um rebanho de animais grandes numa debandada controlada. Os uniformes à frente de Joe entrecruzam-se como cabelo trançado, criando uma configuração de fileira totalmente nova. A coreografia é precisa e não deixa espaço para erro, exige uma quantidade considerável de atenção e coordenação, a coisa mais próxima de uma dança, na visão de Joe, o que o faz admirar Meghan mais ainda.

É a vez de Joe e ele deve, primeiro, deslocar o pé direito para a esquerda. Ele vem repetindo para si mesmo esse comando, em meio a um mar de corpos que se entrecruzam à sua frente. Mas agora que é sua vez, seu pé direito toma a frente, como se fosse um cachorro impulsivo numa guia, farejando o cheiro irresistível de um esquilo *ali na frente*, e puxa Joe para a direita. Esse movimento atrapalha a fileira de policiais atrás dele, uma vez que todos seguem seu movimento e se alinham atrás dele como dominós no lugar errado. Também atrapalha o desenvolvimento dos homens que restam na coluna três, que seguem para a esquerda, corretamente, dando de encontro a uma parede de corpos que não deveria estar ali.

— Bem, isso foi péssimo — diz Ferolito. — Todos de volta em formação lado a lado. Vocês vão repetir. O'Brien, está precisando de uma aula de direita e esquerda?

— Não, senhor — diz Joe.

— Ótimo. Então, por gentileza, ponha os miolos pra funcionar.

Todos eles voltam a ficar em formação. O sargento Ferolito os mantém ali, caminhando com as mãos cruzadas às costas, sem dizer nada, esperando para dar a ordem, os cantos da boca erguidos num sorriso malandro. Enquanto isso, Joe passa por um verdadeiro inferno para se manter imóvel. Seu corpo é uma lata de refrigerante agitado, pronto para espirrar em todas as direções.

Ele não consegue parar de pensar na porra da etiqueta. A sensação é de algo entre cócegas e uma coceira intensa, mas também poderia ser a de uma faca espetando-o nas costas, considerando toda atenção que vem exigindo. Gostaria de arrancá-la da camiseta agora mesmo. Pedroia que trate de acertar uma tacada para fora do estádio hoje à noite.

Ele precisa parar de pensar na etiqueta. Olha para a cabeça do sujeito à sua frente. É a cabeça de Ronnie Quaranto. Concentra-se na sequência de gordurinhas na parte de trás do pescoço dele e conta, intimamente, concentrando-se em cada número e no gordinho do pescoço de Ronnie, não na etiqueta, mantendo-se parado. Chega ao 36, cerrando os punhos, os dentes, até a bunda, quando o sargento Ferolito finalmente solta o comando.

— Coluna número dois, formação em fileira, até mim. *AVANÇAR!*

Ronnie segue para a direita, Joe está pronto para se mover, mas ele relaxa, se distrai e perde a concentração. Deveria ser o espelho de Ronnie, portanto, virar para a esquerda e formar uma nova linha reta, porém, mais uma vez seu corpo parece ter uma mente impetuosa com vontade própria. Joe vai para a direita. Novamente, o policial atrás dele se vê no dilema do que fazer: ir para a direita, como deveria, se Joe tivesse feito o que se esperava, ou seguir a regra e fazer o oposto do que havia sido feito à sua frente. Essa decisão não pode ser ponderada tomando sossegadamente um cafezinho. Tem que ser agora, imediatamente, em exatidão com cinquenta pares de botas e cassetetes batendo no chão do hangar. Escolhe copiar Joe. A formação vai pelos ares. De novo.

— O'Brien — chama o sargento Ferolito. — Está pretendendo ficar aqui o dia todo?

— Não, senhor.

— Porque isso nem me passa pela cabeça. Vamos repetir.

Ao voltarem para a formação em colunas, Joe faz contato visual com Tommy. Ele responde ao levantar de sobrancelhas do amigo encolhendo os ombros rapidamente e retorna para sua posição. Todos estão imóveis, aguardando a ordem do sargento. Todos, menos Joe.

Ele continua encolhendo os ombros como se estivesse com soluços, provocando um balanço perceptível no seu cassetete, que bate na perna do policial ao lado. Tenta abaixar os pulsos e juntar as escápulas, mas os ombros continuam pulando. Não consegue pará-los.

Fique quieto, porra. Mas o esforço, de algum modo, recruta seus pés, e agora, além de dar de ombros, ele balança para frente e para trás, dançando. Bate no sujeito à direita, depois no da esquerda. Deus do céu, se ninguém enchê-lo de porrada logo, ele mesmo vai fazer isso.

— O'Brien, estou ficando cansado de ouvir minha voz dizer o seu nome. Está com formiga na calça?

— Não, senhor — diz Joe.

— Vamos esperar aqui até que todos estejam perfeitamente imóveis.

Joe contrai cada músculo que encontra, tentando transformar todo seu corpo em um objeto inanimado, imaginando-se uma prancha de madeira. Prende a respiração. O suor pinga da ponta do seu nariz como uma torneira vazando. Resiste à vontade de enxugar o rosto com a mão enluvada. A etiqueta continua irritando-o. Promete a si mesmo a satisfação de acabar com ela depois. Um comichão de catarro arranha o fundo da sua garganta, implorando-lhe que tussa. Engole várias vezes até a boca ficar seca, mas aquilo não desce. Não vai tossir. Joe conhece a disciplina.

Mas existe uma vontade mais poderosa de se mexer, crescendo no fundo dele, emanando de uma origem não específica, indefinida, negando-lhe um alvo para onde mirar. Ele não é uma prancha de madeira. É uma bexiga soprada até o limite da sua capacidade, desamarrada, e outra pessoa, alguém com um senso de humor doentio, está beliscando seu pescoço, ameaçando soltá-la.

Seus ombros voltam a se mexer. Que *porra*. O sargento Ferolito está parado diante da formação, pés abertos e braços cruzados sobre o peito, os olhos escuros encarando Joe de cima. É como se os olhos de cada policial estivessem em Joe, ainda que ele saiba que os únicos policiais que estão realmente olhando para ele são o sargento Ferolito e o sujeito logo atrás dele.

Não consegue imaginar o que esteja causando esses espasmos musculares bizarros. Não andou levantando pesos, nem móveis, nem praticando nada fora do normal. Na maior parte do tempo, está em pé, sentado na viatura, sentado na sala ou dormindo.

Talvez não tenha feito nada para provocar isso. Às vezes, Joe tem espasmos nos dedos dos pés, especialmente nos dois seguidos ao dedão. Sem aviso ou estímulo, eles se juntam em uma posição rígida, anormal, desalinhada do resto do pé, e ficam ali, numa pose retorcida, resistentes a qualquer tentativa de relaxá-los, por vários minutos angustiantes. Mas esses espasmos parecem-se mais com soluços do que com câimbras nos dedos dos pés. Surtos de movimento repentinos, involuntários, exagerados. Soluços do ombro. Nunca ouviu falar em tal coisa. E o que acontece com seus pés inquietos?

Talvez esteja ficando velho demais para esta merda. É um dos policiais mais antigos aqui. Tem 43 anos e, ultimamente, sente cada um desses anos. Para começo de conversa, Joe nunca foi um homem esbelto. Agora, provavelmente carrega uns dez quilos extras na região da cintura, seu abdômen protuberante deve ser o responsável pela sua crônica dor nas costas. Faz ruídos nada atraentes, gemendo e grunhindo ao sair da cama pela manhã, e sempre que se levanta, depois de permanecer sentado por muito tempo. Gostaria de pensar que ainda poderia fazer vinte flexões consecutivas e vencer JJ num braço de ferro, mas não apostaria nisso.

A maioria dos homens aqui está na faixa dos 20 ou 30 anos. Esse trabalho é para jovens. Mas Tommy não está tendo problemas. Jonesie e Quaranto são mais velhos. Quem ele está querendo enganar? Não se trata de idade ou força. Mandaram que ele ficasse parado, não que fizesse vinte flexões. Então, o que está acontecendo?

Dá de ombros.

— Jesus Cristo, OB — cochicha alguém.

A acústica neste hangar cavernoso é péssima, distorcendo o tom e amplitude, provocando eco em cada som, mas ele tem total certeza de que foi Tommy. Isso tem que parar. Joe tenta respirar fundo pela boca, mas seu peito é uma parede de concreto, seus pulmões, dois tijolos. Está respirando como um esquilo em pânico. O suor escorre do seu nariz. Sua cabeça está fritando debaixo do capacete. Aquela maldita etiqueta.

Dá de ombros.

Joe declara guerra contra si mesmo. Aperta as mãos com tanta força que chega a poder sentir a extensão das suas veias tensas nos antebraços. Cerra o maxilar, retesa a bunda e os quadríceps, contrai o estômago, e visualiza um saco de areia de vinte quilos em cima de cada ombro. Seu coração dispara, a cabeça ferve de suor, e ele não respira.

Seus ombros estremecem. Ele bate contra os dois companheiros que estão em cada lado dele.

Mãe de Deus. Joe fecha os olhos. Pode ouvir sua pulsação latejando nas orelhas vermelhas de tão quentes. O sujeito respirando atrás dele. Carros passando zunindo do lado de fora. Pombos arrulhando nas vigas. Joe relaxa os maxilares. Sente o ritmo maníaco dos batimentos cardíacos nos ouvidos e convence o coração a ir mais devagar. Relaxa o rosto, o estômago, as costas, as pernas. Inspira uma vez, depois outra. Escuta, respira e espera. Seus ombros acalmam-se. Os pés permanecem plantados. Escuta, respira e espera. Os ombros permanecem quietos. Permanecem. Por favor, permaneçam. Permaneçam.

O sargento Ferolito comunica o próximo exercício.

Capítulo 6

O cheiro delicioso de cebola e pimentões fritos emana do carrinho de salsicha da esquina. Joe quer outro sanduíche. Não está particularmente faminto, mas chateado, e aquele aroma doce e picante é, sem dúvida, tentador, intoxicante. Ele inspira e sua boca enche-se de água. Inspira e sua cabeça só consegue pensar em cebolas gordurosas. As mulheres deveriam esquecer aqueles perfumes caros, sofisticados, que fazem com que todas cheirem como um jardim de uma senhora idosa. Deveriam borrifar em seus pulsos e pescoços gotas das linguiças do Artie's Famous Sausages. Os homens cairiam em cima delas.

Agora são quase dez da noite, e Joe, Tommy e Fitzie permaneceram juntos em seus postos na Lansdowne Street, à sombra do Fenway Park, desde 4h30 da tarde. Não há lugar para sentar, nada para ler, nada para fazer, a não ser ficar em pé, esperar o término do jogo, e imaginar o que acontece dentro do estádio. É pior do que ficar parado no departamento de roupas íntimas femininas da Macy's esperando Rosie, enquanto ela está no provador experimentando um sutiã ou alguma outra peça de roupa que Joe fica constrangido demais para imaginar em público. Isso não acaba nunca.

O uso do celular em serviço é reprovado, mas todos dão um jeito. Fitzie tira um do bolso do peito e lê uma mensagem de texto.

— Merda.

— O que foi? — pergunta Joe.

— O Cardinals está ganhando, um-zero.

— Que entrada? — pergunta Tommy.

— Parte alta da quarta.

— Tudo bem, tudo bem — diz Tommy. — Ainda tem muito tempo.

Joe concorda e reza para sua camiseta do Pedroia. Balança para frente e para trás sobre os pés, alternando todo o peso entre eles por um instante, depois balança do calcanhar para os dedos. Está nesta posição há mais de cinco horas, sem descanso, e seus pés imploram por qualquer alívio que ele possa proporcionar.

— Você está parecendo a porra de um joão-bobo — diz Tommy. — Dá pra ficar parado? Está me deixando nervoso.

— Desculpa, cara, meus pés estão me matando — diz Joe.

Fitzie concorda. Todos eles estão em serviço desde as 7h30.

— Estou pronto pro meu sofá — diz Fitzie.

— E uma cerveja gelada — diz Joe.

Todos concordam com a cabeça. Joe imagina os primeiros minutos em casa, à noite, o alívio gratificante de finalmente tirar os pés exaustos das botas justas e pesadas, o cheiro fresco cítrico ao empurrar uma rodela de limão pelo gargalo de uma garrafa de Corona, o sabor maravilhoso, gelado e doce daquilo. Deitar no sofá. Uma almofada macia debaixo da cabeça. Os melhores momentos do jogo na TV.

O devaneio de Joe é interrompido ao se deparar com a expressão séria de Tommy, que claramente não estava imaginando um sofá ou uma cerveja gelada. Está esfregando a pele nua acima do lábio, analisando-o.

— Você e Rosie vão tirar férias logo? — pergunta.

— Não, não tem nada na agenda. E você e Amy?

— Só vamos até New Hampshire visitar os pais dela.

Joe assente.

— Você ouviu o Ronnie contando daquele cruzeiro que ele vai fazer? — pergunta Tommy.

— Ouvi. Parece bem legal.

— É — diz Tommy, refletindo sobre algo. — Está tudo bem com você, cara?

— Comigo? Está. Só quero aliviar meus malditos pés.

Tommy fica calado, observando Joe, que está levantando e abaixando os calcanhares, pisando de um lado a outro. Ele sabe que está infernizando Tommy com aquele movimento, mas não consegue evitar.

Cerveja. Sofá. Rápido.

— O que aconteceu com você hoje de manhã no treinamento de controle de multidão? — pergunta Tommy.

— Sei lá — responde Joe, sacudindo a cabeça. — Estou ficando velho demais pra essa merda.

Tommy contrai os lábios.

— Estou entendendo. Vou pegar outro sanduíche. Tá com fome?

— Não, mas eu como um.

Depois que Tommy dobra a esquina na Brooklin Avenue, um rugido de mamute levanta do estádio.

— Isso! — diz Fitzie em seu celular.

— O que houve? — pergunta Joe.

— Big Papi fez um home run duplo e Pedroia fez um strike-out. O Sox está ganhando dois-um.

— Boa! — diz Joe, agradecendo à sua camiseta. — Em que entrada?

— Parte baixa da sexta.

Joe sente-se como um garoto, uivando e batendo as mãos nas de Fitzie, apesar da agonia da compressão óssea nas costas e nos pés. Ótimo. Espera nunca perder o garotinho que existe dentro dele, aquele espírito ingênuo que sempre torcerá pela vitória do Red Sox, cujas comemorações sempre abafarão a miserável reclamação do seu corpo de velho. Uma vitória do time é uma vitória do pessoal do bem. É o Superman vencendo Lex Luthor, Rocky nocauteando Apollo Creed.

Depois de uma saída que parece ter levado anos, Tommy volta com três cachorros-quentes superrecheados com linguiça, pimentões e cebolas fumegantes, pingando gordura. Fitzie lhe conta como foi a tacada do home run. Joe engole seu sanduíche em quatro mordidas animalescas, sem interrupções e, imediatamente, lamenta não ter ido mais devagar. Deveria tê-lo saboreado. Inspira pelo nariz enquanto olha o sanduíche de Fitzie, ainda na metade, e sente a intensa pontada de um desejo invejoso, mesclada com uma fisgada de indigestão.

Fitzie lambe a gordura dos dedos e saca seu celular.

— Merda.

— O que foi? — pergunta Joe, limpando as mãos na calça.

— A porra do adversário sabe arremessar. O Cardinals está na frente, quatro-dois.

— Que entrada?

— Parte alta da sétima.

— Merda — diz Tommy. — Vamos lá, duas corridas mais.

— Meus pés não aguentam entradas extras — diz Joe.

Cinco anos antes, ele teria dito "coração" e não "pés".

— Ainda temos chance — diz Tommy.

Aquela entrada não tem mais corridas. Joe ouve as vozes distantes de 37 mil pessoas cantando "Sweet Caroline". As palavras vão sumindo e depois voltam com força no coro. — *So good! So good! So good*! — Joe canta junto com eles, murmurando, sentindo-se mais feliz e menos excluído assim.

Quase no fim. Agora, além dos policiais e dos vendedores ambulantes, não tem ninguém do lado de fora. Todos estão no estádio ou nos bares, vidrados no jogo apertado. Se o Sox perder, as finais vão ficar emboladas. Os torcedores sairão do estádio e dos bares de cabeça baixa, decepcionados e um tanto arrasados, mas provavelmente não vão fazer nada que os levem a figurar com destaque no noticiário do fim de noite. Os torcedores de Boston são apaixonados, fiéis e um pouco malucos, mas não são violentos. A cidade não tem o tipo de tumulto que acontece em outros locais quando o time do coração perde. Provavelmente, todos vão querer sair, ir para casa e para a cama. Ainda é o começo das finais, apenas o segundo jogo, tem tempo de sobra. Os torcedores do Sox querem viver para contar aos netos a história fantástica de *como* ganharam, tanto quanto querem ganhar, portanto, uma noite perdida não é o fim do mundo. Não haverá carros tombados, janelas quebradas, saques ou tumulto.

A não ser que ganhem. Embora os bostonianos tenham a tendência a serem perdedores calmos e humildes, nem sempre expõem seu lado mais gracioso e agradável quando os times da casa ganham uma partida importante. Joe agradece a Deus por não ser sábado. Nos jogos de sábado, as pessoas bebem o dia todo, planejando dormir até mais tarde no domingo. Quando o Sox ganha um jogo das eliminatórias num sábado, todos, normalmente, ficam em variados estados de bebedeira, felizes com a desgraça alheia, procurando festejar ou armando confusão, e a noite vai longe para a polícia de Boston, no controle de multidão.

Mas essa é uma noite de quinta-feira. Todos que têm trabalho precisam trabalhar pela manhã. As crianças têm aula. Perdendo ou ganhando esta noite, o Sox seguirá em frente para o terceiro jogo em St. Louis. Em sua grande maioria, as pessoas vão tomar o rumo de casa o mais rápido possível depois que terminar. É o que Joe espera.

Ele balança cada pé e faz algumas flexões com os joelhos. Seus ombros estremecem, como mais cedo, mas em vez de lutar contra isso, Joe aproveita para esticar um braço acima da cabeça, e depois o outro. Coça a cabeça. Gira o tronco de um lado a outro, tenta liberar a tensão vertical da coluna, nem que seja por um segundo, e geme. Suas costas estão tão infelizes quanto os pés.

— Ei, Jane Fonda — diz Fitzie, lendo no celular. — Parte baixa da nona. Ainda quatro-dois. Duas eliminações.

Joe fecha os olhos, reza para Deus e para sua camiseta da sorte, e bate no seu cassetete, desejando que o Sox vença. A rua está estranhamente quieta, como se toda Boston estivesse prendendo a respiração.

— O Nava acabou de sofrer um *strike out* — diz Fitzie. — Fim do jogo.

Todos eles abaixam a cabeça sem dizer nada, um momento solene de silêncio, antes de começar a trabalhar.

Faltam apenas alguns minutos para que a multidão esgotada comece a se despejar para fora do Fenway Park. A polícia já bloqueou todas as travessas com barricadas, criando uma via estreita protegida por policiais. O objetivo é dispersar o pessoal e conduzir todos para seus destinos. Logo, milhares de pessoas estão passando por Joe, todas na mesma direção. É um rio que corre rapidamente, com apenas um sentido para os peixes nadarem.

Um menino, provavelmente com cerca de 6 anos, cruza o olhar com Joe ao passar sobre os ombros do pai. Joe acena com a cabeça e sorri. O menino arregala os olhos, surpreso, como se nunca tivesse esperado que Joe se mexesse, como se ele fosse uma estátua que subitamente criara vida. O menino, então, abaixa os ombros e vira o rosto para outro lado, repousando-o sobre o alto da cabeça do pai, que segura a perna do menino com uma das mãos e a mão da esposa com a outra.

Família após família segue lentamente e Joe lamenta não ter passado mais tempo como este com Rosie e as crianças, quando elas eram pequenas. Daqui a doze anos, ele se aposenta. A essa altura, JJ e Colleen já deverão ter alguns filhos. Joe bate três vezes no cassetete. Se Deus quiser, as meninas também estarão casadas, com filhos. Bate mais uma vez no cassetete, e mais outra, por Rosie.

Ela se preocupa que as filhas sejam tão inquietas e desesperançosas por não terem um namorado firme, nem ao menos um casamento potencial em vista. Tanto o mundo da ioga, quanto o mundo da dança, são predominantemente habitados por mulheres. Parece que os poucos homens qualificados que estão na companhia de balé são gays ou originários do leste-europeu, cujos sobrenomes Rosie nem consegue soletrar. Além disso, os homens que praticam ioga são Toonies. A suposição acalentada há muito por Rosie de que suas filhas um dia se casariam com bons irlandeses católicos do bairro está cada vez mais difícil de se realizar, hoje a ideia é até absurda. A mãe deseja apenas que elas se casem com alguém. E que os maridos não sejam protestantes.

Daqui a doze anos, Patrick pode até ter se estabelecido ou, no mínimo, estar morando em outro lugar. Com sorte, toda sua prole será legítima.

Aposentadoria e netos. Ele vai estar com 55 anos, ainda jovem o bastante para aproveitar as crianças. Vai levá-las ao Fenway e mimá-las ao infinito.

Lansdowne agora está vazia a não ser por um punhado de peixes idiotas que resistiram à corrente. Seis rapazes com idade de universitários estão no meio da rua. Por três das camisetas e dois dos bonés, Joe deduz que frequentam a Boston College. Todos bêbados, rindo e cuspindo no chão, fazendo barulho e agindo como imbecis. Provavelmente, não são os melhores alunos nem os mais brilhantes.

A rua está ladeada por policiais ombro a ombro, de pé há sete horas, desesperados para ir para casa, e esses seis idiotas estão impedindo que isso aconteça. Joe suspira, sabendo que os minutos deles estão contados, esperando que poupem a todos do tempo e da chatice e caiam fora agora. Os policiais darão aos rapazes só mais um tempinho para a comemoração, para ficar um pouco mais sóbrios. Não há mais cervejas para serem tomadas no meio da rua, nem banheiros. Até o carrinho de cachorro-quente já se foi. Não tem nada de interessante acontecendo ali. Talvez eles partam por conta própria. Joe sabe que não.

Por fim, Jonesie sai da formação e vai para a rua. É chegada a hora de um empurrãozinho. A noite terminará em uma de três maneiras: cooperação total, camburão ou ambulância.

Jonesie é um urso pardo de 1,90 metro, que cresceu numa área violenta de Roxbury. Ele vai até o meio da rua e se aproxima do rapaz mais alto, que não chega a ter 1,80 metro. Usa uma clássica camisa de golfe listada, jeans e docksides.

— A festa acabou, gente — diz Jonesie. — Está na hora de encerrar a noite.

— Temos o direito de ficar aqui se der vontade — diz um dos meninos mais baixos.

— Vamos lá — diz Jonesie. — Todo mundo foi embora. Está na hora de terminar por aqui.

— O país é livre — diz o ruivo, o mais bêbado do grupo.

O moleque, que está cara a cara com Jonesie, enrijece a postura e encara Jonesie nos olhos. Não se mexe. Jonesie agiganta-se pouco mais e se inclina para bem perto do garoto.

— Ouça, Rambo — diz. — Você e seus colegas têm que ir pra casa. *Agora.*

Talvez seja por Jonesie ter invadido o espaço pessoal do menino, ou por um orgulho de macho alfa, ou por Jonesie ter cuspido nos *tês* e nos *pês*, ou ainda por ter chamado o moleque de Rambo. Joe nunca soube, exatamente, o que disparou o gatilho, mas ele e todos os outros policiais que assistiam à cena perceberam que Rambo morderia a isca. Ele tenta dar um soco em Jonesie, que se desvia do golpe com facilidade. Ele agarra, então, Rambo pelo braço, vira-o, gruda seu estômago no chão e o algema.

Joe e outros dez policiais vão para a rua em uma formação triangular, dirigindo-se diretamente para os meninos que restam, com uma intimidante sugestão de força.

— Isso aqui não é a segurança do campus, garotos — diz Tommy. — Isso aqui é o Departamento de Polícia de Boston. A não ser que o restante queira se juntar ao Rambo na delegacia, sugiro irem pra casa agora.

Os meninos hesitam por meio segundo e depois, como um bando de aves que decidem levantar voo em conjunto, abandonam o fodão sem dizer uma palavra, saem apressados por Lansdowne, deixando a cidade. Bons meninos. Joe sorri e olha no relógio. É hora de ir para casa.

PASSA POUCO DE MEIA-NOITE, QUANDO Joe estaciona o carro na Cook Street. Seu bom humor aumenta um ponto quando ele considera essa pequena vitória, muito significativa. Estacionar em Charlestown pode ser um pesadelo. É praticamente uma rotina, "chegar em casa" e passar a meia hora seguinte caçando um lugar que, invariavelmente, ficará a seis quarteirões de distância, na base da colina. E então começa a chover. Hoje à noite, não. Hoje, Joe encontra uma vaga na primeira tentativa, visível da sua casa.

Ele desce do carro e cada músculo do seu corpo grita em protesto. *Chega de ficar em pé!* Pressiona a base da mão na região lombar, forçando o tronco a ficar na vertical. O esforço é considerável.

Sente-se como se tivesse envelhecido 30 anos em uma noite, como se fosse o Homem de Lata, e cada junta do seu corpo precisasse de uma aplicação de óleo automotivo WD-40. E nada pode salvar seus pobres pés.

Ao se aproximar da porta da frente, surpreende-se com as janelas reluzindo um amarelo âmbar por detrás dos blecautes abaixados. A luz da sala está acesa. Verifica novamente o relógio, embora saiba que horas são. Patrick ainda está no Ironsides. Rosie é uma pessoa matutina e o normal é não passar das dez, mas às vezes ela tem insônia. Em algumas ocasiões, Joe chega em casa à meia-noite e a encontra passando roupa. Rosie passa tudo: roupas, roupas íntimas, lençóis, toalhas, guardanapos e, de tempos em tempos, as cortinas de renda. A tábua de passar é um acessório permanente na sala de visitas, faz parte da decoração tanto quanto a poltrona de Joe e a caminha de Yaz. Quando não está passando a ferro, está deitada no sofá, aninhada sob um cobertor, assistindo ao Shoptime ou ao programa da Oprah. Rosie tem, no mínimo, dez anos do programa da Oprah gravados em fitas VHS. Quando ela está dormindo neste cenário, a luz da TV cintila em seu rosto angelical. Mas a luz nas janelas da sala não está cintilando. A lâmpada de cima está acesa.

Joe vira a maçaneta de latão da porta da frente e abre a porta. A luz do hall de entrada ilumina os degraus de baixo da escada que leva aos apartamentos do segundo e do terceiro andares, mas a frente da casa está escura e silenciosa. Joe fecha a porta, tranca-a, e joga suas chaves na mesinha de madeira à esquerda da porta. Elas caem aos pés da Virgem Maria.

Acima de Maria, está fixada na parede uma pia batismal branca de mármore, cheia de água benta. Rosie benze a si mesma, e qualquer um que esteja a um braço de distância, toda vez que sai ou entra na casa. Renova a água todo domingo. Joe recrimina-se por ter esquecido de ungir sua camiseta do Pedroia nesta manhã, antes de sair para a chamada. Vai ver que foi por isto que o Sox perdeu. Não vai deixar de benzer sua camiseta do Ortiz antes do terceiro jogo.

Ele atravessa a soleira da sala de visita e para de imediato. Rosie está acordada, não passando a ferro, nem deitada no sofá assistindo ao Shoptime ou à Oprah. A TV está desligada. Ela está sentada com as pernas cruzadas, a manta marfim tricotada estendida sobre os ombros e ao redor do colo, segurando com as duas mãos uma taça vazia de vinho. Uma garrafa vazia de Chardonnay acha-se sobre a mesinha de centro, ao lado de um frasco cheio de esmalte para unhas vermelho-tomate. Joe nota as unhas dos pés dela num vermelho brilhante, apontando por debaixo da manta.

Ainda está maquiada e com o crucifixo de ouro. Não está de pijama. Sorri ao vê-lo, mas ele percebe que é um sorriso falso. A expressão pesada em seus olhos faz os ossos da perna de Joe virarem gelatina.

— Quem? — pergunta ele.

Rosie respira fundo.

— Amy ligou.

— Cadê as crianças?

— As crianças estão bem.

As crianças estão bem. O rosto de Rosie continua estranho, esquisito. Amy telefonou. A esposa de Tommy.

Ai, Deus.

— O que foi? Cadê o Tommy?

— Tommy está em casa. Não aconteceu nada com ele. Ela telefonou pra falar de você.

— Falar de mim o quê?

Seu coração dispara, sem saber para onde ir, como se Joe vasculhasse os cômodos de uma casa onde nunca esteve, frenético, sem saber o que procura.

— Ela disse que o Tommy está preocupado com você. Está preocupado que tenha alguma coisa errada.

— Comigo? Preocupado com o quê?

Rosie faz uma pausa e levanta sua taça vazia. Antes de levá-la à boca, percebe que já tomou o vinho, e a retorna para o colo.

— Ele está preocupado que você possa ter um problema com bebida.

— Isso é maluquice.

Ela o encara.

— Nossa, Rosie, eu não tenho. Você sabe que não. Não sou de beber. Não sou a minha mãe.

Ele não consegue deixar de perceber a ironia da garrafa de vinho vazia à frente dela, mas resiste à vontade de fazer uma piada, de desviar esta acusação injusta, atacando-a. Enquanto isto, está louco por aquela Corona.

— Então, são drogas?

— O quê? — devolve ele, com a voz aguda demais, alta demais, fazendo com que pareça culpado, quando o que realmente sente é ofensa. — O que o faria chegar a uma conclusão tão ridícula?

Ele espera. Seja o que for, ela também está pensando a mesma coisa. Que porra está acontecendo?

— Não fique irritado.

Em vez de se dissipar, o fluxo de apreensão doentia pelos filhos, e depois por Tommy, continua correndo dentro dele à procura do que fazer. A raiva começa a crescer em seu peito, um rompante colidindo com outro.

— Chego em casa depois de uma jornada de 16 horas e me acusam de ser um drogado. Estou puto da vida, Rosie.

— Ele está preocupado com você. Diz que você anda agindo estranho, diferente do jeito que você é.

— Como o quê?

— Como se estivesse ligando pouco pros procedimentos. Disse que, noutro dia, você se atrapalhou ao descer da viatura e caiu.

— Meu maldito joelho.

— Seus relatórios foram rejeitados e você leva horas pra entregá-los.

Isso é verdade.

— Ele está preocupado com você, Joe, e eu também.

— Por causa do que a Amy te disse?

— É — Rosie diz, mas não terminou.

Ela analisa o rosto de Joe, sondando o terreno. Tem mais coisa aqui.

Ele abre as mãos, procurando suavizar sua atitude, abrindo espaço para que ela diga o que pensa. Vai até o sofá e se senta ao lado dela, para não olhá-la de cima. Talvez ela precise de mais uma garrafa de vinho. Ele, com certeza, gostaria daquela Corona.

— Eu também tenho notado coisas — diz ela. — Também estou preocupada.

Agora, sua esposa é uma detetive.

— Como o quê?

— Não sei, é como se você não fosse você. Está sempre inquieto, o tempo todo atrasado, você nunca foi assim. E seu humor, seu humor...

— Estou bem. Só estou cansado e irritado. Estão me dando horas extras demais. Precisamos de férias, querida. Que tal uma viagem pro Caribe? Não seria bom?

Rosie concorda com a cabeça e encara a mesinha de centro.

— Não estou bebendo, Rosie. Juro! E nem pensar que eu esteja me drogando. Você tem que acreditar em mim.

— Eu sei. Acredito.

— Então, por que está preocupada?

Rosie segura a cruz de ouro no peito, entre o polegar e o indicador, e a esfrega repetidas vezes, um estereótipo que Joe reconhece como reza.

— Acho que você deveria consultar um médico.

Rosie é dura. É casada com um policial. Sabe muito bem que todas as vezes que Joe sai de casa para trabalhar, pode não voltar. Sabe que ele tem uma cópia do seu testamento e uma carta de despedida escrita à mão para Rosie, grudadas no lado de dentro do seu armário de policial, só como precaução. Sabe como lidar com uma montanha de preocupações nas costas e, mesmo assim, se mantém firme. Mas cá está ela, parecendo pequena e vulnerável, como uma garotinha que acordou muito tarde e tem medo de voltar a dormir por causa dos monstros debaixo da cama. Ele precisa mostrar a ela que eles não são de verdade.

— Eu estou bem, mas que seja, vou provar pra você. Vou ao médico fazer uma consulta. Faço até um exame toxicológico, se você quiser.

Ele a segura nos braços e a embala, protegendo-a dessa ameaça inventada, ficcional, o que quer que ela ache que esteja errado. *Está tudo bem, querida. Não tem monstro nenhum aqui.* Ela chora em seus braços.

— A que horas a Amy telefonou?

— Perto das oito.

Deus do céu! Rosie está se torturando há horas. Ele sacode a cabeça, louco da vida com Tommy por fazê-la passar por essa situação.

— Está tudo bem. Deixe pra lá. Estou bem, mas vou ao médico, se isso te faz se sentir melhor. Vai que ele consegue consertar meu joelho lesado.

Joe aninha o rosto dela nas mãos, limpa com os polegares as lágrimas e o rímel preto que escorrem pelo rosto e lhe demonstra seu carinho em um sorriso terno. Ela sorri de volta, mas seu sorriso ainda não é verdadeiro. Ela sabe o quanto ele odeia médicos. Há 20 anos não se consulta. Não acredita nele.

— Eu vou, Rosie. Não quero que você fique preocupada deste jeito. Amanhã vou marcar uma hora. Juro. Vou ao médico.

Ela concorda com a cabeça e suspira, mas ainda está tensa em seus braços. Com medo e nem um pouco convencida. Não acredita que ele, realmente, vá ao médico. Mas ele vai. Faria qualquer coisa pra Rosie se sentir segura. Vai cuidar disso.

— Estou bem, querida. Juro.

Ela assente sem acreditar nele.

Capítulo 7

Um temor frio e insinuante sussurra no ouvido de Joe, enquanto ele espera, junto a Rosie, para atravessar a Fruit Street. Um táxi passa zunindo perto demais do meio-fio, e atira lama no jeans e nos tênis de Joe. Ele olha para Rosie. O táxi também jogou lama nela. Joe agarra sua mão e eles correm juntos pela rua.

Estão indo para o Centro Wang de Cuidados Ambulatoriais, do Hospital Geral de Massachusetts. Joe já esteve lá inúmeras vezes, mas sempre a trabalho, na função de representante da lei, sempre em frente do prédio principal, junto com a ambulância de emergência, ou no Pronto Atendimento. Esteve aqui no dia da maratona, entregando as vítimas das bombas às mãos dos cirurgiões: pernas perfuradas por metal, estraçalhadas, sangrentas, amputadas. Nada na sua formação ou nos anos de experiência o havia preparado, ou a qualquer policial, para a carnificina presenciada naquele dia. Ele nunca esteve em qualquer outra parte do hospital a serviço e jamais esteve aqui como civil.

Está de tênis, jeans e um casaco preto fino, que não chega nem perto de aquecê-lo no tempo que está fazendo; exatamente igual a qualquer outra pessoa que esteja se dirigindo para a entrada do Wang, gente que precisa de cirurgia, quimioterapia ou diálise, ou de algum outro tratamento sério. Segue os doentes e feridos para dentro do hospital, com desprezo pelo jeans vagabundo e o casaco barato. Poderia igualmente estar nu.

Ele continua segurando a mão de Rosie, mas está ficando para trás, como uma criança que resiste a ser levada para a sala do diretor, ou para a igreja, atado ao constante progresso da esposa em direção aos elevadores. Germofóbica assumida, Rosie aciona, com a manga puxada sobre a mão, o botão de subida do elevador.

Esperam. Entram sozinhos. Ficam calados, contemplando os números que se acendem da esquerda para a direita. A luz para no número sete. *Plim*. As portas do elevador se abrem. Chegaram.

Unidade de Transtorno de Movimento.

Joe consultou-se com seu clínico geral em novembro, há quase dois meses, uma visita rápida que não concluiu qualquer coisa, mas o encaminhou a uma especialização. Pela vontade de Joe, essa consulta teria sido cancelada. Ele foi ao médico, como prometido. Dever cumprido. Mas Rosie insistiu, falou sério, e Joe sabe que quando ela fala sério, concordar é o melhor caminho para seu futuro. Então, aqui estão eles, no consultório de algum famoso especialista em movimento. Parece um completo exagero para um homem cansado e com um joelho ruim.

Eles entram na sala de espera, Rosie avisa à recepcionista que Joe está ali e os dois se sentam. Joe confere o grupo de personagens à mostra. O temor acanhado que passou por ele lá fora, na calçada, agora o penetra por inteiro, com facilidade, como um líquido gelado que corre por suas veias.

Uma idosa com a pele branco-azulada, fina como papel, está largada em uma cadeira de rodas, olhando para o chão com os olhos embaçados. A jovem ao seu lado, talvez sua filha, lê uma revista. Um homem, mais novo do que a idosa, mas mais velho que Joe, talvez por volta dos 60 anos, com a cabeça cheia de cabelos grisalhos, de óculos e o rosto flácido de uma morsa, está preso com um cinto de segurança a uma cadeira de rodas reclinada, a cabeça caída de lado, olhando para o vazio. Embora deva haver alguém, ele não parece estar com acompanhante. Outro rapaz está sentado em uma das cadeiras da sala de espera, portanto, presume-se que possa andar. Sua boca está aberta, como que permanentemente solta, como o morto-vivo Jacob Marley, mas sem o lenço amarrado ao redor da cabeça.

Sua esposa, irmã ou enfermeira, enxuga cuidadosamente a baba que pinga da sua boca, com lenços de papel que busca em sua bolsa. É um vazamento permanente e contínuo. Uma toalha branca estendida em seu peito absorve o líquido que escapa a ela.

Todos, inclusive Joe e Rosie, estão quietos. Ele não sabe ao certo se os outros não conseguem falar ou se escolheram o silêncio. Observa cada pessoa tempo suficiente para reunir esses detalhes básicos descritivos, mas depois, propositalmente, desvia o olhar. Não quer ser pego espiando. O temor gelado é agora um gotejar insistente, um cântico de mau agouro em seus ossos.

Aqui está uma sala cheia de zumbis inválidos. É o purgatório, um lugar desgraçado de espera indefinida e, possivelmente, interminável entre o paraíso e o inferno. Por outro lado, Joe não consegue imaginar alguém aqui destinado a algo bom. Aqui não existe paraíso. Esta sala é uma cela para os amaldiçoados e embora Joe sinta-se mau pela infelicidade dessas pobres almas, não quer ter nada a ver com isso.

Isso está errado. Seu casaco de inverno parece, subitamente, uma tortura de tão apertado no peito. Agora ele sente calor, calor demais. Devia tirar o maldito casaco, mas sabe que isso não vai ajudar. O cântico que zumbe em seus ossos está praticamente ensurdecedor agora, ecoando com toda a força dos seus pulmões. *Você está no LUGAR ERRADO, na HORA ERRADA, CARA. Caia fora daqui AGORA.*

— Joseph O'Brien — chama uma moça à porta do inferno.

Está de uniforme cinza, segurando uma prancheta, esperando por ele. Não tem nenhum traço de alegria humana em seu rosto, nem em sua postura.

Rosie, que estava tricotando, guarda a lã e as agulhas rapidamente e é a primeira a se levantar. Joe imita seu gesto, mas em vez de fugir em disparada, vai atrás dela e do anjo da morte até o consultório. Novamente, ele e Rosie sentam-se lado a lado. Joe evita olhar para a mesa de exames e se concentra na porta fechada, revendo em sua mente a saída mais rápida do prédio: à esquerda passando por essa porta, depois a segunda à direita, passando pelo purgatório, à esquerda no corredor, elevadores à direita.

A porta se abre.

— Olá. Sou a dra. Cheryl Hagler.

Ela está parada em frente a Joe, impedindo totalmente sua visão da porta, sua fantasia de fuga. Dra. Cheryl Hagler. Cheryl. É sua médica. Uma mulher. Rosie não mencionou isso. Uma omissão intencional. Ele tem certeza de que ela é uma boa médica. Inteligente também. Droga, ele seria o primeiro a admitir que Rosie, Meghan e Katie são mais inteligentes do que ele. Joe abaixa o olhar para o jeans e os tênis. Não quer ser visto daquele jeito por ninguém, muito menos por uma mulher.

Ele se levanta e cumprimenta a dra. Hagler com um aperto de mão. Ela devolve o aperto com firmeza, o que Joe aprecia. De sapatos de salto pretos, tem a altura de Joe e parece ter sua idade. Usa um avental branco, grande demais nos ombros, e com um botão na casa errada, sem revelar nada do que esteja usando por baixo, a não ser um círculo de prata pendendo de uma corrente também de prata em seu esterno. Seu cabelo preto está frouxamente preso em um coque desleixado, nem um pouco parecido com os botões perfeitamente redondos que ele vê no cabelo de Meghan. É atraente, mas Joe percebe que a própria aparência é a última coisa com a qual essa mulher se preocupa.

Ao se sentar na cadeira em frente ao casal, ela desce os óculos de aros pretos do alto da cabeça para o nariz de bico de pato. Folheia os papéis na prancheta. Depois, pousa-a no colo, coloca novamente os óculos no alto da cabeça e cruza as mãos, esticando os indicadores como uma torre. Joe endireita-se na cadeira, tentando ocupar mais espaço.

— Então, me digam o que está havendo — diz ela, como se eles fossem velhos amigos numa conversa informal ao jantar.

— Nada demais.

Ela bate os indicadores e espera Joe mudar sua história, elaborá-la ou enumerar os sintomas. Ele não diz nada.

— Aqui diz que você tem tido alguns problemas com quedas. Que deixa as coisas caírem, além de questões com pontualidade e organização.

— Ah, é. Bom, é, isso.

— O que você acha que vem causando os tombos? — pergunta ela.

— Machuquei este joelho há um tempo.

Joe ergue o joelho direito, para mostrá-lo a ela. Começa, então a chacoalhar a perna. A dra. Hagler volta a olhar as páginas da prancheta, depois olha para ele e sua perna agitada.

— Alguma vez você sentiu tontura ou teve visão dupla?

— Não.

— Alguma dormência nos braços e nas pernas?

— Não.

— Algum tremor?

A dra. Hagler estende a mão direita, tremendo-a para demonstrar.

— Não.

— Dores de cabeça?

— Não.

— Você se sente fraco?

— Não. Apenas um pouco mais cansado do que o normal.

— Está dormindo o suficiente?

— Estou.

— No que você trabalha?

— Sou policial em Boston.

Ela acena positivamente com a cabeça e anota alguma coisa.

— Como estão as coisas no trabalho?

— Estão bem. Quer dizer, acho que estou tendo alguns problemas que não costumava ter, como chegar atrasado, e juntar todos os detalhes de um jeito certo nos meus relatórios. Acho que já não sou tão jovem.

A dra. Hagler consente com a cabeça e espera. Joe sente-se pressionado a preencher o silêncio, como se ainda fosse a sua vez de falar.

— E, às vezes, sou um pouco desastrado. Sabe como é, derrubo algumas coisas e tropeço. Acho que é este meu joelho.

Joe volta a levantar a perna direita.

— Você está preocupado em perder o emprego?

— Não.

Não até agora.

— Alguma mudança de personalidade?

Joe dá de ombros. Não estava esperando esse tipo de pergunta.

— Não sei — diz, virando-se para Rosie. — O que você acha, querida? Continuo o mesmo velho pentelho que sempre fui?

Está sorrindo, brincando, mas Rosie não. Fica calada e cruza os braços sobre o peito, provavelmente constrangida que Joe diga "pentelho" na frente de uma médica.

— Rosie, você reparou alguma mudança na personalidade de Joe? — pergunta a dra. Hagler.

Rosie concorda em silêncio.

— Como o quê?

— Ele passou a ter pavio curto. Nunca se sabe o que vai tirá-lo do sério, e ele pode passar de zero a cem num piscar de olhos. Não quero dizer que ele é um canalha. É um homem bom, mas passou a ter esse temperamento esquisito, e não é do seu feitio ser assim.

— Há quanto tempo ele está com esse temperamento esquisito?

Rosie hesita, pensando. Joe espera que ela diga talvez alguns meses.

— Seis, sete anos.

Nossa, jura?

— Alguma sensação de depressão, Joe? — pergunta a dra. Hagler.

— Não.

— Como está seu nível de stress neste momento? Numa escala de um a dez, sendo dez o mais alto.

Joe pensa por alguns segundos.

— Cinco.

— Por que cinco, e não um?

— Nunca é um.

— Por quê?

— Sou policial. Somos treinados pra nunca relaxar.

— Mesmo quando não está a serviço?

— É, não consigo desligar.

— Então, está sempre no cinco?

— Eu diria que, geralmente, está por volta de três.

— Então, por que os dois extras?

Por estar esperando no purgatório. Por estar sendo questionado por uma médica em roupas civis. Só isso já seria suficiente. E se não bastasse, aparentemente ele tem sido um pentelho com um temperamento esquisito há, no mínimo, seis anos.

— Não estou exatamente em um dia no spa — diz Joe.

— Tem toda razão — diz a dra. Hagler, sorrindo. — Rosie, você tem notado alguma outra coisa no Joe?

— Bom, do tipo quando eu peço pra ele fazer alguma coisa e ele esquece. Como comprar leite quando vem pra casa ou consertar os armários da cozinha.

— Querida, você acaba de descrever todo homem saudável do planeta.

A dra. Hagler sorri. Joe olha para a mão esquerda, a aliança. Ela percebe.

— Ok, tem mais alguma coisa de que você se lembre, Rosie?

— Ele está sempre inquieto pela casa, mas não de um jeito normal. É esquisito. Fica derrubando e deixando cair coisas. Quebrou minha última taça de vinho há uma semana. Está esquisito.

Ela continua brava com isso. É sutil, e ele não tem certeza de que a dra. Hagler perceba, mas Joe consegue escutar o tom cortante na voz de Rosie. Ela não gosta de ter que tomar vinho em um copo de geleia ou num de plástico. Precisa comprar um novo conjunto de taças para a esposa.

Joe não gosta que essa médica faça perguntas sobre ele a Rosie, como se ela fosse a principal testemunha a ser interrogada em uma investigação sobre crime organizado. Rosie é uma mulher profundamente reservada. Não menciona as besteiras de Patrick para seus irmãos, nem mesmo para o padre. Não conta a ninguém que JJ e Colleen estão tendo problemas para engravidar. Mantém seus segredos e assuntos dentro de casa, e preferiria queimar todos os seus vídeos da Oprah a expor a roupa suja da família perante os vizinhos. Assim, Joe fica perturbado ao ouvi-la expor com tanta avidez seu comportamento “esquisito”, quase como se estivesse conseguindo alguma vantagem em dedurá-lo.

— Como agora — finaliza Rosie.

A dra. Hagler confirma com a cabeça e anota alguma coisa. O que está havendo aqui? Joe não está fazendo nada, senão ficar sentado perfeitamente imóvel nessa maldita cadeira, ouvindo a esposa acusá-lo de ser esquisito. E agora a bondosa doutora concorda. A consulta está começando a parecer conspiratória.

Rosie dá um tapinha no seu braço. Ele olha para ela. As mãos dela estão cruzadas no colo. O rosto está voltado diretamente para frente, focado na dra. Hagler. Então, ele repara que seu cotovelo esquerdo está pulando para o lado, batendo de encontro ao braço de Rosie. Ele se retorce na cadeira, tentando abrir mais espaço entre eles. Essas malditas cadeiras são para anões e estão juntas demais. Ele olha para baixo e observa seus pés realizando uma espécie de sapateado suave no chão. Tudo bem, ele está um pouco inquieto, está nervoso, mãe de Deus. Todo mundo se mexe quando está nervoso.

— Você bebe, Joe? — pergunta a dra. Hagler.

— Umas duas cervejas, às vezes um gole de uísque, mas não passa disso.

Com certeza ele gostaria de beber agora.

— Alguma droga?

— Não.

— Vamos falar sobre a seu histórico familiar. Você tem irmãos ou irmãs?

— Uma irmã.

— Mais velha ou mais nova?

— Um ano e meio mais velha.

— E como anda a saúde dela?

— Acho que boa. Não sei de fato. A gente não tem muito contato.

— Como estão seus pais?

— Meu pai morreu de câncer de próstata uns nove anos atrás. Minha mãe morreu de pneumonia quando eu tinha 12 anos.

— Você pode me contar mais sobre a sua mãe? Você sabe como ela teve pneumonia?

— Não tenho certeza. Ela estava vivendo no Tewksbury State Hospital quando morreu.

— Por que ela estava ali?

— Ela era alcoólatra.

Ao dizer isso em voz alta, ele sabe que sua resposta não faz sentido. Os alcoólatras vão para o AA, não para o Tewksbury State. Não por cinco anos.

— Alguma vez ela foi diagnosticada com outra coisa que não fosse pneumonia?

— Não que eu saiba.

— Qual era a aparência dela quando você ia visitá-la?

Joe reflete, tentando se lembrar de uma imagem da mãe no hospital, exercício peculiar, já que passara anos fazendo exatamente o oposto, procurando apagar cada segundo do que tinha presenciado ali. Agora ele a vê. Está na cama. Suas pernas, braços e rosto estão contorcidos em formas perturbadoras e inumanas.

O que vem com mais clareza em sua mente são seus ossos. Os ossos da mãe salientando-se por debaixo das faces e do queixo, apontando no alto de cada ombro, na caixa torácica, nos nós dos dedos, as patelas. Lembra-se do esqueleto da mãe. No final, ficou mais fácil imaginar os ossos brancos sob sua pele do que o rosto e o aspecto redondos e carnudos que costumava ter. Ficou mais fácil acreditar que sua mãe já não estava realmente ali, que a mulher naquela cama era uma assombração.

— Ela estava muito magra.

— Aham. E suas tias, tios, primos do lado materno? Algum problema de saúde entre eles?

— A família da minha mãe ficou em Nova York quando ela se mudou pra Boston e se casou com meu pai. Ela não falava com eles. Nunca conheci nenhum deles.

Por que a médica está tão interessada na saúde da sua mãe e da família dela? O que qualquer uma dessas coisas tem a ver com o seu joelho? Joe olha para a parede atrás da dra. Hagler, e seus emoldurados diplomas e certificados de excelência. Yale School of Medicine. Residência no John Hopkins. Bolsa de estudos no National Institutes of Health. A dra Hagler pode ser estudada, mas com certeza seria uma merda como detetive. Essas perguntas são uma tremenda perda de tempo.

Joe volta a ler as credenciais emolduradas da médica. Residência em neurologia. Bolsa de estudos em neurologia. Espere aí, ela é uma *neurologista*? Ele achava que estava se consultando com uma especialista em movimentos. Uma ortopedista. Por que porra está conversando com uma médica do cérebro?

— Olhe — diz Joe, oferecendo-se para lhe dar uma força. — Torci o joelho faz alguns anos e ele nunca mais foi o mesmo. Acho que é isso que está provocando meus problemas de equilíbrio e queda.

— Tudo bem, vamos dar uma olhada em algumas coisas.

Até que enfim, mas ele não entende como essa senhora pode ser mesmo remotamente qualificada para avaliar seu joelho. A dra. Hagler levanta-se, larga a prancheta na mesa e fica em pé em frente a Joe. Estica as mãos, os punhos fechados, como se estivesse prestes a fazer uma brincadeira de Adivinhe em que Mão Está.

— Olhe para as minhas mãos e depois para o dedo que se levantar.

A dra. Hagler aponta com o indicador direito, depois o esquerdo, depois o esquerdo novamente, o direito, o esquerdo, o direito, o direito. Joe segue todos esses movimentos com os olhos. Sem problema. É como um jogo de Whac-A-Mole com olhos e dedos, em vez de uma marreta e toupeiras.

— Ótimo. Agora, você é destro ou canhoto?

— Destro.

— Estenda sua mão esquerda aberta, desse jeito.

A dra Hagler demonstra.

— Agora, com a sua mão direita, quero que você toque a mão esquerda com um punho, depois como em um golpe de karatê, depois um tapa. Desse jeito.

Ela lhe mostra a sequência várias vezes. Ele copia uma vez.

— Ótimo. Agora faça isso seguidamente. Pronto, pode começar.

Punho, golpe, tapa. Punho, golpe, tapa. Punho, tapa. Espere. Punho. Espere. Golpe. Espere. Tapa. Punho. Punho. Não. Punho. Espere. Punho, golpe, punho.

Cara, é mais difícil do que parece. A dra. Hagler realizou os movimentos um em seguida ao outro sem parar entre as sequências, sem quebrar o ritmo constante, sem erro. Mas, provavelmente, ela faz isso com os pacientes o dia todo. Tem prática. Ele gostaria de vê-la experimentando carregar e descarregar uma arma. E o que qualquer uma dessas bobagens tem a ver com seu joelho?

— Agora, gostaria que você ficasse de pé e caminhasse pela sala com um pé na frente do outro, os dedos de trás tocando o calcanhar da frente, e voltasse.

Joe já esteve do outro lado dessa situação mais vezes do que pode contar. Pergunta-se se o próximo pedido será para dizer o alfabeto do começo ao fim, e depois do fim para o começo.

— O que é isso? Um teste para ver se estou sóbrio? — pergunta.

Joe abre os braços como asas de avião e caminha pela sala com um pé na frente do outro, calcanhar-dedo. Nenhum problema. Ele apressa as coisas e volta com o cabelo bagunçado, mas nada que o levasse a multar alguém. Novamente, nenhum problema.

— Ótimo. Agora quero que você bata cada dedo no seu polegar, começando com o indicador até o mindinho, e voltando. Assim.

Joe toca cada dedo no polegar. Lentamente, com cuidado, pensando bem ao escolher e pousar cada dedo, desejando ter certeza de que estava fazendo o movimento correto.

— É, é deste jeito. Agora, tente fazer um pouco mais rápido e fique repetindo o movimento.

Ela demonstra. É a vez de Joe agora. Ele se enrola e não consegue se recuperar. Os dedos saem da ordem ou congelam.

— Não sou o Beethoven — diz ele.

Ele olha para Rosie, que está lívida, os olhos arredios.

A dra. Hagler retoma sua prancheta. Volta os óculos para os olhos, e escreve na planilha de Joe. Depois, se senta, coloca a prancheta na mesa, tira os óculos e suspira.

— Tudo bem, você apresenta alguns sintomas. Seus movimentos não parecem completamente normais. É possível que você tenha a doença de Huntington, mas quero fazer alguns exames de sangue e uma ressonância magnética.

— Uma ressonância do meu joelho? — pergunta Joe.

— Não, dos seus joelhos não, da sua cabeça.

— Da minha cabeça? E o meu joelho?

— O dr. Levine verificou seu joelho e achou que está estável. Seu joelho parece bem, Joe.

— Mas a minha cabeça não?

— Vamos fazer a ressonância, o exame de sangue, e partir daí.

— Espere — diz Rosie. — O que é a doença de Hunningtin?

— Hun-ting-ton — diz a dra Hagler. — É uma doença neurológica hereditária, mas não vamos pôr o carro na frente dos bois. Vamos fazer a ressonância e o exame de sangue. E um teste genético para confirmar se é ou não Huntington. Se for, podemos tratar os sintomas. Mas podemos conversar sobre tudo isso na próxima consulta, se for o caso.

Momentos depois, Joe e Rosie são conduzidos de volta ao purgatório, onde um novo grupo de almas perdidas aguarda em silêncio e Rosie marca com a recepcionista mais consultas para Joe. Sua próxima visita à dra. Hagler só será em março, exatamente dali a dois meses. Rosie pede que seja mais cedo, mas a recepcionista diz que é o mais cedo que ela tem.

Eles passam pelas portas automáticas do prédio do Wang e são atingidos pelo ar cortante de janeiro. Joe respira fundo. Mesmo com a poluição do escapamento dos carros, o ar frio parece fresco e saudável em seus pulmões. Ele para na calçada, o ar soprando em seu rosto, movendo-se pelos seus pulmões e volta a se sentir real. O que quer que tenha acabado de acontecer naquele prédio não era real.

Rosie o leva até o carro no quarto andar da garagem. Joe se sente agradecido por ela ter vindo com ele, uma vez que reconhece no íntimo, e não em voz alta para ela, que não consegue se lembrar onde estacionaram. Os dois entram no veículo e Rosie entrega-lhe o tíquete da garagem.

— Pelo menos a gente sabe que meu joelho funciona — diz Joe.

Rosie não comenta. Está com a testa franzida, as sobrancelhas contraídas, digitando na tela do iPhone.

— O que você tá fazendo, querida? — pergunta Joe.

— Dando um Google em doença de Hun-ting-ton.

— Ah.

Joe dirige pela espiral vertiginosa da garagem. A viagem de volta a Charlestown é rápida e sem problemas, depois vem a longa procura por um lugar para estacionar. Enquanto Joe sobe e desce as ruas da colina do bairro em zigue-zague, fica olhando para Rosie, cuja atenção ainda está enfiada no celular. Não gosta da aparência do seu rosto, aprofundando o semblante fechado, estragando sua linda boca. Não gosta que não esteja compartilhando nada do que ela está lendo. Ela não diz nada para tranquilizá-lo. Não diz nada de nada. Digita, franze a testa, lê e não diz nada.

Ele encontra uma vaga mas não mexe nos dois espaços para estacionar "reservados" com latas de lixo, antes de, finalmente, encontrar uma vaga disponível a apenas um quarteirão. Os dois caminham para casa em silêncio. Largam os casacos e os sapatos no hall de entrada. Joe vai direto até a cozinha. Tira o maior copo de geleia do armário e serve vinho. Pega uma lata de Budweiser na geladeira e olha para Rosie.

Os blecautes da sala estão puxados, fazendo com que pareça final de tarde e não meio-dia. Joe não acende a luz. Rosie está envolta em sua manta marfim, no sofá, lendo no celular. Joe coloca o copo de vinho à frente dela, na mesinha de centro, e se senta em sua poltrona. Rosie não levanta os olhos.

Joe espera. Retratos da formatura dos filhos na escola e do casamento de JJ pendem na parede, acima do sofá. A sala toda tem fotos: de bebês sobre a lareira, de bebês nas mesinhas de canto, de Joe e Rosie no dia do seu casamento sobre a cômoda. Ele gosta das imagens. Poderia dispensar todas as outras besteiras.

Espalhados entre as molduras em pé, acham-se todo tipo de bonequinhos: anjos, bebês, Snoopy e Woodstock, Jesus e Maria, São Patrício, Miss Piggy e Caco, uma quantidade imensa de sapos. Rosie tem uma queda por sapos. Além disso, tem os bonequinhos do coral de Natal, presentes o ano todo, o que pode não parecer muito deslocado agora, em janeiro, mas são absolutamente ridículos em agosto. Rosie adora todos eles.

Anos atrás, Joe até pensou em encenar um roubo, um roubo total daquela tralha, um crime misterioso que ficaria insolúvel.

Mas Rosie substituiria cada um dos bonequinhos por mais do mesmo, e no fim, o plano levaria Joe de volta ao ponto de partida, mas com menos dinheiro no banco.

Na opinião dele, toda esta porcariada decorativa faz a sala parecer entulhada e brega, mas ninguém jamais pede a sua opinião. Rosie sente-se feliz assim, então ele se conformou em viver daquele jeito. Desde que tenha a poltrona, a TV, e o canto da cama, não reclama. O restante da casa pertence a Rosie.

Na infância de Joe, a sala era muito diferente. O sofá e as poltronas eram de uma estrutura de madeira, com almofadas finas, muito menos confortáveis do que são agora. Ele se lembra de cada foto de anuário escolar, todas constrangedoras, penduradas na parede dos dois lados de Jesus crucificado. Joe à esquerda, Maggie à direita. Não havia bonequinhos.

Seus pais eram fumantes compulsivos e toda superfície de madeira tinha, no mínimo, um cinzeiro, muitos deles feitos e pintados por Joe e Maggie na escola, como presentes de Natal (Ah, os anos 1970!). Havia a TV de tubo, com dois botões e antenas como orelhas de coelho, as bandejas de TV, e sempre um número do guia de TV e o jornal na mesinha de centro, permanentemente manchados e quase esponjosos ao toque, repletos de círculos líquidos. Algumas das várias cicatrizes deixadas pela bebedeira da mãe.

Joe pega o controle remoto, mas não liga a TV. O *Patriot Bridge* do dia está sobre a mesinha de centro, intocável, mas ele não sente vontade de ler o jornal. Bebe a cerveja e observa Rosie. Ela está em silêncio e de testa franzida. Ele espera.

Um medo gelado nas veias.

Um canto sinistro nos ossos.

O purgatório acompanhou-os até em casa.

Capítulo 8

Joe está na cozinha, manejando uma chave de fenda, ocupado em substituir as dobradiças do armário que estão tortas e sem conserto. Começa apertando aquela que estão apenas frouxas. Os armários, assim como todo o resto na casa, estão velhos e gastos, mas Rosie culpa Joe pelas dobradiças quebradas. Ela fala que ele é bruto demais ao abri-los, puxando as maçanetas com muita força. Ele não concorda, mas também não se importa. Não vale a pena brigar por isso.

Na verdade, está satisfeito com o trabalho, algo que o mantém ocupado e, por um tempinho, longe da perturbação de Rosie. Desde que ela compartilhou com ele o que descobriu na internet sobre a doença de Huntington, Joe tenta se livrar de cada uma daquelas palavras. Nada daquilo soa verdadeiro. Ele não tem uma porra de doença rara e fatal. Nem pensar.

Huntington. Pura besteira. Joe não vai nem perder tempo se preocupando com isso. Os policiais lidam com fatos, não com especulações, e a verdade é que a médica soltou esse termo médico enorme e assustador sem ter feito nenhum exame, sem saber absolutamente nada. Foi uma observação irresponsável e improvisada. Soltar um termo desses em suas cabeças inocentes, sem um fato concreto para respaldá-lo, é praticamente uma negligência. É uma besteira completa.

Enquanto Joe recusa-se a pensar em Huntington, além de considerá-lo uma besteira, Rosie praticamente só pensa nisso. Não confessou sua nova obsessão a Joe, apesar de estar praticamente tatuada na testa dela. Frequentadora assídua da igreja aos domingos, ela vai à missa todas as manhãs desde a consulta de Joe. Seus dois copos de vinho ao jantar são, agora, no mínimo uma garrafa inteira, começando às quatro da tarde. O cachecol que andava tricotando é agora uma colcha queen-size, e continua crescendo. Fica acordada todas as noites até bem depois da meia-noite, assistindo a antigos episódios da Oprah, enquanto passa a ferro qualquer coisa que tenha uma costura. E para uma tagarela constante que é, Rosie anda muito quieta.

O motivo principal de ir à maldita médica era fazer com que Rosie deixasse de se preocupar com ele e, agora, olhe para ela. Cem vezes pior. Joe gira o parafuso em que está trabalhando com uma força exagerada, descarregando sua fúria na cabeça minúscula, mas a ponta da chave escapa e se solta da mão dele, caindo no chão. Ele fica possesso. Desce da cadeira da cozinha, apanha a chave Philips, atarraxa-a de volta e a atira novamente no chão com toda força. Recupera a ferramenta, suspira, e retoma o trabalho na dobradiça do armário.

Gostaria de consolar Rosie, tranquilizá-la e protegê-la da preocupação desnecessária, mas uma pequena parte de Joe tem medo do que ela esteja pensando, então ele nem começa a conversa. Talvez ela saiba algo que ele não sabe. Ele não quer ouvir mais nada até a próxima consulta, quando a médica admitir que seus exames voltaram normais e tudo está bem. Com uma desculpa. É bom que haja a porra de um pedido de desculpas.

Mas embora ele esteja fazendo o possível para evitar um mergulho no buraco mofado e escuro da doença de Huntington, anda pensando muito na mãe. Joe para de girar a chave de fenda, e passa o indicador sobre a cicatriz no canto externo do seu olho esquerdo. Seis pontos aos cinco anos. Agora, é uma linha branca fina, apenas visível quando ele está com o rosto queimado de sol ou muito emocionado.

Sua mãe atirou um espremedor de batatas pela cozinha. Joe não se lembra do que estava fazendo para que ela reagisse daquela maneira, se tinha provocado aquilo, se a mãe estava irritada ou frustrada com alguma coisa. Suas lembranças começam no choque e na dor repentina de ter sido atingido no rosto por algo duro e pesado. Depois, vem o som do grito de Maggie, o sangue vermelho brilhante em seus dedos, o vermelho mais escuro ensopando a toalha de rosto molhada que ele estava usando para pressionar a cabeça enquanto seu pai dirigia até o hospital. Lembra-se de estar sentado sozinho no banco de trás. Sua mãe deve ter ficado em casa com Maggie. Ele não se recorda dos pontos. Lembra-se do pai dizendo que ele tivera sorte. Um centímetro à direita e teria perdido a vista.

Joe gosta de acreditar que a cicatriz perto do olho é a única coisa que recebeu da mãe, uma única lembrança da sua loucura. À parte seus olhos azuis de pálpebras pesadas, Joe é a imagem escarrada do pai. Ele cresceu assumindo que descendia diretamente dos O'Brien. Tem o cabelo castanho claro do pai e do avô, que no verão torna-se loiro, o mesmo sorriso fino, peito e ombros largos, pés feios, a lamentável pele entre macilenta e rosa. Tem até a mesma voz. O tempo todo, as pessoas costumavam confundir Joe com o pai ao telefone. Ele tem a ética profissional dos O'Brien, a teimosia e o senso de humor que faz todos na sala rirem, e mais quem estiver por perto.

E se ele tiver herdado algo da mãe além dos olhos azuis e da cicatriz? O alcoolismo sempre foi uma preocupação real, motivo de ele manter a bebida sob rigoroso controle. Se sua mãe tiver lhe passado uma predisposição genética ao vício, se essa fera estiver à espreita dentro dele, simplesmente não vai alimentá-la. Embora ele tenha imaginado muitas vezes qual seria a sensação de ficar animadamente bêbado, nunca se permitiu descobrir de fato. Nunca será um bêbado como a mãe. Mas e se debaixo da cicatriz próxima ao olho, debaixo da pele branca e endurecida, ele carregar uma herança mais feia e insidiosa?

Será que sua mãe tinha Huntington? Era por isso que ela morava no Tewksbury State?

Joe lembra-se de ir visitá-la no hospital, depois da missa, aos domingos. No início, esses passeios de carro eram razoavelmente agradáveis. Maggie e ele adoravam viajar pelas estradas: para Stow no outono, na colheita de maçãs, para Good Harbor Beach, em Gloucester, todo verão, para algum subúrbio, de vez em quando, em visita a primos do lado paterno. É óbvio que eles não colheriam maçãs nem nadariam no mar, mas as idas a Tewksbury não pareciam tão ruins no começo. Os hospitais eram lugares aonde as pessoas iam para se tratar. Isso aconteceu quando Joe tinha 7 anos, quando ainda acreditava que ela voltaria para casa, quando ainda conseguia imaginar a mãe que ela havia sido, comprando-lhe sorvete na van em Good Harbor, o som da sua voz cantando na igreja, o braço ao redor dos seus ombros, enquanto lia para ele histórias de detetives dos Hardy Boys, antes de ir dormir, os pés-de-galinha ao lado dos olhos, quando ela ria com alguma coisa que ele tivesse dito.

Mas ela não melhorou. Na verdade, ficou pior e, de certo modo, mais longe, a cada vez que ia visitá-la. Essas memórias carinhosas, de uma mãe feliz, terna e sóbria, começaram a parecer vagamente imaginárias, uma ficção que ele desejava, ou com a qual sonhava. Ele apenas se lembrava de suas reclamações ébrias e, depois, apenas da sua aparência deitada naquela cama. Estava emaciada, contorcida, gemendo ou em silêncio. Era grotesco. A mulher naquela cama jamais conseguiria voltar a ler, cantar ou sorrir para ele. A mulher naquela cama não era mãe de ninguém.

O clima dentro do carro mudou. Normalmente, Joe e Maggie brincavam de fazer adivinhações e outros jogos. As brincadeiras acabavam ficando muito barulhentas ou violentas demais, e a mão do pai, repentinamente, aparecia no banco de trás, estapeando às cegas, tentando atingir qualquer parte do corpo que alcançasse. No entanto, agora, Joe não tinha vontade de adivinhar nada. Maggie devia sentir o mesmo, porque os dois não se falavam, não jogavam, nem mesmo brigavam. Joe olhava pela janela, contemplando as árvores que iam se desfocando em silêncio. Ele imagina que o rádio devesse estar ligado, sintonizado na NPR ou na Magic 106.7, mas não se lembra disso. Só se lembra do silêncio infinito.

Além disso, o caminho de volta para casa era sempre pior. Quando iam para Tewksbury havia a esperança, mesmo que ilusória, de que sua mãe pudesse estar melhor naquela semana. Ou a lembrança do quanto ela estava esquelética e apática tinha esmaecido um pouco. Como ainda era um menino ingênuo, Joe podia facilmente se enganar pensando que sua mãe pudesse estar curada naquele domingo.

A verdade grande, imensa e horrorosa daquele dia sentava-se ao lado dele naquelas viagens de carro de volta a Charlestown, ocupando espaço demais no banco traseiro, esmagando sua alma. Se Joe não estivesse totalmente destituído de esperança ao afivelar o cinto de segurança, seu pai logo furtava o que lhe restava. Ainda que Joe, propositalmente, olhasse para outro lado e não visse o rosto do pai no retrovisor, ainda que, de fato, não visse o homem mais forte do mundo chorando, sempre sabia o que estava acontecendo. Mesmo com o vento e o barulho do motor do carro em seus ouvidos, ele conseguia escutar a respiração entrecortada do pai. Joe sabia. Lembra-se de olhar para Maggie, buscando permissão para também chorar, mas ela mantinha o rosto impassível, olhando pela janela. Se Maggie não chorava, ele também não cederia.

Sua mãe era uma alcoólatra no hospício, seu pai chorava no carro feito uma garotinha e Joe e Maggie olhavam pela janela.

Isso se repetiu por anos.

Joe não consegue se lembrar da última vez em que viu a mãe. Lembra-se de assistir a uma enfermeira alimentando-a, a cabeça da mãe pendendo, a boca arregaçada, o purê de batatas e o molho escorrendo pelo queixo, espalhando-se em seu babador e no chão. Essa pode ter sido a última vez. Recorda-se de sentir nojo e vergonha.

Joe deduziu que seu pai também se sentiu envergonhado, porque eles pararam de ir. Pelo menos, Joe e Maggie não foram mais. Joe não consegue se lembrar do que o pai fez. Lembra-se de ir à casa de tia Mary Pat e tio Dave, em vez de ao hospital, depois da igreja. Lembra-se de se empanturrar com Dunkin' Donuts e de jogar beisebol no parque com os primos. Lembra-se de se sentir aliviado por não ter mais que ver a mulher doente na cama.

Não se lembra do aspecto dela quando morreu.

Os pensamentos dele são interrompidos pela entrada de Rosie na cozinha. Ela veste uma camiseta da Town Yoga, uma calça folgada de moletom cinza e as meias felpudas cor-de-rosa que usa em casa nos meses de inverno. Tira uma garrafa de Chardonnay da geladeira e vai até o balcão ao lado de Joe. Ele deduz que ela esteja chegando perto para dizer alguma coisa. Vai agradecer-lhe por, finalmente, consertar os armários, fazer uma pergunta, ou apenas lhe oferecer uma companhia amigável, talvez até lhe dar um abraço.

Está enganado. Ela abre o armário à sua frente (sem comentar as dobradiças novas e perfeitas), tira uma taça de vinho (nenhuma palavra de agradecimento a Joe pelas novas taças), pega o abridor no balcão e sai da cozinha. Joe suspira e olha para o relógio na parede. Quatro da tarde.

Não aguenta outro mês assim. Ela está se torturando à toa. Toque os dedos. Bata palmas. Dance o Hokey Pokey. Aquela médica não sabe merda nenhuma. Ele gostaria de poder convencer Rosie. Está prestes a ir até ela, sentar-se com ela e confrontar essa preocupação sem fundamento que consome sua esposa, mas para de repente em frente à pia.

Embora pudesse apostar um milhão de dólares que essa médica metida não sabe merda nenhuma, ele ainda fica em dúvida quanto a Rosie. O que ela sabe que a deixa tão assustada?

Joe olha pela janela da cozinha e não diz nada.

Capítulo 9

Hoje é o Dia da Retirada, feriado em Boston. Comemora-se a retirada das forças britânicas da cidade em 1776, a primeira vitória militar de George Washington na Guerra da Independência. É um dia importante para a história, um dia para visitar o Freedom Trail e acenar à bandeira americana, mas, na verdade, não passa de um ardil, uma desculpa adequada e politicamente agradável para o que realmente ocorre aqui. O Dia da Retirada também é o dia de São Patrício e os irlandeses de Boston usam a data canônica para celebrar sua orgulhosa ascendência. Neste ano, também acontece de cair numa segunda-feira, o que significa que há três dias Boston fede a bebedeira.

Por sorte, hoje Joe está de folga. Anos atrás, se estivesse em casa no dia de São Patrício, estaria no Sullivan's, o bar local de Charlestown, antes do meio dia, empunhando um copo de Glenfiddich ou uma caneca de uma Guinness encorpada e cremosa. Em qualquer outro dia, ele se limita a um shot e umas duas cervejas, mas nessa data em especial, permite-se o prazer do quanto desejar. Estaria sentado no bar com Donny e um bando de outros Townies que já não vê com constância agora que os filhos cresceram, trocando histórias sobre os bons e velhos tempos. Sully colocaria música irlandesa para tocar na jukebox: "Song for Ireland", "Wild Colonial Boy", "On Raglan Road", as favoritas de Joe. Lá pelo meio da tarde, Donny e ele estariam de braços dados, cantando juntos, cada nota desafinada jorrando com sinceridade.

Ele sempre voltava para casa a tempo do jantar, antes que a bebedeira aumentasse demais e as coisas ficassem tumultuadas: peito de boi temperado, o tradicional *corned beef*, com repolho, cozidos até que cada molécula tivesse se soltado e se separado, rejuntando-se para formar um composto sem gosto e sem nome, bem parecido com cola. A NASA deveria estudar o *corned beef* com repolho de Rosie.

Contudo, também para sorte de Joe, além de ser dia de São Patrício, hoje é o dia da sua segunda consulta com a dra. Hagler. Portanto, agora Joe não está sentado no bar do Sullivan's bebendo Guinness e cantando com Donny. Em vez disso, está sentado numa cadeirinha no Wang Center, na Unidade de Transtorno de Movimento, onde ninguém está celebrando a retirada dos britânicos de Boston, nem das cobras da Irlanda, afugentadas por São Patrício. Ninguém está festejando porra nenhuma.

Joe sente-se como se tivesse envelhecido dez anos em dois meses, mas a dra. Hagler parece exatamente a mesma. Os mesmos óculos em seu nariz de pato, o mesmo coque solto e avental, o mesmo círculo de prata em uma corrente. É como se ele e Rosie estivessem visitando um museu de hospital e a dra. Hagler fizesse parte de uma mostra ao vivo, aqui todos os dias, aberto de segunda a sexta das nove às cinco, sábado e domingo do meio-dia às seis.

A dra. Hagler faz uma recapitulação superficial do que foi feito na última visita de Joe e pergunta aos dois se eles têm alguma pergunta. Não têm. Ela está totalmente profissional, rígida, sem sorrisos, uma mudança palpável de comportamento em relação a dois meses atrás. O estômago de Joe fica tenso e parece abrir um buraco. Ele tenta sorrir para ela, esperando um sorriso de volta, mas os lábios dela permanecem numa linha fina. Isso não é bom. Um formigamento gelado desliza pela parte de trás do pescoço de Joe. Ele esfrega o local, tentando acabar com a sensação, que persiste. A dra. Hagler coloca o relatório médico de Joe sobre a mesa, cruza as mãos, e olha diretamente para ele.

— Estou com os resultados do seu exame de sangue. Sua avaliação genética deu positiva para a doença de Huntington.

Seu exame neurológico e algumas leves mudanças na sua ressonância magnética corroboram o resultado.

Um silêncio invade a sala como uma enchente relâmpago e todos estão submersos, sem ar. Isso dura exatamente um segundo, um segundo eterno. Então, Rosie começa a soluçar, soltando gemidos horrorosos e profundos, sons que Joe nunca ouviu saindo dela. A dra. Hagler passa uma caixa de Kleenex para Rosie, que enxuga o rosto, esforçando-se para se recompor. Joe esfrega as costas da esposa para cima e para baixo com a palma da mão, tentando ajudar, sem saber se está mais chocado pelos gritos angustiados que saem dela ou pelo que a dra. Hagler acabou de dizer. O que a dra. Hagler acabou de dizer? Sua cabeça parece entorpecida, sem reação. Ele esfrega as costas de Rosie e não consegue pensar. Sua formação para ser policial intervém. Faça perguntas.

— Então, eu tenho a doença de Huntington?

— Tem.

— O que é mesmo isso, exatamente?

— É uma doença neurodegenerativa hereditária que faz com que você perca o controle dos movimentos. Também afeta o raciocínio e o comportamento. É por isso que você tem andado tão agitado, caindo e derrubando coisas, com dificuldade para organizar seus relatórios, para se lembrar das coisas. Também é o motivo da sua irritabilidade, dos rompantes de temperamento.

— Você disse "hereditária". Então, o que isso significa? Eu tenho isto no meu DNA?

— Tem.

John teve aulas de biologia em seu primeiro ano do ensino médio, cerca de um milhão de anos atrás. Acha que tirou C na matéria. Mas se lembra o bastante para juntar dois mais dois.

— Então, eu herdei essa coisa da minha mãe?

— Herdou.

— Então, ela morreu de Huntington?

— Morreu.

Ali está, dito em voz alta por uma profissional da medicina. *Ruth O'Brien encheu a cara até morrer*. Nada do que foi dito era verdade. Ruth O'Brien morreu sozinha, um esqueleto silencioso, retorcido, na cama de um hospital do governo, enquanto seus filhos comiam donuts e brincavam no parque com os primos. Ela morreu da doença de Huntington.

E agora é sua vez.

Os pulmões de Joe parecem apertados e rígidos, como se ele tivesse levado um tiro no peito e estivesse sangrando, só que o sangue é mercúrio frio, pulsando do seu coração. Desprovida de oxigênio, sua cabeça fica vaga. Os sons do choro de Rosie estão abafados e distantes. Ele precisa lutar contra o medo, continuar fazendo perguntas.

— É sempre fatal?

— É. Mas não acontece da noite para o dia. Os sintomas virão aos poucos e podemos controlar vários deles.

— Quanto tempo eu tenho? — ele se ouve perguntar.

— Não dá para dizer exatamente, mas em geral é de dez a 20 anos.

Em dez anos, Joe terá 54 anos. 54. Estará a um ano da aposentadoria e de aproveitar a boa vida com Rosie. Por algum motivo, ele consulta seu relógio. Rememora. Lembra-se de deixar cair a jarra de cristal, esmigalhando vidro sobre todo o jantar de domingo. Aquilo aconteceu um ano atrás? Rosie afirma que ele anda com um temperamento esquisito há, no mínimo, seis, sete anos. Será que todo esse tempo ele tinha Huntington? Quantos anos ele já gastou?

Hereditária. Passada de mãe para filho. Esse filho tornou-se pai.

— Nós tivemos quatro filhos — diz Joe. — Eles...

Ele sabe qual é a pergunta, mas não encontra ar suficiente para seguir com as palavras. Elas ficam suspensas em sua garganta, juntamente com um novo medo, maciço e impaciente, abrindo caminho brutalmente até a linha de frente.

— Todos eles vão herdar isso de mim?

— A Huntington é causada por uma coisa chamada mutação dominante autossômica. Se você tiver uma cópia do gene ruim, você tem a doença. Isso significa que cada um dos seus filhos tem cinquenta por cento de chance de herdar a doença.

— Então, dois dos nossos quatro filhos também vão desenvolver isso? — pergunta Rosie.

— Não, não, é como jogar uma moeda. Não importa o que aconteça no lance anterior. A cada vez a chance é de cinquenta por cento de cair cara. Pode ser que nenhum deles tenha.

— Ah, Deus, não — diz Rosie. — Não.

Seu choro, que tinha diminuído um pouco durante o questionamento de Joe, agora deixa toda a pretensão de tentar parar, ou mesmo de se comportar. Joe sabe, exatamente, o que ela está pensando. Todos os seus filhos podem ter isso. É essa possibilidade que ela, agora, considera, como se fosse uma profecia. Está sentada ao lado de Joe, afundada numa quantidade enorme de lenços de papel encharcados, perdendo todo mundo que ama.

Joe estica o braço, entrelaça os dedos nos de Rosie e aperta sua mão. Ela aperta de volta, mas não olha para ele.

— Que idade eles têm? — pergunta a dra. Hagler.

— Estão entre 21 e 25 anos — diz Joe.

— Algum neto?

— Ainda não. O mais velho é casado.

JJ e Colleen. Estão tentando. A doença foi passada de mãe para filho. Aquele filho virou pai. E assim por diante. E assim por diante.

— É importante conversar com eles, fazer com que saibam o que estão enfrentando, principalmente em relação ao planejamento familiar. Têm coisas que podem ser feitas, procedimentos médicos, para assegurar que nasça um bebê geneticamente perfeito. E existem aconselhamento e testes, caso eles queiram conhecer sua própria margem de risco.

— O que é margem de risco?

— Eles podem fazer o mesmo exame de sangue que você fez, mas dessa vez será pré-sintomático, para descobrir se são gene positivo ou negativo.

— Então, eles podem descobrir agora se terão isso mais tarde.

— Podem.

— O exame diz quando você terá a doença?

— Não. A idade média para seu surgimento é 35 anos, mas você é um pouco mais velho. Se algum deles for gene positivo, provavelmente terá que enfrentá-la por volta dessa idade, mas não é cem por cento seguro que vá acontecer assim.

— Se algum deles descobrir que tem esse troço, se fizerem o teste e der positivo, dá pra fazer alguma coisa pra impedir de ter a doença?

— Não. Infelizmente, até agora não.

Uma bola de cristal genética. Exoneração ou pena de morte para cada filho.

— Então, o que a gente faz agora? — pergunta Joe.

— Quero receitar um antipsicótico para os surtos de temperamento. É uma dose baixa, só um sopro. Não quero te encher de remédio. Rosie, se você notar alguma diferença, me avise; podemos aumentá-la um pouquinho.

Joe arrepia-se quando pensa em tomar qualquer remédio. Não toma nem mesmo uma vitamina.

— Também quero que você comece uma fisioterapia para ajudar na força e no equilíbrio. E uma fonoterapia para fala arrastada e deglutição.

— Não tenho problemas de fala arrastada, nem de deglutição.

A dra. Hagler encara Joe e faz uma pausa, transmitindo a resposta sem palavras. Ainda. Ele não tem problemas de fala arrastada e deglutição ainda. Isso vai acontecer.

— É bom pensar à frente. Pense nisso como se estivesse se preparando para uma batalha. Como se fosse um treinamento para ser policial.

Em sua formação na academia de polícia, Joe aprendeu a carregar e mirar uma arma; o procedimento para atender às denúncias de invasão de propriedade, roubos, acidentes de trânsito e tiroteios; como pensar, no mínimo, seis passos adiante em um determinado cenário; como imaginar cada possível cenário. Agora, treinará como engolir.

— E ainda existem tentativas clínicas. Temos sorte de estar aqui, em Boston, onde acontece uma imensidão de estudos empolgantes. Existem muitos tratamentos em potencial que estão sendo descobertos em espécies animais e estamos tentando transformá-los em tratamentos para pessoas. A chave é participação. Agora está acontecendo um experimento, um estudo em Fase II, onde eu gostaria de incluí-lo, caso você esteja disposto.

— Fase II, o que isso significa?

— Significa que estamos testando sua segurança.

— Então, poderia não ser seguro?

— Foi considerado seguro em camundongos. O próximo passo necessário é determinar se é seguro para humanos.

— Não gosto nada disso, Joe — diz Rosie. — Eles não sabem o que isso provoca. E se fizer alguma coisa horrível com você?

Joe não entende nada de ciência. Imagina o monstro Frankenstein e uma equipe de médicos de cabelos brancos arrepiados espetando-o com agulhas. Depois, lembra-se da mãe. Seu futuro. Pensa em JJ, Patrick, Meghan e Katie. O futuro deles. Cortaria a própria cabeça e a entregaria à Ciência agora mesmo, se fosse para salvar os filhos.

— Eu aceito. Seja o que for. Me inscreva.

— Mas Joe...

— Não existe cura pra esse troço, certo? Então, como é que eles vão descobrir a cura sem testar em alguém?

— Você está absolutamente certo, Joe — diz a dra. Hagler. — Existe uma esperança real em andamento para a doença de Huntington, mas precisamos de gente participando da pesquisa. Tenho as informações do experimento para vocês, assim os dois podem dar uma olhada e decidir. Recomendo. Também há mais informações nos grupos de apoio. Sugiro que conversem com outras pessoas na comunidade dos portadores de Huntington.

— Então, qual é a velocidade disso? — pergunta Joe. — Sei que você disse de dez a 20 anos pra coisa toda, mas quanto tempo falta, você sabe?

Está pensando na cronologia da mãe, tentando fazer as contas. Ela ficou em Tewksbury por cinco anos. Joe tem onze anos até a aposentadoria. Ela morreu aos 40, então tinha 35 quando foi atendida pela primeira vez, para cuidados diários. Ele agora tem 44. Os números giram na sua cabeça.

— A doença segue lentamente. Não é como acender um interruptor, pegar uma gripe e *tchan*, você fica doente. Você tem tempo.

— Jesus — diz Joe, passando as mãos pelo rosto. — Eu pensava mesmo que meu problema fosse só no joelho e que estivesse, talvez, um pouco cansado ultimamente, estressado.

— Sinto muito. Sei que é um choque pros dois, principalmente porque você não estava a par sobre sua mãe ter Huntington.

Mesmo o médico dizendo que seu joelho estava bom, ele continuava achando que seu pior prognóstico seria uma cirurgia no joelho. Algumas semanas de licença no máximo, com muito repouso, depois de volta ao tiroteio, bom como novo. A Huntington nem ao menos fazia parte do seu vocabulário, muito menos era uma possibilidade. Agora é a sua realidade. Não consegue imaginar nem o primeiro passo, menos ainda imaginar seis passos neste cenário. Quantos passos existem entre agora e Tewksbury State?

A confusão na cabeça de Joe se espalhou pelo corpo todo. Ele se sente todo dormente. Se a dra. Hagler colocasse, agora, um espelho à sua frente, ele sabe o que veria olhando de volta para ele: a máscara apática e inexpressiva de um homem em choque. Já testemunhou trauma no rosto de uma grande quantidade de vítimas de acidentes e crimes, um exterior funcionando em piloto automático, imperturbável, uma antítese arrepiante do terror psicológico e fisiológico desenfreado que explode por dentro.

— O que faço com o meu trabalho?

— Acho que deveríamos ser realisticamente otimistas a respeito disso. Não precisa contar pra ninguém, ainda, e eu te aconselharia a não fazer isso. Você não vai querer ser despedido ou ter a invalidez negada. Agora existem leis para protegê-lo, mas você não vai querer passar o tempo que tem numa batalha judicial. Eu me abriria com, talvez, outro policial, alguém em quem você confia que não vá contar pra ninguém, pra funcionar como seu espelho. Essa pessoa poderá ajudá-lo a decidir quando não for mais possível continuar trabalhando em segurança.

Joe concorda com a cabeça. Está imaginando o cenário e vê todas as consequências imediatas de revelar seu diagnóstico, todas estão abaixo do nível do desejável. Pode contar a Tommy e Donny. A ninguém mais. Tommy sabe como guardar um segredo e age com ele de maneira decente quando ele precisa. Joe confiaria sua vida a ele. O mesmo acontece com Donny. Ninguém mais na polícia pode saber, não até ele decidir o que fazer. Precisa, no mínimo, garantir uma pensão parcial, para Rosie ficar tranquila quando ele se for. Dez anos. Talvez mais. Talvez menos.

Mas isso vai piorar. Os tombos, deixar cair coisas, a confusão com os relatórios, chegar atrasado, seu temperamento esquisito, arrastar as palavras. Todos vão pensar que ele é alcoólatra. Foda-se. Que pensem o que quiser. Até ter certeza de que Rosie receberá o que precisa, a doença é um segredo.

Ruth O'Brien encheu a cara até morrer.

Tal mãe, tal filho.

Joe e Rosie chegam em casa, vindos do hospital, com tempo sobrando para Joe juntar-se a Donny e aos amigos no Sullivan's, mas ele está se sentindo frágil demais, transparente. Preocupa-se de que bastará uma Guinness para destampar tudo e despejar seu diagnóstico tanto sobre Donny quanto para o restante do bar. Não, não vai ao Sullivan's neste dia de São Patrício. Mas também não pode ficar em casa.

Rosie está na cozinha, junto à pia, descascando batatas. Parou de chorar, mas seus olhos ainda estão vermelhos e inchados. Está determinada a ostentar um rosto tranquilo e parecer normal quando os filhos aparecerem para jantar. Joe e Rosie concordaram que precisam de um pouco de tempo, antes de jogar a bomba da doença de Huntington sobre as crianças. E Joe jamais iria estragar o dia de São Patrício.

— Vou dar uma volta, tudo bem? — pergunta Joe.

— Aonde você vai?

Rosie se volta para ele, com uma batata semidescascada em uma mão e o descascador na outra.

— Só tomar ar. Dar uma volta. Não se preocupe.

— Quanto tempo você vai levar? Vamos comer às quatro.

— Volto antes disso. Só preciso esfriar a cabeça. Você está bem?

— Estou — responde ela, virando-se de costas para Joe.

Ele ouve o barulho contínuo do descascador de batata.

— Vem cá — diz ele.

Joe coloca as mãos em seus ombros, vira-a para ela e a envolve em seus grandes braços de urso, pressionando seu corpo esbelto contra o dele. Ela vira a cabeça, pousando-a em seu peito.

— Eu te amo, Joe.

— Eu também te amo, querida. Volto logo, ok?

Ela o admira com seu rosto congestionado e os olhos sofridos.

— Ok. Estarei aqui.

Joe pega o casaco e sai pela porta da frente, mas antes de chegar à calçada, para e volta desabalado para dentro. Mergulha os dedos na água benta de Rosie e olha para os olhos pintados de azul da Virgem Maria, enquanto faz o sinal da cruz. Buscará toda ajuda que puder.

A caminho do Navy Yard, para na loja de bebidas e pega uma garrafa de Gentleman Jack. Não é um Glenfiddich, mas vai servir. Como esperava, o Navy Yard está quieto e vazio. Ali não há bares, desde o fechamento da Tavern on the Water. Todos os Toonies estão na Warren Tavern, e os Townies estão no Sullivan's ou no Ironsides. Seus filhos estão no Ironsides, Patrick atrás do balcão do bar.

Joe é um irlandês solitário no Navy Yard, sentado em um píer, os pés balançando na borda, contemplando a linda cidade que amou e protegeu por mais de metade da sua vida.

Acordou pela manhã exatamente como em qualquer outro dia. E agora, apenas algumas curtas horas depois, tem doença de Huntington. É claro que ele tinha Huntington hoje cedo, antes de ir ver a dra. Hagler. Ainda é o mesmo sujeito. A única diferença é o conhecimento. O véu do choque inicial foi levantado e o conhecimento está começando a foder com a sua cabeça.

Mantendo a garrafa de Gentleman Jack escondida no saco de papel pardo, Joe abre a tampa e dá um bom gole, depois outro. É um dia cinza, frio e úmido de março, na casa dos dez graus, mas bem mais frio quando o sol esconde-se atrás das nuvens e o vento chega surfando sobre a água. O uísque parece um carvão incandescente em sua barriga.

Dez anos. Estará com 54. Não é tão ruim. Poderia ser pior. Diabos, é mais tempo do que qualquer garantia, especialmente para um policial. Todas as vezes em que se veste de azul, sabe que pode não voltar para casa. Este não é apenas um sentimento nobre. Joe foi chutado, esmurrado e baleado. Saiu em perseguição e confrontou pessoas que estavam bêbadas, drogadas e furiosas, portando facas e armas. Esteve em enterros de colegas policiais. Todos jovens. Está preparado para morrer no exercício do dever desde os 20 anos. Chega aos 54 é já estar velho. É um puta luxo.

Toma mais um gole e exala, satisfeito com a queimação que provoca. Por um lado, o que ele detesta é a certeza. Saber que só tem dez anos de sobra, 20 no máximo, e que é cem por cento fatal torna sua situação desanimadora. A certeza estripa a esperança.

Poderia esperar uma cura. Talvez, esses médicos descubram uma, dentro dos próximos dez anos. A dra. Hagler disse haver coisas promissoras em andamento. Usou palavras como *tratamento* e *pesquisa*, mas – e ele prestou atenção –, nem uma vez disse a palavra *cura*. Não, Joe não vai ficar esperando uma cura para si mesmo, porém, todos os dias fará o possível para manter a esperança pelos filhos.

Seus filhos. Toma mais alguns goles. Todos estão no começo dos 20 anos. Ainda moleques. Em dez anos, JJ, o mais velho, estará com 35. A idade média do surgimento da doença. Essa maldição estará prestes a liquidar Joe, enquanto começará neles. Talvez todos sejam sortudos e, pela graça de Deus, não tenham isso. Ele bate três vezes na madeira do píer.

Ou todos poderiam ter, já hibernando dentro deles, esperando para rastejar para fora da sua toca. JJ é um bombeiro, tentando começar sua própria família. Meghan é bailarina. Uma bailarina com doença de Huntington. Uma lágrima escorre pelo rosto de Joe, quente na sua face gelada pelo vento. Não consegue pensar em nada menos justo. Katie deseja abrir sua própria academia de ioga. Deseja. Se for gene positivo, deixará de desejar? Patrick ainda não sabe que diabos vai fazer. Pode precisar de grande parte dos próximos dez anos para descobrir a merda do seu caminho. Como é que, em nome de Deus, ele e Rosie vão contar a eles?

Ele também está ansioso sobre a possibilidade de sua morte. Viu exatamente o que essa doença faz com uma pessoa, o que fez com sua mãe. É uma porra de um demônio implacável. Vai destituí-lo de tudo que for humano, até que ele não passe de uma ruína de ossos retorcidos e um coração pulsante em uma cama. E, então, o matará. Levar um tiro e não sair correndo exige coragem. Interferir em uma briga doméstica, interromper uma briga de gangue, perseguir um suspeito num carro roubado, exigem coragem. Ele não tem certeza se é corajoso o bastante para enfrentar dez anos de Huntington. E existe honra em morrer como policial a serviço. Como achará honra em morrer de Huntington?

Detesta a ideia de fazer Rosie e os filhos passarem por essa provação inimaginável, pelo que ele, Maggie e, sobretudo, seu pai testemunharam, impotentes. Merda. Maggie. Será que ela sabe alguma coisa a respeito? O pai sabia? Será que era menos vergonhoso fazer os outros pensarem que a mãe era uma bêbada do que rotular seu nome com Huntington? Se o pai sabia sobre a doença de Huntington, quem ele estava protegendo?

Todos no Centro culpavam-na. A provação trágica da sua mãe era sua maldita culpa: ela é uma bêbada, uma péssima mãe, uma pecadora, vai para o inferno.

Mas todos estavam enganados. Ela tinha Huntington. A doença de Huntington destruiu sua capacidade de andar e de se alimentar. Acabou com seu bom humor, sua paciência e seu raciocínio. Estrangulou sua voz e seu sorriso. Roubou-lhe a família e a dignidade. Depois a matou.

— Sinto muito, mamãe. Eu não sabia. Eu não sabia.

Ele chora em silêncio, enxuga os olhos molhados com a manga do casaco. Exala e manda ver mais um gole de uísque, antes de fechar a garrafa. Em pé, na beirada do píer, olha além das pontas dos seus tênis, a água negra do porto. Enfia a mão no bolso da frente e tira suas moedas. Escolhe quatro moedas de 25 centavos, quentes e brilhantes em sua mão fria e rosada. Cada filho tem uma chance de cinquenta por cento.

Joga a primeira moeda, agarra-a com a mão esquerda, e a vira sobre as costas da direita. Retira a mão esquerda, revelando a moeda.

Cara.

Joe atira-a o mais longe que consegue. Segue seu voo com o olhar, vê o ponto onde ela entra na água até sumir. Joga a segunda moeda, apanha, vira, revela.

Cara, novamente.

Também a arremessa na água. A terceira moeda.

Cara.

Puta merda. Gira o braço e atira a moeda para o alto, bem longe. Perde-a de vista e não sabe onde ela cai. Segura a última moeda na mão, e pensa em Katie. Não consegue jogá-la. Simplesmente não consegue. Volta a se sentar na beirada do píer e chora com o rosto afundado nas mãos, soluçando penosa e vulneravelmente, como um menino. Escuta as vozes de pessoas caminhando à sombra do Old Ironsides. Estão rindo. Se pode ouvi-las rindo, com certeza elas podem ouvi-lo chorando. Está pouco se lixando.

Logo, ele está esgotado. Enxuga os olhos, respira fundo e suspira. Rosie chamaria aquilo de um bom choro. Ele sempre tinha achado essa expressão ridícula. O que poderia haver de bom em um choro? Mas se sente melhor, ainda que não esteja bem.

Joe se levanta, abre a mão direita, e volta a considerar a quarta moeda que está em sua palma. Enfia-a no outro bolso, até o fundo, onde estará seguro, agarra a garrafa de uísque pelo gargalo e dá uma olhada no relógio. Está na hora do jantar.

Caminha pela extensão do píer, o uísque brincando em sua cabeça e nas pernas, sua face sensível pelo vento e pelas lágrimas, a cada passo rezando a Deus, a Virgem Maria, a São Patrício, e a quem mais escutar pela quantia de um dólar de boa sorte.

PARTE 2

A mutação associada à doença de Huntington (DH) foi isolada em 1993, mapeada em um braço curto do cromossomo 4. Esta descoberta histórica foi feita em colaboração internacional, conduzida por uma equipe de neurocientistas em um laboratório do Charlestown Navy Yard. Normalmente, o trinucleotídeo citosina-adenina--guanina (CAG) repete-se dentro do éxon 1 do gene huntingtino 35 vezes ou menos. O gene mutante tem 36 repetições, ou mais, de CAG. A repetição genética expandida resulta num excesso de glutaminas na proteína huntingtina, causando a doença.

Todo filho de um portador da doença de Huntington tem cinquenta por cento de chances de herdar o gene mutante. A descoberta dessa mutação possibilitou os testes genéticos para qualquer pessoa que esteja em risco. O teste determina, precisamente, o status genético. Um resultado de teste positivo significa que a pessoa tem a mutação e desenvolverá a doença. Até agora, noventa por cento das pessoas com risco de doença de Huntington escolheram não saber.

PARTE 3

Capítulo 10

É domingo à tarde. Katie faltou à ioga e à igreja. A igreja, na verdade, não conta. Há anos não vai à missa de domingo, mas cogitar a possibilidade de ir antes de desistir continua sendo um hábito, talvez até um prazer culpado. Foi criada como católica irlandesa, o que em grande parte envolveu, na maioria de suas lembranças, confissões aos padres aos sábados, uma gama de pecados inofensivos inventados; ingerir hóstias do corpo de Cristo aos domingos (não é de se estranhar que seja vegana); montanhas de vergonha todos os dias da semana, frequentando a igreja paroquial, onde aprendeu com as freiras que se uma menina se sentasse vestida no colo de um menino poderia engravidar, e fazer a oração do Angelus toda noite, antes do jantar. Os protestantes eram pessoas más e monstruosas e, de certo modo, provavelmente contagiosas. Katie cresceu com medo deles, rezando a Deus para nunca se deparar com um, nunca saber qual a aparência de um protestante em carne e osso. Sabia rezar o Pai Nosso e a Ave Maria antes de conseguir soletrar o próprio nome. Nunca entendeu como o fato de Jesus morrer pelos seus pecados na Sexta-Feira Santa resultava em chocolates entregues por um coelhinho no domingo de Páscoa, e sempre teve medo de perguntar. Isso continua um mistério. Todos os dias cheiravam a incenso, rezas erguendo-se em espirais de fumaça, flutuando até os ouvidos de Deus. Ela gostava do incenso.

A verdadeira religião de Katie é a ioga. Descobriu isso por acaso há três anos, no seu primeiro ano fora da escola, quando trabalhava como garçonete no Figs. Todos os dias, passava pela Town Yoga a caminho do trabalho e uma tarde, curiosa, entrou para ver um horário. No final da primeira aula, estava fisgada. Seu pai gosta de dizer que ela entrou de cabeça, sem piscar. Naquele inverno, economizou o dinheiro das gorjetas para pagar os duzentos dólares do seu certificado de formação de professora e, desde então, dá aulas de ioga.

Ela adora exercitar o corpo, as posturas que ensinam graça, resiliência e equilíbrio. Além disso, seu abdómen e os bíceps estão inacreditáveis. Adora a respiração consciente, o fluxo do prana, que proporciona uma sensação de calma fundamentada, em vez de um caos reativo. Adora a meditação que, quando realmente consegue se desligar, limpa o monte de lixo tóxico da sua cabeça, silenciando a conversa interior, aquela voz astutamente persuasiva que insiste em dizer que ela não é suficientemente inteligente, suficientemente bonita, suficientemente boa, bem como a fofoca fictícia (sempre é fictícia), a dúvida constante, a preocupação ruidosa, os julgamentos. Adora a sensação de unicidade que sente em relação a todo ser humano quando está sob as notas vibrantes do ohm. E todos os dias ainda cheiram a incenso.

Não consegue se lembrar da última vez em que perdeu a Vinyasa matinal de domingo de Andrea. Sabe que vai se arrepender por ter dormido até mais tarde, mas exatamente agora, bem depois do meio-dia, e ainda deitada na cama, na *sua* cama, com Felix, não se arrepende de nada.

Está namorando Felix há um mês e meio, e esta é a primeira vez que ele passa a noite em sua casa. Eles se conheceram na primeira terça-feira de abril. Era a primeira semana da Ioga no Terraço, aulas dadas ao ar livre, no pátio de madeira cercado atrás da academia. Katie gosta de dar aula ao ar livre, com o sol esquentando os músculos e o ar fresco soprando na pele nua, mesmo que esse ar, às vezes, cheire a diesel e frango com alho do Chow Thai.

Ela nunca o tinha visto. Não o conhecia da escola, nem dos bares, nem do tempo em que era garçonete. A maioria dos seus alunos são Toonies e mulheres, então os poucos homens aproveitáveis sempre e se sobressaem. Felix se sobressaiu mais do que ninguém.

Ele pratica ioga de shorts e com o peito nu. Deus o abençoe por isso. É alto e magro, com uma pequena cintura e músculos definidos, mas não bombados. A cabeça e o peito são macios e sem pelos, e ela se lembra que, naquela primeira aula, ambos brilhavam de suor ao sol. Ao parar com um pé em seu tapete, ajudando-o na posição do cachorro olhando para baixo, a palma da mão esquerda no seu sacro, a direita deslizando por sua coluna até o pescoço, percebeu que queria seguir com os dedos as linhas pretas da tatuagem tribal do seu ombro. Lembra-se de ter corado, antes de se afastar e pedir a posição do guerreiro I.

Na terça-feira seguinte, ele veio à aula, dessa vez numa sala por causa do mau tempo. Ele ficou um bom tempo na sala depois da posição do morto e demorou ainda mais para juntar suas coisas. Fez-lhe algumas perguntas sobre o horário, sobre cartões de acesso e comprou uma água de coco. Quando ela perguntou se havia mais alguma dúvida, esperando que houvesse, ele pediu seu número de telefone.

Os dois mergulharam de cabeça. Como a maioria dos Toonies, Felix tem um carro, o que significa que não estão fadados a ir ao Ironsides ou ao Sully's, e o relacionamento deles permanece, em grande parte, privado, florescendo longe do escrutínio dos Townies. Vão jantar em Cambridge e no South End, estiveram em Cape Cod e New Hampshire, e até foram a Kripalu para um fim de semana relaxante. Ele frequenta suas aulas às terças e quintas, e os dois fazem a aula de Andrea nas manhãs de domingo. O único lugar onde nunca estiveram juntos é no apartamento dela. Ela lhe disse que é porque a casa dele é muito mais agradável. É verdade. E ele mora sozinho. A irmã dela, Meghan, dorme cedo demais. Eles a incomodariam e ela precisa dormir bem.

Mas o verdadeiro motivo de Katie não ter se arriscado a deixar Felix ficar na sua casa tem a ver com seus pais, que moram no primeiro andar do prédio. Felix Martin não é um bom garoto católico irlandês de Charlestown. É do Bronx e foi criado na igreja batista. Um protestante em carne e osso. E, sim, é preciso dizer, Felix Martin é negro.

Katie gostaria de acreditar que é pela religião, e não pela cor da sua pele, que sua mãe, em particular, ficaria contra eles. Isso nunca foi dito às claras, mas Katie sabe que sua mãe espera que ela se case com um Murphy ou um Fitzpatrick, alguém igualmente pálido, sardento, batizado quando criança em uma igreja católica e, de preferência, cuja família seja do Centro, talvez até descendente da mesma aldeia da Irlanda. Não seria uma sorte? Katie nunca entendeu o que haveria de tão gloriosamente feliz em tal destino. Então ela e seu marido poderiam pendurar os brasões da família na parede? Poderiam rastrear os ramos passados de suas árvores genealógicas e se descobrir abraçando o mesmo tronco? Então ela poderia se casar com um primo? Um agradável rapaz irlandês da vizinhança, de uma boa família católica. Esse é o futuro que sua mãe imagina para ela. Com certeza, sua mãe não imaginou Felix.

Seu pai não se incomodaria com a cor e a religião de Felix. O que não cairia bem é sua associação com Nova York. Felix é um fã ardoroso do Yankees. Seria o mesmo que adorar Satã.

Então, Katie conseguiu direcionar suas noites fora para longe de Cook Street. Até ontem. Ela e Felix foram a um novo restaurante vegano em Central Square. Ela comeu um pad thay vegano delicioso e tomou um excesso de martinis com limão e manjericão.

Era tarde quando voltaram a Charlestown. Felix encontrou um lugar para estacionar na Cook Street, então pareceu muito natural que eles fossem para a casa dela. Nem conversaram a respeito. Ele simplesmente a seguiu até os degraus da entrada e subiu a escada.

Meghan já se levantou e saiu. Katie ouviu a água correndo nos canos e os passos de Meghan rangendo as tábuas do assoalho do corredor horas atrás. Abriu os olhos a tempo para perceber que seu quarto ainda estava escuro. Hoje, Meghan tem uma matinê ao meio-dia e, antes, um ensaio, depois o cabelo, a maquiagem, a roupa e o processo meticuloso de preparar outro novo par de sapatos de ponta.

Meghan é o outro motivo para Katie não ter pressa só porque Felix está na casa dela, e ela está mais do que aliviada que a irmã não esteja em casa no momento. Em primeiro lugar, existe o potencial julgamento ou provocação. Como irmã mais velha, Meghan, historicamente, tem todo o direito às duas opções. Mas o motivo mais importante tem a ver com uma insegurança ciumenta em Katie, encravada há tanto tempo que poderia muito bem ser congênita.

Meghan sempre consegue tudo. Ganhou o corpo naturalmente magro, o cabelo mais bonito, a melhor pele, as notas mais altas, o talento para a dança e os meninos. Meghan sempre conseguiu os meninos.

Toda paixonite que Katie teve na escola acabou não correspondida porque todo menino de quem ela gostava era louco por Meghan. Todos no Centro ainda são loucos por ela. Katie não pode ir à agência dos correios, ao cabeleireiro ou ao Dunkin Donuts sem que alguém lhe diga como deve ser maravilhoso ter uma irmã tão fantástica e talentosa.

"O Balé de Boston! Não é o máximo? É sim. Agora, podemos, por favor, falar de outra coisa?"

Parece que seus pais e irmãos nunca se cansam de se vangloriar de Meghan com qualquer um que queira ouvir, e eles nunca perdem as apresentações dela. Sua mãe dá a Meghan uma rosa depois de cada apresentação de dança desde que ela tinha 3 anos. É a tradição entre mãe e filha. Meghan mantém as pétalas em potes de vidro, espalhados por todo o apartamento. Pot-pourri caseiro. Enquanto isso, ninguém jamais deu flores para Katie, ela não tem uma tradição de mãe e filha e nenhum membro da sua família se interessou por aulas de ioga.

Bom, agora Katie tem um namorado. A irmã não. Mas, se a vida ensinou-lhe alguma coisa até agora, bastará Felix colocar os olhos em Meghan para deixar Katie de lado pela melhor O'Brien. Deitada na cama ao lado dele, ela consegue admitir para si mesma que esse drama fabricado soa mais como um toque paranoico e até mesmo ridículo, mas mesmo assim se sente aliviada por Meghan ter saído.

— Então é aqui que você mora — diz Felix, deitando-se de costas, olhando tudo ao redor deles.

Katie boceja, tentando ver suas coisas como se fossem novidade, como Felix poderia estar interpretando a colcha roxa, os lençóis florais, a cômoda de infância, a coleção de bonequinhos Hello Kitty, o tapete felpudo do Pier 1 Imports, as rachaduras nas paredes de gesso espalhando-se como afluentes do chão ao teto, os blecautes, que já foram brancos, amarelados como dentes velhos, e as cortinas bregas e verdes, feitas pela mãe que recentemente as passou a ferro.

— Gosto de todas as citações — diz ele.

— Obrigada.

Nas paredes, ela escreveu à mão, com uma hidrográfica de ponta fina, 21 citações inspiradoras. A maioria vem da boca de mestres iogues, como Baron Baptiste, Shiva Rea e Ana Forest. Além dessas, há trechos dos poemas de Rumi e ensinamentos de Buda, Ram Dass e Eckhart Tolle.

Quando criança, sua mãe costumava transmitir-lhe uma sabedoria espiritual vinda dos evangelhos, segundo Mateus, Marcos, Lucas e João, mas esses dizeres deixaram-na faminta. Uma grande quantidade de salmos católicos passou direto pelos seus ouvidos, sem serem absorvidos, descartados como ultrapassados, etéreos, irrelevantes. Ela não conseguia se envolver. Pelos ensinamentos espirituais da ioga, do budismo, e mesmo através da poesia, Katie descobriu as palavras que nutrem sua alma.

Além disso, os professores de ioga adoram citações: afirmações, intenções, palavras de sabedoria. A ioga dedica-se a criar um equilíbrio na mente, no corpo e no espírito, de modo que se possa levar a vida em paz, com saúde e harmonia em relação aos outros. As frases são uma cola de lembretes rápidos para se concentrar no que importa. Sempre que Katie acha que o DJ está atrelado a uma playlist negativa, recorre a uma citação da parede, substituindo seu próprio padrão pessimista por palavras positivas de sabedoria disponíveis e comprovadas pelo tempo.

Lê:

Ou você está aqui agora, ou em lugar nenhum.
— Baron Baptiste

— Gosto especialmente da sua cama — graceja Felix com um sorriso malicioso, dando-lhe um beijo.

A cama pertencera a uma mulher chamada Mildred, irmã da sua vizinha, a sra. Murphy. Na verdade, Mildred morrera *naquela cama*. Katie tinha ficado totalmente desconfortável com a perspectiva de herdar a cama de um cadáver, mas dormia num futon no chão, e a sra. Murphy a estava oferecendo de graça. "O quê? Você vai recusar uma cama em perfeito estado, e de graça?", disse sua mãe. Katie quis argumentar que uma mulher tinha acabado de morrer nela, portanto, não estava exatamente em perfeito estado, mas estava sem dinheiro e sem possibilidade de argumentar. Defumou-a com incenso durante semanas, e ainda reza por Mildred toda noite, agradecendo-lhe pelo lugar confortável para dormir, esperando que esteja feliz no céu e que não venha fazer visitas durante um cochilo, nem em festas do pijama. Com certeza, agora ela está se revirando na tumba, caso esteja vendo o negro protestante nu em sua cama. Katie beija Felix e decide não lhe contar sobre Mildred.

— Me sinto culpada por termos perdido a aula hoje de manhã — diz Katie, despejando sua culpa.

Ela tomou consciência do que é culpa, juntamente com os bons modos. Por favor. "Quero uma coisa." Culpa. Obrigado. "Tenho uma coisa." Culpa. "Estou beijando um homem maravilhoso, nu, na cama de Mildred, enquanto meus pais, alheios, assistem à TV dois andares abaixo." Culpa. A capacidade de atrelar com firmeza a culpa a qualquer emoção positiva é uma habilidade cultivada pelos irlandeses, uma arte admirada ainda mais do que as piruetas de Meghan. Katie está acordada há cerca de cinco minutos e a culpa já está sentada à mesa, de olhos arregalados, sorrindo com aquela coroa reluzente na cabeça.

— Fizemos alguns exercícios espiritualmente edificantes ontem à noite — diz Felix, sorrindo, exibindo a covinha em sua face esquerda, pela qual Katie é louca, sugerindo uma repetição.

— Estou morrendo de fome. Você quer comer? — pergunta ela.

— Estou desesperado pra comer.

— Quer café da manhã ou almoço?

— Qualquer um. O que você tiver.

Ah. Ela estava pensando em dar o fora do apartamento, talvez ir ao Sorelle's. Na noite anterior, na segurança do adiantado da hora e da escuridão, com alguns martinis no leme da sua nau normalmente navegada com firmeza, a possibilidade de esbarrar em seus pais parecia um continente muito distante. Mas, agora, o dia está avançado e sua mãe poderia muito bem aparecer para dar bom dia, tomar uma xícara de chá, ou, simplesmente, lembrar a ele que é domingo e o jantar é às quatro, como sempre. O pai pode estar lá fora, na frente da casa, passeando com Yaz. Merda.

Katie olha para o despertador. Provavelmente, a mãe não vai subir. Reprime a vontade de apressar a saída de Felix, antes que eles sejam pegos e, em vez disso, coloca uma calcinha e uma camiseta do Red Sox. Felix veste a cueca e vai atrás dela pelo corredor estreito até a cozinha.

Seu apartamento tem a mesma área do apartamento dos pais onde ela cresceu, e está igualmente mal-ajambrado. Gasto, com aparência de sujo, mesmo depois do chão de linóleo ter sido limpo com pano úmido, uma Mr. Coffee sobre o balcão de fórmica verde-abacate, uma mesa de cozinha de segunda mão e duas cadeiras desemparceiradas. Não é como o lugar onde Felix mora. Seu quarto, cozinha e sala de visitas parecem muito maduros, independentes, muito reais.

Ele é um pouco mais velho, 25 anos. A idade de JJ. Tem um MBA da Sloan e trabalha em desenvolvimento de negócios para uma start-up que transforma lixo em combustível. Ganha muito mais do que ela.

Ela para em frente a dois armários abertos, sem encontrar grande coisa, desejando ter ido às compras no dia anterior.

— Tudo bem granola e bananas?

— Claro — diz Felix, sentando-se à mesa, inclinando a cabeça para analisar as fotos presas com imãs na porta da geladeira.

— Chá herbal ou café. O café não vai ficar nada bom.

— Chá vai bem. Esses caras são seus irmãos?

— São, o JJ é o da esquerda e o Patrick, o da direita.

Ela gostaria de ter dinheiro para arrumar o lugar. Percebeu que dar aulas de ioga é uma "carreira deficitária". Dá cinco aulas por semana e ganha seis dólares por aluno, fechando em 72 dólares por aula. Mesmo que conseguisse um punhado de Toonies para dar aulas particulares ou uma despedida de solteira de vez em quando, mal consegue o suficiente para o aluguel e a comida. Ainda faz extras como garçonete, mas isso não muda sua vida. Além disso, tem as despesas: roupas de ioga, música para as aulas, livros, participação em workshops e retiros. Pode não parecer muito, mas é o bastante para deixá-la no vermelho, quando ganha apenas quatrocentos dólares por semana. Jamais poderia pagar por um seguro-saúde. Graças a Deus, é saudável.

— Qual deles é o bombeiro?

— JJ.

A única maneira de se livrar desse momento financeiramente apertado é abrir sua própria academia. Mas é amiga de Andrea, a dona do Town Yoga, e Charlestown já tem duas academias. Não tem gente suficiente na região para suportar uma terceira. Além disso, Andrea ficaria puta da vida. Mas Katie vê isso mais como um sinal do que um obstáculo, porque lhe dá o motivo perfeito para juntar seu sonho de dirigir sua própria academia com seu outro sonho maior: sair de Charlestown.

Não é que ela não goste de ter crescido aqui ou de vários aspectos de permanecer no local. Tem orgulho de ser irlandesa. Tem orgulho de ser obstinada, durona e sagaz. Seus primos dos subúrbios sempre pareceram muito mimados e protegidos com seus programados e supervisionados encontros com amigos, além dos acampamentos de verão Martha Stewart. Charlestown é a vida no mundo real. Não tem nenhuma Poliana aqui e Katie agradece por isso.

Só que é muito interiorano. Todo mundo conhece todo mundo e ninguém jamais faz alguma coisa, ou vai a um lugar além de alguns quarteirões. Sério.

Antes de Felix, todo final de semana ela ia à Warren Tavern, ao Sullivan's ou ao Ironsides e, na verdade, era sempre Ironsides. Fora do seu círculo próximo de amigos, é a irmãzinha de JJ, a filha do policial Joe O'Brien, a irmã da bailarina ou mesmo a neta de Frank O'Brien, que Deus o tenha. São as mesmas pessoas semana após semana, reclamando das mesmas coisas: lugares para estacionar, o Yankees, o tempo, o drama recorrente de quem está se amarrando ou rompendo. Estão sempre falando sobre o mesmo grupo de indivíduos, gente que todos conhecem desde que aprenderam a amarrar os sapatos. Se não fizer algo drástico, vai terminar como todos, casada com um Townie irlandês, sobrecarregada com um punhado de garotos sardentos e ruivos, ainda morando no andar acima dos pais.

As aulas de ioga abriram seus olhos para conceitos e possibilidades além da igreja de São Francisco e desta minúscula vizinhança irlandesa: budismo, Tibete, o Dalai Lama, o hinduísmo, Índia, Bhakti, sânscrito, Shiva, Ganesh. As filosofias de uma dieta vegana e da ayurveda trouxeram uma nova consciência em relação à saúde e à alimentação, escolhas além de salsicha, purê de batatas e chorizo. Ela cresceu com os Dez Mandamentos, uma lista de Não se Deve que insistia na obediência motivada por um medo do inferno e da ira de Deus. Os Oito Membros da Ioga oferecem um código mais suave para viver com plenitude de alma. Ao contrário do autoritário Não se Deve, os yamas e niyamas são lembretes para conectá-la com sua verdadeira natureza humana, para viver em paz, com saúde e numa harmonia amorosa com todos e com tudo. Quando criança, ela murmurava os hinos na igreja porque sabia a letra e sua mãe insistia. Agora vai aos kirtans, em vez de ir à missa, e seu coração canta.

As pessoas da comunidade ioga, espalhadas por todo o planeta, são muito exóticas para Katie: asiáticas, indianas, africanas. Puxa, a Califórnia é exótica para Katie. Em vez do rosário, há as contas mala, em vez de Mumford and Sons, os concertos Krishna Das, em vez de hambúrguer, tofu, e kombucha no lugar da Guinness. Intuitivamente, é atraída para aquilo que ela não é, ingênua e deslumbrada.

Sabe que apenas arranhou a superfície. Experimentou uma pequena amostra de pensamentos, tradição e vivência diferente da maneira com a qual foi criada, da maneira que todos vivem ali, geração seguida de geração, sem questionar, e sua alma curiosa está faminta por mais.

Lembra-se de quando pequena, por volta dos 7 ou 8 anos, ficar parada na Freedom Trail, com cada tênis sobre um tijolo, acompanhando a linha vermelha com os olhos, conforme ela serpenteava pelo chão para fora de Charlestown. Para a liberdade! Na época, ela não sabia que o percurso simplesmente passava pela ponte e ia até o North End, outro pequeno bairro étnico na mesma cidade. Em sua imaginação, a linha de tijolos vermelhos tinha sido feita pelo mesmo pedreiro que fizera a Yellow Brick Road, a estrada de tijolos amarelos de *O Mágico de Oz*, portanto, era óbvio que levasse a algum lugar mágico. Quando pequena, esse lugar mágico tinha casas de fazendeiros com varandas, garagens para dois carros e gramados com balanços. Era uma terra com árvores, lagos, campos abertos e pessoas que não eram irlandesas e não a conheciam desde que ela nasceu.

Ela ainda sonha em morar em algum lugar acima do arco-íris, numa zona postal diferente, com espaço para respirar e criar o tipo de vida que deseja, uma vida não predeterminada, como a que seus pais e mesmo seus bisavós viveram. Uma vida à sua escolha e que não seja herança dos pais. Um dia.

Ela fala muito em "um dia". *Um dia, vou ter minha própria academia de ioga. Um dia, vou morar no Havaí, na Índia ou na Costa Rica. Um dia, vou ter minha própria casa com quintal e entrada de carro. Um dia vou deixar este bairro. Um dia vai acontecer alguma coisa importante.*

— Um dia eu vou conhecer eles? — Felix pergunta.

— Quem?

— Seus irmãos, sua família.

— Vai, claro, um dia.

— Que tal hoje?

— Hoje? Ah, não sei se eles estão por aqui.

— Que tal esse jantar a que você sempre vai aos domingos? Quando é que vou ser convidado?

— Querido, você não vai gostar do jantar de domingo, acredite em mim. É uma obrigação, não um divertimento. A comida é horrorosa.

— Não se trata de comida. Quero conhecer a sua família.

— Você vai conhecer.

— Qual é o problema? Você tem vergonha de mim ou alguma coisa?

— Não, é óbvio que não. Não tem a ver com você.

Está pronta para colocar a culpa nos pais, no catolicismo da mãe e na obsessão singular do pai pelos times de Boston, ou na mística feminina irresistível de Meghan, mas então o verdadeiro motivo apresenta-se, claro e inevitável. Ela é a razão. Está parada vestindo uma camiseta velha e calcinha, descalça na sua minúscula cozinha, os pés gelados no chão de linóleo encardido, e não se sente merecedora de estar com ele. Está quase se retorcendo de desconforto por revelar tanto de si a ele, como se quanto mais ele visse dela, mais perceberia suas contradições. A cozinha expõe uma falta de sofisticação, o quarto, uma falta de maturidade, a sala, uma falta de elegância. A ideia de acrescentar os pais, os irmãos e o lugar onde cresceu, a verdadeira Charlestown, não a versão Toonie do Pottery Barn, de ele ver sua falta de instrução e cultura, as imagens de Maria, Jesus e Caco, o Sapo, em todos os cômodos, e os copos de geleia que seus pais usam como taças, faz com que se sinta mais nua do que estava dez minutos atrás.

E, se ele enxergá-la por completo, talvez não a ame. Bum! É isso aí. Eles ainda não pronunciaram essa palavra e nem pensar que será ela a primeira a se declarar. Com toda sua formação em ioga abrangendo vulnerabilidade e uma vivência autêntica, ainda é imatura. E se ele conhecer sua família e ela for incapaz de aceitar um homem negro e batista, fã do Yankees? E se ele levar isso em consideração, juntamente com a lista de tudo mais que não é perfeito nela, então, decidir que não pode amá-la? Ela não será merecedora do seu amor.

Katie está parada junto ao balcão, de costas para ele, despejando granola em vasilhas desemparceiradas, pensando na rejeição de Felix por ela. Seu corpo não sabe diferir se essa merda é real ou apenas um ensaio para algo pior. É a tal loucura da mente de macaco, e ela não é idiota em investir energia nessa história totalmente inventada, mesmo que não consiga se controlar. Prevê o rompimento deles tintim por tintim, em detalhes excruciantes, sempre com a iniciativa de Felix, pelo menos uma vez por semana, três vezes desde que acordaram hoje, cada rompimento imaginário puxando mais fios do seu coração, tricotados em um nó maior e mais apertado em seu peito.

Covarde. Deveria assumir quem é, de onde vem, e seu sentimento em relação a ele. Ama Felix. Deveria lhe dizer isso e apresentá-lo a sua família. Mas o risco parece grande demais, o penhasco alto demais, o fosso entre o que eles têm agora e o que poderiam ter largo demais. Como se pular pudesse matá-la.

— Uma próxima vez. Juro. Nem sei se meu pai e JJ estarão aqui hoje.

A boca de Felix contrai-se e ele abaixa a cabeça como se buscasse um significado no desenho feio do chão de linóleo.

— Sabe de uma coisa? Não estou com fome. Acho que vou indo.

Ele sai da cozinha e volta dali a pouco, totalmente vestido.

— A gente se vê — diz, e mal a beija no rosto. — Tchau.

Ela deveria impedi-lo, convidá-lo para jantar, desculpar-se. Em vez disso, não diz nada, paralisada e muda, e deixa que ele se vá. Merda.

Senta-se à droga da sua mesa da cozinha, chocada por estar subitamente só, e não toca na granola com banana. Queria ter ido à aula de Andrea, que Felix tivesse ficado, que não fosse tão covarde e idiota, que soubesse como conduzir sua fala sobre ioga. A chaleira apita, fazendo-a dar um pulo na cadeira. Despeja a água fervente em uma caneca e deixa a outra vazia, no balcão. Beberica seu chá verde, refaz na cabeça o que acabou de acontecer e ensaia o que deveria ter dito a ele, em seguida. Espera que Felix a perdoe e lhe telefone mais tarde. Roga a Deus que não tenha simplesmente dado um fim a esse relacionamento, que não tenha acabado de perdê-lo. Mas, acima de tudo, espera que ele não tenha dado de cara com seus pais ao sair.

Capítulo 11

Katie está sentada no sofá, entre Patrick e Meghan, na sala de visitas dos pais, imaginando o que Felix está fazendo. Quase o convidou para o jantar de domingo, as palavras estavam prontas e embaladas em sua boca, mas no último segundo apavorou-se e as engoliu. Ele não tocou mais no assunto de conhecer a sua família desde a briga que tiveram a respeito na semana anterior, portanto, a questão parece deixada de lado, ao menos por enquanto. Mas terá que trazê-lo em algum dos domingos. Não pode manter Felix em segredo eternamente.

JJ e Colleen estão dividindo o sofá de dois lugares em frente a ela, os corpos grudados um no outro, um dos braços de JJ ao redor dos ombros de Colleen. Parecem muito felizes. Katie queria que Felix estivesse ali.

Sua mãe entra na sala, praticamente na ponta dos pés, coloca na mesinha de centro uma embalagem de meia dúzia de Coors Light e uma garrafa gelada de Chardonnay, sem dizer uma palavra, nem olhar para ninguém, e volta para a cozinha. Retorna pouco depois com um abridor e três copos. Torna a sair. Todos se entreolham. Esquisito.

Eles não são autorizados a beber até o jantar ficar pronto. É uma regra rígida. Patrick dá de ombros, inclina-se, pega uma cerveja e a abre. Katie enfia o saca-rolhas na garrafa e puxa a rolha. JJ pega uma cerveja e Katie serve um copo de vinho para Meghan.

— Vinho? — oferece Katie a Colleen.

— Não, obrigado. Por enquanto, estou bem.

— Cadê o controle remoto? — pergunta Patrick.

— Sei lá. Você mora aqui — diz JJ.

Os rapazes correm os olhos pela sala sem levantar a bunda do assento.

— Pat, liga isso aí — diz JJ.

— Eu não, liga você.

— Estou confortável aqui com a Colleen. Vá lá, veja se tem alguém jogando.

— O Sox só joga à noite.

— Veja o que mais está passando.

— Ainda estou procurando o controle.

Patrick inclina-se para trás no sofá, os calcanhares juntos, joelhos afastados e bebe sua cerveja. Katie sacode a cabeça. Seus irmãos são patéticos. A sala fica com um clima estranho, até opressivo, com a TV desligada. Na verdade, Katie não consegue se lembrar de alguma vez ter estado ali sem que ela estivesse ligada. É como se estivessem sentindo falta do quinto irmão, aquele que nunca cala a boca e exige atenção.

Colleen força o corpo para fora do sofá, vai até a mesa com os anjos e sapos. Volta com o controle.

— Obrigado, bem — diz JJ, sorrindo para Patrick ao ligar a TV.

Está zapeando os canais, sem parar em nenhum, mas a luz e o som vindos da tela dão a todos um propósito comum e, instantaneamente, a sala parece voltar a ficar mais clara e mais familiar. Katie suspira e sente cheiro de Windex, um limpa-tudo. Esquisito. Geralmente o cheiro é de qualquer animal que a mãe esteja cozinhando durante a semana. Tirando sua obsessão por passar roupa, a mãe não é exatamente conhecida pela higiene doméstica. A limpeza de todos os bonequinhos empoeirados e de todas as superfícies com Windex em geral só acontece quando eles recebem visitas. Katie volta a inspirar. Apenas Windex.

Com exceção do bacon que, de certo modo, passa por cima de tudo que ela conhece e acredita, ainda faz sua boca encher-se de água, é difícil para ela suportar o cheiro dos jantares de domingo.

Mas a casa não cheira a bacon, nem a frango ou a carneiro. Será que a mãe finalmente descobriu como tirar o gosto *e* o cheiro da comida?

A porta da frente abre-se e seu pai aparece na sala, à frente deles, carregando um saco plástico com três embalagens de pizza, sorrindo como se fosse Papai Noel trazendo um saco de brinquedos.

— Trouxe só pepperoni, muçarela, queijo vegano e vegetariana para Katie, e uma salada para nossa coelhinha.

— Onde você comprou? — pergunta Katie.

Papa Gino's não faz nada vegano.

— No North End.

— Uau, jura?

Rosie traz uma pilha de pratos de papel e guardanapos, e eles começam a se servir de fatias quentes de pizza.

— Esperem, a gente vai comer aqui? — pergunta Meghan.

— Vai, por que não? — devolve a mãe.

— Tem algum jogo passando? — pergunta Katie.

— Só hoje à noite — responde Patrick.

Pizza e cerveja na sala de visitas como jantar de domingo soa como uma festa, mas Katie fica nervosa. Isso nunca acontece, a não ser que haja um jogo importante. Alguma coisa não está bem.

Seu pai senta-se em sua poltrona, a mãe na cadeira de balanço de madeira. Ele toma uma cerveja e ela segura Yaz, mas nenhum dos dois tem pratos com pizza em seus colos. O rosto da mãe está abatido e distraído. Ela olha na direção da TV, mas não parece estar assistindo alguma coisa, está agradando Yaz com uma mão e o crucifixo na corrente com a outra. O pai agita-se na poltrona. Parece nervoso.

Subitamente, a sala parece mais estranha do que com a TV desligada. Há uma espécie de eletricidade correndo pelo cômodo. Katie fica imóvel e gelada quando percebe aquilo passar por ela.

Sente uma intuição animal, uma puxada instintiva nos nervos. Nuvens negras se formando. Um leão aguardando na mata. Pássaros canoros silenciando-se antes de levantar voo. Alguma coisa vai acontecer. Alguma coisa ruim.

Patrick se entope de pizza de pepperoni, mastigando com a boca aberta. Tem que ser ele. É sempre ele. Fez alguma coisa ilegal e vai confessar agora, depois o pai vai precisar prendê-lo. Mas o irmão parece totalmente relaxado.

Talvez seja ela. Eles viram Felix. É isso. Agora vem o sermão. Eles não vão deixá-la ficar aqui, sob seu teto, praticamente de graça, se for para ela se comportar desse jeito, envolvida com um negro que não seja católico, nem irlandês, nem daqui. O que os vizinhos vão pensar? Ela não se incomoda com sua reputação e o bom nome da família, nem com a sua alma?

Terá que escolher entre a família e Felix. Talvez. Talvez esse tipo de ultimato seja uma bênção. Estarão lhe fazendo um favor. "Ótimo, fui. Estou fora." Exatamente o chute no traseiro que ela precisa. Poderia viver com Felix até encontrar um lugar seu. Mas para onde iria? Não está preparada. Não guardou dinheiro suficiente para sair de Charlestown e também não consegue viver aqui por conta própria. Merda.

A mãe se levanta, pega o controle no braço do sofá duplo, e o aponta para a TV, desligando-a. JJ olha para ela em protesto, a expressão arrasada da mãe o impede de reclamar. Ninguém reclama. Ninguém diz uma palavra. Ela volta a se sentar na cadeira de balanço e agarra seu crucifixo.

— Agora que estamos todos juntos aqui, sua mãe e eu queremos contar uma coisa pra vocês — diz o pai.

Está tentando falar, mas as palavras não vêm. Seu rosto fica congestionado e se retorce, numa luta consigo mesmo. O ar na sala fica rarefeito e o fundo do estômago de Katie desiste, suas entranhas e as duas mordidas de pizza despencando sem chão. Não se trata de Felix. Seu pai limpa a garganta.

— Fiz um exame médico e descobrimos que tenho uma coisa chamada doença de Huntington. Isso significa que, com o tempo, vou ter dificuldade para andar, falar e alguns outros problemas. A boa notícia é que isso é lento e levará pelo menos dez anos.

Doença de Huntington. Ela nunca ouviu falar nisso. Olha para a mãe para avaliar o quanto isso é ruim. A mãe está apertando o crucifixo com uma das mãos e se abraçando com a outra, como se estivesse se agarrando à preciosa vida. É muito ruim.

— Então, você vai começar a ter problemas para andar daqui a dez anos? — Meghan pergunta.

— Não, sinto muito. Já tenho alguns dos sintomas. Já estou com a doença.

— Então, vai levar dez anos pra quê? — pergunta Patrick.

— Pra ele morrer — completa Colleen.

— Jesus Cristo, Coll! — diz JJ.

— Não, ela tem razão. Você já viu isso no seu trabalho? — pergunta o pai, verificando como a nora tinha essa informação.

Ela confirma com a cabeça. Colleen é fisioterapeuta. Viu o quê? O que foi que ela viu?

— Então, você sabe o que vou dizer a seguir, não é? — diz o pai.

Colleen volta a acenar com a cabeça, totalmente lívida, o rosto contraído como se sentisse dor, deixando Katie morta de medo.

— O que vem a seguir, papai? Mamãe? — pergunta JJ.

O pai olha para a mãe.

— Não consigo — murmura ela.

A mãe estende o braço e tira um lenço de papel da caixa sobre a mesa. Enxuga os olhos e assoa o nariz. O pai exala com força, por entre os lábios contraídos, como se estivesse assoprando velas num bolo de aniversário, como se estivesse fazendo um pedido de aniversário.

— Então, esse troço de Huntington é hereditário. Herdei da minha mãe. E então vocês, filhos... vocês... Cada um tem cinquenta por cento de chance de também ter a doença.

Ninguém se mexe ou diz alguma coisa. Katie esquece de respirar. Então sua mãe começa a chorar em seu lenço de papel.

— Espere, cinquenta por cento de chance de pegar o quê? O que é mesmo? — pergunta Meghan.

Seu pai, a rocha da família, seu protetor, sempre tão certo em relação a tudo, parece fisicamente frágil. Suas mãos tremem. Os olhos estão molhados e enchendo-se rapidamente. Seu rosto faz caretas, como se ele tivesse acabado de chupar um limão, lutando para controlar as lágrimas. Isso está virando Katie do avesso. Ela nunca viu o pai chorar. Nem quando seu avô morreu, nem quando seu amigo policial foi morto com um tiro ou quando finalmente chegou em casa no dia seguinte à maratona. *Por favor, não chore, papai.*

— Olhem.

Ele tira do bolso do casaco um maço de folhetos e os coloca na mesinha de centro, ao lado das embalagens de pizza.

— Me desculpem, não consigo falar.

Cada um deles pega um exemplar e começa a ler.

— Porra — diz Patrick.

— Olha o palavreado — repreende a mãe.

— Mãe, me desculpe, mas que se foda o palavreado por agora.

— Meu Deus, papai — diz Meghan, agarrando a echarpe de seda que tem enrolada no pescoço.

— Sinto muito. Rezo a cada minuto para nenhum de vocês tenha isso — diz o pai.

— Tem alguma coisa que eles possam fazer pra tratar isto? — pergunta Meghan.

— Eles têm alguns medicamentos para amenizar os sintomas, e eu vou fazer fisioterapia e fonoterapia.

— Mas não tem cura? — pergunta Patrick.

— Não.

Katie lê:

A doença de Huntington manifesta-se por sintomas motores, cognitivos e psiquiátricos, que, habitualmente, começam entre 35 e 45 anos, avançando inexoravelmente até a morte. Não existe cura ou tratamento que possa parar, retardar ou reverter a progressão da doença.

Seu pai tem Huntington. Seu pai está morrendo. Dez anos. Isso não pode estar acontecendo.

Cada filho de uma pessoa afetada tem cinquenta por cento de chance de desenvolver a doença.

Os sintomas começam, habitualmente, aos 35 anos. Isso é daqui a catorze anos. E então ela poderá desenvolver os sintomas da doença de Huntington e morrer. Isso não pode estar acontecendo.

— Se você tem o gene, isso significa que com certeza terá a doença? — pergunta JJ.

O pai concorda em silêncio. Uma lágrima escorre pela sua face rosada.

Katie afunda no folheto, procurando a parte boa, a exceção, uma saída. Não é possível. Seu pai está bem. É um policial forte e durão de Boston, não alguém sofrendo uma doença fatal.

Ela volta a ler a lista de sintomas. *Depressão*. Nem pensar. *Paranoia*. Nada a ver com ele. *Fala arrastada*. Ele tem a fala alta e clara. Eles devem estar enganados. O teste estava errado. Uma confusão ou um falso positivo. Morto em dez anos. Fodam-se esses cuzões por cometerem erros e levarem seu pai aos prantos.

Ela continua lendo. *Destreza reduzida*. Às vezes, mas é daí? *Explosão de temperamento*. Ok, sim, mas todo mundo perde a calma de vez em quando. *Choreia*.

Derivada da palavra grega para dança, a choreia caracteriza-se por movimentos espasmódicos e involuntários.

Ela olha para o pai. Seus pés estão fazendo uma dança irlandesa no chão. Os ombros estremecem, as sobrancelhas levantam-se e o rosto enruga-se como se ele tivesse acabado de chupar um limão. Merda.

— Então, a gente pode descobrir se tem o gene? — pergunta Meghan, lendo o folheto.

— Pode. Vocês podem fazer o mesmo exame de sangue que eu fiz — diz o pai.

— Mas se a gente tiver o gene, não há nada que possamos fazer a respeito. A gente só vive sabendo que vai ficar doente — diz Meghan.

— É isso aí.

— O teste diz quando isso vai acontecer? — pergunta Katie.

— Não.

— Puta que pariu! — diz Patrick.

— Há quanto tempo você sabe disto? — pergunta JJ.

— Eu tive alguns sintomas por um tempo, mas a gente só teve certeza que era Huntington em março — diz o pai.

— Vocês sabem desde *março*? — pergunta JJ, com o maxilar travado e os punhos apertados, como se ele estivesse resistindo a um desejo avassalador de quebrar todos os sapos e anjos de cerâmica da sala. — Por que vocês só estão contando isso pra gente agora? Já estamos em *maio*!

— A gente precisou de um tempo para processar tudo — diz o pai.

— Foi difícil reunir todos vocês ao mesmo tempo — conta a mãe, defendendo o marido.

— Isto é besteira, nós todos *moramos aqui* — argumenta JJ, agora aos gritos.

— Tem os horários de balé da Meghan. Ou você ou seu pai estão trabalhando aos domingos — diz a mãe, a voz hesitante, Yaz em seu colo, coberto por uma pilha de lenços de papel úmidos e amassados. — Tínhamos que contar pra todos vocês, todos ao mesmo tempo. Não dava para contar pra dois e deixar os outros comendo mosca.

— Por que alguém comeria mosca? — pergunta Patrick.

Katie ri, sabendo que é inadequado, mas gostando que Patrick tenha, momentaneamente, aliviado a tensão. Colleen cai no choro, escondendo o rosto nas mãos.

— Tudo bem, querida, vai ficar tudo bem — diz JJ.

Em vez de isso servir de consolo, apenas reforça seu choro, até não conseguir contê-lo mais em suas mãos. Subitamente, ela ergue a cabeça, e é Colleen, mas não. Não parece em nada com a cunhada doce e afável que Katie conhece desde o ensino fundamental. Seus olhos estão desesperados, enlouquecidos, e a boca está aberta e distorcida, como se uma espécie de efeitos especiais de transformação em filme de terror de Hollywood tivesse acontecido no recolhimento das suas mãos. JJ tenta abraçá-la, mas ela não aceita. Levanta-se do sofá e sai da sala. O restante deles fica num silêncio apreensivo, escutando seus pés batendo na subida da escada. A porta do seu apartamento bate e Colleen geme em algum lugar no andar de cima.

— Que porra foi essa? — pergunta Patrick.

— Ela está assustada, seu imbecil — diz Meghan.

— JJ, a gente sabe que vocês dois estão tentando começar uma família — diz o pai. — Mesmo que, Deus não permita, você carregue essa coisa — ele para e bate três vezes na madeira da mesa de canto —, existem procedimentos médicos, material *in vitro* bem comum, e eles podem garantir que seus filhos nunca tenham isso.

Parece encorajador para Katie, como, honestamente, um bote de vida nesse mar de merda tormentoso, mas parece que JJ não quer se salvar, como se estivesse se afogando voluntariamente.

— Tarde demais, papai — diz ele, finalmente. — Ela está grávida. Dez semanas. Acabamos de ouvir os batimentos do coração.

Merda. Há três anos Katie espera o irmão dizer tal coisa. Imaginou, inúmeras vezes, os gritos e abraços animados, os festejos e brindes à saúde do primeiro neto O'Brien. Especialmente sua mãe, andou esperando por esta notícia na maior ansiedade. O bebê já tem todo um guarda-roupa tricotado em amarelo e verde de adoráveis cobertores, sapatinhos e os gorrinhos mais fofos.

A mãe começa a soluçar. Benze-se repetidas vezes.

— É tarde demais para um milagre médico — diz JJ.

— Vocês não vão precisar disso — diz a mãe, a voz nadando em lágrimas, soando mais arrasada do que convincente. — Vocês e o bebê vão ficar bem.

— É, cara. Você sempre teve muita sorte — diz Patrick. — Apostaria o que fosse como você não tem isto. Uma chance de um para um milhão.

— É, JJ. Você tem que pensar positivo — diz Katie. — Estou muito feliz por vocês.

JJ sorri, mas sem convicção.

— É melhor eu ir — diz.

— Diga a Colleen que sinto muito — diz o pai, levantando-se. Vai até JJ. Os abraços entre os dois são, normalmente, casuais, muitos tapas nas costas, mas este é um abraço de verdade. O pai e JJ agarram-se um ao outro, sem espaço entre eles, apertando com força, e Katie começa a chorar.

— Você vai ficar bem — diz o pai, finalmente soltando seu filho mais velho.

— Você também, papai — diz JJ, enxugando os olhos. — Vamos lutar contra isto, está bem?

— Claro.

JJ confirma com a cabeça. Ele terá sorte. Todos eles terão sorte. Ou lutarão contra isso. Katie percorre a página aberta do seu folheto. Mas como? Como é que podem lutar contra uma coisa que não pode ser evitada, curada, nem mesmo tratada? Não existem milagres médicos para essa doença. Ela respira fundo e enxuga os olhos. Reza a Jesus na parede, aos anjos de cerâmica nas mesas, até para Caco, o Sapo. Se não existem milagres médicos, ela simplesmente terá que rezar para a velha e boa modalidade costumeira.

Capítulo 12

Katie, Meghan, JJ e Patrick estão sentados em fileira no gramado de Bunker Hill, compartilhando uma garrafa de Jack Daniels num saco de papel pardo, assistindo aos turistas, aos Toonies e aos atores suados em seus figurinos da Guerra da Independência, jogando seu novo jogo predileto. Algumas famílias reúnem-se e jogam Parcheesi, gamão ou Go Fish. Eles jogam Adivinhe Como os Desconhecidos Vão Morrer.

— Aquele cara — JJ aponta um homem de meia-idade, estufado, careca, ofegante ao subir os degraus. Tem os tornozelos mais grossos do que as coxas de Meghan. — Está a três Big Macs de um enfarte. Vai morrer antes de ser levado pro hospital de ambulância.

— Uma morte tamanho GG — diz Patrick.

JJ e ele batem as mãos. JJ passa a garrafa para Katie.

Katie avista uma mulher que parece ser da sua idade, na base da colina, deitada numa toalha de praia, os seios apontando num biquíni vermelho, a pele bronzeada reluzente de óleo. Mesmo à sombra do monumento e besuntada de protetor solar fator 50, Katie é paranoica com queimaduras causadas pelo sol.

— Ela — diz Katie, apontando a mulher. — Câncer de pele. Aos vinte e seis.

— Boa — diz Meghan.

— Ah, não acabe com as gostosas — diz Patrick.

— Azar dela que está desperdiçando os poucos anos que lhe restam com aquele palhaço — diz JJ, acenando para o sujeito deitado na toalha ao lado da menina, de shorts xadrez, peito nu, um carpete peludo e negro cobrindo do pescoço ao umbigo seu torso pálido e flácido.

— Ah, ele vai morrer daqui a uma semana. O cretino vai ser engolido com seu Prius por uma carreta. Estava digitando "bjs" no celular — fala Patrick, pegando a garrafa de Katie.

Meghan ri. É uma brincadeira horrorosa, mórbida, e eles deveriam parar ou, no mínimo, não achar tão divertido. Com certeza, irão todos para o inferno.

Mas é estranhamente confortante. Todos eles vão morrer. Todos nesta colina. Os turistas, os Toonies, o cara gordo, a menina de biquíni e o cara peludo, aquela mãe empurrando um carrinho de bebê, sua linda filhinha. Até os O'Brien.

Então, é possível que eles morram de doença de Huntington. E daí? Eles realmente pensavam que fossem imortais, que sairiam dessa vida vivos? Todo mundo morre. Mas Katie tinha andado com os olhos vendados para esse fato imutável, como se, não olhando, pudesse escapar à sua suprema extinção. Ah, é, claro, ela vai morrer, mas não até ter 80 ou 90 anos, terrivelmente velha, e depois de ter tido uma vida incrível e plena. Tem andado oprimida e distraída no último mês, preocupada com a possibilidade de ter Huntington aos 35 anos e morrer aos 50, antes de estar realizada.

Patrick passa a garrafa a Meghan.

— Paul Revere está ali — diz Meghan, referindo-se a um dos atores. — Segura seu mosquete muito alto na colina, durante uma tempestade, e recebe a descarga de um raio.

O rosto suado do ator está fixo em uma expressão dura. Está inclinado sobre o cano do seu mosquete falso, enquanto cospe no chão. Famílias que passam por ali desviam dele, abrindo espaço. Hoje, ele não vai ganhar o Oscar.

— Pelo menos ele morre fazendo o que ama — afirma Katie, rindo.

Só por curiosidade, recentemente ela checou as estatísticas. As possibilidades de uma pessoa ser atingida por um raio são de uma em 126 mil; de morrer afogada são de uma em mil; de morrer de acidente de carro, uma em cem; de morrer de câncer, uma em sete. As possibilidades de eles morrerem de Huntington são de uma em duas.

— Olha aquele cara — diz JJ, indicando com o queixo um velho que arrasta os pés pela calçada, fumando um cigarro, os ombros caídos para frente, a cabeça pendendo como se o pescoço tivesse abandonado a própria função, o cabelo grisalho ensebado debaixo de um boné gasto do Red Sox e uma barba retorcida. — Vai morrer dormindo em sua própria cama, aos 95 anos, cercado por sua carinhosa família.

— Sem dúvida — diz Meghan, caindo na risada, estendendo a garrafa para JJ.

— Muito injusto — interfere Katie, sacodindo a cabeça.

— Eu fico puto — diz Patrick. — Deus faz o nosso pai ter Huntington e deixa aquele imbecil continuar por aqui.

Todos ficam em silêncio. JJ dá um bom gole e passa a garrafa para o irmão.

— Então, dei uma olhada pra fazer o teste — diz JJ. — Não é só doar sangue. É uma porra de uma novela que não tem fim. Eles fazem você ir a duas consultas pseudopsicológicas com um orientador, num prazo de duas semanas, antes de tirarem seu sangue e, depois, você tem que esperar mais quatro semanas até saber o resultado.

— Você está dizendo que tem que conversar com um psicólogo? — pergunta Patrick.

— Isso.

— Sobre o quê?

— Sobre o clima. Sobre Huntington, palhaço.

— Sei, mas o que sobre Huntington?

— Eles querem ter certeza de que você entende o que é, o que o teste significa e por que você quer saber, como vai lidar com a notícia, porque, assim, se der positivo, você não pode se jogar da ponte Tobin.

— Não me parece uma má ideia — devolve Meghan.

— É, e daí? — diz Patrick. — E se eu disser "É, eu quero pular da porra da ponte Tobin, eles vão me negar o teste?" A vida é minha. Tenho o direito de saber. Não vou passar por nenhuma dessas besteiras de aconselhamento.

— Então, eles não vão fazer o teste em você — conta JJ.

— Eles que se fodam, então. Não quero saber mesmo — finaliza Patrick.

Talvez, saber que ela vá ter Huntington seja algo positivo. Em vez dos anos se precipitando um após o outro, a mesma velha história, adiando eternamente sua lista de desejos por achar que tem muito tempo para fazer aquilo tudo, vai saber com certeza que não tem. Faça agora. E, então, os próximos catorze anos vão ser incríveis, melhores do que os cinquenta da maioria das pessoas.

Ou talvez, não fosse tão bom. Talvez ela não se mudasse de Charlestown, nem abrisse sua própria academia, nem se casasse ou tivesse filhos, porque eles mereceriam uma esposa e uma mãe que permanecesse viva para amá-los e ensiná-los. Então, por que se preocupar com qualquer uma dessas coisas, se vai morrer tão cedo? Morrerá cada dia por catorze anos, em vez de viver.

Katie imagina uma bomba-relógio funcionando dentro da sua cabeça, já acionada para uma determinada hora, de um determinado dia, de um determinado mês, de um determinado ano. Então, *bum!* A Huntington explodirá dentro do seu crânio, destruindo as partes do seu cérebro encarregadas de mover, pensar e sentir. Mover. Pensar. Sentir. O que mais existe ali? Sua formação em ioga diz que existe o ser. Existe o ser. Quando ela medita, o objetivo não é se mover, nem pensar ou sentir. Apenas ser. Este é, exatamente, o estado indefinido que todo iogue aspira experimentar. Sair da sua mente. Aquietar os pensamentos e silenciar os movimentos. Notar as sensações, mas não ficar atrelado a elas. Deixá-las passar.

Mas a doença de Huntington não é a ausência de movimento, pensamento e sensações. Não é um estado transcendental de êxtase. É um show de horrores completo: movimentos constantes feios e improdutivos, raiva descontrolada, paranoia imprevisível, pensamento obsessivo. O *bum* não elimina o movimento, o pensamento e as sensações. Ele fode com isso tudo. Ela imagina a detonação soltando uma espécie de líquido venenoso, um vazamento constante de toxinas que acabam se infiltrando em cada célula nervosa, poluindo cada pensamento, cada sentimento e movimento, apodrecendo-a de dentro para fora.

Talvez ela já tenha a doença. O folheto diz que os sintomas podem ter início quinze anos antes do diagnóstico. Portanto, agora. Ontem ela oscilou na Ardha Chandrasana. Posição de Meia-Lua. O braço e a perna esticados balançaram como ramos soprados por um furacão. Ela se inclinou à esquerda, depois compensou à direita e acabou saindo da posição perante a classe toda. Será que era a Huntington?

Ou talvez ela não tenha a doença. Está perfeitamente bem e só perdeu o equilíbrio por um instante, como qualquer pessoa normal. Toda essa preocupação excessiva é perda de tempo.

Ou talvez ela tenha.

Nos últimos meses, Katie tem sentido uma impaciência crescente, como se estivesse cavalgando uma onda que se eleva para uma crista espumante e branca. Tudo o que ela sempre fez foi uma preparação para sua verdadeira vida, que ela está ansiosa para começar. Chegou a hora. Mas justamente quando está pronta para de fato começar a viver, vai descobrir que está morrendo? Claro que todo mundo está morrendo. Esse é o objetivo do joguinho doentio deles. Ela sabe disso. Mas a morte sempre foi um conceito abstrato, um fantasma invisível sem forma, textura ou cheiro. A doença de Huntington é real. É uma morte real que ela consegue visualizar, graças ao YouTube. Tem o formato do horror e o cheiro pútrido do medo.

JJ é a imagem escarrada do pai. Nem parece ter parentesco com a mãe. Tem os olhos azuis sonolentos do pai, a compleição sólida, o temperamento, a pele sardenta, rosada e macilenta. Será que isso significa que ele também tem o gene defeituoso da Huntington? Katie tem uma semelhança incrível com a avó, uma mulher que ela só conhece por fotografias. Ruth. A que tinha Huntington. O rosto e as sardas irlandesas dela, o mesmo cabelo fino e ruivo, o nariz largo e arrebitado. Também tem ossos grandes, quadril robusto e ombros de nadadora. Com certeza, ambas teriam sobrevivido à Grande Fome da Irlanda.

Meghan é mais parecida com a mãe, na aparência e nas atitudes. Seu nariz é mais fino e mais pontudo, o rosto é menos redondo, o cabelo é mais escuro e mais grosso, a estrutura é pequena. Tem a natureza reservada da mãe, suas paciência e tenacidade, seu amor pela música e teatro da Broadway, e, é claro, pela dança. Patrick se parece com o pai e com a mãe e ao mesmo tempo não se parece com nenhum dos dois. Eles não sabem de onde aquele garoto saiu.

Da maneira como eles veem, pelos traços físicos aparentes e pela personalidade, Katie e JJ vieram do pai. Isso significa que eles também têm Huntington? Sem formação em genética, nem nenhum conhecimento real para respaldar sua conclusão, Katie acha que sim. Ela herdou os pés feios do pai, portanto, tem Huntington. Tic, tic, tic, *bum!*

— Alguém mais vai querer descobrir? — pergunta JJ.

— Então você vai mesmo? — pergunta Meghan.

— Vou. Eu preciso. Marquei uma hora pra quarta-feira. E por causa da questão do bebê, eles estão acelerando o processo. Vou saber o resultado em uma semana.

— Jesus Cristo, cara! — exclama Patrick.

O vago entorpecimento da bebedeira de Katie funde-se, abruptamente, em seu estômago, em uma bola nodosa de um medo nauseante. Sua boca fica com gosto amargo. O jogo divertido acabou. Nenhum deles saiu vencedor. Isso é real. Real demais.

— Não queria nem tocar nesse assunto — diz Meghan, batendo no alto da cabeça com os nós dos dedos da mão direita. — Mas se você tiver a doença, isso significa que o bebê também tem?

— Se eu não tiver, a coisa termina em mim, o bebê está bem. Se eu tiver, o bebê tem cinquenta por cento de chance, exatamente como nós. Quando a gente descobrir, o bebê vai estar com quinze semanas. Podemos fazer uma amniocentese para ver se ele tem.

— E aí o que acontece? — pergunta Katie. — Se o bebê tiver, a Colleen vai abortar?

JJ abaixa a cabeça sobre os joelhos e esfrega os olhos com as mãos.

— Não sei — diz, com a voz fraca. — Pode ser. Não. Não sei.

— A mamãe teria um enfarte — diz Patrick.

— Eu sei — concorda JJ.

— Não estou brincando.

— Eu sei — repete JJ.

— O que a Colleen acha? — pergunta Katie.

— Ela é um caso perdido. Não quer nem pensar no assunto. Não quer que eu faça o teste.

— Vai dar negativo, cara — diz Patrick. — Quando você vai saber?

— Uma semana depois de quarta-feira.

— Tudo bem. Vai dar tudo certo para você e para o bebê. A mamãe não vai ter um enfarte — acrescenta Patrick.

Katie e Meghan concordam em silêncio. Patrick toma alguns goles e passa a garrafa para JJ.

— É claro que o pobrezinho ainda pode sair parecido com você — caçoa Patrick.

JJ dá um soco no ombro do irmão e quase sorri.

— Outra coisa — diz JJ. — O orientador falou um pouco sobre a doença de Huntington juvenil. Você pode ter essa coisa na íntegra na nossa idade. É raro, mas quando começa cedo, parece que é passada pelo pai.

Meghan fica chorosa.

— Estamos aprendendo uma nova coreografia e estou tendo problemas com isso. Fico errando os passos — Meghan deixa escapar, como se estivesse se confessando. — Isso nunca aconteceu antes. Nunca. E eu fico caindo da ponta.

— Você só está estressada — diz Katie.

— E se eu tiver a doença agora?

— Esquece isso.

— Vocês estão notando alguma coisa?

— Não — responde Patrick.

— Não, nada — diz JJ.

— Juram?

— Juro por Deus — confirma Katie.

— Não se preocupe, Meg. Se alguém tiver a doença de Huntington juvenil, esse alguém sou eu, certo? — diz Patrick.

— Você não tem doença de Huntington juvenil, você só é um pentelho — zomba JJ.

— Você poderia fazer o teste para ter certeza — diz Katie a Meghan.

Meghan sacode a cabeça.

— Não acho que consiga. Eu provavelmente pularia da ponte Tobin.

— Veja o papai — interfere JJ. — Ele tem 44 anos e está bem. Se você fizer o teste e descobrir que não tem, aí não vai precisar se preocupar mais, está livre. Se tiver, tudo bem. A coisa é o que é. Você se preocupa com ela daqui a dez, quinze anos. Pode ser que em dez anos eles tenham a cura pra isso, certo?

Meghan concorda com a cabeça.

— Não acho que vou conseguir fazer o teste.

— E você, Katie? — pergunta Patrick.

Ela suspira. Será que ela quer saber? Quer e não quer. Claro que o fato de descobrir que não tem a doença seria um alívio incrível, mas lá no fundo, ela tem certeza de que tem a coisa. No entanto, sem uma prova médica incontestável, ainda pode ter esperança. Saber com certeza que tem a doença provavelmente deixaria seus pais devastados. Provavelmente, teria que romper com Felix. Ela dá uma olhada nas vigas verdes da ponte Tobin.

Talvez continue vivendo "em risco" e coloque isso no status do Facebook. Mas quem não vive em risco? Sua vida é cheia de riscos todos os dias. Risco de fracasso, caso abra sua própria academia, risco de fracasso se não abrir, risco de nunca se adaptar, caso se mude para um lugar onde ninguém é católico irlandês, risco de não ser amada por Felix, risco de não ser amada por ninguém, risco de se queimar ao sol, risco de ser atingida por um raio, risco de ter doença de Huntington. Há um risco a cada segundo da vida.

Ou talvez ela vá às duas primeiras consultas, resolva a situação e tire isso da cabeça. Depois, se decidir saber, pode aparecer e descobrir os resultados do teste.

A porra de um teste.

A ideia de fazer o próprio teste genético, independentemente do resultado, já faz Katie suar frio. Ela detesta testes. Nunca se saiu bem neles. Na escola, estudava e se preocupava, até chegava a saber a matéria, mas ao se deparar com todas aquelas perguntas digitadas e numeradas, entrava em pânico. É uma destruidora de grandes momentos.

Lembra-se de, no último exame do seu último ano, um teste de matemática, ter celebrado depois de entregá-lo totalmente respondido ao seu professor, inebriada e se vangloriando de que aquele seria o último teste que faria na vida. Assim como os O'Brien, Deus tem um senso de humor doentio.

O último teste de matemática foi de estatística. Ela tirou C.

— Não sei — diz. — Pode ser.

Capítulo 13

Katie contou onze carros vermelhos na caminhada da Cook Street até a Town Yoga. Deu a si mesma essa missão específica, antes de pisar na rua. "Quantos carros vermelhos você vai ver daqui até a ioga?" É um exercício de conscientização do qual ela gosta. A realidade depende da perspectiva, do que se presta atenção. Sem a atenção aos carros vermelhos, provavelmente ela não repararia em nenhum deles em sua caminhada. Mas com uma percepção voltada para esse tipo de veículo em sua consciência, notou onze.

Anda tentando se lembrar desde quando vêm a inquietação esquisita do pai desastrado. Talvez um ano. É difícil dizer. É como se lhe perguntassem quantos carros vermelhos ela viu ontem a caminho da ioga. Nenhum. Não estava procurando carros vermelhos, portanto, pela sua vivência, não havia nenhum.

Um mês atrás, ela não reparava se o pai deixava cair o controle remoto ou o garfo. Não registrava tiques nem inquietações esquisitas. Agora ela vê tudo e tudo que vê tem o nome de doença de Huntington.

Falta uma hora para a aula. A academia está vazia, silenciosa, a não ser pelos sons familiares: o zumbido do ventilador do teto, o sussurro do aquecedor, o assobio da sua respiração. Está sozinha na sala, luz baixa, sentada com as pernas cruzadas, os joelhos encostados no chão, o cóccix apoiado numa almofada de rolo, analisando-se no espelho, procurando alguma manifestação da doença de Huntington.

Concentra-se em seus olhos. Pisca. Pisca. Um anel externo negro, cercando azul, cercando um buraco negro. Estuda seus olhos. Estão firmes, uniformes. É ali que ela mais vê a doença no pai. Seus olhos estão agitados, frequentemente lançados a algum ponto distante, para nada em particular. Ou ele está olhando para ela, mas sem ver, o foco do seu olhar ligeiramente dessintonizado, fixo numa contemplação esquisita. Doença de Huntington. Quando ela procura a doença, encontra-a nos olhos do pai.

Pisca. Pisca.

Seus cílios são curtos. Os de Meghan são espessos e longos. Ela se pergunta se algum dia se olhará no espelho sem desejar ser mais parecida com Meghan. Repara que suas sobrancelhas estão tortas. Deus, ela realmente tem andado por aí desse jeito? Resiste ao impulso de se levantar e buscar a pinça na bolsa. Uma espinha feia está pronta para estourar em seu queixo. Resiste à vontade de espremê-la. Sardas. Nariz curto e gordo. Sem maquiagem. Este é seu rosto limpo, sem máscara, sem esconder nada. Aqui está ela. Será que ela consegue ver a doença de Huntington em seu rosto?

As sobrancelhas do pai pulam muito, como se ele tivesse ficado surpreso com alguma coisa que alguém disse. Só que ninguém disse nada. Os cantos da sua boca, às vezes, contraem-se numa careta, mas ele não está aborrecido, nem sente algum tipo de dor. É uma expressão que surge ao acaso, sem uma causa ou carga emocional. As sobrancelhas disformes dela estão paradas, duas taturanas dormindo profundamente em sua testa.

Suas mãos estão pousadas nas coxas, os polegares e os indicadores tocando-se em Guyan Mudra. Seu pulso direito traz duas pulseiras. Uma é uma mala de jade, que ela usa para recitar mantras. Seu favorito é Om Namah Shivaya. "Inclino-me para meu verdadeiro Eu interior. Convido uma transformação positiva." A segunda pulseira é feita de contas de jaspe, facetada com uma única caveira de madeira, que representa a impermanência de todas as coisas, um lembrete para ser grata pela dádiva do hoje, porque pode não haver amanhã. Quando comprou essa pulseira, há apenas um ano, não poderia imaginar o quão relevante, assustador e mórbido esse conceito se tornaria para ela. Olha para a caveira. Ela costumava levá-la a pensar em seus sonhos, um lembrete para ir atrás deles. Não ficará aqui eternamente. Agora, pensa no pai. E o eterno ficou bem mais curto.

Usa um anel claddagh de prata no dedo médio da mão direita, presente da mãe, quando fez 18 anos. Meghan, é claro, ganhou o de ouro, o verdadeiro anel de ouro da mãe, o anel dado pelo pai quando ficaram noivos. O anel de prata não vale tanto e não é uma herança de família. Sua mãe comprou-o no shopping Galleria. Katie usa-o com o coração apontando para o pulso, significando que está em um relacionamento.

Felix. Ela ainda não lhe contou nada sobre a doença de Huntington. Ela sabe que esse não é um plano factível, que está sendo falsa, mentindo por omissão, mas não consegue fazer as palavras saírem da sua boca. O relacionamento deles parece estar prestes a mudar, à beira de um rompimento, ou de se tornar mais sério. Uma coisa mínima poderia inclinar a escala para um lado ou outro e a doença de Huntington está instalada em sua mente como uma rocha de duas toneladas. Ela gostaria de ver o que acontecerá com eles sem essa influência cataclísmica. O que poderia ter sido. Enquanto isso, o segredo cultiva uma vergonha dentro dela como se fosse uma infecção viral, espalhando-se rapidamente e adoecendo seu corpo.

O rosto, os pés, os braços e o peito são claros e uniformemente sardentos. Não tem tatuagens, mas apenas por não conseguir decidir qual fazer. Por isso, e por ser covarde em relação à dor. Fica imaginando o que está acontecendo debaixo da sua pele pálida e sardenta. Músculos e tendões, ossos e sangue. Sua pulsação, um ovário liberando um óvulo, o estômago digerindo granola. A Huntington fazendo planos para matá-la.

Gostaria de ter o cabelo mais volumoso e os cílios mais longos, como Meghan, menos sardas, uma pele que pudesse se bronzear quando exposta ao sol, nenhuma espinha, sobrancelhas melhores, uma estrutura mais delgada, pés mais bonitos. Quer desviar o olhar, levantar-se e fazer alguma coisa. Fica. Provavelmente, só se passaram dez minutos e ela está achando difícil se encarar por tanto tempo. Poderia ficar meditando por uma hora, com os olhos fechados, mas, abertos, a história é outra. Aqui está ela, por completo. Sente-se constrangida, ridícula, crítica, preocupada que alguém possa entrar e flagrá-la.

Retorna à respiração, à subida e descida do seu peito e aos seus olhos. Um anel preto externo circundando azul circundando um buraco negro. Pisca. Pisca. Nenhuma mudança sutil, nenhum carro vermelho.

Ela se levanta e continua a se encarar no espelho, pressionando o pé direito na coxa esquerda. Vrikshasana. Postura da árvore. Coloca as mãos em posição de prece junto ao coração, depois inspira, erguendo os braços como se fossem galhos estendendo-se para o céu. É sua posição preferida. Está plantada, equilibrada naquele lugar, mas também crescendo, esticando-se, mudando.

Ergue a cabeça para o teto revestido de estanho, mas olha além dele, imaginando uma vasta noite estrelada acima dela e faz uma oração. Com os braços esticados para fora como uma antena parabólica, fecha os olhos e espera receber algum tipo de resposta divina.

Repentinamente, uma força invisível tira-a do equilíbrio. Seus braços e o torso inclinam-se para a direita, procurando compensar, mas ela não consegue se recobrar e sai da posição. Merda. Ela tenta ignorar isso. Perdeu o equilíbrio, e daí? Isso acontece, especialmente quando fecha os olhos. Normalmente, ela se recomporia e refaria a posição, mas dessa vez seu coração aperta. Seria um sintoma? Um sinal de Deus? É assim que será o seu começo, caindo da posição da árvore? Sua primeira visão de um carro vermelho.

Procurando não surtar, ela recomeça, erguendo o pé esquerdo e o pressionando contra a coxa direita. A posição da árvore, do outro lado. Estende os braços acima da cabeça, esticando os dedos, cada músculo dos dois braços, e sua perna esquerda queima forte. Ela não vai cair. Olha-se no espelho, recusando-se a piscar. Seus olhos estão intensos, o corpo no controle.

Inspira. Expira. Permanece e permanece. Seus braços tremem, a perna esticada queima e clama por piedade. Ela não dá chance para os braços e para a perna, e permanece.

Por fim, joga os braços exaustos para o céu e diz:

— Sou a porra de uma árvore. Está vendo?

Aguarda mais um momento, depois abaixa lentamente o pé esquerdo e o coloca com determinação no tapete, ao lado do pé direito. Encarando-se no espelho, junta as mãos numa prece e as desce em frente ao coração.

Namastê.

Capítulo 14

Patrick acabou de sair. Relutou em ir, mas se disser mais uma vez no trabalho que está doente, seu chefe pode despedi-lo. Sendo assim, teve que ir. Meghan saiu há umas duas horas para ensaiar na Opera House. Katie acha que ela ficou aliviada por dar o fora daquela sala claustrofóbica, por ter uma hora inegociável para chegar ao palco, onde pode ficar absorvida em algo maravilhoso.

E então, restaram três. Katie e o pai estão assistindo ao noticiário da noite, esperando por novidades. A mãe tricota um cobertor verde e branco. Pode ser que esteja escutando a TV, mas nunca levanta os olhos. Também está esperando por novidades. Todos eles pensavam que, a esta altura, JJ e Colleen já estariam em casa. Katie está com o celular na mão, esperando que ele vibre a qualquer segundo. Nada acontece. O medo dela é grande demais para ligar para eles ou mandar uma mensagem.

O noticiário da noite não é a melhor forma de diversão ou distração para eles neste momento. A tela bombardeia-os com uma história deprimente, apavorante e catastrófica atrás da outra. Incêndios florestais na Califórnia que não podem ser controlados, centenas de casas destruídas, mais de uma dúzia de pessoas desaparecidas ou mortas. Um pai de Dedham vai a julgamento por matar a mulher e dois filhos. Bombas em carros no Paquistão matam 32 civis. Wall Street em queda livre. Políticos tendo ataques.

— Pai, podemos assistir a alguma outra coisa? — pergunta Katie.

— O Sox só joga às 7h30.

Fim da discussão. Seus pais têm mais de cem canais a cabo, mas aparentemente o noticiário e o Red Sox são as duas únicas opções viáveis. Ela não insiste. Porém, o noticiário é muito estressante para Katie, como se cada história acrescentasse lenha na fogueira de ansiedade que está na sala. Decide observar o pai, em vez disso.

Ele está em constante movimento, mais do que o costumeiro. Ela repara em como ele tenta fazer tudo parecer normal. Aproveita o movimento de qualquer parte do seu corpo que se agite, sacuda ou se contraia, para juntá-lo a algum tipo de ação maior e que faça sentido. Transformou-se em um coreógrafo do improviso. É a dança mais esquisita que ela já viu.

Sua perna direita dá um arranque brusco, como se ele estivesse chutando para longe um cachorro irritante, invisível. Então, ele acompanha o movimento do pé e se levanta. De pé, precisa fingir que vai a algum lugar, então caminha até as janelas. Puxa o blecaute, enfia o nariz e espia a rua. Fica ali por alguns segundos, resmungando consigo mesmo. Faz sentido levantar-se para procurar sinais de JJ e Colleen, mas Katie não entra na dele. O impulso de sair do seu assento confortável começou com uma alavancada involuntária da perna, não com uma intenção premeditada de olhar pela janela.

Ao voltar para sua poltrona, seu passo tem um solavanco extra. Enquanto ele anda, ela ouve o tilintar de moedas, cada vez mais familiar, em seu bolso. O som da doença de Huntington.

Ela continua a observá-lo. Ele está mais impressionante e mais aterrorizante, sob certos aspectos, do que qualquer coisa no noticiário. Parece um acidente de trem ou de carro, uma casa pegando fogo, e ela é a testemunha, a curiosa que não consegue desviar os olhos.

Em seguida, seu braço esquerdo lança-se para cima, como se ele fosse um estudante nerd levantando a mão na aula. Depois, dobra o cotovelo e coça a cabeça, como se acabasse de sentir uma coceirazinha. Este é um dos seus movimentos básicos. Se alguém não soubesse que ele tem doença de Huntington, pensaria que fosse um caso sério de caspa, piolho ou, simplesmente, que ele fosse um sujeito bem esquisito. Ele não parece ter consciência dos seus tiques involuntários, nem mesmo dos seus improvisos. Não olha para Katie para ver se ela reparou. Não parece nada constrangido, nem intimidado. Simplesmente continua assistindo ao noticiário, como se algo fora do comum não tivesse acabado de acontecer. Sem novidade. Com certeza, sintoma algum de uma doença neurodegenerativa hereditária, progressiva e letal, sem cura.

Ele continua se mexendo, fazendo a dança maluca em sua poltrona, e assistindo ao noticiário com a esposa e a filha, como se fosse uma noite normal de quarta-feira. Isso está começando a deixá-la enraivecida. Como se as noites, ou qualquer coisa, pudessem um dia voltar a ser normais.

Então, a porta da frente se abre e o coração de Katie para. Talvez a terra pare. O tempo parece ter parado. O som do noticiário noturno diminui para um murmúrio abafado. A mãe para de tricotar e levanta o olhar. Até o pai fica imóvel.

JJ e Colleen surgem de mãos dadas na sala de visitas, dois zumbis de olhos dormentes que acabaram de voltar de uma visita ao inferno. Seus rostos estão inchados e congestionados. Ninguém diz nada.

Katie tem medo de fazer qualquer barulho, medo de que qualquer ruído possa adiantar o tempo além deste exato segundo. Talvez o que ela esteja vendo não seja real. Talvez, o que esteja prestes a acontecer não aconteça. A sala está estranhamente silenciosa, parada, um globo de neve pousado em uma prateleira.

E então, sua mãe começa a berrar e JJ está ajoelhado à sua frente, abraçando-a com a cabeça em seu colo, sobre seu tricô.

— Sinto muito, mãe. Sinto muito — diz ele.

Seu pai atira o controle remoto, que atravessa a sala, bate na parede atrás da TV e se arrebenta. As baterias saem rolando pelo assoalho de madeira. Ele afunda o rosto nas mãos e Colleen fica parada sozinha, parecendo uma boneca de papel. Patrick e Meghan nem sabem o que está acontecendo.

Meu Deus, isso realmente está acontecendo.

Katie fica no sofá, assistindo à notícia mais trágica do dia transcorrer ao vivo à sua frente, o som de uma garotinha assustada repetindo a palavra *não* dentro da sua cabeça, sem parar, sem parar, sem parar.

Capítulo 15

Katie está sentada no sofá da sala do seu apartamento, tomando chá verde quente, as pernas cruzadas, vendo Meghan costurar uma fita no arco de uma sapatilha de balé de ponta de cetim lustroso rosa-bebê.

— Não acredito que você esteja tomando chá. Lá fora está fazendo um milhão de graus — diz Meghan, ereta no chão, as pernas em espacate, olhando para Katie.

— Aqui dentro está gelado.

Elas têm apenas um aparelho de ar-condicionado, instalado na sala. Mesmo com ele ligado no máximo o dia todo, com as portas do quarto abertas e com corredor livre até a cozinha, os outros cômodos nunca ficam frescos. A sala é o único lugar suportável no apartamento delas, quando a temperatura externa aproxima-se dos 30 graus.

— Você vai vir hoje à noite? — pergunta Meghan.

A voz de Meghan guarda uma expectativa, não exatamente pela pergunta feita, mas pelo fato de que ela imagina que Katie estará na plateia para vê-la dançar *O Lago do Cisne*, se não hoje à noite, então antes do final da temporada. Entretanto, Meghan nunca foi à aula de ioga da irmã. Ninguém na sua família foi. Todos se esforçam e gastam uma pequena fortuna para ver Meghan em cada espetáculo, mas nenhum deles chegou a fazer uma única posição do cachorro olhando para baixo na academia de ioga.

— Vou.

— Você não vai desse jeito, vai?

Katie está com uma legging preta curta de ioga e um top regata amarelo-néon de alças trançadas. O espetáculo é às sete da noite. Ainda são três da tarde. Provavelmente, Meghan sairá na próxima meia hora para um ensaio no palco, cabelo, maquiagem, figurino, mas Katie tem, no mínimo, mais três horas para se arrumar antes de precisar sair.

— Vou, vou de legging pra Opera House.

— Você poderia.

— Eu não faria isso, ok?

— Só estava querendo saber.

Depois de costurar as fitas em uma das sapatilhas, Meghan pega o isqueiro Bic do chão, perto do seu pé descalço esticado e chamusca as pontas cortadas. O cheiro de tecido queimado leva Katie a se lembrar dos jantares de domingo e dos pegadores de panela acolchoados que sua mãe deixa, acidentalmente, perto das bocas do fogão.

— Você deveria ir com aquele vestido preto sem mangas que a mamãe te deu de presente — diz Meghan.

— Não preciso que você me diga o que usar.

— Você fica bonita nele. E nunca usa.

— Você se comporta como se eu não soubesse fazer nada.

— Nossa, tudo bem. Use o que quiser.

— Agradeço sua permissão pra eu me vestir.

Katie ouve o conhecido tom seco em sua própria voz, sua deixa para cair fora. Ela está prestes a pular do sofá quando se lembra de quão abafados estão os outros cômodos. Não deveria ter que ficar ali sentada, submetendo-se às avaliações de moda da irmã e à sua mania de dar ordens, mas se recusa a ser colocada para fora do único cômodo confortável do apartamento. Suspira, resignada a ficar presa na mesma sala com ela. Quer ligar a TV, ou pegar um livro para ler, fazer alguma coisa que não seja olhar para Meghan, que agora raspa a ponta da sapatilha com uma tesoura, mas não tem ânimo para se mexer. Katie bebe o chá e a observa. Mesmo sem fazer nada, Megan é a estrela do show.

Uma mensagem vibra no celular de Katie. Ela o pega e lê. É Felix.

Quais os planos para hoje à noite?

Ela digita:

Aula particular às sete. Te encontro às dez?

OK. A aula particular vai durar três horas?

Tenho que tomar uma ducha e ficar linda pra vc.

Vc já é linda. Toma a ducha em casa. Tomo junto. ☺

Ela cora.

☺ OK.

Ela sente culpa por mentir para Felix, mas é uma história inofensiva. Se ele soubesse que ela iria ao balé hoje à noite, com todo direito iria querer ir junto. Eles assistiram à apresentação do Alvin Ailey American Dance Theater, em abril, e tanto ela, quanto Felix sentiram-se arrebatados: o poder gracioso, a característica natural e pura dos movimentos, toda aquela energia sedutora do segundo e terceiro chacras, muito diferente da doce e leve beleza de merengue dos balés de Meghan. A certo ponto, durante o *Revelations*, Katie olhou para Felix e os olhos dele estavam molhados de lágrimas. É uma das coisas que ela ama nele, que uma dança possa fazê-lo chorar. Ele é um nerd do MIT que trabalha com números, mas que entenderia perfeitamente *O Lago do Cisne*. O problema é que a família dela vai estar lá hoje à noite e ela ainda não está preparada para apresentá-lo a eles, principalmente com tudo que está acontecendo com JJ e Colleen.

— Então, algum dia eu vou conhecer esse cara com quem você anda saindo?

Katie ergue os olhos, perplexa, quase acreditando que Meghan tinha, de algum modo, conseguido adivinhar seus pensamentos.

— Que cara?

— O cara pra quem você acabou de mandar uma mensagem.

Katie olha de volta para o seu celular e, depois, para a irmã, sabendo que não era possível ela ler a tela do outro lado da sala.

— Era a Andrea.

— Tá — diz Meghan, não acreditando nela. — O cara com quem você anda transando.

— O quê?

— Não sou idiota. Sei que você não dorme aqui no mínimo três vezes por semana.

Fisicamente exausta com as longas e intensas horas de exercícios, ensaios e apresentações, Meghan vai para a cama cedo, em geral, por volta das nove e meia, e se levanta nas primeiras horas da manhã. Veste-se e sai porta afora antes que Katie abra os olhos. Portanto, mesmo nas noites em que Katie fica em casa, Meghan não vê quando ela vai para a cama ou quando se levanta de manhã. Tudo o que ela vê é uma porta de quarto fechada. Katie deduzia que sua ausência, como quase tudo a seu respeito, passava despercebida para Meghan.

— E eu sei que o Homem Misterioso já ficou aqui, no mínimo, duas vezes.

— Como você...

— O assento da privada levantado.

— Ah.

— Então, qual é a questão? Quem é ele? Por que tanto segredo?

Katie bebe seu chá, sabendo que o jogo acabou, mas ainda leva um tempo para responder. Meghan está mexendo nos elásticos bege, costurando-os próximo ao calcanhar. Mesmo de camiseta branca lisa e short cinza, com nenhuma maquiagem, está elegante, linda.

É fácil dividir a casa com ela; é organizada, sempre lava e guarda os pratos que usa. Quando está aqui, a não ser que o apartamento esteja um forno e elas estejam enclausuradas na sala, passa a maior parte do tempo em seu próprio quarto. Elas não se veem muito e, quando se encontram, normalmente é de passagem, limitando a conversa às logísticas da vida comum, em geral reforços de bilhetes escritos no quadro-negro da cozinha: *Precisamos de mais papel higiênico. Você tem dinheiro trocado? A mamãe está te procurando.*

— E?

É essa maldita onda de calor, que prende as duas juntas na sala com ar-condicionado, estimulando-as, pela proximidade forçada, ao tipo de conversa de irmãs que Katie preferiria evitar.

— Não sei se devo...

— Não se preocupe. Não sou a mamãe. Como ele se chama?

— Felix.

— Felix do quê?

Katie hesita.

— Martin.

— Hummm.

— O quê?

— Não é O'Martin nem McMartin? Imagino que não seja daqui.

— Não.

— Um Toonie.

Katie acena positivamente com a cabeça.

— Como ele é?

— Não sei. É fofo.

— Tá. O que mais?

— Sei lá.

— O que ele faz?

— Trabalha como gestor financeiro para essa empresa que transforma lixo em combustível.

— Que importante! Como vocês se conheceram?

— Na ioga.

Meghan sorri para Katie, enquanto curva a sapatilha pelo meio, forçando-a do calcanhar aos dedos, repetidas vezes. O calçado range enquanto ela faz isso, quebrando sua arquitetura rígida, amaciando-a. Katie fica espantada que elas só sejam usadas uma única vez. Toda essa função de costurar, cortar e dobrar para que fiquem flexíveis, relaxadas e se ajustem perfeitamente aos pés de Meghan, para, depois desta noite, serem consideradas "mortas". Os pés de Meghan são muito fortes, a integridade da sapatilha de balé estará arruinada depois de uma única apresentação, às vezes, até depois do primeiro ato. Seria realmente perigoso usá-las uma segunda vez.

Parece haver uma provocação no sorriso aberto de Meghan, na trituração repetitiva da sapatilha, no silêncio instigante. Ela agita seus lindos pés cheios de bolhas.

— Eu não pergunto com quem você está saindo — diz Katie.

— Não estou saindo com ninguém.

Meghan fala isso como se não sair com ninguém fosse o certo a se fazer, considerando a circunstâncias em que estão, o que implica que Katie esteja fazendo a coisa errada, namorando quando poderia ter doença de Huntington.

— Bom, eu não caçoo de você por não ter um namorado.

— Não estou caçoando de você. Nossa, você é muito sensível. Só quero saber o que anda acontecendo com você.

— Bom, agora você sabe.

— E algum dia eu vou conhecer o secreto e invisível sr. Martin?

Katie dá de ombros.

— Você poderia ir com ele hoje à noite.

— Não, obrigada.

— O quê? Não somos bons o bastante pra um elegante Toonie?

— Sabe de uma coisa, Meg?

— Ah, relaxe.

— Deixa pra lá.

Meghan volta a atenção para a segunda sapatilha. Coloca na coxa duas fitas e uma tira curta de elástico largo, corta uma linha, e começa a enfiar uma das pontas no buraco de uma agulha. Não entra. Tenta, tenta, mas a ponta da linha continha passando fora do buraco. Suas mãos começam a tremer. Meghan coloca a agulha e a linha no chão à sua frente, aperta os punhos, gira os ombros para cima, para baixo e para trás, e então olha para Katie. Sua testa está cheia de gotinhas de suor. A sala está congelante.

— Escute, preciso que me faça um favor — diz Meghan.

Katie ergue as sobrancelhas e espera, num silêncio indignado por Meghan ter a coragem de lhe pedir qualquer coisa agora.

— Você me observa hoje à noite, observa pra valer, pra ver se tem alguma coisa esquisita? Mesmo que seja alguma coisa muito pequena e sutil!

— Meg, você está bem.

— Eu sei, mas estou muito assustada — revela Meghan, indicando com a cabeça a agulha e a linha não enfiada, no chão.

— Você acabou de fazer a outra sapatilha sem problema. Eu vi. E eu não conseguiria nem enfiar naquela coisa minúscula. Corta essa.

— Mas você vê como, metade do tempo, o papai não percebe nem que está se mexendo, e é como se ele estivesse por toda parte?

— É.

— Estou com muito medo disso.

— Eu também. Mas você não tem doença de Huntington, Meg.

— Eu sei, mas agora o JJ...

— Mesmo que a gente seja positiva pra doença, ainda não teríamos os sintomas — diz Katie, tentando convencer a si mesma e à irmã.

— Certo. É provável que não. Eu sei. Mas mesmo assim, não consigo parar de me preocupar que esteja ali, começando, e que eu nem mesmo saiba. Como ter espinafre no dente e todos serem educados demais pra dizer alguma coisa. Quero que você diga alguma coisa.

— Tudo bem.

— Um tremor, qualquer movimento que pareça, mesmo ligeiramente, fora do normal, quero que você me diga.

— Está bem.

—Promete?

— Prometo.

— Acho que preciso procurar aquele orientador genético.

— É mesmo?

— É. A tensão de não saber está me deixando louca.

Katie balança a cabeça.

— É, mas e se der positivo? — pergunta. — Isso não vai te deixar ainda mais louca?

— No começo eu achava que sim, mas agora não sei. Acho que seja qual for o resultado, saber me daria alguma espécie de controle. Agora, a coisa toda parece completamente descontrolada. Não aguento isto.

— É, você é realmente maníaca por controle.

— Peguei do papai.

Assim que ela termina a frase, seu rosto fica lívido. Katie sente a mesma coisa, o terror gelado ao imaginar o que mais cada uma delas herdou do pai.

— E você? Acha que vai fazer o teste? — pergunta Meghan.

— Não sei, Pode ser.

— Você contou para o Felix tudo o que está acontecendo?

— Não.

— Não te culpo. Não consigo imaginar envolver mais alguém nessa merda toda. Pobres JJ e Colleen.

— Não consigo acreditar...

— Sinceramente, não posso nem falar disso agora ou vou chorar. Tenho que me arrumar.

— Tá. Foi você que tocou no assunto.

Mas Katie gostaria de conversar sobre isso. Gostaria de comentar o fato de JJ ser positivo para Huntington, como agora ela pensa nele de um jeito diferente, como se ele fosse alguém já doente ou lesado, ou mesmo contagioso, como sente uma espécie de medo dele, o que é ridículo, mas ela não consegue evitar. Gostaria de conversar sobre Colleen e sua gravidez, dizer como está preocupada com o bebê, que não consegue acreditar que eles tenham resolvido seguir em frente com a gravidez, sem fazer a amniocentese para descobrir se o bebê tem a mutação. Gostaria de contar o medo que tem de também ser positiva para Huntington, que imagina a doença como uma semente enfiada bem no fundo dela, já começando a germinar, os pequenos brotos crescendo como uma trepadeira assustadora, espalhando-se por todo o seu corpo.

Gostaria de conversar sobre a doença de Huntington com a irmã, antes que seu horário de presença no teatro expulse-a desta salinha gelada. Mas Meghan voltou sua atenção para a agulha e a linha. Katie não ousaria interrompê-la. Como sempre, Meghan é a mais velha, quem dirige a conversa entre elas, e Katie é a novinha, ainda sem idade suficiente para ficar no volante.

Dessa vez, Meghan enfia a linha na agulha na segunda tentativa. Expira ruidosamente. Katie observa enquanto ela prega uma fita rosa na parte interna do arco. Ainda sentada em espacate, os dedos do pé direito de Meghan esticam-se e se flexionam, esticam-se e se flexionam, para cima e para baixo, para cima e para baixo, enquanto ela costura. Katie tem certeza de que ela está fazendo isso de propósito, de já tê-la visto fazendo essa espécie de exercício sentada muitas vezes, mas e se não for? Se for um exercício, por que ela não alterna com o pé esquerdo? E se o movimento do pé direito agora não for voluntário e ela não estiver se dando conta disso? E se for Huntington? Não é. Não pode ser.

O pé de Meghan continua a apontar e flexionar. Katie a observa num silêncio estupefato. Há apenas dois minutos, prometeu contar se visse qualquer coisa suspeita. Não teria problema em falar de um espinafre preso nos dentes da irmã, mas não consegue se dispor a mencionar a possibilidade de a doença de Huntington estar se manifestando no pé dela. É assim que vai ser com todos eles? Imagina os jantares de domingo, todos fazendo caretas e se mexendo, batendo uns nos outros e derrubando coisas, cinco elefantes gigantes cor-de-rosa apertados naquela cozinha minúscula, e ninguém comentando a respeito.

Meghan queima a ponta da fita e seu pé para. Katie prende a respiração, esperando que o pé recomece, mas ele continua quieto. Observa a irmã seguir com o restante do processo sem qualquer movimento questionável, distorção ou comentário.

— Que horas são? — pergunta Meghan, examinando as sapatilhas, satisfeita com seus esforços.

Katie consulta o celular.

— Três e vinte.

— Tá, preciso ir. Te vejo à noite.

— Boa sor...

— Não.

— Me desculpe. *Merde*.

— Obrigada.

Meghan junta a linha, a agulha, a tesoura e o isqueiro, e sai. *Merde*. E eles acham a ioga esquisita. Os iogues diriam "Namastê", que significa "cumprimento o divino em você". Os atores diriam "Break a leg" (quebre uma perna), o que, Katie concorda, seria um desejo particularmente inadequado para bailarinos. E Katie entende que dizer "Boa sorte" é provocar o destino. É por isso que bate na madeira o tempo todo. Mas "*merde*" não faz sentido. "*Merde*" significa "merda" em francês.

Katie fica sozinha na sala gelada, percorrendo a esmo o feed de notícias do Facebook no celular. Andrea postou um vídeo de Krishna Das cantando na Índia. Katie aperta o PLAY e, embora seus olhos estejam concentrados na tela, o que ela realmente vê é o pé da irmã apontando, flexionando, apontando, flexionando, apontando, flexionando. O chá verde revira em seu estômago, tornando-se uma poça de esgoto quente.

Merde.

Felix abre a porta do apartamento usando uma camiseta do Yankees, short de linho branco e um sorriso satisfeito de surpresa.

— Ei, você chegou cedo. São só sete e meia. O que aconteceu com a sua aula?

— Ela cancelou no último minuto — responde Katie.

— Espero que você tenha cobrado mesmo assim.

— Não, tudo bem.

— Entre.

Katie joga longe seus chinelos, larga a bolsa na porta, e segue Felix até a cozinha. O apartamento dele tem ar-condicionado central e os pés descalços de Katie sentem um frio refrescante no chão liso de lajotas. Ela se senta em um dos banquinhos do bar, então, Felix tira uma garrafa de vinho branco da geladeira.

— Que tal? — pergunta.

Katie concorda com a cabeça. O iPod dele toca Ziggy Marley. Ela se vira no banco em direção à música e acaricia uma das maçãs vermelhas na tigela de cerâmica branca que está sobre o balcão de pedra-sabão do bar, enquanto observa Felix lidando com o saca--rolhas, admirando suas mãos fortes. Ele serve duas taças de vinho e lhe passa uma.

— Saúde — diz, e eles brindam.

O vinho está gelado, cristalino, ácido. Katie reflete sobre o vinho e o volume elegante da taça em sua mão. Ela apostaria que o que está segurando vale mais do que ganharia essa noite se realmente tivesse uma aula particular.

— Então, ainda é cedo. Vamos sair para jantar? — pergunta ele.

— Está muito quente lá fora. Podemos ficar aqui?

— Claro. Ótimo — diz ele, sentando-se ao lado dela. — A semana foi longa e não estou mesmo com vontade de voltar para a rua. Posso fazer uma salada pra gente ou podemos pedir alguma coisa.

— Tudo bem.

— Mas você parece toda arrumada para sair.

Ela está usando o vestido preto sem mangas que Meghan lhe disse para usar.

— Estou toda suada de caminhar até aqui.

— Parece que você ainda poderia tomar aquela ducha — diz ele, sorrindo com aqueles olhos de um castanho tão líquido que ela poderia se banhar neles.

Ele se inclina e lhe dá um beijo.

Ela segura por detrás da sua cabeça macia e careca, fazendo seu beijo entrar mais profundamente. As mãos dele penetram sob seu vestido, sobem pelas coxas e o beijo vai mais fundo. Katie puxa a camiseta do Yankees pela sua cabeça, jogando-a no chão. Ele faz o mesmo com o seu vestido.

Agora, os dois estão de pé, e ela beija seu pescoço, sentindo o gosto do sabonete de tangerina e do seu suor salgado, correndo as mãos ao longo dos seus ombros, pelos braços, pelas costas musculosas e macias. Beijou, tocou, sentiu o gosto de cada centímetro dele e, mesmo assim, cada covinha, cada dobra, cada cicatriz e tatuagem ainda parecem intoxicantemente novas. Ela desce o zíper do seu short, que cai do quadril magro até os tornozelos. Está sem cueca. Ela se desvencilha da sua calcinha preta e ele abre seu sutiã.

Eles se beijam, se agarram e se apertam. Katie perde-se nele, o gosto de vinho branco da sua boca, suas mãos quentes, o grave da música do seu iPod vibrando nela. Ele a conduz pela mão até o banheiro. Quando Felix se solta dela para abrir o chuveiro, Meghan surge na consciência de Katie e, por um brevíssimo momento, uma pontada de culpa fria como pedra interrompe sua libido, nauseando-a.

Não dá mais. Já está escondendo muitos segredos: a doença de Huntington de Felix, sua família de Felix, Felix da sua família. Não suportaria a possibilidade, a responsabilidade de ver Meghan falhar no palco, um passo em falso, aquele pé direito apontando e flexionando quando não deveria, porque sabe que não teria coragem de lhe contar a respeito. Então, teria mais um segredo para carregar quando suas mãos já estão cheias.

A porta de vidro se enche de vapor. Katie entra no chuveiro e Felix vai atrás. A água quente escorre pela sua cabeça. As mãos negras de Felix esfregam sabão líquido escorregadio nos seios fantasmagoricamente brancos dela. Katie inspira o cheiro doce cítrico, enquanto Felix se aperta contra ela por detrás, e o fato de ela não estar na Opera House com o restante da sua família esmaece para uma nota de rodapé sem importância.

Capítulo 16

Katie e o orientador genético estão fazendo hora, aguardando a neurologista. Ela pega seu celular, esperando encontrar algum tipo de distração imediata. A bateria morreu. Fazer o quê? Ela enfia o aparelho de volta na bolsa e percorre a sala, tentando evitar contato visual e o potencial para qualquer outra conversa fiada sem sentido, mas não há muito o que ver aqui. A sala do orientador é pequena e impessoal, nem um pouco o que ela esperava. Por algum motivo, tinha imaginado algo parecido com a sala do orientador da sua escola, de uma caretice festiva demais, desagradável, esforçando-se ao máximo para ser descolada. Ela se lembra do aquário cheio de M&MS, dos cartazes antibullying e carregados de espírito pedagógico. TODA CRIANÇA TEM SUA IMPORTÂNCIA. AVANTE TOWNIES! Sua coleção de bonequinhos cabeçudos dos jogadores do Bruins. A sala toda era um emoticon de sorriso forçado, com pontos de exclamação em todas as superfícies planas.

Este lugar é, com certeza, mais desanimado no quesito positividade. O especialista tem seu diploma emoldurado na parede. Eric Clarkson, mestre em assistência social, Boston College. Ao lado há um cartaz com o tema ESPERANÇA da Huntington's Disease Society of America. No peitoril da janela há um vaso com uma orquídea alta e comprida, além de, sobre a mesa, uma fotografia emoldurada de um labrador amarelo. Ela verifica sua mão esquerda. Sem aliança. Nenhuma esposa, nenhum filho, nem mesmo uma namorada assumida ou amada o bastante para ter em sua sala uma foto emoldurada. Apenas um homem, seu cachorro e sua linda flor. Nada de M&Ms. Nenhum grito de guerra.

Ele até que é bonitinho. Ela passa o cabelo por detrás da orelha e fica curiosa quanto à própria aparência. Na pressa de chegar na hora, o que, obviamente, não era necessário, não pôs maquiagem. Agora, deseja que estivesse maquiada. Deus do céu. Como é que pode estar sentada aqui, preocupada com sua aparência? Em primeiro lugar, ela tem namorado. Em segundo, está aqui para descobrir se tem o gene para uma doença fatal. Ele é um orientador genético do hospital, não um cara bonitinho no Ironsides.

A porta se abre. Uma mulher entra e cumprimenta Eric. Usa um avental branco, óculos e está de salto alto. Seu cabelo negro está puxado em um coque frouxo. Lê alguma coisa escrita na prancheta e, depois, olha para Katie.

— Kathryn O'Brien? — diz, estendendo a mão e apertando a mão de Katie. — Sou a dra. Hagler. Vamos fazer um breve exame neurológico, antes de você começar a conversar com o Eric, ok?

Katie concorda em silêncio, mas está fingindo. Espere, o quê? Tem um teste *antes* do teste? Seu coração fica apertado.

— Tudo bem. Pode me mostrar a língua?

Katie põe a língua para fora. Observa a dra. Hagler a examinando. Será que sua língua está fazendo alguma coisa errada?

— Tudo bem, agora siga meu dedo com os olhos.

Ela segue. Ou, pelo menos, acha que segue. Merda. Isso está acontecendo. Ela está sendo examinada para ver se apresenta sintomas *agora*. Sente-se surpresa, enganada. Lembra-se de que Eric mencionou algo ao telefone em relação a um breve exame neurológico, mas as palavras entraram por um ouvido e saíram pelo outro, sem que ela as assimilasse. Ignorou, convenientemente, qualquer que fosse o seu sentido. Pensava que hoje seria apenas uma visita preliminar, uma conversa sobre seu possível desejo de descobrir se tem o gene positivo, se está destinada a ter a doença de Huntington daqui a 14 anos ou mais à frente. Era para ser uma consulta com um *orientador genético*, não com uma neurologista. Mesmo enquanto ela e Eric aguardavam-na, nunca lhe ocorreu que seria examinada por uma médica para ver se ela tem esse troço *agora*.

— Levante a mão esquerda com a palma aberta, assim. Depois, com a sua mão direita, quero que toque a mão esquerda com um punho, depois com um golpe de karatê, depois com um tapa. Desse jeito.

A dra. Hagler mostra a sequência a Katie por três vezes seguidas. Katie copia exatamente o que a médica disse, três vezes, talvez um pouquinho mais devagar. Isso tem importância? É ruim?

— Agora ande com o calcanhar encostando nos dedos do pé até aqui, em linha reta.

Katie levanta-se e seu rosto fica lívido. A cabeça parece aérea, fria, tonta. Seu coração bate rápido demais, em pânico. Precisa respirar. Não está respirando. Respire!

Pelo amor de Deus, você consegue andar com o calcanhar encostando nos dedos; consegue andar PLANTANDO BANANEIRA se ela pedir.

Katie caminha pela sala com o calcanhar nos dedos e os braços esticados num T, como se estivesse caminhando numa corda bamba, ou fazendo um teste de sobriedade. A dra. Hagler anota alguma coisa. Será que ela não acertou? Será que deveria ter mantido os braços abaixados? A dra. Hagler prossegue com o exame e cada tarefa faz Katie sentir-se como se estivesse muito encrencada, a um gesto errado de uma sentença de morte.

— Agora, diga quantas palavras conseguir começando com a letra *B*. Você tem um minuto. Comece — diz a dra. Hagler, olhando para seu relógio.

B é para, *B* é para... Nada. Nenhuma palavra. Sua mente está completamente vazia.

— Branco. Bola. Boston. Banco.

Pense. Não consegue pensar em nenhuma outra palavra que comece com B. O que isso significa? Por que JJ não a preveniu sobre isso? Ela poderia ter preparado, praticado. Cara, ela detesta testes. Isso é besteira.

— Besteira.

— Ok, tempo — interrompe a dra. Hagler.

Isso foi tenebroso. O rosto de Katie está afogueado e o coração bate como se ela estivesse em alta velocidade. Bate. B. Porra!

Você não tem doença de Huntington, mas foi diagnosticada como ESTÚPIDA. Sinto muito, não há nada que possamos fazer.

— Tudo bem, Kathryn. Prazer em conhecê-la. Agora vou te deixar com o Eric. Quer me perguntar alguma coisa, antes de eu ir?

— Espere, hã, quero. O que acabou de acontecer?

— Você fez um exame neurológico.

— Pra ver se eu demonstro sintomas de Huntington?

— É.

Katie analisa o rosto da dra. Hagler, tentando discernir a resposta para a pergunta aterrorizante que pisca em seu cérebro como um luminoso em néon, sem ter que verbalizá-la. A dra. Hagler com seu rosto irritantemente impassível está parada à porta. Katie não pode deixá-la sair sem saber. Ela passou ou foi reprovada? Fecha os olhos.

— E eu demonstro? — pergunta.

— Não. Tudo parece normal.

Katie abre os olhos para o rosto sorridente da dra. Hagler. É o sorriso mais tranquilizante e sincero que Katie já viu.

— OK, então. Cuide-se.

E a dra. Hagler vai embora. Namastê.

Eric ergue as sobrancelhas e bate palmas.

— Podemos? — pergunta.

Ela não tem certeza. Para ser sincera, gostaria muito de se deitar. Não está apresentando nenhum sintoma da doença de Huntington. Todo esse tempo se analisando no espelho, atormentando-se com cada inquietação nervosa, ou com aquela contração de corpo inteiro que tem, às vezes, pouco antes de adormecer, procurando a Huntington. Pode parar. Não tem. Por enquanto. Esta é mesmo uma boa notícia. Mas aquele exame neurológico foi como sobreviver a quinze rounds em um ringue. Foi declarada vencedora, mas mesmo assim foi nocauteada. Não tem certeza de estar pronta para qualquer coisa que não seja um cochilo.

Ela concorda.

— Então, seu pai tem a doença de Huntington e seu irmão mais velho é gene positivo. Tenho o histórico médico da sua família pelo JJ, então não precisamos passar por isso novamente. Vamos conversar sobre o motivo de você estar aqui. Por que você quer saber?

— Não tenho certeza se quero.

— Ok.

— Quer dizer, às vezes acho que viver numa constante incerteza é pior do que saber que vou ter.

Ele acena a cabeça, demonstrando compreensão.

— Então, como você vem lidando com a incerteza?

— Nada bem.

O questionamento, o estresse, a ansiedade estão sempre ali, como uma estação de rádio irritante, tocando alto demais ao fundo, sem que ela possa desligá-la ou ignorá-la. É tomada pelo pânico diversas vezes ao dia: quando perde o equilíbrio em uma pose em pé durante a aula, quando deixa cair as chaves ou esquece o celular, quando se flagra balançando o pé. Ou simplesmente entra em pânico sem razão específica. Pode haver tempo e espaço suficientes para que sua mente devaneie: esperando a aula começar, esperando a infusão do chá, assistindo a algum comercial idiota na TV, tentando meditar, ouvindo a conversa da mãe. Seus pensamentos vão direto para a doença. Ela é como uma adolescente com uma tara enlouquecida por um menino malandro, ou uma viciada em cocaína fantasiando sobre sua próxima carreira. Não consegue resistir a seu novo tópico favorito, embora destrutivo, e fica obcecada por isso a cada oportunidade que tem. Doença de Huntington. Doença de Huntington. Doença de Huntington.

E se ela estiver com isso agora? E se tiver mais tarde? E se todos eles tiverem?

— Está se sentindo deprimida?

— Esse é um tipo de pergunta ridícula.

— Em que sentido?

Ela suspira, irritada por ter que explicar isto para aquele sujeito.

— Meu pai e meu irmão têm uma doença fatal e pode ser que eu também tenha. Este não é exatamente o momento mais feliz da minha vida.

— Seu irmão tem o gene. Ele ainda não tem a doença.

— Que seja.

— É uma diferença importante. Ele continua o mesmo sujeito que era um dia antes de descobrir o status do seu gene. É um homem de 25 anos perfeitamente saudável.

Katie balança a cabeça, concordando. Ela acha muito difícil olhar para JJ agora e não vê-lo de modo diferente. Condenado. Doente. Morrendo jovem. Doença de Huntington. Doença de Huntington. Doença de Huntington.

— E você está certa. É totalmente normal se sentir um pouco deprimida com tudo que está acontecendo. Já ficou deprimida antes?

— Não.

— Já foi a um psiquiatra ou a um psicólogo por algum motivo?

— Não.

— Está tomando algum medicamento?

— Não.

Um dos sintomas da doença de Huntington é a depressão. Algumas pessoas portadoras da doença começam com sintomas físicos, as mudanças de movimento para as quais ela acabou de ser testada pela neurologista, mas outras começam com sintomas psicológicos anos antes de a choreia se estabelecer. Obsessão, paranoia, depressão. Ela não consegue parar de pensar na doença, está convencida de que Deus amaldiçoou toda a sua família com a Huntington e se sente triste com isso. Será que seu humor pouco animado de ultimamente é o primeiro sinal da doença infiltrando-se pelas fendas, ou isto é o que qualquer pessoa normal sentiria sob essas circunstâncias totalmente anormais? O que vem antes, o ovo ou a galinha? É uma merda de pensamento circular.

— Tenho total certeza de ter o gene — diz Katie.

— Por quê?

— JJ é exatamente como o meu pai e tem. Pareço com a mãe do meu pai, e ela teve a doença.

— É uma dedução bem típica, mas sem um pingo de verdade. Você pode ser igualzinha ao seu pai, ou à sua avó, e não ter herdado o gene da Huntington.

Ela balança a cabeça afirmativamente, não acreditando em uma palavra do que ele disse.

— Esse pode ser um bom momento para dar uma olhada em uma genética básica.

Eric vai até um quadro branco na parede e pega um marcador preto.

— Hã, vou ter que tomar nota?

Ela não trouxe caneta, nem papel. JJ não a preveniu sobre nada disso. Gostaria que Meghan tivesse vindo antes. Ela lhe contaria tudo.

— Não, não é um questionário, nem nada disso. Só quero te ajudar a entender como funciona a herança desta doença.

Ele escreve uma lista de palavras no quadro: *Cromossomos. Genes. DNA. ATCG, CAG.*

— Os genes que herdamos dos nossos pais estão embalados dentro de estruturas chamadas cromossomos. Todos nós temos 23 pares deles. Cada par consiste em um que vem da mãe e outro que vem do pai. Nossos genes estão dispostos ao longo dos cromossomos como contas em um fio.

Ele desenha os fios e as contas no quadro. Parecem colares.

— Você pode pensar nos genes como fórmulas. Eles são as instruções do corpo para a produção de proteínas e tudo que diz respeito a você, da cor dos olhos à susceptibilidade a doenças. As letras e palavras que constituem as fórmulas do gene são chamadas de DNA. Em vez do alfabeto A-B-C, as letras do alfabeto do DNA são A, T, C, G.

Ele circula essas letras no quadro.

— A mudança que sublinha a Huntington envolve essas letras de DNA. O gene da Huntington localiza-se no cromossomo quatro.

Ele indica um ponto em um dos colares.

— Existe uma sequência C-A-G que se repete inúmeras vezes no gene da doença de Huntington. Em média, as pessoas têm 17 repetições de CAG neste gene. No caso da doença, há 36 repetições ou mais. Essa expansão do gene é como uma mudança na fórmula e essa alteração provoca a doença. Entendeu até aqui?

Ela confirma com a cabeça. Acha que sim.

— Então, vamos dar uma olhada na árvore da sua família. Lembre-se, nós herdamos duas cópias de cada gene, uma da sua mãe e outra do seu pai. Seu pai herdou uma cópia normal do gene da doença de Huntington do pai dele, mas herdou uma cópia expandida da mãe, que tinha doença de Huntington. Esse mal é o que chamamos de uma doença dominante. Você só precisa de uma cópia do gene alterado para herdar a doença.

Ele desenha um quadrado ao lado do círculo no quadro e traça uma linha entre eles. Escreve *avô* sobre o quadrado e *avó* sobre o círculo, e traça uma linha entre eles. Depois, usa o marcador para escurecer o círculo com preto. Traça uma linha como uma haste que vem dos avós até um quadrado escuro escrito pai e liga o quadrado do pai a um círculo claro rotulado *mãe*.

— Agora vem a sua geração.

Ele desenha quadrados para JJ e Patrick, círculos para Meghan e Katie. Escurece o quadrado de JJ e essa visão embrulha o estômago de Katie. Ela volta sua atenção para seu círculo, por enquanto vazio. Fecha os olhos por um instante, um círculo branco estampado no olho da sua mente, prendendo-se a ele. Um símbolo de esperança.

— Cada um de vocês herdou uma cópia normal do gene da sua mãe. Lembre-se, seu pai tem uma cópia normal do gene de Huntington do pai e uma cópia expandida da mãe. Então, cada um de vocês herdou ou a cópia normal dele ou a expandida. Se você tiver herdado a cópia normal do seu pai, não terá a doença. Se tiver herdado a expandida, terá a doença, caso viva tempo suficiente.

— Então, é assim que cada um de nós tem cinquenta por cento de chance de ter a doença.

— Exatamente — diz ele, sorrindo, aparentemente satisfeito por ela ter acompanhado sua aula de biologia.

Portanto, trata-se, de fato, de uma chance ao acaso. A porra da sorte. Nada do que ela fez ou fará pode mudar isso. Se seguir uma dieta vegana, praticar ioga diariamente, fizer sexo protegido, ficar longe das drogas, tomar suas vitaminas e dormir oito horas por noite, ainda assim estará nas mãos da sorte. Pode rezar, desejar, escrever frases positivas nas paredes do quarto e acender velas. Pode meditar em um círculo branco e vazio. Nada disso faz diferença. Ali está, no quadro. Ou ela já tem o gene, ou não tem.

— Foda — lamenta. De repente, seus olhos arregalam-se e ela aperta os lábios com a voz da mãe na cabeça, ralhando duramente: "Olha o palavreado!" — Me desculpe.

— Tudo bem. Você pode dizer "foda" aqui. Pode dizer qualquer coisa aqui.

Os lábios dela se abrem e ela expira. Sente que precisa tomar muito cuidado, agora, especialmente junto à família, preocupando-se com o que não dizer, o que não notar. O jantar de domingo naquela cozinha abarrotada é particularmente penoso, onde cada palavra dita e não dita parece pisotear um campo minado de ovos, esmagando-os em lascas afiadas que cortam seus pulmões, dificultando a respiração.

Há uma pausa considerável na conversa. O ar na sala enche-se de algo. Um convite, Uma promessa. Um desafio.

— Quando eu era criança e nós jogávamos Verdade ou Desafio, eu sempre escolhia desafio — diz Katie.

— Então, você gostava de correr riscos.

— Não, de jeito nenhum. Só era a melhor escolha, melhor do que ter que confirmar alguma verdade embaraçosa sobre mim mesma.

— O que havia de tão embaraçoso em você?

— Sei lá, coisas normais.

Caçula da família, ela estava sempre tentando se igualar aos irmãos mais velhos. JJ, Patrick e Meghan conheceram sexo, bebida, fumo, tudo antes dela, e sua ignorância fazia com que se sentisse estúpida. E era difícil acompanhar Meghan. Katie passou a maior parte da infância fingindo o que sabia, escondendo o que não sabia.

— Isso se parece um pouco com verdade ou desafio — diz ela.

Verdade: descobrir se ela vai ou não ter Huntington.

Desafio: viver sem saber, imaginando a cada segundo se já está com a doença.

Nunca gostou daquele jogo. Ainda não quer jogá-lo. Eric concorda, parecendo impressionado e pensativo, como se essa comparação nunca tivesse lhe ocorrido.

— Me diga — diz ele. — O que significaria descobrir que você é negativa?

— Ah, seria incrível. O maior alívio da minha vida.

— Como você acha que isso afetaria sua relação com JJ?

Ah. A leveza do seu alívio óbvio e imaginário transforma-se num peso insustentável em seu colo.

— E se o bebê dele tiver a doença?

— Ele não vai descobrir.

— Daqui a dezoito anos, o filho pode fazer o teste. E se o seu sobrinho ou sobrinha for positivo? Como você se sentirá?

— Nada bem — revela, abaixando a cabeça.

— E se Meghan e Patrick forem positivos, e você, negativa?

— Cruzes! — exclama ela, inclinando a cabeça para frente para bater três vezes na mesa de Eric. — Por que você está pintando o pior cenário possível?

— Você disse que ser negativa seria o maior alívio da sua vida. Está vendo como não é tão simples?

— É, estou.

Isso não ajuda em nada.

— Qual seria a sensação de ser positiva?

— Uma festa. — Ironiza.

— O que você faria com isso?

— Eu não pularia da ponte Tobin, se é isso que você quer saber.

A coisa está ficando intensa demais. Ela se retorce na cabeça. Eric nota. À merda com isso. Não é obrigatório. Ela pode se levantar e ir embora quando quiser. Não precisa ser educada com Eric. Não precisa se preocupar com o que ele pensa. Não precisa vê-lo nunca mais.

— Então, o que você faria? Mudaria alguma coisa em sua vida? — pergunta ele.

— Sei lá. Pode ser.

— Você tem um namorado?

Ela muda para a beirada da cadeira e olha para a porta.

— Tenho.

— Como ele se chama?

— Felix.

— O Felix está sabendo disso?

— Não. Não quero descarregar isso nele, até que eu saiba de tudo.

— Tudo bem.

— Não me julgue.

— Não estou julgando. Vamos tornar a coisa mais abstrata. Você quer se casar um dia?

— Quero.

— Ter filhos.

Ela dá de ombros.

— Provavelmente.

— E se você for positiva para Huntington?

Ela pensa em JJ e Colleen. Não sabe se conseguiria tomar a decisão que eles tomaram, se levaria a gravidez em frente. Mas ela pode descobrir antes de engravidar. Poderia fazer aquela coisa in vitro, onde eles testam os embriões para o gene mutante da doença e só implantam os embriões saudáveis. Poderia ter Huntington e ter filhos. Não seria algo exatamente agradável, mas daria para fazer a combinação funcionar.

Ou não. Felix não merece entrar nessa por causa de uma esposa destinada a ter essa doença medonha. Não merece uma esposa de quem terá que cuidar: alimentá-la, empurrá-la em uma cadeira de rodas, trocar suas fraldas, enterrá-la quando ela tiver 50 anos. Ela pensa nos pais e começa a vislumbrar o futuro imediato dos dois. Aperta os olhos com força por um segundo e trava os dentes, afastando as imagens.

Por que Felix deveria ficar empacado com esse tipo de futuro, sabendo disso desde o começo? Pelo menos seus pais tiveram 25 anos juntos, sem saber. Sujeito algum deveria ser sobrecarregado com esse tipo de fardo antes mesmo de começar.

Uma constatação atinge-a com força e uma avassaladora vontade de chorar cresce dentro dela, chegando até o alto da garganta. Katie engole várias vezes, travando os molares, reprimindo-a. Talvez o fato de ser positiva para a doença de Huntington fosse a desculpa perfeita, uma prova irrefutável de que ela seja impossível de ser amada.

— Não sei. De qualquer modo, essas perguntas estão todas bem à frente de onde eu estou. Você não é casado — diz ela, como se o acusasse de alguma coisa. — Está nos seus planos?

— Um dia eu gostaria sim — conta Eric.

— Quantos anos você tem?

— 32.

— Tá, então você poderia ser atropelado por um ônibus aos 35. Morto. Acabado. Ainda quer fazer planos? Ainda quer se casar um dia?

Eric acena afirmativamente.

— Entendo seu exemplo e você tem razão. Todos nós vamos morrer. E eu poderia ser atropelado por um ônibus aos 35. A diferença é que não estou sentado na sala de alguém, pedindo a um orientador, a um médico ou a um psicólogo que me diga quando, aproximadamente, e exatamente como eu vou morrer.

Katie pensa no último fantasma de *Um conto de Natal*, de Dickens, o anjo da morte apontando para a futura lápide de Scrooge. Ela nunca leu o livro para a aula de literatura, como deveria, mas assistiu a várias versões do filme na TV, todos os anos, na época de Natal. Scrooge, com seu camisolão e o gorro, tremendo em seus chinelos, implorando por uma conclusão diferente. Essa cena sempre a deixou morta de medo, provocando pesadelos intensos quando era pequena. Agora, ele é real e o nome do fantasma assustador é Eric Clarkson. Ele até está vestindo uma camisa preta. Só falta o capuz e a foice.

— Não sei por que tenho que responder a todas essas perguntas. O que vou fazer com a informação e como vou levar a minha vida é problema meu. Se eu responder de um jeito errado, você vai me dizer que não posso saber?

— Não existem respostas erradas. Não vamos negar o teste a você. Mas queremos que você entenda no que está se metendo e que tenha as ferramentas pra lidar com isso. Temos certa responsabilidade sobre como será a sua reação.

Ela espera. Eric fica calado.

— Então, o que acontece agora?

— Se ainda quiser seguir em frente e descobrir, pode voltar em duas semanas ou em qualquer dia depois disso. A gente conversa de novo, vê como tudo isso está para você e, se ainda quiser saber, te levo até o laboratório e eles tiram o seu sangue.

Ela engole em seco.

— E aí eu fico sabendo?

— Aí você volta em quatro semanas e eu lhe revelo o resultado do teste.

Ela faz as contas. Seis semanas. Se ela seguir em frente com isso, saberá se é positiva ou negativa para a doença de Huntington no final do verão.

— Não dá pra você me contar pelo telefone?

— Não, tem que ser aqui. Na verdade, queremos que você venha com alguma companhia. Não pode ser um dos seus irmãos, porque, seja como for, seu resultado pode ser duro demais para eles, considerando que eles também correm risco. Eu também não recomendaria JJ ou o seu pai. Traga sua mãe ou alguma amiga.

Ela não traria a mãe. Se a notícia for ruim, sua mãe ficará mais enlouquecida do que Katie. Ela acabaria dando uma força para a mãe e não o contrário. As outras possibilidades também não são nada tentadoras. Felix. Andrea. Outra professora da academia.

— Mas ninguém fora da nossa família sabe disso. Não posso vir sozinha?

— Não recomendo.

— Mas não é uma regra.

— Não.

Ela não consegue imaginar quem ela traria, mas será daqui a duas consultas. Talvez até lá, já tenha contado a Felix. Talvez, não queira saber. Talvez nem passe por isso. Muita coisa pode acontecer em seis semanas. Se ela for à última consulta, no dia do resultado, descobrirá se vai trazer alguém ou se virá sozinha. Atravessará essa ponte quando chegar a hora.

Verdade ou desafio, garotinha. O que será?

Capítulo 17

Do lado de fora da janela do quarto de Katie, o dia está sem graça, sem cor, sombrio, um reflexo perfeito do seu humor. Ela confere o calendário no celular. Hoje é 30 de setembro. Katie poderia ter ido ao segundo encontro com o orientador genético dois meses atrás, mas faltou. Eric Clarkson acabou de ligar. Sua mensagem de voz era gentilmente casual, como se estivesse adulando uma criança escondida atrás da perna da mãe, lembrando-lhe que ele continua lá, disponível para uma conversa, caso ela ainda esteja lutando com a ideia de um teste genético. Não precisava ter ligado. Ela pensa nele mais do que pensa em Felix, o que não é bom por vários motivos. Sabe que ele está lá e como entrar em contato com ele. Apaga a mensagem.

Ultimamente, tem evitado todo mundo: Eric Clarkson e a segunda consulta, seu pai, JJ e Colleen, Meghan, os outros professores de ioga, até Felix. Está indo a três aulas de ioga por dia, mas é totalmente profissional quanto a isso, entrando e saindo com o mínimo de contato visual e bate-papo com os outros iogues possível. Seu corpo está malhado de tanto exercício, mas a mente anda desconectada da prática. A mente está um lixo.

Ela não tem autodisciplina, controle algum sobre seus pensamentos. Eles são como cachorros enormes, não domesticados, perseguindo raposas em uma floresta escura, e ela está agarrada a suas guias, presa a suas decisões intempestivas, sendo arrastada para onde quer que eles forem. A meditação deveria cuidar disso. Deveria frear os cachorros selvagens. Junto. Sente-se. Não mexa em nada. Bons garotos. Mas ela não parece se concentrar.

Sozinha em seu quarto, senta em sua almofada de meditação e lê os escritos lindos e estranhos em suas paredes. Ao longo do verão, com a hidrográfica preta, rabiscou nas paredes muitas outras citações inspiradoras, do chão ao teto, esperando que seu mundo exterior se infiltrasse em sua consciência e animasse as coisas por lá. Sua mãe não está muito satisfeita que ela esteja manchando as paredes, mas Katie não vê mal nisso. Nunca foi engenhosa e não quer gastar um dinheiro que não tem comprando posters ou pinturas. Tudo o que precisa é uma caneta de dois dólares e suas paredes. Se um dia ela se mudar, eles podem facilmente pintar por cima. Quando ela se mudar. Quando. Um dia.

Ela lê as três citações diretamente à sua frente:

A dor que você cria agora é sempre alguma forma de não aceitação, alguma forma de resistência inconsciente a isso.

—Eckhart Tolle

A vida é uma experiência de quase-morte. Ande aos tropeços em zonza gratidão, enquanto você ainda pode.

—Jen Sincero

Somos o que pensamos.

—Buda

Ela pensa na doença de Huntington. O tempo todo. Constantemente. A floresta escura e aterrorizante está fervilhando com isso. Doença de Huntington. Doença de Huntington. Doença de Huntington. Ela é um disco de vinil riscado, e gostaria que alguém lhe desse um tapa.

Somos o que pensamos.

—Buda

Ela está se transformando na doença de Huntington. Esse hábito de autossabotagem obsessiva tem que parar.

Acomoda-se em uma posição confortável e fecha os olhos, sentada em sua almofada com as pernas cruzadas. Começa o exercício de respiração Ujjayi, criando um ritmo de onda do mar pelo nariz, para dentro e para fora, para dentro e para fora. Na inspiração seguinte, diz mentalmente a palavra *so*. Ao exalar, ouve mentalmente a palavra *ham*. Para dentro, *so*. Para fora, *ham*. *So ham* é na verdade uma redução da expressão em sânscrito *so aham*, significando "Sou o que sou". Ela respira e expira dizendo o mantra. Sou o que sou. Sou o que sou. *So ham*. *So ham*.

A mente adora palavras. Alimentá-la com um texto limitado de *So ham* mantém sua concentração. Ela permanece absorta em essencialmente nada, quieta. Quando surgem pensamentos e sensações, quando os cães começam a latir, ela deve notá-los, deixar que flutuem ao redor como nuvens diáfanas em uma brisa passageira e, depois, voltar a inalar *so*, exalar, *ham*.

No início, funciona. *So ham*. *So ham*. Sua mente é um copo claro, vazio e limpo. Mas os cachorros farejam alguma coisa deliciosa e disparam para a floresta.

Doença de Huntington. Doença de Huntington. Doença de Huntington.

Deveria ligar de volta para Eric Clarkson. É falta de educação ignorá-lo. Mas não tem certeza de querer saber. E se der positivo? E se ela tiver doença de Huntington, como o pai e JJ?

E assim começa a narrativa, uma alucinação de um futuro ficcional, estrelando Katie e a família O'Brien, sua mente uma roteirista, diretora e atriz ganhadora do Oscar. Aqui, não existem comédias românticas nem finais hollywoodianos. Essas histórias épicas são sempre extremamente sombrias, mostrando, invariavelmente, as piores perspectivas imagináveis. E sua mente doentia e viciada adora cada um dos seus segundos dramáticos e macabros.

Seus pensamentos viajam no tempo, experimentando um futuro fictício de Katie e da sua vida, onde nada é bonito. Seu pai e JJ estão mortos. Sua mãe vende a casa por não poder arcar com ela sozinha e vai morar com um dos tios de Katie, pouco antes de ter um esgotamento nervoso. Patrick acaba viciado em heroína. Meghan se mata. Katie tem doença de Huntington. Ela termina com Felix para poupá-lo. Ele se casa com uma mulher perfeita e tem dois filhos lindos e perfeitos, eles moram na cobertura de um daqueles condomínios elegantes do Navy Yard. Katie imagina-se sentada em um banco, sozinha, vendo-os caminhar, rindo e brincando no parque. Jamais abre sua academia de ioga, por ter esperado demais e se tornado sintomática. A primeira coisa que perdeu foi o equilíbrio, então, perdeu o emprego. Termina sem-teto. As pessoas sentem repulsa ao vê-la. Tomam-na erroneamente por uma bêbada em público. É detida pela polícia. O policial é Tommy Vitale, o melhor amigo do seu pai, mas em vez de ajudá-la, ele a prende. Diz que se seu pai estivesse vivo, ficaria no pé dela e lhe daria um esporro por não lutar para viver, por desistir e deixar que a Huntington acabe com ela daquele jeito. Diz que ela deveria se envergonhar. E ela se envergonha. Está acabada e envergonhada. É uma sem-teto de 35 anos, sem amor, com doença de Huntington. É uma mulher de 45 anos, sem amor, com doença de Huntington. Morre só, acabada e envergonhada, com doença de Huntington.

Espere, ela não está respirando. Nada de *ham*. Esqueceu-se de respirar e está suando, o coração banhado em uma poça de adrenalina. Merda. É isso que acontece. É por isso que ela está um caos.

Precisa se controlar, ficar atenta, soltar a guia. Basta de ser arrastada pela floresta sombria e aterrorizante, atraída para um futuro que pode não acontecer. O futuro, bom ou ruim, é uma fantasia. Só existe o momento presente, o agora.

Neste exato momento, ela é uma professora de ioga de 21 anos, sentada em seu quarto, e não tem a maldita doença. Possui um namorado incrível e um apartamento decente, seu pai e JJ continuam vivos, Patrick não está viciado em nada e Meghan está bem. Nada do drama que ela viveu mentalmente é real.

Respira fundo e solta o ar, relaxando suas costelas contraídas pelo pânico, acalmando seu coração ansioso. Endireita a coluna, coloca as mãos nas coxas e tenta novamente. Basta de cães. Basta de loucura. Dessa vez, começa estabelecendo uma intenção: *Estou aqui, agora, saudável e inteira.*

Em vez de *So ham*, repete sua intenção mentalmente, repetidas vezes. Inspira, *Estou aqui, agora*. Expira, *Estou saudável e inteira*. Inspira. Expira.

Os cachorros foram embora. A floresta dissolve-se em uma planície ensolarada. Inspira. *Estou aqui agora*. Expira. *Estou saudável e inteira*. A planície clareia até só haver uma luz branca. Existe uma luz branca e a respiração compassada. E então não há mais nada. E naquele espaço silencioso do nada, existe paz.

Paz. Paz. Paz.

Então ela pensa: *Estou conseguindo!* E com esse pensamento, é instantaneamente expulsa daquele espaço vazio e abençoado. Mas, tudo bem. Ela sorri. Esteve lá. Ele existe.

Um espaço dentro dela onde não existe a doença de Huntington.

Abre os olhos. Felix está sentado de pernas cruzadas à sua frente, sorrindo para ela.

— Você é real? — ela pergunta.

Ele ri.

— Tão real quanto possível, gata.

— Há quanto tempo está aqui?

— Uns dez minutos. Sua irmã abriu a porta para mim.

O Secreto e Invisível sr. Martin revela-se, finalmente. Ela se pergunta o que Meghan estará pensando nesse momento, se sua mente estará tão surtada quanto imagina que esteja. Tem certeza de que ouvirá um sermão assim que encontrá-la sozinha. Sente-se nervosa, o estômago revolto.

— Então, como foi conhecer a Meghan?

— Ótimo. Ela me pareceu simpática. Foi só por um segundo. Bom saber que ela existe de verdade.

— Então, só está aqui há dez minutos mesmo? Jura?

— Juro.

Ela não tomou consciência da sua presença, seus joelhos nus a apenas alguns centímetros dos dela. E não percebeu a passagem do tempo. Se perguntassem, diria que havia meditado apenas por um tempo muito curto.

— Ei, tenho novidade — diz ele. — O projeto da Biofuel correu tão bem em Boston que fomos contratados para implementar o mesmo modelo em Portland, Oregon. O CEO quer que eu vá supervisioná-lo.

Katie sente seu rosto despencar.

— Não, não fique nervosa. Quero que você venha comigo.

Ela olha em seus olhos, tentando acompanhá-lo, buscando mais.

— Eu te amo, Katie. Você vive falando em sair daqui, em abrir sua própria academia. Vamos em frente. Portland é uma grande cidade. O que você acha?

Suas palavras ficam entre os dois como um presente desembrulhado, o rosto dele vibrando com uma antecipação confiante.

— Espere — diz ela. — Você me ama?

— Amo — reafirma ele, apertando as mãos dela com os olhos marejados. — Amo sim.

— Eu também te amo. E não estou dizendo isto só pra retribuir. Faz um tempo que eu amo. Só estava assustada demais pra dizer primeiro.

— Covarde.

— Eu sei. Estou me esforçando para mudar isso.

— Então, o que você acha? Topa essa aventura comigo?

Portland, Oregon. Ela não sabe nada a respeito. Talvez Portland seja o lugar com o qual vem sonhando, uma cidade onde haja espaço para crescer sem limitações; onde possa viver sem ser julgada por namorar um homem negro; onde as pessoas não a olhem de lado por ser vegana; onde não se sentiria invisível pela maior parte do tempo, à sombra espaçosa da sua irmã mais velha; onde não viveria sob a expectativa opressiva e nada sutil de que se casará com um bom irlandês de Charlestown e criará seus vários filhos como católicos; onde as pessoas tenham ambições além do trabalho no serviço público, de ficar longe da cadeia, criar uma família, e se embebedar todo final de semana nos bares locais; onde não se sentiria inadequada por não ser bailarina, esquisita por não dar particularmente importância a Tom Brady ou ao Bruins, ou arrogante porque sua maior aspiração na vida não é ser sra. Flannagan ou sra. O Apostrófo Qualquer Coisa; onde não sentiria vergonha de ser quem é.

Portland. Oregon. O outro lado do país. Outro mundo. Sua própria academia. Um homem que a ama. Isso poderia ser viver um sonho, exposto bem à sua frente para ser aceito.

Aceite.

Mas e se ela tiver Huntington, ficar sintomática e Felix não puder lidar com isso, deixá-la, e ela ficar totalmente sozinha lá longe? E se Portland for igual a Charlestown e não houver espaço o bastante para outra academia de ioga? E se ela abrir seu próprio negócio e for um fracasso? O timing não parece certo. A doença do pai vai piorar. A de JJ, também. Eles vão precisar dela. Seria egoísmo ir embora agora. E se Meghan e Patrick forem positivos? E se ela for?

Solte a guia, garota. Não estrague a sua vida com pensamentos que não são reais.

Ok, aqui está o que é real: ela é uma professora de ioga, filha e irmã. Está sentada em frente a um homem lindo, brilhante, a quem ama e que também a ama. Ele acabou de pedir que ela se mude com ele para o outro lado do país. Ela quer dizer sim. Está aqui, agora, saudável e inteira.

E tem que marcar outra hora com Eric Clarkson.

Olha dentro dos olhos castanhos e esperançosos de Felix, tão admiravelmente deslumbrantes e ingênuos. Fica apavorada com a mudança que está prestes a ver neles. Respira fundo e solta. Inspira novamente e, na vez seguinte que expira, segura suas mãos, olha em seus olhos, com o coração vulnerável encarando o dele, e lhe conta o que é real.

Capítulo 18

Katie entrega a Eric um presente embrulhado em papel azul, com uma fita branca. Enquanto ele puxa a fita, ela, repentinamente, deseja poder tomar de volta. Dar um presente a seu orientador genético pareceu uma boa ideia, enquanto estava em casa, mas ao vê-lo abrindo o embrulho aqui, na sua sala, sente-se esquisita, inadequada, ridícula.

Ele rasga o papel, revelando uma ficha de arquivo de 7x12cm, numa moldura preta. Na caligrafia caprichada de Katie está escrito:

A esperança é a coisa emplumada
Que pousa na alma
E canta a canção sem palavras,
Sem silenciar jamais.
—Emily Dickinson

Eric sorri ao ler.

— Uau! Obrigado. Incrível!

— Achei que cairia bem na sua sala.

— É perfeito — diz ele, colocando a moldura em pé na mesa, de frente para Katie. — E meu aniversário foi na semana passada.

— Legal.

— Então — retoma ele, analisando Katie por vários segundos desconfortantes, numa tentativa de conversa como se eles estivessem num segundo encontro amoroso esquisito e a possibilidade de um terceiro parecesse extremamente improvável. — Estou feliz que tenha voltado.

Katie ri.

— Qual é a graça? — pergunta Eric.

— Você meio que precisa que pessoas como eu voltem ou você perde o emprego.

— Não estou preocupado com o meu emprego, Katie. Estava preocupado com você.

De imediato, ela se sente lisonjeada, especial, como objeto da preocupação e dos cuidados dele, mas depois recua. A preocupação é um fio de cabelo fino na cabeça da piedade.

— Como foi seu verão?

— Bom.

— Como está seu pai?

— Bem. Os sintomas dele estão bem visíveis. Aqueles movimentos bruscos, espasmódicos. Como é mesmo o nome deles?

— Choreia.

— É, a choreia dele está ficando mais óbvia. Ele está desorganizado, se esquecendo das coisas e, aí, fica frustrado consigo mesmo, descontando em alguém, geralmente na minha mãe.

— Como ela está se virando?

Katie dá de ombros.

— Bem.

— Seu pai ainda está trabalhando?

— Está.

— Alguém no departamento de polícia sabe sobre a doença de Huntington?

— Só seu melhor amigo ali. Ele tem outro amigo, um paramédico, que sabe, mas ninguém mais. É segredo.

Tommy Vitale e Donny Kelly estão de olho nele. Por enquanto, eles concordam que ele está bem para trabalhar e ninguém mais precisa saber disso. Sinceramente, ela não imagina que ele leve muito adiante o trabalho como policial. Ao mesmo tempo, não consegue imaginar seu pai sem ser um policial. Está ficando difícil imaginar o pai, mesmo quando ele está sentado em sua poltrona, bem na frente dela.

Eles decidiram, enquanto família, em maio passado, que não contariam a ninguém na Cidade. Esse tipo de notícia se espalharia como praga. Se vazasse, no prazo de uma semana, talvez até no mesmo dia, todos os Townies e Toonies saberiam. O pai está pouco se lixando para o que as pessoas do Centro pensam a seu respeito, mas faz diferença para JJ. Se os companheiros no corpo de bombeiros souberem sobre a doença do pai, não seria preciso um gênio para, depois de uma breve consulta no Google, perceber que JJ também poderia ter a doença. Aí, eles começariam a observá-lo, tratando-o de um jeito diferente, talvez deixando de promovê-lo. Não seria justo com JJ. Portanto, todos juraram segredo.

Então, ela contou a Felix.

— E você? Como está indo? — pergunta ele.

— Estou bem.

Ela hesita, contendo-se, protegendo-se da exposição. Balança o pé da perna cruzada para cima e para baixo, e lê a citação de Emily Dickinson.

— Quando você não respondeu às ligações depois de duas semanas, um mês, dois meses, imaginei que nunca mais te veria.

— É, bom, por um tempo era esse o plano. Nada pessoal — diz ela.

Não é que estivesse querendo bancar a difícil. Eric ergue as mãos como se estivesse em frente a uma arma.

— Ei, eu entendo. Isso é difícil.

— É comum você ver isso? As pessoas chegam e depois desaparecem?

Ele confirma.

— Bom, mais da metade. Não é incomum nas minhas estatísticas, depois de um primeiro encontro.

Katie ri.

— Além disso, era verão — diz Eric. — Ninguém quer descobrir que é positivo para doença de Huntington no verão.

— E agora é outubro — diz Katie.

— É.

— E aqui estou.

— Aqui está você.

— No nosso segundo encontro.

Eric sorri e tamborila os dedos na mesa. Uma energia de flerte passa entre eles. Katie cora.

— Então, o que a trouxe de volta?

Katie cruza a outra perna, ganhando tempo.

— Contei pro Felix.

— O cara com quem você estava saindo em julho?

— É.

— Como ele reagiu?

— Melhor do que eu pensava. Não terminou comigo na hora, o que foi bom.

— Parece um bom sujeito.

— Ele é. Disse que me ama.

Ela fica corada de novo e olha para seu anel *claddagh*, sentindo-se idiota.

— Mas não acredito que ele entendeu de verdade — diz Katie. — Ele leu o folhetinho sobre a doença que eu dei pra ele, mas se recusa a ler mais alguma coisa, dar um Google ou o que seja. Diz que não precisa saber mais nada agora. Acho que está em negação.

— Ou talvez você esteja.

— Como é que eu estou em negação? Estou *aqui!*

E ela gostaria de ressaltar que foi preciso muito colhão para volta ali, mas decide não dizer *colhão* para Eric.

— Sobre o Felix e sobre como ele se sente em relação a você.

Katie revira os olhos.

— É, ele me ama e eu amo ele. Isso é ótimo e estou mesmo feliz. Mas *se* eu tiver essa coisa, vou mudar. Muito. Não vou ser mais a mesma menina que ele ama agora e eu não o culparia por não me amar com a doença de Huntington.

— Sua mãe ainda ama seu pai?

— Ama, mas ela é o tipo da católica fervorosa. Tem que amar ele.

— Os votos de dedicação e de compromisso com o casamento são diferentes do amor. Sua mãe deixou de amar o seu pai?

Quando eles levam o Yaz para passear, vão de mãos dadas. Ela reparou que eles se beijam mais do que o costume. Sua mãe mima seu pai. Não grita de volta quando ele explode e, depois, também não parece guardar isso contra ele. Chama-o de "doçura" e "meu amor". Ele a chama de "bem" e "querida".

— Não, mas ainda não está tão ruim.

— É verdade. Escute, já vi várias famílias com doença de Huntington e, baseado na minha experiência, sua mãe vai odiar a doença, não o seu pai.

— O chefe do Felix quer que ele vá para o novo escritório da empresa em Portland, Oregon. Ele quer que eu vá junto.

— Você quer ir?

— Não sei. É o que estou tentando descobrir.

— E você acha que a condição do seu gene vai influenciar a sua decisão?

— Não sei. Sim, provavelmente. Mas mesmo que eu não tenha Huntington e, na verdade, especialmente se eu não tiver, não deveria sair de Charlestown. Sinto-me muito egoísta até em pensar em sair agora e abandonar meu pai e JJ, quando eles precisam de mim.

— JJ está perfeitamente saudável. Ele pode passar dez anos ou mais sem apresentar sintomas. Seu pai continua trabalhando, não está numa cadeira de rodas, nem precisando de ajuda externa. Parece que a sua mãe e os amigos dele estão controlando bem a situação. Por quanto tempo você ficaria em Portland?

O projeto da Biofuel em Boston durou três anos. Felix acha que a implantação em Portland levaria, a grosso modo, o mesmo tempo.

— Não sei, no mínimo uns dois anos.

— Então, o que está te segurando?

Ela ergue as sobrancelhas ao lhe lançar um olhar exasperado, gesto roubado da cartilha da mãe: "Não me faça de boba, mocinho."

— A condição desconhecida do status do seu gene — diz ele.

Ela confirma com a cabeça.

— Ok, então, o que acontece se você for negativa. Você iria?

Ela pensa. Não teria que ser para sempre. Se seus pais precisarem de ajuda, ela poderá ajustar sua vida, quando isso acontecer. Se não tiver Huntington, não tem motivo para não ir. Ama Felix. Não pode suportar a ideia de perdê-lo.

— É, acho que iria.

Uma excitação nervosa corre por ela depois de se ouvir dizendo a verdade em voz alta e um sorriso estúpido abre-se em seu rosto.

— Ok, agora a outra possibilidade. E se você descobrir que é gene positivo?

E sem mais nem menos, o sorriso recolhe-se. A excitação nervosa fica na lembrança.

— Não sei. Sinto que o certo seria não ir e terminar com ele.

Eric assente.

— Então, você acha que é isso que eu deveria fazer?

— Não, não, só estou escutando, entendendo o que você pensa.

— O que você faria? — pergunta Katie.

— Não posso responder isso por você. Não estou no seu lugar.

Katie olha para seus pés. Está usando alpargatas pretas.

— Além disso, não acho que Felix gostaria de viver comigo — acrescenta Eric.

— Muito engraçado.

— Você não precisa ser uma mártir, Katie. Se for gene positiva, pode passar de 15 a 20 anos sem sintomas. É muito tempo. Muitas coisas podem mudar nesse período. Existe muita esperança depositada nas pesquisas que estão sendo feitas. Até lá, poderíamos ter um tratamento de fato efetivo ou a cura.

De 15 a 20 anos. Tempo bastante para esperar por JJ e por ela, Meghan e Patrick, se forem positivos. Tarde demais para o pai.

— Seria uma pena terminar um relacionamento importante, cortar da sua vida um homem que você ama, por causa de uma doença que, caso você a tenha, não vai interferir na sua vida por talvez mais uma década ou mais. Talvez em dez anos haja uma cura e a doença de Huntington não interfira em nada. E aí, você vai ter desistido do Felix e de Portland à toa.

— Parece que você está tentando me convencer a fazer o teste.

— Não, não era pra você entender assim. Não estou aqui pra influenciar a sua decisão, seja pra que lado for. Quero ajudá-la a processar o potencial impacto de qualquer resultado possível. Estou procurando pintar uma imagem pra você, mostrar que a sua vida não precisa parar ou sair dos trilhos, se você fizer o teste e descobrir que é positiva.

— É, mas ainda não parece justo com o Felix — diz sua culpa católica irlandesa.

— Não é que eu queira ser baixo-astral, Katie, mas você é muito jovem, só tem 21 anos. Sei que vocês dois estão apaixonados, mas as chances são de que vocês dois não vivam felizes pra sempre, juntos pra sempre. As chances são grandes de que você ainda se apaixone por alguns outros caras, antes que tudo funcione melhor. E nada disso tem alguma coisa a ver com a doença de Huntington. São coisas da vida.

Ela não está realisticamente pensando em se casar com Felix, mas, para ser honesta, bem lá no fundinho da mente, só por diversão, está experimentando vestidos de noiva. Felix ficaria o maior tesão de smoking preto. Poderia acontecer. Na sua idade, sua mãe estava casada, com três filhos. Ela se pergunta quais são as chances de terminar com Felix. Provavelmente não tão prováveis quanto as chances de ter Huntington.

— Você já se apaixonou? — pergunta Katie.

— Já — responde Eric, hesitando, como se houvesse mais para contar, mas não tivesse certeza de ser apropriado se abrir. — Amei três mulheres. Amei mesmo, mas nenhuma delas durou. Os relacionamentos são difíceis. Pelo menos pra mim.

— Isso é muito esquisito. Quero dizer, eu não te conheço de verdade, e estamos aqui conversando sobre um assunto que não converso com ninguém.

— É a minha função.

— Ah — diz Katie, visivelmente murcha.

— Não quis dizer que não seja pessoal. Estamos dividindo aqui um assunto muito íntimo. Entendo o que você quer dizer. Não dá pra você tomar esse tipo de decisão sem arregaçar as mangas, tirar a armadura, e mergulhar fundo.

— Que decisão? A de me mudar pra Portland com o Felix ou de fazer o teste?

— As duas.

Katie balança a cabeça, assentindo. Eric espera. O ar entre eles engrossa num silêncio pegajoso.

— Tem uma coisa que você deveria saber, sobre a qual não falamos na última vez, quando conversamos sobre genética. Lembre-se que falamos sobre o gene expandido da doença de Huntington. 35 repetições de CAG, ou menos, é um resultado negativo e significa que você não vai ter a doença. Quarenta ou mais repetições de CAG significa que, com certeza, você terá Huntington. Bom, o teste não é completamente preto no branco. Tem uma área cinzenta.

Eric faz uma pausa. O estômago de Katie se espreme e ela se prepara. Não faz ideia do que ele está prestes a dizer, mas sua intuição está tocando todos os alarmes.

— Se você tiver de 36 a 39 repetições, não dará pra eu interpretar o resultado. Isso é chamado de alelo de penetrância reduzida. É a área cinzenta. Com 38 ou 39, provavelmente você terá noventa por cento de chance de ter Huntington, se viver bastante. A taxa provável fica em torno de 75 por cento, se você tiver 37 repetições CAG, e cinquenta por cento para 36 repetições, mas nada disso é exato. Não se pode garantir quando o número fica entre 36 e 39.

Ele espera, explorando o rosto de Katie para ver ela está recebendo essa nova informação. Chegou como a porra de um ataque de drone. Ela não o viu chegando. Foi uma enorme mentira por omissão. Uma mentira enganosa. Fica tão puta, que nem consegue encontrar as palavras. Respira fundo. Ali estão.

— Então, deixe eu ver se entendi direito. Eu poderia fazer o teste e ter uma resposta que não é uma resposta.

— Infelizmente sim.

Ela não pode acreditar. Não é possível.

— Então, eu teria passado por toda essa baboseira, decidir que quero saber, e se o resultado for cinza, eu continuaria, essencialmente, nos cinquenta-cinquenta.

— É.

— Bom, é de foder.

— É, mas é o melhor que temos.

— Você devia ter me contado isso no nosso primeiro encontro.

Ela ouve o que acabou de dizer. Está puta demais para corar.

— Eu quis dizer, consulta.

— Eu sei. Sinto muito. Às vezes, acho que é informação demais pra expor na primeira visita. Serviu pra alguma coisa? — pergunta Eric.

Tinha servido até tudo ficar cinza.

— Não sei.

— Você não precisa decidir nada hoje. Mas, se quiser, podemos ir juntos até o laboratório, recolher seu sangue e mandar pra ser examinado.

— E aí eu descubro se a minha contagem de CAG é preta, branca ou cinza.

— Isso. E, em quatro semanas, se você ainda quiser saber, pode voltar e eu te conto o resultado. Se você decidir ir em frente com isso, vai acontecer o seguinte: você e *a pessoa que trouxer como acompanhante* serão chamadas na sala de espera. Eu não vou saber o resultado antes de você entrar, portanto, seja qual for a expressão do meu rosto quando você estiver aqui, não significa nada. Se eu sorrir, parecer distraído, ou seja lá como for, não significa nada. Vou te perguntar se você ainda quer saber. Se disser que sim, aí eu abro o envelope, leio o resultado e te digo.

Ela tenta imaginá-los nessa mesma sala dali a quatro semanas. Eric está com um envelope branco na mão. Abre-o. E o vencedor é...

— Então, o que você quer fazer? Quer que eu te acompanhe até o laboratório para uma coleta de sangue?

Verdade ou consequência, garotinha. O que vai ser?

A esperança é a coisa emplumada
Que pousa na alma
E canta a canção sem palavras,
Sem silenciar jamais.
—Emily Dickinson

— Foda-se. Vamos fazer o teste.

Capítulo 19

Katie soluça desesperada, enquanto risca mais uma palavra com uma Sharpie preta. Está frenética, mas determinada a ir até o fim, a destruir todas as letras. Pressiona com força contra a parede, apunhalando as palavras como se estivesse segurando uma faca e não uma caneta, querendo matar todas, e se sente frustrada com a impotência da ponta fina e macia.

Aperta com mais força, tanta quanto consegue, ignorando a dor ardida em seu ombro direito, aniquilando cada palavra falsa. Risca cada letra até deixá-la irreconhecível, eliminando a evidência do que antes acreditava. Agora, não acredita em nada. Seu quarto está gelado, mas ela é uma fornalha alimentada por angústia, quente pelo esforço febril e a enormidade da tarefa, a frente da sua camiseta úmida de suor e lágrimas.

Por fim, rabiscou sobre todas as letras que faltavam. Basta de citações. Basta de falsas esperanças. Dá um passo atrás. As paredes do quarto estão cobertas de explosões negras, indignadas, irregulares, como uma interpretação abstrata da guerra feita por um artista. Suas paredes estão em guerra. Um reflexo melhor da sua realidade, é o que ela pensa.

Depara-se com seu reflexo no espelho acima da cômoda. Suas faces estão manchadas de rímel, dois riscos pretos escorrendo ao longo do rosto. Ela é tomada por um impulso impossível de resistir e leva a Sharpie até sua pele, traçando o caminho do rímel, descendo o indelével marcador preto do olho até o maxilar, para baixo e para cima, para baixo e para cima. Analisa-se no espelho sem expressão.

Ainda com a caneta na mão, percorre o resto do quarto para ver se terminou. Descobre mais uma coisa. Sobe na cama, junto à cabeceira, e ataca um campo pacífico de espaço em branco, ainda não afetado pela guerra negra. Escreve as letras *CAG* repetidas vezes numa linha horizontal, até haver 47. Quarenta e sete CAGs.

O número de CAG repetidos dançando na mente de sua única irmã.

Depois disso, não conseguiu dormir no seu quarto. Nos últimos três dias, tem ficado na casa de Felix. Por enquanto, não consegue encarar o que fez, nem mesmo Meghan. Dizer que Felix está preocupado é um eufemismo. Na verdade, ele pediu uma licença de dois dias no trabalho para ficar com ela. Ela se jogou na cama dele e praticamente não se mexeu. Ele lhe trouxe comida, que ela comeu, mas só por insistência dele. Ele esfregou um pano molhado com álcool no seu rosto, até a pele ficar áspera e limpa. Ela dormiu, chorou e olhou para as paredes dele.

Paredes neutras, inocentes verde-acinzentadas. Ele tem um giclê do Rockport Harbor, uma imagem alegre nas cores básicas vibrantes da Crayola. Boias vermelhas, amarelas e laranja. Um barco verde. Céu azul. Há a fotografia que Felix tirou do *USS Constitution*, ao nascer do sol, o histórico navio de guerra em primeiro plano, a cidade moderna ao fundo, linhas pretas e prateadas contra um céu avermelhado. Por fim, uma xilogravura em preto e branco da linha do horizonte de Nova York, cidade natal de Felix, onde Katie nunca esteve. Suas paredes confortaram-na, proporcionando refúgio das paredes do seu quarto, das mentiras borradas e de uma fórmula mortal de DNA, das paredes invisíveis cercando e se fechando nela e em sua família, ameaçando esmagar a todos.

Está vivendo um filme de terror e um monstro pavoroso está em um rompante ataque de fúria, arrebentando a árvore da família O'Brien, arrancando seus galhos e os jogando no triturador. E a fera não ficará satisfeita até não restar nada além de um toco, a única prova da existência deles, a ser traçada pelo dedo enlutado de sua mãe, ao longo dos anéis concêntricos.

Primeiro a avó e o pai. Depois JJ. Agora Meghan. Meghan terá a doença de Huntington. Imagina Meghan com choreia, como o pai, incapaz de dançar, e isso despedaça Katie por dentro. Fecha os olhos, mas continua vendo Meghan com problemas de movimento e deseja que sua imaginação fique cega. Meghan vai morrer de doença de Huntington. Katie não consegue imaginar a vida sem ela. Não pode. Não vai.

Por três dias, refugiou-se na cama de Felix, aninhada sob um pesado cobertor de culpa e vergonha. Tem tratado o tempo como um produto comum e abundante, algo que poderia se dar ao luxo de gastar com desprezo. Sob o ciúme mesquinho da irmã mais velha, Katie tem uma admiração e um respeito sinceros que morre de vontade de expressar, mas não consegue. Por detrás da comparação e da competição constantes, existe a lembrança da amizade e fraternidade, das quais sente falta. Por muitos anos, Katie demonstrou, sobretudo, hostilidade e ressentimento em relação a Meghan. Mas por dentro, por debaixo da armadura que com tanta eficiência manteve-as distantes, existe amor.

Na verdade, durante anos, Katie desejou ser próxima da irmã, mas assumir a responsabilidade pelo seu papel na brecha entre elas, e ser a primeira a erguer a mão, pareceu muito intimidante. É uma baita de uma covarde. Em vez disso, adiou, satisfeita por permanecer no hábito familiar de invejar Meghan, acreditando na história inventada pela sua mente sobre a irmã que tinha tudo e a irmã que não tinha nada, fazendo o papel de antagônica e adversária da mais velha, a vítima. Deduziu que tinha a vida toda para consertar as coisas entre elas. Mas agora, como o pai e JJ, Meghan é positiva para Huntington

Está na hora de acabar com essa merda.

Hoje, Katie voltou ao mundo. Deu sua aula de Vinyasa das nove e meia, depois, assumiu a Hora do Poder de Andrea, ao meio-dia. A sensação de se mexer e de acompanhar o fluxo de um dia normal foi boa. A escuta dos sinais familiares e do movimento do asanas começaram a recompô-la.

Agora, está quase em casa, subindo as escadas para o seu apartamento. Cheira a tinta fresca. A porta do seu quarto está parcialmente aberta. Pela fresta, vê um pano sujo de tinta jogado no chão.

Abre a porta e para na soleira, perplexa. Meghan está lá parada, segurando uma Sharpie sem tampa. Vira o rosto para Katie. Está sorrindo.

As explosões negras e os 47 CAGs foram-se. Seu quarto foi repintado de um azul da cor de um ovo de pintarroxo, a cor preferida de Katie. Para sua surpresa, todas as citações voltaram às paredes, praticamente no mesmo lugar onde estavam, agora na caligrafia de Meghan.

— Não fique brava — diz Meghan.

— Como? — pergunta Katie. — Você pôs todas. Pôs todas de volta!

— Às vezes eu me sento na sua cama quando você não está em casa e leio as suas paredes. Fiz isso por um bom tempo, mesmo antes de tudo isso acontecer. As citações me ajudam e preciso muito delas agora. — Ela faz uma pausa. — Acho que você também. Por favor, não desista de mim.

Meghan vai até a irmã e a envolve em seus braços. Katie retribui, tomada de alívio, gratidão e amor. Seus corpos afastados encaixam-se com facilidade, o abraço é uma lembrança querida. Katie afasta-se e enxuga os olhos.

— Não vou. Prometo — diz Katie. — Sinto sua falta, Meg.

— Eu também sinto a sua.

— Eu não sabia que você dava valor, nem mesmo que notasse nada disso. Na verdade, pensei que você achasse minhas citações de ioga estúpidas.

— De onde você tirou isso?

— Sei lá. Vocês sempre tiram sarro de mim por causa dos sucos detox, dos cantos e das palavras em sânscrito.

— Quem caçoa de você é principalmente o JJ e o Patrick. É só uma brincadeira.

— É, mas vocês nunca foram a nenhuma das minhas aulas.

— Não pensei que você quisesse que eu fosse. Você nunca me convidou e deduzi que isso era um sinal de que você não me quisesse lá.

Katie esperava que Meghan aparecesse em uma de suas aulas e, como isso nunca aconteceu, concluiu que ela achasse que a ioga não fosse digna dela, que Katie não fosse digna dela. E todo esse tempo, Meg esperava um convite.

— Sem dúvida que eu quero que você vá — diz Katie.

— Então eu vou.

— Não que seja grande coisa. Minhas aulas não são exatamente *O Lago do Cisne*.

— É uma grande coisa. Você é uma professora de ioga. Isso é o máximo. Vou adorar fazer uma das suas aulas. Mas a única posição que eu conheço é a do dançarino. É bem possível que eu faça papel de boba.

Katie sacode a cabeça, sorrindo. Meghan nunca fez papel de boba. Ela pensa na doença de Huntington, em seu pai tropeçando, caindo, fazendo caretas, deixando cair coisas, parecendo um bobo para qualquer um que não saiba o que ele tem. O futuro de Meghan.

— Sinto muito, Meg.

— Tudo bem. Não é que eu vá morrer amanhã.

— Não. Eu sei. O que eu quis dizer é que eu sinto muito por ter sido uma cretina com você por tanto tempo.

— Ah, eu também.

— Queria não ter desperdiçado esses anos todos.

Com a Sharpie ainda na mão, Meghan volta para a parede e termina a citação que estava refazendo na chegada de Katie.

Ser amada profundamente por alguém lhe dá força,
Enquanto amar alguém profundamente lhe dá coragem.
—Lao Tzu

— Vamos começar a partir de hoje, ok?

Katie concorda

— Espere, o que é isso? — pergunta, apontando.

Continue lutando
—Departamento de Polícia de Boston

— É do papai — diz Meghan. — Tem algumas frases a mais.

Os olhos de Katie percorrem o perímetro do seu quarto, até pararem na parede logo acima do espelho. Ela ri e Meghan ri na mesma hora, em resposta, sabendo o que a irmã está lendo.

Esses demônios não sabem com quem estão lidando.
—Patrick O'Brien

E, então, tem uma da mãe. A citação mais comprida do quarto, escrita em cursiva acima da cabeceira da cama, onde a cadeia mortífera de CAGs estivera três dias antes. A oração de São Francisco:

Senhor, fazei-me instrumento de vossa paz;
Onde houver raiva, que eu leve o amor;
Onde houver ofensa, que eu leve o perdão;
Onde houver erro, que eu leve a verdade;
Onde houver dúvida, que eu leve a fé;
Onde houver desespero; que eu leve a esperança;
Onde houver trevas, que eu leve a luz;
E onde houver tristeza, que eu leve a alegria.
Ó Mestre, fazei que eu procure mais:
consolar, que ser consolado;
compreender, que ser compreendido;
amar, que ser amado.
Pois é dando que se recebe.
É perdoando que se é perdoado.
E é morrendo que se vive para a vida eterna.

— Obrigada, mãe — Katie murmura ao terminar de ler.

Está comovida com a sabedoria divina da prece, mas cinco palavras, em particular, cantam em coro no centro do seu coração: *Onde houver desespero, que eu leve a esperança.*

PARTE 3

A progressão da doença de Huntington, normalmente, leva de dez a 20 anos, e pode ser dividida em três estágios. Os sintomas do estágio inicial habitualmente incluem perda de coordenação, choreia, dificuldade de pensamento, depressão e irritabilidade. No estágio intermediário, as dificuldades de planejamento e raciocínio pioram, a choreia fica mais acentuada e a fala e a deglutição ficam comprometidas. No estágio terminal da doença, a pessoa afetada já não consegue andar, falar de maneira inteligível ou se mover com eficiência, além de depender completamente de terceiros para os cuidados e atividades rotineiros. A pessoa com doença de Huntington conserva a compreensão, a memória, e a consciência em todos os estágios. A morte é, em grande parte dos casos, causada por complicações da doença, tais como engasgo seguido de sufocamento, pneumonia, inanição e até mesmo suicídio.

Apesar do fato de a mutação genética, causa singular da doença, ser conhecida desde 1993, ainda não existem tratamentos efetivos que impeçam ou retardem sua progressão.

A doença de Huntington é comumente chamada de doença familiar. Considerando sua herança autossômica dominante e seu curso prolongado, os pais, irmãos, filhos e até netos dentro de uma mesma família podem passar por diferentes estágios da doença ao mesmo tempo. Com frequência, quando uma geração aproxima-se do estágio final, a geração seguinte começa.

Capítulo 20

O cheiro do jantar de domingo permeia o quarto deles. Joe não consegue decidir que cozido animal ou vegetal está detectando. Não é, de fato, um cheiro tentador, mas, seja como for, aciona sua fome. Para de perfil em frente ao espelho e dá uns tapinhas em seu estômago relaxado, agora reduzido à forma que costumava ter, temporariamente, quando o encolhia tanto quanto possível. Seus pneuzinhos e a barriga sumiram. A fisioterapeuta disse-lhe que ele precisa de quatro a cinco mil calorias por dia, para manter o peso. Até com permissão médica para comer todos os donuts e pizzas que quiser, está perdendo peso rapidamente. Os movimentos constantes queimam calorias.

Ele acabou de chegar em casa depois de um dia de trabalho. Ao mudar para roupas civis, tirou o cinto da arma e a calça, mas ficou preso dentro de sua camisa. Seus dedos estão inquietos, tocando Mozart em uma flauta invisível sobre os botões do uniforme, ignorando suas ordens, recusando-se a cooperar. Está concentrado nos dedos, como se procurasse enfiar uma linha na menor agulha do mundo, tentando tornar eficientes os polegares e indicadores nos botões simples, mas, por mais que se concentre, os dedos não param com aqueles tremeliques. Um calor começa a subir dentro dele. Joe prende o fôlego, perdendo a paciência, prestes a rasgar a maldita camisa ao meio.

— Joe! Jantar!

Foda-se. Trocará de roupa depois. Veste uma calça de moletom cinza e entra na cozinha.

A mesa está posta e todos estão à volta dela, menos Katie. A cadeira de Colleen está a uma distância considerável da mesa, abrindo espaço para sua enorme barriga de grávida. Seus pés inchados, enfiados em meias soquetes, estão erguidos sobre o colo de JJ. Parece que a pobrezinha vai explodir a qualquer minuto, mas o parto é esperado só para dezembro. Ela ainda precisa manter o pivetinho lá dentro por mais um mês.

Joe reza todos os dias para que o bebê nasça saudável. Dez dedos nos pés, dez nas mãos e nada de doença de Huntington. Mas depois que ele nascer, a decisão de saber seu status genético pertencerá à criança, não aos pais, e a idade mínima permitida para o teste é 18 anos. Assim, eles não vão saber se o bebê de JJ traz o gene da doença até ele ficar adulto, e só se ele ou ela quiser saber.

18 anos. Provavelmente Joe não estará mais *aqui*. E se estiver, provavelmente não estará vivendo no prédio da Cook Street, mas em uma casa de assistência e acolhimento. Seja como for, o mais certo é que nunca saiba o destino do neto. Será que essa maldita doença estenderá seus pérfidos tentáculos para a próxima geração inocente ou essa linhagem de doença de Huntington terminará em JJ? Todos os dias ele reza para que termine em JJ.

E Meghan. Deus do céu, está sendo difícil aceitar que ela também tenha esse monstro escondido em seu DNA. Meghan terá Huntington. Isso é uma ferida aberta nas entranhas de Joe que nenhuma cirurgia pode consertar e há momentos em que a dor é quase insuportável. Às vezes, reza em meio às lágrimas, para que ela dance até os 40 anos, sem um sinal da doença. Reza e tem esperança em relação a todos os filhos, e nos dias bons, acredita. Mas o futuro pesa sobre ele, sobre todos eles. E a culpa. É um milagre que Joe possa manter as costas retas com toda a culpa que carrega.

Rosie coloca um cesto com pão irlandês e um tablete de manteiga sobre a mesa.

— Nós vamos começar sem a Katie? — pergunta Meghan, enquanto arruma, ao redor do pescoço, o cachecol preto de lã.

— Ela tem um minuto — diz Rosie, intimidando o ponteiro de segundos do relógio.

Com um canudo, Joe dá um gole no que imagina ser água e se surpreende com o gosto gasoso e fresco de cerveja. Engole e olha para Patrick, que tem um sorriso enviesado. Joe pisca para ele e toma outro gole. Todos os outros na mesa receberam um copo daqueles de geleia cheio de água. Nada de cerveja até o jantar. O "copo" de Joe é de plástico opaco, com tampa e canudo, um de viagem da Dunkin' Donuts. Ele já derrubou, espirrou e até mesmo atirou, acidentalmente, inúmeros copos e canecas. Rosie cansou-se de juntar os cacos e não há dúvida de que, com o bebê por ali, ele não possa ficar arrebentando copos ou atirando café quente pelos ares. Assim, agora ele bebe tudo em um desses copos de plástico com tampa. Às vezes, a sensação é francamente humilhante, um homem adulto limitado a beber em um copo com canudo, mas agora ele está percebendo a vantagem. Cerveja antes do jantar.

Katie surge na entrada da cozinha, parecendo rígida e apavorada. Não está sozinha.

— Ei gente — diz, limpando a garganta. — Este aqui é o Felix. — Ela faz uma pausa. — Meu namorado. Felix, você conhece a Meghan. Estes são o JJ e a Colleen. Este é o Patrick. E minha mãe e meu pai.

Felix sorri e dá um alô geral. Troca um aperto de mãos com JJ e Patrick.

— Oi, sra. O'Brien. Sr. O'Brien.

Rosie sorri.

— Bem-vindo, Felix.

Joe levanta-se. Felix e ele trocam um aperto de mãos. Joe bate em seu ombro.

— Ei, Felix, que bom ver você de novo. Estou feliz que, finalmente, tenha vindo jantar — cumprimenta Joe.

— Vou buscar uma cadeira pra ele — diz Meghan.

— Espere aí, *de novo*? — pergunta Katie, a cabeça pendulando de Felix para o pai..

— Hum, sou seu pai e sou policial. Você acha que eu passo um segundo sem saber que alguém esteja entrando e saindo desse lugar nos últimos seis meses?

Katie cora e seus olhos perdem o rumo.

— Por que você não me contou que já conhecia o meu pai? — pergunta Katie a Felix.

Ele dá de ombros e sorri.

— Eu meio que estava esperando por este momento.

— Imagino que você tenha pesquisado os antecedentes dele — suspeita Katie.

— Claro! Ele está limpo — diz Joe. — Mas a gente vai ter que livrar ele desse troço de Yankees.

— Ela deve gostar muito de você, se está te trazendo pra jantar — diz JJ.

— Ou, então, está tentando te assustar — zomba Patrick.

— Ignore eles — diz Katie. — Felix trabalha na Biofuel.

— A gente sabe — diz Joe. — Nós dois pusemos tudo em dia, ultimamente.

— O quê? Como? — pergunta Katie, a voz aguda.

— A gente bate-papo quando levamos Yaz pra passear — diz Joe.

— Isso é alguma brincadeira?

— Às vezes acontece de eu estar na porta quando ele está saindo. Na maioria das vezes, de manhã bem cedo — diz Joe, divertindo-se com cada segundo disso.

Rosie pede que Felix se sente e lhe passa um prato. Ela agora finge estar à vontade, mas ficou possessa quando Joe lhe contou sobre Felix. Levou para o lado pessoal. Ensinou às duas meninas, de modo consciente e específico, o que buscar em um homem. Deveria ser um de fé, de boa família, ter um trabalho estável e, de preferência, morar em Charlestown. Joe observou que, na verdade, Felix é tudo isso, mas Rosie só desdenhou dele e entrou em ebulição.

Ele conhece o subtexto em miúdos do "marido adequado" da esposa. Ser um homem de fé só pode significar ser católico, de preferência um paroquiano da Igreja de São Francisco; ser de uma boa família significa ser irlandês; um trabalho estável significa trabalhar nos correios, no corpo de bombeiros, na polícia, no serviço de emergências médicas, no transporte público ou no aeroporto de Logan, e não em alguma corporação pretensiosa, da qual ela nunca ouviu falar. E morar em Charlestown significa ser nascido e criado em Charlestown. Townie e não Toonie.

Rosie se senta e faz a oração, agradecendo pela comida. Meghan passa uma cerveja para todos, com exceção de Colleen. O jantar de hoje é fiambre, batatas assadas, nabos e espinafre cozidos e salada. Joe pega o saleiro.

— Felix, você come carne? — pergunta Rosie, segurando a travessa de presunto.

— Como de tudo — diz Felix.

— Isso é o que você pensava até hoje — diz Patrick.

— Não seja confiante — diz Rosie, passando a travessa a Felix.

— Mãe, na semana que vem eu não venho jantar — diz Meghan. — São os ensaios do *Quebra-Nozes*.

— Ok. Felix, que tal a comida?

— Deliciosa, obrigado.

O fiambre está borrachudo, as batatas estão como pedras, o nabo está irreconhecível e o espinafre mais parece o que Joe escarra quando está resfriado do que um vegetal comestível. Esse rapaz é muitíssimo educado. E deve gostar mesmo de Katie.

— Logo teremos uma cadeira alta para o bebê aqui — diz JJ, seus ombros largos caídos e os cotovelos recolhidos de um jeito estranho à sua frente. — Como é que a gente vai caber na cozinha?

— Cabendo — diz Rosie.

— Como? — pergunta JJ.

— Cabendo — repete Rosie.

Joe concorda com JJ. Olha para Colleen e Felix. Está na hora de uma mudança, aqui.

— Estou pensando em derrubar aquela parede — diz Joe, feliz com a ideia de abrir espaço para sua família em expansão, uma cadeira alta à mesa, um cercado no canto, uma cadeira extra para o namorado da filha.

— O quê? — pergunta Rosie. — Você não vai fazer isso.

— Por que não? Eu poderia transformar aquela parede em um bar com um belo balcão de pedra, alguns banquinhos, aberto para o antigo quarto das meninas e fazer dele uma sala de jantar. Aposto que daria para dez pessoas se sentarem ali confortavelmente.

— Não.

— Você poderia... Aquele cômodo é muito maior do que este. Se a gente tirar toda aquela tralha de lá e...

— Você não vai fazer isso.

— Por que não?

— Derrubar a parede? Fazer um balcão de pedra? Ficou maluco? Você não sabe fazer nada disso. Vai gerar um enorme caos.

— Você é uma mulher de pouca fé.

— Mais do que você e sua vasta experiência.

É verdade, suas últimas tentativas de melhorar a casa não foram exatamente episódios do *Irmãos à obra*.

— Vou chamar o Donny pra ajudar. A gente podia substituir esses pisos velhos vagabundos e a bancada também.

— Estou disponível — oferece-se Felix. — Eu poderia ajudar.

— É, estou dentro, pai — diz JJ.

— Eu quero demolir a parede — diz Patrick.

Joe levanta seu copo com canudo e os quatro homens brindam à sua nova obra.

— Ninguém vai demolir nada — diz Rosie.

— Por que não, mãe? — pergunta Meghan. — Acho que ficaria incrível. E você não usa o nosso velho quarto pra nada.

Meghan tem razão. O antigo quarto das meninas é onde Rosie guarda os enfeites de Natal que não ficam fora o ano todo, caixas de roupas velhas e todo tipo de tralha. Eles poderiam esvaziá-lo, levar tudo para o porão, colocar em um armário ou até doar para quem precisa. Joe poderia derrubar a parede e dar a eles uma sala de jantar digna. A ideia o deixa animado. A cozinha está velha e obsoleta. Precisa ser reformada. É exatamente o tipo de projeto que ele precisa, algo grande, viril e significativo. Algo que evite que ele enlouqueça de vez, quando não puder mais trabalhar. Detesta encarar o fato, mas esse dia está chegando. As opções são derrubar a parede ou assistir aos vídeos que Rosie tem da Oprah o dia todo, todos os dias. Rosie vai ter que se render. Ele vai precisar de uma marreta.

— Podemos falar sobre isso depois — diz Rosie.

— Pai, você vai trabalhar mais um turno hoje à noite? — pergunta Patrick.

— Não.

— Por que você ainda está de uniforme?

Joe bate seu copo na mesa.

— Por que você não cuida da porra da sua vida?

Todos ficam mudos. Os estalidos dos talheres param. Patrick segura a cerveja a meio caminho e não se mexe. Katie arregala os olhos, sem piscar, o rosto abatido da cor das batatas assadas. Joe não olha para ninguém.

Um calor percorre-o. Por um leve momento, reconhece que sua reação foi desproporcional, sua raiva imprópria, que errou ao ser estúpido com Patrick e que deveria pedir desculpas, mas num lampejo todos os pensamentos razoáveis desaparecem, eviscerados por uma raiva fervente e gritante.

Ele empurra a cadeira para longe da mesa para se levantar, mas o empurrão é dramático e forte demais, e a cadeira cai na droga do chão de linóleo. Ao recuar, Joe, então, tropeça nas pernas da cadeira e, agora, tanto ela quanto ele estão no chão.

Uma risada de gozação escapa de Patrick, antes de ser abafada.

Agora, montado nas costas da humilhação, a raiva de Joe acelera. Ele se levanta, ergue a cadeira por duas pernas e a arrebenta de encontro ao chão. As pernas quebram-se e vários parafusos do encosto se soltam. Ele atira as pernas da cadeira no chão e sai em direção ao seu quarto.

Anda de um lado a outro, querendo gritar ou quebrar mais alguma coisa, arrancar os cabelos, arranhar-se ou jogar aquela imagem da Virgem Maria pela porra da janela. Anda de um lado para o outro, rezando para ninguém entrar, para ninguém que ele ama aparecer em frente à raiva fumegante que irrompe por ele e não lhe pertence. Está possuído, é um fantoche preso à mão sádica do demônio.

Enquanto anda de lá para cá, a raiva incandescente o consome, a tensão subindo, escaldante, pressionando cada molécula. Ele tem certeza de que explodirá caso a raiva não o deixe de alguma outra maneira. Anda mais, procurando um lugar seguro para descarregá-la.

Flagra seu reflexo no espelho. A camisa do seu uniforme. Agarra a camisa na região da cintura e consegue rasgá-la de uma vez, como se fosse Clark Kent quando é chamado para salvar o mundo. Os botões saltam e se espalham pelo assoalho de madeira. Ele se encara no espelho. Seu rosto está vermelho, os olhos parecem loucos. Ele está respirando rápido e com esforço pela boca, embaçando o espelho. Não existe um S do Superman em seu peito. Apenas um colete à prova de balas sobre a camiseta branca, cobrindo um homem comum.

Tira a camisa do uniforme, joga no chão, e se senta na cama. Está se acalmando. Sua respiração está ficando mais lenta, e ele pode sentir a vermelhidão deixando o seu rosto.

Rosie entra no quarto e se aproxima dele, como se estivesse colocando a ponta do pé na beirada da água em Revere Beach em maio. Eles se olham e depois ele desvia o olhar para o chão, parando-o em um botão.

— Doçura — diz Rosie. — Acabei de ligar para a dra. Hagler. Acho que precisamos aumentar a dose do Seroquel.

Joe suspira e contempla seu botão no chão. Enquanto policial, o autocontrole é vital para a segurança de todos. Todo policial que ele conhece é maníaco por controle. Não sabe se foi o trabalho que os deixou assim, ou se todos eles foram atraídos para a manutenção da ordem por já possuírem essa característica. Seja como for, policiais precisam estar no controle.

Joe está descontrolado. Cada vez mais, a doença de Huntington assume o comando e ele está sentado no banco de trás, algemado. Detesta comprimidos. *Detesta*. O Seroquel amortece seu temperamento tomado pela doença de Huntington, mas também amortece todo o resto. Ele se sente debilitado com esses comprimidos, como se o seu corpo estivesse mergulhado em melaço. Até seus pensamentos submergem além dos limites sem que ele consiga dragá-los de volta. Contudo, detesta ainda mais o fato de ficar sentado no banco de trás, impotente, sem conseguir forçar, sozinho, a doença para fora do banco do motorista.

— Boa ideia. Me desculpe, querida.

Rosie senta-se ao seu lado na cama.

— Tudo bem. Eu sei.

Ele se inclina na direção dela, que o recebe com um abraço. Ele beija o alto da sua cabeça e a abraça de volta. Ao segurar Rosie nos braços, sua respiração volta ao normal e qualquer resquício de raiva desaparece. Está de volta. Beija novamente a cabeça dela e aproveita seu abraço, grato pelo amor e pela paciência da esposa.

Mas Joe está preocupado. Sua doença vai piorar. O quanto de amor e paciência uma pessoa pode ter? Até uma santa, como Rosie, poderia não ter uma reserva tão grande para enfrentar aquilo, para aguentar essa loucura crescente durante anos. A certa altura, a dose de Seroquel não vai poder ser aumentada. Ele pode viver sem medicamentos que funcionem, mas não imagina uma vida neste mundo sem o amor e a paciência de Rose. Beija-a mais uma vez e reza para que ela tenha amor e paciência em quantidade suficiente.

Capítulo 21

O céu está nublado e a luz da manhã está turva. Joe e Katie passeiam com Yaz. Atualmente, passear com ele é mais uma expressão do que uma descrição da realidade. O cão está velho. Recentemente, perdeu a vitalidade no andar e não tem energia para subir as colinas íngremes de Charlestown. Então Katie leva-o no colo, enfiado na dobra do seu cotovelo, como uma bola de futebol peluda.

É quarta-feira e Joe está de folga. Katie só dá aula ao meio-dia. O ar gelado e úmido de novembro é impiedoso e indesejável contra a pele exposta do rosto e das mãos de Joe. Eles não viram ninguém correndo, nem mães empurrando carrinhos de bebês ou outras pessoas passeando com os cachorros. O Centro parece opressivamente quieto hoje e o clima melancólico e desanimado da vizinhança tomar conta de pai e filha. Eles não trocaram uma palavra desde que saíram porta afora.

Chegam ao Doherty Park e Katie coloca Yaz no chão. Ele fareja a grama, investiga os bancos vazios e urina no tronco de uma árvore. Murphy está sentado em seu lugar costumeiro, num banco distante, cercado por no mínimo uma dúzia de pombas reunidas aos seus pés.

— Ei, Prefeito — chama Joe. — O que há de novo?

— Nova York, Nova Jersey e Novo México.

Joe ri. Há anos bate papo com Murphy no parque e não sabe absolutamente nada a seu respeito. Mesmo assim, anseia por essas trocas divertidas, embora inconsequentes, e se conforta com sua presença consistente, um soldado em seu posto. Um dia desses, Joe passeará pelo parque e Murphy não estará aqui. Joe imagina as pombas reunidas sob o banco, esperando ansiosas, famintas e, depois, simplesmente indo embora, mudando-se para outro parque, devotadas a alguma outra alma bondosa com tempo e pão. Joe suspira, observando Yaz caminhar lentamente por uma pilha de folhas douradas e marrons. Aqui diariamente e, depois, um dia, sumidos, Murphy, Yaz, Joe, Katie. E as pombas estão pouco ligando para qualquer um deles.

— Ei — diz Joe a Katie. — Sinto muito por ter perdido a paciência na frente do Felix.

— Tudo bem.

— Aquele não era eu, de verdade.

— Eu sei, pai.

— Espero que ele não tenha se assustado.

— Não, é bom. Ele tinha que ver como são as coisas. Tinha que saber no que está se metendo.

Joe tem um lampejo da lembrança do corpo de sua mãe, esquelético, contorcido, amarrado a uma cadeira de rodas em seu quarto, no Tewksbury State Hospital, e se pergunta se a própria Katie sabe no que está se metendo.

— Ele parece ser um homem bom.

— Ele é.

— Gosto dele.

— Obrigada, papai. Eu, também.

Uma jovem caminha rapidamente em direção a eles, com seu cachorro na guia, um labrador preto. Parece fixada em Joe, seu propósito e sua trajetória dirigidos diretamente a ele, mas, quando chega perto o bastante para um contato visual, desvia o olhar. Seu cachorro muda de direção para conferir Joe e Katie na grama, abanando o rabo, enquanto cheira seus sapatos.

— Guinness, venha! — diz a mulher, puxando a guia.

Passa direto pelos dois, os olhos grudados no horizonte; não sorri, nem acena ou diz oi. Katie enrijece a postura, visivelmente na defensiva, constrangida, ou as duas coisas. Joe não pergunta.

Geralmente, ele, sozinho, não percebe sua choreia. É algo como bater uma caneta, balançar o pé, estalar as juntas dos dedos ou qualquer outro tipo de hábito físico irritante que as pessoas normais têm, do qual não tomam consciência até que alguém lhes peça para parar. Mas, na verdade, é mais do que simples alheamento. A dra. Hagler diz que ele tem algo chamado anosognosia, o que, até onde Joe entende, é apenas um termo médico elegante para "sem noção". Parece que, além da quantidade de sintomas que ele já tem, a doença de Huntington está se infiltrando em seu hemisfério direito, provocando anosognosia, roubando sua autoconsciência. Assim, ele não sabe que está se mexendo quando está se mexendo. Vê seus membros balançando e as contorções faciais pelo espelho dos olhares reservados e implacáveis dos estranhos. Então, ele se dá conta.

No início eles olham curiosos, tentando entendê-lo. Está bêbado? Mentalmente incapacitado? É inofensivo ou violento? É contagioso? Perturbado? Antes de se aproximarem demais, decidem que o melhor é desviar os olhos, fingir que não veem, à sua frente, a exibição revoltante de deficiência humana, e passam o mais rápido possível. Para o olhar ignorante ou nada afetivo, Joe é horripilante, inaceitável e, depois, invisível.

Joe pensa em JJ e Meghan, em estranhos e até amigos e vizinhos olhando para seus filhos com esse tipo de desprezo e repúdio, e isso faz com que ele queira se sentar ao lado de Murphy, no banco, e chorar. Foi isso que aconteceu com sua mãe. Todo mundo concluía que ela era uma bêbada. Ela de fato bebia, mas agora Joe acredita numa sucessão mais plausível de acontecimentos. Ingeria bebida para suportar o que estava lhe acontecendo sem sua permissão ou controle, para esconder as pavorosas mudanças em sua mente e em seu corpo, para as quais não tinha explicação, nem nome, para se anestesiar contra o julgamento cruel nos olhares dos vizinhos e o medo nos passos deles, ao se afastarem.

Ele suspira. Uma nuvem branca de vapor dissolve-se na manhã cinzenta. Katie olha para o chão com os braços cruzados.

— E aí, em que ponto você está no teste genético? — pergunta Joe.

— Fui às duas primeiras consultas, então posso voltar a qualquer hora para descobrir, mas não tenho certeza se quero saber.

Joe balança a cabeça, compreendendo. Ele também não tem certeza se quer saber. Enfia a mão direita em seu bolso da frente e encontra a mesma moeda que vem carregando desde o dia de São Patrício. Tem prestado atenção para não perdê-la, nem gastá-la. Gosta de ler o que está escrito sob o queixo de George Washington, como se fosse uma mensagem pessoal dirigida a ele: *In God We Trust*, Confiamos em Deus. O ano na moeda é 1982, o mesmo da morte da sua mãe. Segura o objeto todos os dias, esfrega-o entre o polegar e o indicador, e reza para que não haja mais Huntington. Patrick, Katie, o neto por nascer. Não mais. A moeda é seu símbolo supersticioso de esperança, mas sua necessidade de tocá-la e desejar menos de 36 CAGs tornou-se quase uma compulsão. Agora, esfrega a moeda escondida no bolso, lisa e gasta.

Por favor, Deus, chega de Huntington.

— Felix vai se mudar para Portland — diz Katie.

— No Maine?

— Em Oregon.

— Ah. Quando?

— Ainda não está certo. Provavelmente dentro dos próximos seis meses.

Seis meses. Joe olha para Murphy. Um dia aqui, no dia seguinte, foi-se.

— Você está pensando em ir com ele?

— Não sei. Talvez.

Joe acena com a cabeça, tentando entender o que isso significaria.

— Então, você moraria com ele lá?

Katie hesita.

— É.

Bom, isso não pode acontecer. Rosie já está um bagaço. Se Katie for para Portland com Felix, a mãe pode vir a ter um verdadeiro colapso nervoso. Já está convencida de que vai perder todo mundo. Seu marido tem Huntington e dois dos filhos são positivos para a doença. Patrick mal fica em casa. Tudo bem que Felix não seja um católico irlandês e pouco importa o que a vizinhança vá pensar; se Katie for embora, Joe tem suas dúvidas de que Rosie poderia suportar o vazio. Ela reclamaria se Katie se mudasse para Somerville, imagine para o outro lado do país. Portland seria o mesmo que uma cidade na lua. Seria como perder a filha, como uma morte. Com todas as perdas que Rosie anda enfrentando, a saída da filha de casa, para viver com um homem fora do casamento, criaria uma dor desnecessária, um sofrimento evitável que não precisa ser infligido.

Joe precisa convencer Katie a ficar, mas não sabe como abordá-la. Ser pai de uma menininha que agora é uma jovem mulher é uma transição esquisita. Um segundo atrás, Katie era uma gracinha, uma parceira desencanada de Meghan. Nessa época, era seu direito e sua responsabilidade dizer-lhe o que fazer. Escove os dentes. Vá para a cama. Faça a sua lição. Não fale assim com a sua mãe.

Não se mude para Portland com seu namorado.

Ele não tem certeza se ainda detém a autoridade para fazer esse tipo de proibição, sem se deparar com uma rebelião às claras. Vai ser preciso um toque mais suave.

— Ei, você sabe que eu gosto do Felix e sou totalmente a favor de experimentar os sapatos antes de comprá-los, mas também sabe que viver em pecado deixaria sua pobre mãe maluca.

— É, eu sei.

— E morar do outro lado do país, com tudo o que está acontecendo, sem ter você por perto... Não faz tanto tempo que você o conhece. Talvez desse pra ir um pouco mais devagar, primeiro experimentar as coisas à distância, um tempo pelo Skype, pelo Facebook ou qualquer outra coisa que vocês jovens usem.

— É, eu poderia, mas ele não quer um relacionamento à distância.

— Bom, não deixe que ele te pressione pra fazer uma coisa que você não queira.

— Não estou deixando. Não sei o que eu quero fazer.

Ela parece sufocada, como se estivesse indecisa em relação a muito mais coisas do que sua futura residência.

— O resultado do seu teste genético influenciaria a sua decisão?

— Não sei. Acho que é um dos motivos do meu medo de descobrir.

— Querida, sinto ter que te dizer isso, mas pelo bem da sua pobre mãe e da família, não acho que você deva ir com Felix pra Portland. Em todo caso, é sério demais, rápido demais. Simplesmente não é o momento certo, ok?

Katie abaixa a cabeça e brinca com as pulseiras em seu pulso, enquanto observa o chão. Justo quando Joe conclui que ela não escutou ou esqueceu sua pergunta, ela levanta o olhar.

— Ok.

— Obrigado, querida. Acho que assim é melhor para todo mundo. Se for pra dar certo entre você e o Felix, vocês vão dar um jeito.

Ela assente com a cabeça, o rosto sem expressão. Joe expira, sentindo-se como se tivesse acabado de desviar de uma bala. Foi razoavelmente fácil. Katie concordou e não ficou irritada e ele protegeu Rosie de mais lágrimas. E também está protegendo Katie. Viver com o namorado numa cidade desconhecida, onde ela não tem uma família, parece um projeto ruim, por qualquer lado que ele olhe, mesmo sem levar em conta a doença de Huntington. Ela só tem 21 anos. É jovem demais. Pensa consigo mesmo que Rosie e ele tinham 18 anos quando se casaram, mas era uma época diferente. Eles não se conhecem o suficiente. Joe e Rosie nem conhecem os pais dele. É arriscado demais. Katie já tem riscos demais com os quais lidar.

— Ouça, se você decidir que quer descobrir, sei que o orientador genético deve ter dito pra não me levar, mas se achar que é demais pro Felix, e não quiser ir sozinha, vou ficar feliz em te acompanhar, se me quiser lá.

— Obrigada, pai. Não acho que esteja pronta pra saber.

— Tudo bem. Se um dia você estiver, conte comigo — diz Joe, esfregando a moeda. — Rezo por você todos os dias.

— Obrigada, pai.

Joe tem aquela intuição de gênio nas entranhas, que vê a verdade anos-luz antes da cabeça. Não quer agourar nada, então não diz o que está pressentindo em voz alta, mas apostaria sua moeda da sorte e tudo o mais que possui que sua menininha está bem.

Por favor, Deus, chega.

Capítulo 22

O sono é uma trégua tranquila e abençoada da doença de Huntington. Quando Joe dorme, não há batidas involuntárias, agitações, contrações. Seu corpo passa a noite toda quieto, num estado normal de sono. Aparentemente, a choreia só faz seus números de sapateado quando existe plateia. Até o diabo dentro dele precisa de descanso.

Ele acorda com o alarme e abre os olhos para um novo dia. Sente-se descansado, revigorado, um quadro em branco. Antes de se livrar das cobertas, ainda é um jovem de 30 anos, pronto para enfrentar o dia e disposto a encarar o que der e vier. Cheio de disposição.

Então se levanta, e cada músculo do seu corpo parece rígido e tenso, repuxado vários centímetros. Curva-se na cintura, gemendo, esfregando a região lombar, e seu joelho direito recusa-se a se esticar. Ele se lembra que já passou dos quarenta. Vai mancando até o banheiro. Olha-se no espelho e tem, sem dúvida alguma, 44 anos. Pergunta-se como isso aconteceu. Então seus ombros estremecem sem instruções para tal e ele se lembra de que tem Huntington. Merda.

Analisa o reflexo do seu rosto matinal, os olhos congestionados, como se estivesse encontrando este homem pela primeira vez. Baixo, cabelos castanhos normais. Nenhum sinal de calvície. Rugas nos cantos dos olhos e vincos, como parênteses, ladeando cada canto da boca. Esfrega os pelos pretos, castanhos e brancos em seu queixo. Tem um queixo forte, como o do pai. A pele caída das pálpebras faz com que pareça sonolento, mesmo quando está acordado. Inclina-se mais para perto do espelho e olha bem no fundo dos seus próprios olhos. Azul, da cor do céu matinal. Os olhos da mãe.

Tem 44 anos e doença de Huntington. Toda manhã é a mesma rotina, a mesma revelação chocante e desanimadora. Suspira e sacode a cabeça para o pobre cretino no espelho. O pobre cretino no espelho também não consegue acreditar.

Joe foi designado para o terceiro turno, serviço noturno, e antes disso tem apenas uma tarefa a ser feita. Toma uma ducha, veste uma calça de moletom, um agasalho de moletom com capuz do Patriots sobre uma camiseta da polícia de Boston, um boné do Red Sox e tênis. Patrick ainda dorme, e Rosie já saiu para trabalhar.

Ela deixou o copo com canudo para ele na mesa da cozinha, além de um prato com ovos mexidos e bacon. Ele pega o copo e chupa pelo canudo. Seu café quente está gelado. Engole a coisa toda, ignora os ovos com bacon, abençoa-se com a água benta na porta da entrada e sai de casa.

Caminha até a Bunker Hill Street e atravessa em frente à Igreja de São Francisco, até o alto da escadaria de quarenta lances, a Forty Flights. Lê a placa, dedicada a Catherine e Martin O'Brien, nenhum parentesco.

PARA A MISSA EM SÃO FRANCISCO DE SALES
DIA E NOITE
A ESCADARIA DELES PARA O PARAÍSO,
A "FORTY FLIGHTS".

Joe para na beirada com as mãos no quadril, olhando os degraus íngremes de concreto até lá embaixo. É uma descida intimidante, mas não tão imponente quanto o termo errôneo sugere. Na verdade, são sete lances de dez degraus cada. Joe não faz ideia de como alguém concluiu que havia quarenta lances de escada a partir dos sete, ou dos dez, ou mesmo dos setenta. Os Townies não são conhecidos por sua competência em matemática.

Joe esfrega as mãos uma na outra, pronto para ir. Necessitando fazer algo construtivo com sua raiva e seu medo, tem corrido pelos degraus diariamente, desde que descobriu que Meghan é positiva. Faz isso por JJ e Meghan, para provar que pode, para exaurir o demônio dentro dele, para continuar lutando.

Corre para baixo e para cima, para baixo e para cima. Está subindo os sete lances pela terceira vez e sente uma pontada do lado. Seus pulmões parecem sacos cheios de cascalho. Corre escada abaixo e seus quadríceps estão queimando. Continua correndo para cima e para baixo, forçando os músculos, escoando a raiva do seu sangue.

É a sua sessão particular diária de treino pessoal. Concentração, equilíbrio, coordenação, força, controle. Está até prestando atenção na advertência imaginária de Colleen e Vivian, sua fisioterapeuta, deslizando a mão ao longo do corrimão preto de ferro, ao subir e descer, só por precaução. É óbvio que no Spaulding, ele fica num tapetinho azul macio e confortável, e todos os seus movimentos são supervisionados. Joe sabe que Colleen e Vivian não concordariam, de fato, com essa atividade, com ou sem corrimão. Rosie também não gostaria de saber disso. É ótimo que nenhuma delas saiba nada a respeito.

Ele prontamente concordaria que um escorregão aqui poderia ser um erro lamentável. Um tombo resultaria numa perna quebrada ou numa fratura nas costas, e qualquer que fosse o caso, o colocaria de cama por um bom tempo. Ou ele poderia cair e rachar a cabeça. Apagam-se as luzes. Fim do jogo. Não seria uma maneira ruim de partir, levando-se em conta as opções. *O policial Joseph O'Brien faleceu na Forty Flights, sua Escadaria para o Céu.* Isso tem um apelo sedutoramente poético.

Mas ele não vai cair. Dá-se conta disso. Apesar dos tiques involuntários que irrompem por todo o seu corpo enquanto corre, ele está no controle. Concentra-se na precisão de cada passo, mesmo quando se cansa, pressionando e levantando, cada pé descendo com uma batida no concreto, criando um som ritmado que ecoa pelo seu cerne, inspirando-o, animando-o, apesar do ardor sob as costelas e da exaustão nas pernas. Continue. Permaneça na luta.

Ele está cansado, respirando com dificuldade. Aproveita a atitude rebelde de Patrick. *Esses demônios não sabem com quem estão lidando*. Pensa em Katie e estende a respiração, juntando energia. Sobe mais um lance, depois outro, mantendo o ritmo para JJ e Meghan.

Lembra da mãe, amarrada à cadeira de rodas, de babador, sendo alimentada por uma enfermeira. Sua mente desatina com essa lembrança e com outras parecidas, mais rápidas e com mais força do que suas pernas subindo as escadas. Sua mãe grunhindo como um animal, incapaz de dizer palavras inteligíveis; sua mãe de capacete, enquanto uma enfermeira luta para colocá-la no vaso sanitário; sua mãe pesando quarenta quilos. Então, sua mente se torna um mágico por excelência e, abracadabra, todas as imagens da mãe são agora de Joe: Joe numa cadeira de rodas, Joe de babador e capacete, Joe sendo alimentado, banhado e colocado em um vaso sanitário, Incapaz de dizer a Rosie ou às crianças que as ama.

Este seu último pensamento impede o ar em seus pulmões. Sobe correndo o último lance de escada, incapaz de respirar, sua pulsação martelando no crânio como um tambor. Esse é o seu futuro. É para isso que ele está caminhando e não tem como fugir.

Mas ainda não, lembra a si mesmo. Hoje não. Seus pulmões insistem em pegar ar e o oxigênio entra, alimentando seus músculos famintos. Joe pede às suas pernas que bombeiem com mais força. Elas reagem. Ele não está em uma cadeira de rodas hoje. Está vivo e bem.

Um bando de meninos adolescentes se junta na parte inferior da escadaria, com suas caras de bandidos durões e a calça descendo abaixo da cueca. Joe jamais entenderá que virilidade existe em uma cueca. Esses garotos são uns sem noção. Olham para ele, provavelmente irritados por estar invadindo seu ponto de encontro e com repulsa por sua choreia, desejando que aquele velho esquisito e suado dê o fora das escadas. Joe sente uma pitada de constrangimento, mas a deixa de lado. Fará isso, não importa o que pareça, em frente a um bando de adolescentes vadios ou não. Pensa em perguntar a eles por que não estão na escola hoje, mas decide deixá-los em paz.

É uma manhã fria de dezembro, por volta de quatro graus, mas Joe está fervendo. Enxuga a testa, melada de suor. Decide fazer uma rápida parada depois de subir o próximo lance de escada, e tira seu blusão do Patriots. Está ofegante e se esforçando para subir cada degrau, quase lá. Então, o calcâneo do seu pé direito perde a beirada do próximo degrau e desliza para longe dele. Seu coração e os pulmões pulam e ficam suspensos, leves em seu peito. Está caindo. Antes que tenha a chance de pensar, sua mão procura o corrimão. De início o corrimão escorrega, depois firma, com um puxão violento em seu ombro, mas salvando seu corpo de cair de bruços no concreto, rolando pela Forty Flights.

Fica ali agarrado por alguns segundos, pendurado por um braço, deitado sobre o estômago, os pés estendidos vários degraus abaixo, esperando que a porra do seu coração se acalme. Solta o corrimão e gira, sentando-se no degrau. Olhando a extensão da escada, esfrega o ombro e conta. 35. Teria doído. Os adolescentes encaram-no com olhares indiferentes, apáticos, e não dizem nada.

Se Colleen, sua fisioterapeuta ou Rosie tivessem visto aquela pequena acrobacia não ficariam satisfeitas. Mas não viram e ele se segurou. Pode ser um velho decrépito com doença de Huntington, mas tem os reflexos de uma gazela. Ainda está na luta.

Uau, uau.

Joe se vira. Uma viatura está parada no topo da escadaria. Então ele vê Tommy em pé, no alto, olhando para ele com os braços cruzados sobre o peito.

— Está treinando pras Olimpíadas?

— Tô.

Tommy desce os degraus e se senta ao lado de Joe, que mantém o olhar à frente, além da base da escada, na Mead Street. Os garotos folgados foram embora. Devem ter ouvido a sirene e se mandado. Tommy suspira.

— Isso não é a coisa mais inteligente pra você fazer.

— É pra minha inscrição em Harvard.

— Não vou conseguir te convencer a não fazer isso.

— Não.

— Quer uma carona pra casa?

— Quero, cara. Obrigado.

Tommy estende a mão para Joe, e ele aceita. Há um momento extra no aperto que dão, antes de soltarem, uma troca muda de respeito e fraternidade. Ao chegarem ao alto da escadaria, Joe bate com os dedos na placa da Forty Flights, uma promessa de voltar amanhã.

Seguir em frente.

Continuar lutando.

Capítulo 23

É de manhã cedo, nem seis horas ainda. Joe está vestido e pronto, sentado em sua poltrona na sala, esperando Rosie e as meninas. Os blecautes ainda estão puxados, a sala escura, apenas com a luz da TV, sintonizada no canal de vendas. Rosie deve ter acordado no meio da noite mais uma vez. Ele gostaria de assistir ao noticiário, mas o controle remoto está na tábua de passar e Joe não tem ânimo para sair de onde está e buscá-lo. Duas mulheres com voz anasalada e aguda martelam seguidamente sobre o milagre dos protetores de móveis para pisos. Joe não mexeu uma peça do mobiliário nessa casa desde que se livrou dos berços um milhão de anos atrás, mas as mulheres convencem-no. Essa inovação é genial. E só custa 19,95 dólares. Está procurando seu celular nos bolsos, quando Katie chega.

Ela resmunga um oi sonolento e se atira no sofá. Está usando seu costumeiro uniforme: calça preta de ioga, botas forradas e um agasalho com capuz, mas tem algo de diferente nela. Seu rosto está limpo. Joe não se lembra de quando foi a última vez que viu sua garotinha sem maquiagem, especialmente ao redor dos olhos. Ela não concordaria, mas ele acha que fica melhor assim. Menos é mais. Ela tem uma beleza natural.

Gostaria de conversar com ela para descobrir o que há de novo, saber como ela está, mas, ultimamente, não consegue começar uma conversa. Espera que ela faça o primeiro arremesso, mas está com os olhos fechados. Sua respiração é comprida e regular, para dentro e para fora, o rosto plácido. Seus olhos permanecem fechados. Joe estuda-a e se pergunta se ela adormeceu. Talvez só não queira assistir ao Shoptime. Talvez só não queira olhar para o seu velho.

Droga. Os protetores se foram. Enquanto Joe observava Katie, o canal de vendas passou para o próximo item, um aparelho que dobra roupas. Ele não tem interesse nisso. Meghan continua no andar de cima e Rosie está no banheiro arrumando o cabelo, um processo complexo que Joe aprendeu que não pode ser apressado, nem ter algumas etapas eliminadas. Eles não sabem onde Patrick se meteu e não vão esperar por ele. Meghan surge, parecendo apressada, empacotada em um casaco preto acolchoado, chapéu preto e um cachecol branco felpudo, bolsa a tiracolo.

— Estamos prontos? Cadê a mamãe? — pergunta ela.

— Dois minutos! — grita Rosie do banheiro.

Meghan paira na soleira. Katie continua dormindo, meditando ou ignorando a todos. Rosie finalmente entra na sala, o cheiro químico do spray de cabelo chegando com ela como um tornado.

— Que cheiro é esse? — pergunta Rosie, o nariz franzido, detectando alguma coisa além do laquê.

Joe não tinha notado antes. Concentra-se diretamente em Yaz, deitado aos pés da cadeira de balanço de Rosie, em uma poça de diarreia.

— Merda — diz Joe.

— Olha o palavreado — observa Rosie.

— Só estou descrevendo o que estou vendo — diz Joe, apontando para Yaz.

— Que nojo! — exclama Meghan.

— Ai, de novo não — lamenta Rosie, retirando-se rapidamente para a cozinha.

Yaz não tinha um acidente dentro de casa desde filhote, até a semana anterior, ou por aí, e agora é um acontecimento diário. Ele ergue a cabeça e encontra os olhos de Joe, que poderia jurar que o cachorro está se desculpando. O cão volta a cabeça para o tapete, indefeso e envergonhado pelo que fez, cortando o coração de Joe.

Katie levanta-se e se agacha ao lado do cachorrinho.

— Pobrezinho.

Pega-o nas mãos com cuidado e o leva para a cozinha. Rosie volta com um vidro de Windex, papel toalha e uma lata de Lysol.

— Pelo menos não foi no sofá de novo — diz Rosie, limpando o chão.

Katie volta com Yaz embrulhado em uma toalha.

— O que faço com ele?

— Coloque-o na caminha dele e vamos embora — diz Rosie, vaporizando Lysol e abanando a mão no ar.

— Cadê o Pat? — pergunta Meghan.

— Não vamos esperar por ele — diz Rosie.

A mãe toca todos para a porta da frente. Parando no vestíbulo, atrás das meninas, Joe enfia os dedos na água benta sobre a imagem de Maria, e se benze. Rosie faz o mesmo, depois olha para o marido e sorri.

— Aqui vamos nós — diz Joe.

E eles saem para o hospital.

Eles saem do elevador no 14º andar do edifício Blake e um alívio palpável reaviva as passadas de Joe, à medida que ele segue pelo corredor atrás da esposa. Eles passam pela sala de espera onde pessoas estão encolhidas nas cadeiras, como se tivessem virado a noite toda ali. Apesar da aparência entorpecida dos seus habitantes, é uma sala à espera de comemoração. As pessoas sonolentas que lá estão dispõem de balões de Mylar, animais de pelúcia e vasos com flores alegres. Nem um pouco parecida com o portão para o inferno do sétimo andar do Wang Center.

Rosie para e Joe entra atrás dela em um quarto onde encontram JJ e Colleen sentados juntos, as costas retas, em uma cama hospitalar. E lá está ele, Joseph Francis O'Brien III, envolto em um cobertor branco, usando um dos dois mil gorrinhos verde-menta que a avó tricotou para ele, aninhado nos braços de Colleen.

Sem perder tempo, Rosie vai direto até o neto. Abraça e beija JJ e Colleen, mas está atrás é do bebê.

— Posso pegar ele? — pergunta ela. — Acabei de desinfetar as mãos.

— Claro — diz Colleen.

Com ele nos braços seu rosto se torna uma lembrança, um retrato da foto em que eles aparecem 20 anos atrás, uma expressão de alegria e amor descontraídos que Joe não vê há um bom tempo. Rosie retira o gorrinho do bebê e passa os dedos por sua cabecinha careca e um pouco cônica.

— Ele é perfeito — diz, com lágrimas nos olhos.

— Parabéns — celebra Katie. — Ele é muito fofo.

— Quero ser a próxima a pegá-lo — interfere Meghan. — Como está se sentindo, Colleen?

— Bem.

O rosto dela está sem maquiagem, inchado e congestionado. O cabelo está úmido junto ao couro cabeludo, a felicidade e a exaustão digladiando-se pelo destaque em seus olhos. Na verdade, ela ainda parece grávida, com uma saliência significativa no ventre apontando por debaixo dos lençóis, mas Joe não é idiota de tocar no assunto.

— Ela é uma heroína — diz JJ. — 16 horas de parto, 40 minutos de período expulsivo, sem remédio. Ela lacerou um pouco...

— Muita informação, JJ — diz Meghan, levantando a mão.

— Obrigado — agradece o pai de Colleen, que está sentado em uma cadeira perto da janela. — Eu não queria ouvir essa parte de novo.

— Desculpe, Bill — diz Joe, indo apertar a mão do pai de Colleen. — Não te vi aí.

— Sem problema. Tive três filhas. Estou acostumado a passar despercebido num quarto.

Joe ri.

— Que tal os dados do pequeno campeão aqui?

— Três quilos e quatrocentos e 53 centímetros — diz Colleen.

Joe fica parado ao lado de Rosie e analisa as pálpebras adormecidas e inchadas do neto, seu nariz redondo como um botão, os lábios delicados e franzidos, o queixo com covinha, o rosto rosado, a cabecinha careca e cônica. Na verdade, é uma coisinha feia e, mesmo assim, é a visão mais linda que Joe já viu.

Joseph Francis O'Brien. Um nome que agora passou por três gerações. Ao mesmo tempo em que explode de orgulho, Joe deseja que eles tivessem escolhido Colin, Brendan ou qualquer um dos outros belos nomes irlandeses que tinham na lista, não associados à Huntington. Ele espera que seu nome e uma caneca irlandesa horrorosa sejam as únicas coisas que o bebê herde dele.

Quando seus filhos nasceram, ele se lembra de pensar que cada um começava a vida com infinitas possibilidades. Cada bebê de cabecinha rosa era uma lousa em branco. Mas, agora, olha para o neto com apenas algumas horas de nascido e se pergunta se tudo já está traçado, os parâmetros pré-estabelecidos, seu futuro pré-determinado, escrito nas estrelas antes que o cordão seja cortado. Para a mãe de Joe, para ele próprio, para JJ e Meghan, a doença de Huntington era inevitável, predestinada antes que eles começassem a respirar. Quantas vezes essa história se repetirá? Uma sequência repetida de DNA provocando uma história de vida tragicamente repetida, gerações seguidas de gerações.

Nascimento. Doença de Huntington. Morte.

Começo. Meio. Fim.

Rosie desenrola o cobertor, revelando os pezinhos minúsculos do bebê e, enquanto beija seus dedinhos, Joe salta por toda a vida da criança, imaginando-o um homem com Huntington. Rosie volta a enrolar o bebê adormecido, feio e maravilhoso, depois, passa-o para os braços prontos de Meghan, enquanto Joe o imagina como um homem mirrado, ainda não um velho, morrendo sozinho numa cama de hospital sem ninguém para abraçá-lo.

No momento em que Rosie recoloca o gorrinho verde na cabeça disforme do bebê Joseph, Joe tenta adivinhar o número de CAGs sequenciais ali dentro, temendo pelo pior. *Por favor, Deus, faça com que ele não tenha o que eu passei para JJ.*

Ele respira fundo e sacode a cabeça, tentando se livrar da sensação avassaladora de destino, mas a coisa assumiu a atração gravitacional de um grande planeta. Deveria estar feliz. Olha ao redor do quarto. Todos estão sorrindo. Menos Joe e o bebê.

— Que foi, Joe? — pergunta Rosie, dando-lhe um cutucão.

— Nada — responde ele.

Ele precisa se livrar disso. Eles não estão amaldiçoados. A herança é aleatória. Sorte de merda. *Tenha sorte, bebezinho.* Rosie olha-o com desconfiança e irritação.

— Quer segurar ele, Joe? — pergunta Colleen.

— Não, obrigado.

Uma coisa é derrubar e quebrar uma jarra de cristal, um celular (já está no terceiro), muitas taças de vinho e muitos copos de geleia, mas jamais se perdoaria se deixasse seu neto recém-nascido cair. Manterá suas patas desajeitadas, comandadas pela doença, longe desse ser inocente e o curtirá a uma distância segura. Rosie e o pai de Colleen parecem aliviados com sua resposta. Joe repara que Bill olha-o com um olhar atento e preparado. Não o culpa nem um pouco. O instinto protetor de um avô. Um bom homem.

Patrick aparece trazendo um ursinho branco, um sorriso em seu rosto arrebentado.

— Nossa, Pat! — diz Meghan.

— Briga de bar. Você deveria ver os outros quatro caras.

Seu olho direito está fechado de inchaço. Abaixo do esquerdo, vem surgindo uma mistura de roxo e verde, e o lábio está aberto no canto.

— Seu lábio está sangrando — observa Katie.

— Estou bem. Parabéns — diz a Colleen, estendendo-lhe o ursinho. — Bom trabalho, irmão.

— Olhe pra você — aconselha Rosie. — Vai precisar de pontos.

— Estou bem — diz Patrick, tocando no cobertor do bebê, dando uma olhada.

— Você não pode chegar perto do bebê desse jeito — observa Rosie, batendo na mão de Patrick.

— Não vou sujar o bebê de sangue.

— Você já está no hospital. Vá para o pronto-atendimento — ordena Rosie.

— Mãe, não vou passar as próximas 20 horas no pronto-atendimento.

— Isso não vai se fechar sozinho. Não discuta comigo. Meg, vá com ele.

— Ah, por que eu tenho que ir com ele? — pergunta Meghan.

Ela beija a cabecinha do bebê e o aconchega em seu cachecol macio.

— Porque eu mandei — diz Rosie.

— Tudo bem — cede Meghan, passando o bebê para Katie. — Você é um saco, Pat.

— Estão vendo o que vocês vão ter que passar? — diz Rosie a Colleen e JJ.

Joe observa Patrick arrastando-se para fora do quarto, acompanhado pela irmã mais nova, e percebe que está na hora de ter uma conversa com o filho. Patrick raramente volta para casa depois do seu turno no bar e eles não fazem ideia de para onde ele vai. Não têm conhecimento de uma namorada. Por mais que Joe e Rosie não sejam fãs das suas noitadas e transas inconsequentes, esse comportamento não é tão extremado em Patrick. O problema são as brigas. No mês anterior, participou de várias, e isso é uma novidade. É possível que o problema do gene esteja afetando Patrick com uma contundência singular. Joe suspira.

A mãe e as irmãs de Colleen voltam da lanchonete trazendo bandejas de café. Há uma troca de abraços, cumprimentos e elogios. Xícaras de café são passadas para Bill e JJ. Agora, o quarto vira uma festa, barulhenta e lotada.

— Sinto muito, pessoal, mas estou bem cansada — diz Colleen. — Vocês se importam se eu e o Joey tirarmos uma soneca?

É óbvio que todos compreendem. Katie passa o bebê Joseph de volta para a mãe. As irmãs de Colleen combinam de voltar em uma hora. Joe beija a cabeça da nora.

— Você se saiu bem, querida.

— Obrigada, Joe.

Katie e Rosie decidem tomar o café da manhã na lanchonete. Joe e JJ começam a se dirigir para o prédio principal, para dar uma olhada em Patrick no pronto-atendimento, mas, em vez disso, JJ pede ao pai que vá com ele até lá fora por alguns minutos. Joe acompanha o filho para longe do hospital, até um banco onde os dois se sentam. JJ tira dois charutos do bolso do casaco e ergue as sobrancelhas, oferecendo um deles a Joe.

— Com certeza — diz o pai.

Joe não é fumante e, na verdade, detesta o gosto desagradável de um charuto, até dos que supostamente são de boa qualidade, mas nunca dispensou um convite para fumar um. Para ele, não se trata do charuto. Fumá-lo tem a ver com um vínculo, o equivalente masculino para fazer compras ou ir à manicure e pedicure. JJ o acende e eles continuam a conversa dando algumas baforadas.

— Tenho um filho — diz JJ, maravilhando-se com o som e a realidade das palavras.

— É, tem. Agora você é pai.

— Incrível, não é, papai?

— É.

— Você se lembra desse momento comigo, quando eu nasci?

— Lembro. O melhor dia da minha vida.

JJ coloca o tornozelo direito sobre o joelho esquerdo, passa o braço sobre o ombro do pai, e dá uma baforada do charuto por entre os dentes.

— Sabe, eu amo você e a mamãe. E o Pat, a Meg e a Katie. E amo a Colleen. Mas ainda nem conheço este bebê, e o amor — JJ limpa a garganta, e enxuga os olhos repentinamente molhados com as costas da mão — é maior. Agora, eu me jogaria na frente dos carros por ele. Não sabia que era possível haver algo maior.

Joe confirma com a cabeça.

— Isso é só o começo.

Até ele agarrar os seus dedos, sorrir pra você, dizer que te ama, chorar nos seus braços, fumar um charuto com você depois do nascimento do primeiro filho.

E um amor maior cresce dentro de Joe, afastando os medos avassaladores de cada coisa terrível que possa acontecer, abrindo espaço para tudo de magnífico que está acontecendo e pode acontecer. É só o começo e tem mais coisas na sequência do que a doença de Huntington. Ela será a morte de Joe, mas a sua vida e as vidas de JJ e Meghan, a vida desse maravilhoso bebê, qualquer que seja seu destino, tem a ver com um milhão de outras coisas não relacionadas à doença.

Joe dá uma baforada. Ele detesta o gosto amargo, mas adora a terna experiência, embebendo-se deste momento magnífico da vida de JJ. O nascimento do seu primeiro filho. Um filho. Neto de Joe.

E então, ele percebe. Este também é uma porra de um momento magnífico na sua vida. Bem aqui, neste banco, com seu filho, em uma fria manhã de dezembro em Boston. É uma prova de que até uma vida amaldiçoada com Huntington pode ser magnífica.

— É só o começo, JJ.

Capítulo 24

Faz menos dez graus lá fora. Isso não é temperatura aceitável. E o vento parece uma mulher irritada que não cala a boca — implacável, cáustico, fazendo uma situação já desconfortável chegar no limite do insuportável. Com o vento, a sensação térmica deve ser de menos 20 graus.

E a neve mal começou. Boston deve receber de 5 a 7 centímetros, o que não é o bastante para o cancelamento das aulas ou para liberar as crianças mais cedo, mas o suficiente para provocar vários acidentes de carro, como se as pessoas da cidade nunca tivessem lidado com essa merda. As pessoas de Boston não estão desacostumadas com as tempestades de inverno e as nevascas. Estamos na segunda semana de janeiro e eles já enfrentaram três grandes tempestades, cada uma delas despejando mais de 15 centímetros de neve na cidade. Dirija devagar ou, melhor ainda, fique fora das malditas ruas. Ninguém aprende. Os veículos derraparão um em cima do outro, deslizando pelas ruas estreitas e íngremes do Centro, ricocheteando de carros estacionados como fliperama. Os preferidos de Joe são os de brinquedo, como os da Fiat e da Smart, e os velhos caminhões tanques de tração traseira, ambos os tipos girando sem sair do lugar, encalhados na rua, bloqueando o trânsito.

Joe está parado no meio da rua, no cruzamento movimentado da Bunker Hill com a Tufts Street, designado para fazer a travessia dos estudantes da escola de ensino fundamental, substituindo o encarregado civil que serve como guarda de trânsito. Ele faltou por estar doente. Essa pessoa realmente poderia estar gripada. Um vírus incômodo andou varrendo a delegacia, derrubando por uma semana qualquer um que se engraçasse com ele. Mas Joe desconfia que esse civil, sentindo-se perfeitamente em forma, verificou a previsão do tempo para hoje de manhã e pensou: "Que se dane. Não me pagam o suficiente para ficar parado lá fora com esse tempo". Joe não tem certeza se não se trata também do seu caso.

Está usando seu casaco de policial mais pesado, sob um colete florescente verde-limão, quepe, luvas brancas e ceroulas debaixo de tudo, mas contra esse tipo de frio nada funciona. O ar se torna mil lâminas afiadas cortando seu rosto exposto. Seus olhos não param de lacrimejar e seu nariz corre sua própria maratona. Lágrimas congelaram entre os cílios, pingentes de gelo vão se acumulando em suas faces e um ranho incrustou-se em seu lábio superior. Jesus, até respirar dói. Cada tentativa de inspiração congela o revestimento dos seus pulmões, refrigerando-o de dentro para fora. Os dedos dos pés e das mãos estão entorpecidos. Ele é um bloco de carne congelada dirigindo o trânsito.

Aquecimento global é o caralho. Esses ursos polares deveriam se mudar para Boston Harbor.

As crianças à espera na calçada estão vestidas num sortimento colorido de gorros, luvas, casacos e botas, ligadas a mochilas impressas com super-heróis, princesas ou times de Boston, segurando as mãos enluvadas dos pais. Joe para o trânsito do rush da manhã, acenando para que as crianças e os pais trêmulos atravessem a rua o mais rápido possível. Normalmente, daria um simpático "Bom dia" para um ou outro, um sorriso para as crianças, e muitos "Tenha um bom dia". Os pais geralmente se adiantam, dizendo "Obrigado". Mas hoje o frio está de doer para uma conversa e ninguém diz nada.

Depois de acompanhar os filhos até a entrada da escola, um grupo de mães junta-se na calçada. Joe acena para que elas atravessem, mas quatro delas permanecem no meio-fio. Joe insiste com uma das mãos para que elas atravessem, segurando, com a outra, um impaciente motorista de ônibus escolar. "Vamos lá, senhoras."

Este não é o melhor dia para ficar de papo furado ou perdendo tempo ao ar livre. Elas olham para ele. Ele vê que elas estão olhando, mas elas não se mexem. Duas delas estão ao celular. As infelizes não podem andar e falar ao mesmo tempo. Joe desiste e libera o ônibus.

Uma viatura para com o luminoso aceso e estaciona em frente à escola. Tommy e Artie DeSario saem e se aproximam de Joe. Artie usa luvas brancas e um colete florescente verde-limão.

— Ei, Joe — diz Tommy. — O Artie vai ficar aqui no seu lugar. Entregue as chaves da viatura pra ele e venha comigo.

Artie evita os olhos de Joe. Está com o queixo travado e os pés afastados. Concentrado no trabalho. Os pais e as crianças ainda a caminho da escola interrompem sua corrida maluca para entrar no prédio. Joe sente os olhos das mães no meio-fio sobre ele, imaginando o que se passa. Joe também se pergunta. Faz o que lhe pedem, mas não gosta nem um pouco do jeito da coisa.

Entra na viatura. Tommy liga o motor, mas não vai a lugar algum. Joe deduz que eles irão para a delegacia a apenas dois quarteirões, mas não faz ideia do motivo. Espera que o parceiro diga alguma coisa, enquanto sua pele degela dentro do carro abençoadamente quente. Tommy olha pelo para-brisa, observando as crianças e os pais atravessando a rua, agora sob a supervisão de Artie. Ou talvez sua visão esteja se concentrando nos flocos de neve que batem no vidro, os limpadores jogando-os para o lado em intervalos de poucos segundos.

— O fato é que recebemos várias chamadas no 911 por causa de um policial bêbado organizando o trânsito.

Agora, Tommy olha para Joe, lamentando ser quem dá a notícia.

— Merda — diz Joe.

Sua choreia e a anosognosia. Movimentos involuntários, sem que perceba.

— É.

— Não é possível que fosse tão grave. Está uma porra de um frio lá fora, cara. Só estou me movimentando pra fazer o sangue circular e não deixar eu morrer congelado.

Tommy aperta os lábios e volta a olhar para o para-brisa.

— Não são apenas essas chamadas pro 911. Tem um montão de fofocas correndo pela delegacia.

— Como o quê?

— Drogas. Bebida. Alguma espécie de esgotamento nervoso.

Joe sacode a cabeça, rangendo os dentes, fervendo. Não fazia ideia de que as pessoas estivessem falando, mas não deveria ficar surpreso. Os policiais fofocam mais do que um maldito bando de velhas. Mesmo assim, não consegue acreditar que ninguém tenha tido peito, ou decência, para dizer alguma coisa na cara dele.

— Você sabe que eu te amo como se fosse meu irmão, cara. — Tommy faz uma pausa e tamborila na direção. — Mas acho que você chegou ao máximo que podia.

Não. Nem pensar. Por causa de um pouco de choreia, umas fofocas de merda e algumas ligações fajutas pro 911? Lá fora está fazendo um frio de merda como se fosse o monte Everest! Dê dez minutos ao Artie e ele estará dançando por lá, fazendo o que for para se manter aquecido. Você vai ver se em dez minutos o Artie não vai parecer chapado.

Uma raiva cintila no fundo de Joe, no tutano dos seus ossos, entrando em combustão rapidamente, ardendo por todo o corpo, consumindo-o traiçoeiramente. Foda-se, Tommy. É, eles concordaram que ele seria seu espelho e diria quando fosse chegada a hora de contar pra todo mundo na delegacia sobre a sua doença, mas Joe não achava que o amigo desistiria dele com tanta rapidez. Por causa de uma maldita travessia escolar. Nem em um milhão de anos Joe faria isso com ele. Tommy tem sido um irmão e agora se comporta feito o puto do Caim. Joe é Abel. Foda-se. Não precisa do apoio dele. Que se lixem também seus colegas da polícia. Pouco importa o que eles pensem. Não precisa de nenhum deles. Joe cerra os dentes e os punhos.

Ainda tem Donny. Ele e Donny se conhecem desde crianças, desde o começo. São Townies. Donny lhe dará cobertura até o final.

— Isso é uma puta de uma besteira — diz Joe, observando Artie pelo para-brisas, tentando usar o truque de Jedi para desequilibrá-lo, esperando testemunhar um estremeção de corpo inteiro, alguma coisa.

— Sinto muito, cara. O sargento McDonough está aí, vindo do A1. Está te esperando.

Tommy põe a viatura em movimento e Artie acena para que eles passem, seus pés plantados solidamente na rua, a luva branca e firme segurando as crianças e os pais na calçada, totalmente alheio ao frio. Não olha para Joe quando a viatura passa.

A A15 É UMA SUBDELEGACIA com uma equipe pequena e enxuta, normalmente sem supervisores. Quando Joe entra, vê-se cara a cara com o sargento Rick McDonough, que parece claramente puto por estar ali. Rick é supervisor de Joe há mais dez anos. Eles têm um relacionamento profissional decente, mas que não vai além disso. Joe sabe que ele é casado, tem dois filhos, mas não os conhece. Ninguém sabe grande coisa sobre a vida pessoal de Rick. É uma pessoa reservada, nunca se junta aos rapazes para uma cerveja depois do expediente. Ele pode ser um belo filho da puta quando se trata de comportamento e está extremamente preocupado com o que a mídia diz sobre eles.

Joe fica calado, acompanha Rick até uma sala, onde fecha a porta e os dois se sentam.

— Dá pra você me dizer por que tivemos que te tirar da travessia de uma escola? — pergunta Rick.

Ele observa Joe com seus olhos pequenos e cinzentos, ostentando com firmeza, em sua postura, paciência e autoridade. Seu estilo sempre foi objetivo, mas justo. Joe olha no rosto do seu chefe e a raiva que o percorria na viatura escoa, deixando-o vazio, completamente exposto, imobilizado, exausto demais para sair dessa. Pensa, desejando que antes pudesse ter uma conversa com Donny, verificando suas opções antes de abrir a boca.

Se não confessar que tem Huntington, se der de ombros e não apresentar nada a Rick, como seu chefe, ele ficará sem opção. Rick não vai varrer esse caso para debaixo do tapete. Vai seguir as regras. Vai mandar Joe para o Boston Medical Center para um exame de urina e o incidente irá para o prontuário de Joe. É claro que os resultados do exame de urina voltarão negativos para droga e álcool, assim, se Joe ficar de boca fechada, não perderá o emprego. Mas todo mundo saberá que ele foi tirado de uma travessia escolar. Se as fofocas já estavam correndo antes disso, agora sairão em disparada em direção à lua.

Joe remexe-se na cadeira. Seu olhar percorre a pequena sala sem janelas, ciente da porta fechada centímetros atrás dele. Os olhos de Ricky observam-no. "Acho que você chegou ao máximo que podia." Maldito Tommy, ele está certo. Rick continua esperando, sem ir a lugar algum, as mãos entrelaçadas sobre a mesa. Talvez seja melhor todos saberem. Talvez eles façam adaptações para ele. A situação ainda é viável. Talvez ele não perca o emprego. Sua vida. Joe suspira fundo pela boca, juntando coragem e alguma sorte que Deus queira colocar no seu caminho.

— Tenho doença de Huntington.

Passa-se um momento entre eles. Os olhos miúdos de Rick ficam inexpressivos. Joe enrijece.

— O que isso quer dizer?

Os dois estão prestes a descobrir.

Capítulo 25

No dia seguinte, mal passa do meio-dia e Joe está se permitindo uma quarta Guinness no Sullivan's. Dois homens e Kerry Perry estão tomando Budweiser, no bar junto à vitrine da frente, discutindo o Bruins. Os homens são Townies, sem dúvida, e Joe supõe que sejam frequentadores habituais, pela naturalidade que conversam com Jack, o proprietário, mas ele não os conhece. São mais jovens, provavelmente entraram na escola bem depois de ele ter se formado. Kerry tem a idade de Joe. Era uma das "gatas", uma *cheerleader* pela qual, a certa altura, todo garoto tinha uma queda. Joe teve uma atração não correspondida por ela, pouco antes de começar a sair com Rosie. Ela se divorciou duas vezes, tendo filhos com os dois maridos. Ainda está com tudo em cima, mas existe um toque vulgar em seus traços anteriormente doces, suaves, de menina, e uma agressividade em sua postura, como se lhe tivesse sido negado algo que a vida já lhe prometera. Kerry flagra o olhar de Joe, seus olhos carregados de maquiagem flertam com ele, convidando-o a se aproximar. Joe dirige-lhe um breve sorriso e, sem interesse por ela ou pelo Bruins, vai rapidamente para os fundos do bar, que está vazio.

Enfia-se na cadeira de uma mesa pouco iluminada, junto à parede de tijolos sob um pôster do Red Sox como campeão da World Series de 2004. Esperava que Varitek e Foulke fossem melhorar seu péssimo humor e eles poderiam ter levantado seu ânimo por aquele ínfimo momento em que ele se sentou, três cervejas atrás, mas o estímulo não vingou. Hoje, é impossível ele se sentir como um campeão ou ter a alegria inigualável daquela lembrança querida. Suga o líquido denso e espumante que sai da sua Guinness, um momento sublime que costuma saborear, mas assim como aconteceu com as três cervejas anteriores, não sente prazer.

A discussão sobre o Bruins está ficando exaltada, mais apaixonada do que violenta. Kerry intromete-se, sua voz um contralto estridente e choroso. Joe bebe sua Guinness, desejando que todos eles calassem a porra da boca.

Só Donny sabe que ele está aqui. Rosie pensa que ele saiu para trabalhar. Ele não lhe contou o que está havendo. Tommy e Donny sabem. Inferno, provavelmente toda a A1 e a A15 sabem. Um puta bando de exagerados. Mas a esposa não faz ideia. Não conseguiu contar a ela.

Rick deu-lhe uma licença até o médico do departamento consultar seus prontuários médicos, liberados ontem pela dra. Hagler. Joe tem uma sensação ruim e inabalável do que está por vir. Bebe vários goles da Guinness, pretendo ficar entorpecido.

Antes de mais nada, tem o Seroquel e a Tetrabenezina. Segundo a política e os procedimentos do departamento, Joe deveria relatar por escrito todo e qualquer medicamento prescrito que estivesse tomando. Portanto, aqui há uma violação, mas caso houvesse uma punição não passaria de um puxão de orelha. O que revolta seu estômago é a imagem desse médico lendo a lista de roupas sujas dos sintomas de Huntington, sintomas que facilmente batem com seu comportamento.

Perda de equilíbrio, destreza reduzida, choreia. E se Joe precisar recorrer a sua arma e sua mão contrair-se involuntariamente, apertando o gatilho, matando um civil ou um colega? E se perder o controle da viatura, acelerando-a repentinamente ou virando-a involuntariamente e atropelar um pedestre? Impulsividade, síndrome disexecutiva, o que significa que fica travado para raciocinar e resolver problemas complexos, e mudanças extremas de humor, às quais Rosie ainda se refere como seu "temperamento esquisito". Será que eles podem confiar que Joe permaneça em total controle, equilibrado, siga os procedimentos precisos na proteção de pessoas da cidade e no apoio aos colegas?

Não, não podem. O estômago enjoado de Joe se contrai. Ele dá mais um gole na Guinness. Não ajuda.

Então, qual será o significado disso? No melhor dos cenários, o médico provavelmente recomendará ao chefe de polícia que confisquem a arma de Joe fornecida pelo departamento. Ele será relegado a funções de escritório. Não poderá lidar com custodiados, nem com o público. Será banido das horas extras e das perícias. Ficará atendendo telefone e lidando com papelada. Será uma porra de um secretário. As funções de escritório normalmente são reservadas a policiais que sofreram ferimentos. É um cargo temporário, uma transição para o verdadeiro trabalho. Para Joe, será uma transição para o desligamento.

E as funções de escritório são seu melhor cenário, o que acontecerá se tiver sorte. No pior dos casos, pedirão a ele que entregue imediatamente o seu distintivo. Essa possibilidade revira seu estômago e ele engole diversas vezes, lutando contra a vontade repentina e constrangedora de vomitar. Perder sua arma de serviço e o distintivo agora. Isso o matará mais rápido do que a doença.

Joe engole o restante da cerveja, apesar dos protestos turbulentos do seu estômago. Volta para o bar, ignora os olhares de Kerry Perry e de seus amigos estúpidos. Pede um Glenfiddich sem gelo. De volta a seu assento, leva o copo até o nariz, depois aos lábios. O cheiro amanteigado. O sabor puro de turfa. Ainda nenhum prazer.

Donny aparece e escorrega para a mesa, de frente para Joe. Um paramédico, seu irmão em marrom, Donny está vestido para o trabalho.

— Está chegando ou saindo? — pergunta Joe.

Donny dá uma olhada no relógio.

— Vou pegar o terceiro turno, mas antes vou ver a minha mãe. Tenho um pouco de tempo. Você viu a Kerry Perry lá na frente?

— Vi.

— Ela ainda está em forma.

— É.

— E aí? O que está acontecendo aqui?

— Só estou bebendo um pouco.

— Você é fraco pra cacete pra bebida. Tomou mais do que um pouco.

— E daí?

Joe está cansado de tentar controlar tudo, de permanecer lutando. Foda-se. Inclina a cabeça para trás, esvazia o Glefiddich, e bate o copo vazio na mesa, como se fosse John Wayne. Leva cerca de um segundo para registrar a dor causticante que lacera a extensão da sua garganta. Cerra os dentes, trincando a queimação, determinado a não engasgar, nem arquejar.

— Tudo bem, valentão. Você não acha que já está bem difícil pra Rosie, tendo que lidar com a sua raiva, o surgimento dessa sua merda, se preocupar com o futuro dela e dos filhos, sem que você, além de tudo, volte pra casa de porre no meio do dia?

Joe escuta-o, mas sem querer escutar. As palavras de Donny flutuam para dentro e para fora da sua cabeça, que agora paira acima dele, um balão em um barbante.

— Eu entendo, OB — diz Donny. — Eu faria a mesma coisa. E você estaria aqui tentando meter um pouco de juízo na minha cabeça. A terapia de levantamento de copo não pode ser o seu plano. Seja qual for a decisão que chegue da delegacia, você não vai passar todos os dias caindo de bêbado no Sully's.

— É só hoje, puta que pariu.

— Ótimo, Fique pirado hoje. Mas só isso. Estou avisando. Esse não é o seu plano. Não vou buscá-lo bêbado pra cacete todos os dias.

Joe ri, mas depois não consegue se lembrar onde estava a graça e sente vontade de chorar. Esfrega o rosto com as mãos e suspira, tentando se recompor. Donny espera.

Ele olha para o amigo à sua frente, pretendendo ficar puto com ele por lhe dar ordens, mas não consegue. O careca com o nariz estourado e uniforme de paramédico de Boston também é o moleque do jardim da infância com cabelo escovinha e a camiseta do Incrível Hulk. É o colega leal que jogava na posição de interbase na Little League, de armador no basquete e de ala esquerda no hóquei, que pulava a cerca da igreja com ele e cabulava a confissão aos sábados, que também gostava de Rosie na escola, mas se afastou para que Joe pudesse ter uma chance. Olha para Donny, um homem feito, respeitável, sentado à sua frente no Sully's, e se lembra do espaguete e das almôndegas em sua casa nas noites de quarta-feira durante anos; inúmeros desfiles caindo de bêbados no Bunker Hill Day, parado ao seu lado no dia do seu casamento e acompanhando seu divórcio, assistindo juntos ao crescimento dos filhos.

— Pro que você acha que eu estou olhando? — pergunta Joe.

— Além do meu rosto lindo? Trabalho de escritório, provavelmente. Não acho que eles vão te demitir logo de cara.

Joe concorda com a cabeça, satisfeito por seu amigo não usar luvas de pelica, ainda ansioso por alguma outra possibilidade.

— Quanto tempo você tem de licença médica? — pergunta Donny.

— Uns dez meses.

— Quantos anos você já trabalhou até agora? — Donny conta nos dedos. — 24?

— Quase 25.

— Quanto você teria de pensão?

— Não sei.

— Se for para o escritório, pode sair por invalidez?

— Não sei.

— Tá bom, cara. Você precisa verificar essa merda. E agora. Está na hora de fazer um plano. Você tem que fazer, antes que eles façam pra você.

Joe concorda.

— E, com certeza, o plano não é esse — Donny diz, apontando o copo vazio de Joe.

— Tudo bem, tudo bem. O maldito cavalo está morto.

— Quer conversar com o meu menino, o Chris?

— O advogado?

— É.

Joe acena com a cabeça .

— Quero. Me passa o número.

Donny checa seu relógio.

— Preciso ir. — Ele suspira. — Esta época do ano é brutal. Ontem, tivemos três suicídios. Quer uma carona pra casa?

— Não, vou ficar mais um pouco, depois eu vou.

— Deixe eu te levar pra casa.

— Vá. Estou bem.

— Se eu voltar e você ainda estiver aqui, chuto a sua bunda murcha.

Joe ri.

— Ainda dou conta de você.

Donny se levanta e dá um tapa no ombro de Joe.

— Vá pra casa, pra Rosie. Dou uma passada de manhã.

— Eu vou. A gente se vê, cara.

Donny sai e Joe fica novamente sozinho. Embora a companhia do amigo fosse confortante, ele também confirmou seus piores medos. Eles vão tirar sua arma. Por fim, senão imediatamente, vão tirar seu distintivo. Joe toca na arma em sua coxa, com a base da mão direita, e depois coloca a mesma mão sobre o peito, em sua camisa de civil, onde estaria seu distintivo, caso estivesse de uniforme. A ideia de perder um dos dois é como encarar a retirada cirúrgica de um órgão vital. Tirar a sua arma é cortar fora seus colhões. Perder seu distintivo é extrair seu coração.

Pensa no que está perdendo hoje, no serviço de patrulha, o que perderá amanhã, na próxima semana, no próximo ano. Ficar de pé por oito horas ao ar livre, em temperaturas congelantes ou sufocantes, levar um tiro, perder os jogos finais do campeonato dos seus amados times, perder os feriados com a família, lidar com drogados e assassinos mentirosos, e todo o tipo de piração de merda, ser desprezado justo pelas pessoas pelas quais está arriscando seu próprio bem-estar para proteger. Quem não gostaria de pôr um fim nisso? Joe. Joe não gostaria. Se quisesse um trabalho de escritório, seguro, com temperatura controlada, seria um contador.

É um policial. Nunca desiste. Continua lutando. A Academia de Polícia de Boston instilou esses princípios em cada fibra do seu ser. Entregar sua arma e o distintivo é desistir, virar as costas a quem ele é. Joe fecha os olhos e cada um dos seus pensamentos encontra um lugar ao lado da palavra *fracasso*. Está fracassando com seus colegas policiais, com a sua cidade, sua esposa, seus filhos, ele mesmo. Sem sua arma e seu distintivo, só ocupará espaço, será um saco de pele e ossos aos tropeços, causando a todos muita dor de cabeça até apodrecer num caixão.

Esse nunca foi o seu plano. Seu plano era trabalhar 35 anos e se aposentar jovem, ainda aos 55, levar a boa vida que conquistou com Rosie, aproveitar os netos, receber uma aposentadoria integral que cuidasse dos dois e, depois que ele se fosse, cuidasse da velhice de Rosie. Não pode ir até os 55. Nem mesmo perto. Receberá uma aposentadoria parcial, talvez alguma por invalidez, talvez não. Esgotará seu afastamento por doença e qualquer licença que seus colegas da polícia puderem, generosamente, lhe conceder. E então? Rosie ainda será jovem sem ninguém para sustentá-la. E as futuras despesas médicas de Joe podem lhes levar tudo.

Não quer ir para casa e contar a Rosie o que está acontecendo. Não quer levar para o mundo dela mais uma má notícia. Não suporta ser o motivo da sua dor. E seus filhos estão passando por um inferno perverso e inimaginável por causa disso. Passou a vida protegendo a cidade de Boston e sua própria existência colocou seus próprios filhos em perigo. A não ser que a ciência médica surja com algo rapidamente, JJ e Meghan morrerão jovens por sua causa. A luz no espírito de Joe diminui cada vez que a realidade entra em sua consciência, matando-o um pouquinho por dia.

"Esta época do ano é brutal." Joe sabe exatamente ao que Donny se refere. É janeiro, logo depois do período de festas. Para a maioria das pessoas, é uma época de reunir a família, trocar presentes, celebrar. Para outros, a época é de uma depressão insuportável. Os dias são frios e por volta das 16h30 já está escuro. Joe e Donny atenderam a muitos suicídios ao longo dos anos, e o inverno é, lamentavelmente, a estação mais popular. Joe não sentirá falta dessa parte do trabalho. A descoberta dos corpos. Às vezes, partes deles. Uma overdose de heroína em um adolescente. Uma mãe engole um vidro de comprimidos controlados. Um pai salta da Tobin. Um policial "come" sua arma.

Era desta última maneira que ele faria, se planejasse se suicidar.

Capítulo 26

Joe e Rosie estão sentados no escritório de advocacia de Christopher Cannistraro, esperando-o sair do telefone. Chris é um "famoso caçador de ambulâncias", um advogado que vai ao encalço de vítimas de acidentes para oferecer seus serviços. Mas ele também mexe com imóveis, família, invalidez. Conseguiu um desses comerciais fuleiros que saturam na programação diurna da TV, um close em seu rosto brilhante, o cabelo preto besuntado de gel, olhando diretamente para a câmera, prometendo lutar caso você, ou qualquer um que você conheça, tenha se machucado em um acidente. Joe imagina que ele pretendia soar sincero e determinado, um nobre herói dos injustiçados, mas, em sua opinião, ele se saiu como um hipócrita.

Contudo, Joe jamais iria a um advogado que nunca tivesse visto. Com exceção dos promotores públicos, os advogados, como categoria, deixavam-no inquieto. Os promotores estão do mesmo lado da polícia, então, de acordo com Joe, tudo bem. O restante lhe parece ganancioso, uns vigaristas persuasivos, na melhor das hipóteses. Os piores são os defensores públicos. Joe sabe que eles são um dente de engrenagem necessário na roda da justiça, mas isso não impede que seu sangue ferva cada vez que soltam algum traste baseados em uma tecnicalidade ridícula, quando qualquer pessoa com um mínimo de cérebro sabe que o cara é culpado. Todo o trabalho policial desperdiçado porque um advogado, com uma bússola moral distorcida e um terno barato, acha que é estrela da porra do *Lei & Ordem*. Honestamente, Joe não sabe como eles dormem à noite.

Mas Chris não é um defensor público. Ele e Donny conheceram-se no Wonderland, costumavam apostar em cachorros, e comemoravam qualquer vitória juntos com uma pizza no Santarpio's.

Chris ajudou Donny em seu divórcio, conseguiu-lhe guarda compartilhada, e impediu que fosse financeiramente violentado pela ex-esposa. Se Donny confia nele, isso está bom demais para Joe. Não precisa de uma segunda opinião.

A mesa de Chris está entulhada com tantas pilhas de pastas de arquivo, que Joe só consegue vê-lo do ombro para cima. Veste terno cinza, camisa branca e gravata azul. Um lápis acha-se equilibrado em sua orelha direita e ele lê algo na tela do seu desktop grande e ultrapassado, enquanto ouve e solta uns "é" e "aham" para quem quer que esteja do outro lado da linha. A estante ao lado de Joe está lotada de manuais impressionantes. Ele especula se Chris terá lido alguns deles ou se só estão lá para impressionar. Desconfia que a segunda alternativa seja a correta.

Joe dá uma olhada no relógio e Chirs percebe. Ergue seu indicador e faz a pessoa do outro lado da linha perceber que precisa desligar.

— Me desculpem — diz, levantando-se e estendendo a mão para Rosie e, depois, para Joe.

— Tudo bem — diz Joe. — Obrigado por nos receber.

Chris puxa uma pasta do alto de uma das pilhas e folheia os papéis lá dentro. Depois, fecha a pasta, devolve-a para o alto da pilha, tamborila os dedos na mesa, como se tocasse acordes em um piano, um prelúdio musical silencioso.

— Ok — diz, finalmente. — Esta não é a minha especialidade, mas juro que fiz minha lição de casa e verifiquei todas as suas opções. Aqui está o que você procura. Você trabalha há 25 anos. Agora, está fazendo serviço interno. Não sei quanto tempo mais pode continuar na ativa, mas precisa sair *antes* que eles te demitam. Nunca é demais reforçar isso. Se você for demitido, não vai receber nada. E, sim, agora temos a GINA, e poderíamos processar eles, mas você não vai querer gastar o tempo que te resta encontrando-se comigo.

GINA, como era conhecida a Lei de Não-Discriminação de Informação Genética, torna ilegal os empregadores demitirem um empregado com base na informação genética. Mas é claro que ainda é legal um empregador demitir alguém que não consiga realizar seu trabalho com segurança e eficiência.

— Não, não vou. Sem querer ofender — diz Joe.

— Ei, na maioria dos dias, eu também não quero passar um tempo comigo. Então, saia antes que o despeçam.

Joe faz que sim com a cabeça.

— Antes, use seu tempo de licença médica. Quanto você tem?

— Dez meses. Provavelmente, consigo mais com os meus colegas policiais.

— Então, você sai por Aposentadoria por Invalidez Comum. Vai ganhar uma pensão de trinta por cento.

— *Trinta*? Só isso?

— Acho que sim.

Joe olha para Rosie, que está de boca aberta sem falar nada, o rosto lívido. Desconfia que a mesma expressão idiota está refletida nele. A aposentadoria integral é de oitenta por cento. Eles mal conseguem dar conta com o que ele traz agora para casa. Há um ano não tem aumento. Trinta por cento. Como é que Rosie vai viver com isso? Tinha deduzido que não conseguiria uma pensão integral, mas esperava mais do que isso. 25 anos de sacrifício e trabalho e só consegue miseráveis trinta por cento. Joe não sabe se chora ou joga o livro jurídico mais pesado da estante na cabeça besuntada de Chris.

— Aí é foda! — diz.

— Eu te entendo. Infelizmente, não é a pior parte. Aqui vai a surpresa. Considerando o que o espera em relação à saúde e deduzindo que você precisará de um centro de assistência, toda a sua aposentadoria, por menor que seja, acabará indo para uma casa de repouso ou para o estado, caso você vá para um hospital estadual. — Chis faz uma pausa. — *Se* você continuar casado.

Ele tamborila novamente os dedos na mesa, as teclas invisíveis do piano ressoando um interlúdio musical de crescente suspense, e espera. Joe coça o rosto com a barba por fazer e esfrega os olhos. Refaz na cabeça o que Chris acabou de dizer, tentando realizar que parte é mais incompreensível.

— O que você está dizendo? — pergunta.

— Estou dizendo que a única maneira de você impedir que sua pensão de trinta por cento seja entregue a cuidados de enfermagem ou ao estado é se divorciando. Você precisa assinar a transferência total da sua pensão a Rosie e também passar para ela a casa e quaisquer outros bens. Basicamente, temos que deixá-lo sem nada, e Rosie com tudo. Caso contrário, o dinheiro vai sumir. Eles vão pegar tudo.

Joe e Rosie ficam num silêncio horrorizado. Ele pensava que estavam vindo para essa reunião de olhos abertos, preparados para qualquer possibilidade, preparados para tomar algumas decisões legais difíceis em relação a seu futuro. Invalidez. Procuração. Testamento vital. Alimentação por sonda. ONR — Ordem de Não Reanimação. Mas não previu isso. Nem por um segundo. Sente-se completamente despreparado, como se estivesse prestando atenção num trem programado para chegar pela via leste e eles tivessem sido aniquilados pelo cargueiro que ia para oeste e que nem tinham visto chegando.

— Não — diz Rosie, com os braços cruzados. — Não vamos fazer isso. Não podemos nos divorciar. Tem que haver outro jeito.

Joe leva um tempo para processar essa nova informação, um cenário que jamais tinha considerado, mas que deveria.

Concorda intimamente. Não existe qualquer justiça nisso, mas é a coisa certa a ser feita. Não vai levar Rosie para o buraco com ele. Se o divórcio é uma maneira de protegê-la e garantir seu sustento, por mais injusto e fodido que seja, vai se divorciar. Recusa-se a deixá-la viúva e, ainda por cima, falida.

— É só um papel, querida.

— Você ficou maluco? Não. É completamente ridículo. E é pecado. Meus pais se revirariam nas tumbas.

— Não seria verdadeiro dentro dos nossos corações ou aos olhos de Deus. Acho que precisamos escutar o Chris agora.

— Nem pensar. Não vou me divorciar de você, Joe. Isso tudo é uma maluquice. Acho que deveríamos conversar com mais alguém. Esse cara não sabe o que está fazendo.

Joe olha para Chris, pronto para se desculpar pelo comentário ofensivo de Rosie, mas ele está imperturbável. Provavelmente já ouviu coisa muito pior.

— Chris, podemos conversar um minuto a sós? — pede Joe.

— Claro.

Chris verifica alguma coisa na tela do seu computador, depois gira sua cadeira, levanta-se e sai da sala, fechando a porta à sua passagem.

— Rosie, não é de verdade. É só um pedaço de papel. Não significa nada. — Joe ouve a si mesmo e, subitamente, se torna um advogado de defesa, discutindo tecnicalidades.

— Nossa certidão de casamento não é um pedaço de papel. Significa alguma coisa — diz Rosie, a voz tomada por medo e raiva.

— Rosie, acordar ao seu lado todos os dias por 26 anos significa alguma coisa. Criar nossos quatro lindos filhos significa alguma coisa. Dizer eu te amo todos os dias, enquanto eu ainda puder falar, significa alguma coisa. Um pedaço de papel só te protege.

Mantém o dinheiro que ganhei pra nós no seu bolso e não no do estado. Não significa nada em relação a mim e você.

Ele não pode proteger JJ e Meghan. Não pode mudar o que for acontecer a Patrick e Katie. Mas pode fazer isso por Rosie, sua noiva incrível, que merece muito mais do que trinta por cento e um divórcio de um marido com Huntington. Ninguém merece um marido com Huntington.

Joe olha para suas mãos, para sua aliança de 35 dólares, a coisa mais valiosa que possui. Eles podem tirar o casamento no papel, mas não podem tirar a aliança. Primeiro, teriam que serrá-la do seu dedo gelado e morto. Levanta a mão esquerda e, com o polegar, bate em sua simples aliança. Pega a mão esquerda de Rosie e a segura na sua.

— Elas permanecem. Deus entenderá, Rosie. Não é um pecado. O maior pecado seria perder a pensão, a casa e tudo mais para essa doença. E te deixar sozinha, sem nada para cuidar de você.

Lágrimas escorrem pelo rosto de Rosie. Ela olha nos olhos de Joe, procurando um caminho que a tire desse canto escuro onde está sendo forçada a entrar. Joe aperta sua mão, um gesto para assegurar que está nesse canto com ela. Ela aperta de volta, segurando com força.

— Tudo bem — sussurra.

— Tudo bem — sussurra ele de volta, encostando a testa na dela. Uma versão perversa do *Sim*, no casamento.

Depois de vários minutos de silêncio, ouve-se uma batida delicada na porta e, depois, a abertura de uma fresta.

— Vocês precisam de mais tempo? — pergunta Chris.

— Não — responde Joe. — Não, estamos acertados.

Chris volta para sua cadeira, batuca os dedos na mesa, e espera.

— Tudo bem — diz Joe. — A gente vai se divorciar.

— Sinto muito mesmo por não ter uma notícia melhor pra dar pra vocês, mas acho que é a decisão mais inteligente. Vou redigir os papéis agora mesmo.

— E aí, o que acontece? — pergunta Joe.

— Vocês dois assinam. Marcaremos um dia na corte. Não é comum, mas é algo incontestável. Se o juiz tiver alguma pergunta, eu explico que você tem uma doença terminal. Vai passar. Vocês estarão legalmente divorciados em — Chris folheia as páginas da sua agenda — três meses.

Vinte e seis anos. Desfeitos por duas assinaturas e três meses. Joe esfrega o queixo, afundando as pontas dos dedos na pele áspera do rosto, lembrando a si mesmo que ele é real, que essa decisão tem a ver com Rosie e ele, e não com algum outro pobre coitado e sua adorável esposa. É a coisa certa a fazer. E não significa nada.

Quando se levanta para pegar para Rosie a caixa de lenços de papel ao lado da estante, suas pernas fraquejam, incapazes de suportar seu peso vertical, como se ele já não tivesse ossos, e ele se agarra na beirada da mesa de Chris, segurando-se para não cair. Ainda que a Huntington seja o motivo de eles estarem nessa sala, Joe sente-se embaraçado por estar tão exposto, tão vulnerável fisicamente em frente a Chris, por ser o tipo de homem que não tem capacidade de manter o emprego, nem a esposa, que nem consegue se manter sobre os próprios pés.

Então, ele percebe. Concordar em assinar os papéis do divórcio significa alguma coisa. Concordar em se divorciar de Rosie significa que está concordando com a doença. Com tudo dela. Eles estão se preparando para a última parte dessa fera. Fase final. A morte de Joe. A realidade absoluta do seu futuro sombrio é uma tábua de 4x5cm no peito e uma bota com biqueira de aço na virilha. Agora, a negação deixou o prédio.

Sua arma de serviço. Seu trabalho. Sua esposa. Sua família. Sua vida. Vai perder tudo.

Sem fôlego, com seu lamentável coração parecendo pesado e inútil, quer se entregar, escorregar sozinho para dentro de um buraco viscoso de derrota. Mas, então, Rosie está em pé ao lado dele, o rosto ainda molhado de lágrimas, segurando seu braço. Está estabilizando-o, assegurando-lhe que não está sozinho, e os ossos voltam a se empilhar nas pernas de Joe, seu coração toma consciência.

O divórcio deles significa alguma coisa, mas não tudo. A doença de Huntington levará sua arma, seu trabalho, sua dignidade, sua capacidade de andar, suas palavras, sua vida. Acabará levando JJ e Meghan. Mas nem por um cacete tirará Rosie dele. Seja o que for que o estado de Massachusetts diga, o que quer que o juiz, ou até Deus, decrete, o que quer que a doença tire dele, nada poderá levar sua família ou seu amor por Rosie. Amará Rosie até o dia da sua morte.

Capítulo 27

Felix partirá para Portland na segunda-feira. Não em definitivo. Só está indo esta semana para ajudar a montar o novo escritório, entrevistando alguns possíveis novos empregados da West Coast, encontrando-se com o prefeito e várias pessoas do campo energético, da gestão de resíduos e do planejamento urbano, preparando-se para a Grande Mudança.

A Grande Mudança acontecerá em 1º de junho, daqui a quatro meses, e Felix já começou a desmontar seu apartamento. Katie está aconchegada em seu sofá, bebendo Chardonnay, vendo-o retirar livros da estante, enfiando-os em caixas de papelão.

— Quer ver um filme? — pergunta.

— Quero. Deixe só eu terminar essa estante.

— Não entendo por que você está fazendo isso agora.

— Uma coisa a menos pra fazer depois.

Ela sacode a cabeça, sem entender. Se fosse responsável pelo empacotamento, esses livros poderiam acabar sendo enfiados nas caixas quatro *dias* antes da mudança, nem um minuto antes. Não se trata simplesmente de ela gostar de adiar as coisas. Que tipo de pessoa quer viver em uma sala cheia de caixas de papelão durante quatro meses? E se ele quiser ler um desses livros antes de junho? Ela volta a sacudir a cabeça. Imagina todos os seus livros embalados em caixas de mudança e seu estômago azeda. Se fosse se mudar para Portland em quatro meses... A frase é dolorosa demais para ser terminada.

— O que você me diz da semana que vem? — pergunta Felix, segurando um exemplar de *Bunker Hill*, de Nathaniel Philbrick.

— O que quer dizer? — pergunta Katie, fazendo-se de boba.

— Você vem comigo?

— Não sei. Eu teria que arrumar alguém pra me substituir nas aulas e está meio em cima da hora.

— Nossa, Katie! Faz semanas que você sabe dessa viagem. Está enrolando. Acho que não quer viajar e está com medo de me dizer.

Neste exato momento, ela está com medo de milhões de coisas.

— Não é isso.

— Então, venha comigo. Nós podemos conhecer Portland juntos, ver o que tem lá. Você vai amar as microcervejarias. Nós podemos fazer caminhadas, talvez achar um lugar legal pra sua academia de ioga. E precisamos procurar um apartamento. Logo chega a hora da mudança e nós dois ainda não temos um lugar pra morar.

Ela estremece sem querer com todos os "nós" e espera que ele não tenha visto. O tempo todo ele fala "nós" com ela. Está sendo positivo e esperançoso, até encantadoramente convincente, quando ela está no humor certo, mas hoje cada "nós" a golpeia no lugar errado, uma alça de sutiã numa queimadura de sol, uma suposição insensível à beira do bullying.

Ela não lhe contou que não vai.

— Não me incomodo de você escolher um apartamento sem mim.

— Acho que devíamos fazer isso juntos. Vamos descobrir um lugar e, aí, podemos de fato começar a imaginar nosso futuro lá.

O único lugar onde ela consegue imaginar seu futuro com alguma clareza é em uma casa de repouso. E não existe "nós" ali.

— Não tenho certeza que eu vá — diz ela, indo na ponta dos pés em direção à verdadeira resposta.

Felix para de empacotar e esfrega o lábio inferior com o polegar. Seus lábios são lindos.

— Você quer dizer na segunda ou em junho?

Katie hesita. Não quer falar em junho. Quer beber vinho, aconchegar-se no sofá e assistir a um filme.

— Os dois.

Felix aperta os lábios. Olha para ela com firmeza, como se tentasse ver através dos seus olhos, chegar na sua mente, talvez na sua alma. Ou talvez esteja tentando ver se enxerga Huntington nos seus olhos.

— Tem a ver com a doença de Huntington — diz ele.

— Tem.

Ele deixa os livros e as caixas e se senta ao lado de Katie, no sofá.

— O que nessa doença está te impedindo de vir comigo pra Portland na segunda-feira?

— Não sei.

— Você sabe que não tem Huntington agora, mesmo que seja gene positiva.

— Eu sei.

— E pode ser negativa, então todo esse planejamento em volta de um dia ter Huntington pode ser uma enorme perda de tempo.

— Eu sei.

— Então, venha comigo! — diz ele, sorrindo, tentando convencê-la com sua covinha. Geralmente, funciona.

— Não é tão simples.

— Você sabe que poderia arrumar umas substituições, se quisesse.

Ela dá de ombros instintivamente, sentindo-se como uma criança encrencada com os pais. Quando acuada, é melhor não dizer nada.

— Se você buscar o resultado e for positivo, você vai terminar comigo? — Pergunta ele.

— Não sei.

Talvez. Provavelmente.

— Minha nossa! Você não sabe se vai comigo na segunda. Não sabe se vai se mudar comigo em junho. Não sabe se vai buscar seu resultado do teste. Não sabe se vai terminar comigo se tiver o gene da doença de Huntington. Que porra você sabe, Katie?

Ela não o culpa por se sentir frustrado e puto da vida com ela, mas não consegue aguentar isso. Abaixa a cabeça e olha para seu anel claddagh, imaginando seu dedo solitário sem ele. Quer dar de ombros e repetir "Não sei" e evitá-lo. Gostaria de evitar tudo: o resultado do teste, pensar em junho, assistir ao seu pai irrequieto e caindo, pensar na doença de Huntington, ser uma fonte depressiva de raiva e frustração para Felix. Talvez devesse terminar com ele agora. A vida dele seria bem mais fácil sem ela.

Às vezes, parece que a única coisa que ela conhece é a doença de Huntington. Sua cabeça está cheia só com esses pensamentos. Doença de Huntington. Doença de Huntington. Doença de Huntington. Olha para Felix, seus olhos castanhos focados nela, esperando, querendo-a, e ela também o quer. E, então, em seu coração, depara-se com o que sabe além da doença, a verdade inevitável e a coragem para dizê-la.

— Eu te amo.

Felix relaxa. Abraça-a e a beija nos lábios com delicadeza.

— Eu também te amo. Sei que você está passando por uma coisa apavorante, injusta e muito difícil, mas tem que enfrentar isso. No momento, você não sai do lugar. Está afundando. Deixe-me pegar na sua mão e enfrentar isso com você.

— Você tem razão. Quero fazer isso.

Felix sorri.

— Ótimo. Amo você, com ou sem o gene, mas não vou entrar num relacionamento à distância. Não estou interessado em te ver no FaceTime ou no Facebook. Quero estar nisso com você, pessoalmente. Tudo ou nada.

— Mas...

— Sinto muito, mas pelo menos estou sendo claro sobre o que eu quero. Dá pra você ser clara comigo? Com a gente?

— É como se você estivesse me dando um ultimato.

— Eu vou me *mudar* daqui a *quatro* meses — diz ele, a mão esticada apontando as caixas de papelão. — Parece que você não entendeu isso. Sinto que você resolveu não decidir e, aí, o dia vai chegar, eu vou embora e você vai ficar porque não decide o que fazer.

Ele tem e não tem razão. Conhece-a muito bem. Ela está completamente empacada. Não consegue tomar uma decisão. Busca o resultado ou vive sem saber seu destino genético? Se buscar o resultado e for gene positivo, termina com Felix ou fica com ele? Vai para Portland com Felix contra a vontade do pai, abandonando sua família numa época em que estão necessitados ou fica em Charlestown?

Se tivesse que responder hoje, respeitaria o pai e ficaria. Curiosamente, se a doença de Huntington não fizesse parte do cenário, o fato de o seu pai praticamente proibi-la de se mudar com Felix poderia tê-la irritado o suficiente para que começasse imediatamente a fazer as malas. Mas a doença é parte fundamental do cenário e a influência do pai lhe dá mais um motivo válido para parar, legitimando sua estagnação.

Ser ou não ser, eis a questão. E até então, a resposta tem sido um silêncio total. Mas ela sabe que, independente da decisão, Felix se mudará em quatro meses. Tem consciência disso a cada hora do dia.

— Sinto muito. Não sei o que fazer — diz.

— Sobre o resultado do teste?

— Entre outras coisas.

— Acho que você deveria descobrir.

— Você acha? Você nem queria que eu fizesse o teste!

— O fato de não saber não está exatamente te fazendo bem. Você está vivendo como se tivesse recebido uma sentença de morte.

— Estou?

Não achava que ele tivesse reparado.

— Está. Acho que você precisa ficar bem, bem de verdade, sem saber. Mas se não conseguir, precisa descobrir.

Pura verdade. Mas qual das duas deveria escolher? É uma pergunta de um milhão de dólares. Tem passado horas, diariamente, discutindo consigo mesma os prós e contras de cada decisão. A ignorância é uma bênção. O conhecimento é poder. Viver o momento presente é ser iluminado. Planejar o futuro é ser responsável. Preparar-se para o pior. Esperar o melhor. No final de cada dia, a contagem fica empatada para os dois lados ou vertiginosa demais para ser feita, e ela desmorona na cama, exausta com o esforço.

— Se der negativo, você se muda pra Portland comigo?

Katie reflete a respeito, como se estivesse resolvendo um enigma profundo e sagrado. É uma estranha mudança de perspectiva, imaginar um resultado de gene negativo, livre da Huntington, quando tantas sinapses em seu cérebro andaram se dedicando a imaginar o oposto. Além disso, há a voz do seu pai, aquela em que ela sempre confiou e fez o possível para obedecer, dizendo-lhe para ficar. Ficar em Charlestown. A ideia parece um laço apertado ao redor do seu pescoço. Ficar. Está algemada a um futuro tão pré-determinado quanto seu risco de ter a doença.

Olha nos olhos de Felix e enxerga um convite para liberdade. Liberdade de Huntington, liberdade das limitações sufocantes desse bairro, liberdade para amar e se transformar no que ela realmente é. Se for gene negativo, é sua chance. Sinto muito, papai.

— É, mudo.

Um sorriso largo, animadíssimo, abre-se no rosto de Felix. Ela também se sente animada, percebendo o que acabou de confirmar em voz alta, mas a excitação é rapidamente temperada com medo e culpa. Disse ao pai que não iria. Sua mãe ficaria com o coração partido. JJ e Meghan são genes positivos. Quem ela pensa que é, imaginando sua vida como gene negativo? Por que lhe seria permitida tal liberdade? Felix abraça-a, alheio ao tormento obstinado dentro dela, e a segura pelos ombros.

— Isso é um progresso! Excelente! Tudo bem, então agora a gente sabe o que está te segurando. E se der positivo?

Repentinamente, as mãos de Felix parecem pesar de maneira insuportável em seus ombros, imobilizando-a.

— Não sei — responde, sabendo.

— Tudo bem. A gente pode atravessar essa ponte quando estivermos em cima dela. Que tal vir comigo pra Portland agora? Pense nisso como umas férias.

Katie pressiona as têmporas com os dedos. Está com uma dor de cabeça lancinante. Não seria mal umas férias, uma escapatória. Mas poderia ir até Fiji, ficar num hotel cinco estrelas, situado em uma praia particular, e continuaria pensando na doença de Huntington. Não tem escapatória.

— Não posso mesmo.

— Tudo bem.

Ele se levanta abruptamente e volta para a estante.

— Você ainda quer ver um filme?

— Tanto faz.

Katie o observa enchendo mais uma caixa, sem lhe dirigir o olhar. Pelo que ele contou sobre seu trabalho, ela o imagina um gerente enérgico e eficiente no escritório. Sua recusa em ver as coisas da maneira dele deve estar enlouquecendo Felix. Mas ele não parece um homem fazendo birra, pegando a bola e saindo do playground por não conseguir o que quer. Seus ombros estão virados e caídos, os olhos baixos. O coração de Katie fica tenso, o sangue pulsa com força em suas têmporas, enquanto ela estuda seu rosto. Parece assustado. Com todo seu medo autocentrado, nunca lhe ocorreu que ele também pudesse estar assustado.

— Sinto muito, Felix. Você vai voltar pra lá antes de junho? Talvez eu possa ir na próxima vez.

Felix dá de ombros. Um gosto do seu próprio remédio.

— Só não estou pronta pra ir na semana que vem. Não achei substituto algum.

Ele não diz nada.

— Escolha um apartamento sem mim. Confio em você. Vou amar qualquer coisa que você ame.

Primeiro de junho cai numa segunda-feira. Katie imagina-se acordando naquela manhã, seus livros ainda dispostos na estante, as roupas ainda penduradas no armário, as malas vazias, dando um beijo de despedida em Felix, enquanto ele parte para o aeroporto Logan, ficando para trás e ainda com medo de ser positiva para Huntington. Ama o namorado e ele merece uma vida que não seja amaldiçoada com a doença. Mas e se ela não se mudar, não abrir sua própria academia, terminar com Felix e for negativa para Huntington?

Terá desistido de tudo por nada.

Capítulo 28

Fazia três dias que Yaz parara de andar. Joe não teve que convencer a esposa. Ela concordou. Chegou a hora. Rosie já tinha se despedido. Ela sabe que é o certo a ser feito, mas não vai suportar ver acontecendo. Joe dá graças a Deus por ela ter o bebê Joseph para se distrair ou estaria em frangalhos de tanta tristeza.

— Quem vai dirigir? — perguntou Katie.

— Você — diz Meghan. — Não quero ir. É triste demais.

— Me dê as chaves — solicita Patrick. — Eu dirijo. Você e Katie ficam aqui. Eu e papai vamos fazer o trabalho sujo.

Katie entrega as chaves a Patrick e Joe vai na frente até a porta de entrada, procurando fingir que essa conversa sobre dirigir não tem nada a ver com ele. Mas sabe que ele é o motivo de cada palavra e, apesar da sua fingida ignorância, sente-se envergonhado e incapaz.

Duas semanas atrás, pediram-lhe para entregar a arma a que tinha direito pelo serviço. Três semanas atrás, sob recomendação do médico do departamento, Rick informou-o que eles precisavam notificar o Registro de Veículos Motorizados que Joe já não estava clinicamente apto para dirigir. Rick, então, entrou em detalhes. Se Joe tivesse um acidente de carro e machucasse alguém, cenário que, aparentemente, o médico e ele julgavam iminente e provável, e a parte machucada descobrisse que Joe era portador da doença de Huntington, e que o Departamento de Polícia de Boston tinha conhecimento da sua doença, eles seriam responsabilizados. Permitir que Joe dirija, mesmo fora do serviço, seria um convite à tragédia, um enorme processo judicial, e um furacão de merda na mídia. Assim, Rick notificou o governo, antes de notificar Joe, e o estado revogou sua carteira de motorista.

Sem arma de serviço e sem carteira de motorista, Joe não precisou de um intérprete para ler a mensagem na parede. Deixou o trabalho quatro dias atrás, oficialmente e sem cerimônia. E, então, como que por solidariedade, Yaz deixou de andar. Tem sido uma semana de merda.

Joe ainda tem uma licença para porte de arma, mas desconfia que também perderá essa licença. Em algum lugar, alguém já gritou "Madeira!" e a árvore começou a cair.

Por tudo isso, hoje é Patrick quem está dirigindo, Joe e Yaz estão no banco do passageiro. A distância até o consultório veterinário em Somerville é curta, mas eles estão no trânsito, enfrentando no mínimo meia dúzia de semáforos, tempo de sobra para Joe conversar com o filho. Joe repara nos nós dos dedos de Patrick pousados no volante, esfolados e róseos, como carne crua. A intenção de falar permanece, mas o pai continua sentado num silêncio pesado, dando tapinhas na cabeça de Yaz. Geralmente, é preciso um tremendo esforço interno para ele começar a falar, mais um ato no circo de três picadeiros que é a doença de Huntington. Imagina-se subindo Bunker Hill, empurrando uma rocha de granito, tarefa suada, dolorosa, cansativa, e só consegue espremer para fora da boca a primeira sílaba do que tem a dizer, depois de chegar ao topo e a gravidade se encarregar do trabalho. A maldita pedra está, finalmente, rolando colina abaixo.

— O que se passa com você, Patrick?

— Nada.

— Por que tanta briga?

Patrick dá de ombros.

— O bar anda agitado.

— Vocês não têm seguranças?

— Temos. Eles estão em menor número. Só estou dando uma mão.

— Simples assim?

— É.

— Faz um tempo que a gente não te vê de manhã.

Patrick olha para a frente, como se não tomasse conhecimento do que foi dito. Katy Perry canta “Roar” na Kiss 108. As janelas estão embaçadas. O portador da doença de Huntington queima toneladas de calorias e, por isso, emite muito calor. Agora, Joe embaça todo carro onde entra. Patrick aciona os limpadores de para-brisa e liga o desembaçador no máximo. Os sons do ar que entra e de Katy Perry enchem o carro. Joe sente-se afundar de volta no aconchegante leito do silêncio, a conversa desvanecendo-se em preto. Ele tem que reagir e continuar falando ou vai se ver de novo na base da colina, encarregado de outra rocha.

— Por onde você tem andado? — pergunta Joe, refazendo a frase sob a forma de uma pergunta direta.

— Por aí.

— Está namorando?

— Na verdade, não.

— Então, onde você está dormindo?

— Na maior parte das vezes, na casa de uma menina.

— Uma menina que não é sua namorada.

Patrick dá de ombros.

— Na verdade, não.

Joe sacode a cabeça.

— Você está usando?

— O quê?

— Está tomando droga?

— Nossa, pai! Não.

— Não me trate feito idiota, Pat.

— Não estou. Só saio pra beber com amigos depois do trabalho. Nada demais.

— Fique longe dessa merda, Pat. Estou falando sério.

— Não preciso desse sermão, pai. Não estou me drogando.

— A sua pobre mãe já tem bastante coisa pra se preocupar.

— Não se preocupe comigo. Está tudo bem.

Os limpadores de para-brisa e o desembaçador não estão fazendo grande diferença. Patrick inclina-se para frente e limpa o vidro com a mão, criando uma rede complexa de riscos de dedos molhados em meio ao nevoeiro. Joe observa Patrick dirigindo, tentando decidir se acredita no filho. Não consegue acompanhá-lo. Mesmo sentado ao seu lado, a um braço de distância, é como se Patrick estivesse a quilômetros e se distanciando cada vez mais.

Joe não pode, de fato, culpá-lo. Patrick é jovem, com muitas coisas das quais fugir: a verdade inacreditável do que vai acontecer com o pai, JJ e Meghan: os cinquenta por cento de chance de que possa acontecer com ele, com Katie e com o bebê Joseph; sentir algo verdadeiro com essa menina com a qual anda dormindo, trazer a vida inocente dela para este pesadelo horroroso, sentir qualquer coisa real com qualquer pessoa.

— Ali está — diz Joe, apontando. — Logo ali.

Patrick para no estacionamento e sai do carro. Chegaram. Fica parado na frente do veículo, as mãos enfiadas nos bolsos do casaco, parecendo borrado do outro lado do para-brisa úmido e embaçado, esperando. Joe aninha Yaz nos braços e beija sua cabeça macia e emaranhada, desejando que houvesse mais a ser feito antes de enfrentar isso. Envolve cuidadosamente o corpo frágil do cachorro num cobertor verde de plush, e com o indicador escreve na janela embaçada do passageiro: *Yaz esteve aqui.*

Depois, beija novamente o cão e abre a porta.

* * *

De volta em casa, Joe está sentado em sua poltrona da sala de visitas, bebendo sua quinta Budweiser, entrando num confortável estado de intoxicação. A cama de Yaz está vazia, com uma pequena descoloração onde ele costumava dormir e é surreal que ele já não esteja mais aqui. Foi-se. Simples assim. Joe aperta a manga da camisa nos olhos, enxugando as lágrimas.

Está assistindo ao noticiário da noite. Eles estão no meio das notícias de esportes, recontando a dolorosa derrota do Bruins para o Canucks na noite anterior, quando Stacey O'Hara interrompe com notícia de última hora.

> "Um homem branco não identificado entrou no saguão do Spaulding Reabilitation Hospital, em Charlestown, pouco depois das cinco da tarde, levando uma mochila preta. Ela foi apreendida e descobriram que continha uma semiautomática totalmente carregada. O homem não identificado disparou várias vezes, então, com outra arma que trazia escondida em seu casaco, ferindo um policial de Boston antes de ser imobilizado e preso. Os motivos do atirador não estão claros. O policial foi levado para o Hospital Geral de Massachusetts. Seu estado de saúde ainda é desconhecido. Traremos mais detalhes no desenrolar desta história."

Uma descarga elétrica percorre o cérebro entorpecido de Joe. Manda uma mensagem de texto para Tommy, depois para Donny. Olha para seu celular com o coração golpeando em sua garganta contraída, numa espera infindável. Rosie e Colleen estão no andar de cima com o bebê. Mas e se Colleen tivesse passado pelo trabalho, hoje, para visitar seus colegas e exibir o bebê Joseph? Manda uma mensagem para Colleen:

Cadê vc?

Manda uma mensagem para Rosie:

Cadê vc?

O noticiário continua, passando para a previsão do tempo. Filhos da puta. Lá fora está frio. Ponto final. Voltem para o Spaulding. *Que policial? Qual é a sua patente?*

A atenção de Joe vai e volta entre o mapa azul de Massachusetts na TV e a tela do seu celular, nenhuma delas comunicando uma porra de coisa útil. *Policial em perigo*. Joe pode ouvir, dentro da sua cabeça, o som aflitivo dessas três palavras enviadas pelo rádio, mas é uma lembrança auditiva de outro dia. *Policial em perigo*. Joe tinha que estar lá. Tinha que estar lá, em vez de sentado em sua poltrona, na sala de visitas, ainda com a camiseta e a calça de moletom do dia anterior, testemunha passiva das repercussões na TV. Um desperdício do maldito oxigênio.

O telefone de Joe apita. Um recado de Colleen:

Estamos aqui em cima. Rosie e Joey estão tirando uma soneca.

Joe escreve de volta:

Ok. Obrigado.

O celular de Joe tilinta de novo. É Tommy:

Estou bem. Sean baleado no estômago. Em cirurgia no Hospital.

Merda. Joe atira seu celular para o outro lado da sala, derrubando um anjo de porcelana da beirada da mesa. Ele fica caído no chão, decapitado. Os olhos de Joe vagam, então, para a sua esquerda, parando na cama vazia de Yaz. Tudo é demais para ele. O anjo quebrado de Rosie, seu cachorro morto, o colega policial baleado e lutando pela vida, ele sentado na sala, incapaz de fazer qualquer coisa em relação a tudo isso.

Levanta-se e vai até a cozinha, parando, de repente, em frente às vasilhas de Yaz no chão, ainda cheias de comida e água. Precisam ser esvaziadas e lavadas. E depois? Jogadas fora? Joe não pode fazer isso.

Ele se vira e encara o que resta da parede que separa a cozinha do antigo quarto das meninas. Começou o projeto de reforma três dias atrás, no mesmo dia em que Yaz parou de andar. No início, a sensação de substituir um trabalho por outro foi boa, mas quase imediatamente descobriu que não estava empolgado com aquilo e, em vez disso, estacionou em sua poltrona em frente à TV, rendendo-se, sem resistência, à própria vida que temia.

Assim, a parede está parcialmente demolida, irritando Rosie sempre que ela entra ou sai da cozinha, caçoando de Joe no café da manhã e no jantar.

Ele contempla a parede destruída, evitando a TV bem como a súbita e palpável ausência de Yaz. Sente aquela raiva familiar e primitiva estender seus longos braços peludos acordando dentro dele. A raiva cerra seus punhos, ameaçando aquele branco idiota por pretender matar pessoas inocentes, pessoas boas que devotaram a vida à recuperação de outras, pessoas como sua nora, mãe do seu neto. Ela poderia estar lá.

O ódio ergue-se e amaldiçoa aquele branco idiota por balear Sean. A raiva ferve, indignada com os repórteres do noticiário que Joe pode ouvir, agora, falando sobre Lindsay Lohan, em vez de atualizá-lo sobre o estado de saúde do seu amigo. Sean precisa sobreviver. Tem uma esposa, uma família.

A raiva bate em seu peito e uiva para Joe por deixar seu trabalho. Tinha que ter sido ele no Spaulding, e não Sean. Ele não seguiu lutando. Desistiu. Deixou o trabalho para poder ficar em casa de moletom, tomando cerveja e assistindo à TV. Não faz jus ao slogan "Boston Strong", é um covarde de merda.

A raiva ronca bem no fundo dele e um som impiedoso vibra em cada canto do seu ser, escutado por cada célula. Joe retoma a marreta no armário de vassouras e vai trabalhar na parede. Coloca-se em posição. *Tum*. Posiciona-se novamente. *Tum*. Posiciona-se e cai para trás no chão. Levanta-se, balança e *tum*. O som da marreta fazendo contato e a experiência física de cada impacto são imensamente gratificantes, melhores do que atingir uma bola de beisebol com o ponto macio do bastão.

Está aspirando poeira da drywall, ofegando e tossindo, balançando e caindo, balançando, golpeando e caindo. *Tum*. Pedaços de parede esmigalham-se dentro das suas meias brancas sujas. *Tum*. Escuta sua voz gritando coisas sem sentido, sua voz resmungando, a parede arrebentando-se. *Pã, pã, pã*.

Por fim, exausto, larga a marreta no chão. Esfrega os olhos e se senta na cama. Cama? Não está na cozinha. O cômodo está escuro. Está em seu quarto. As paredes. Há buracos arrebentados por todo o quarto, pedaços de parede por todo o chão.

Ele conta. Nove buracos. Merda. Como aconteceu isso?

Sai cambaleante para o corredor. Toda a extensão da sala até a cozinha está coberta de buracos abertos com marreta. Aproxima-se da sala como se investigasse a cena de um crime. Ela está intacta, com exceção do anjo decapitado. Volta para a cozinha. A parede está destripada, destruída.

Joe passa os dedos pelo rosto suado. Que porra acabou de acontecer com ele? Estava literalmente enlouquecido. E se Rosie ou Patrick estivessem aqui? Teriam conseguido chamá-lo à razão e impedi-lo, ou ele miraria em sua família? Será que os machucaria? Seria capaz de tal coisa?

Joe volta para seu quarto escuro e absorve a destruição sem sentido à sua frente. Estava completamente descontrolado. A ideia deixa-o morto de medo. Olha para suas mãos. Estão trêmulas.

E se Colleen ou JJ entrassem com o bebê enquanto ele estivesse no meio da sua violência? Não pode suportar tal ideia. Senta-se na beirada da cama, contempla o caos e chora. Rosie vai matá-lo.

Alguém deveria.

Seu celular apita.

Sean saiu da cirurgia. Condição estável. Vai ficar bem.

Joe digita:

Olha gado ninguém aí.

Maldito autocorretor. Teclado de anão. Porra de dedos espasmódicos. Está articulando errado o seu texto. Tenta novamente.

Obrigado. Fiquem bem aí.

Joe suspira e agradece a Deus por Sean ter sobrevivido. Depois, olha as paredes vandalizadas, o caos infernal feito por ele, e a gratidão é rapidamente suplantada pela vergonha insuportável pelo que fez, pelo que tem, por quem é.

É um policial que já não é um policial. Não está protegendo a cidade de Boston. Não está protegendo ninguém. JJ e Meghan terão a doença de Huntington e a culpa é sua. Patrick, Katie e o bebê Joseph, que Deus o abençoe, correm risco, e a culpa é sua. Ele nem ao menos segurou seu neto uma única vez, morto de medo de que algum movimento involuntário, imprevisível o machucasse. Não pode conceder à esposa nada além de uma mísera pensão de trinta por cento, o que não é o suficiente para viver. Está prestes a se divorciar dela.

Não pode proteger Boston, nem seus colegas policiais, nem sua família. Olha para os buracos nas paredes. Acabou de fazer uma merda, arrebentando sua própria casa. É um demolidor de lar.

Então, o que lhe resta? Definhar anos a fio, na sala, em um estado repulsivo de vergonha, depois no hospital estadual, alguma pobre enfermeira limpando, diariamente, a merda de sua bunda esquelética, até ele entrar em inanição ou desenvolver pneumonia e finalmente morrer? Qual é o sentido disso? Por que fazer todos eles passarem por essa vergonha miserável?

Joe pensa em Yaz. Ele teve uma vida boa e plena. E, então, quando perdeu sua qualidade de vida, não deixaram que sofresse. O fim dele foi tranquilo, digno, rápido e indolor. Partiu cinco segundos depois da injeção do veterinário.

Era o gesto humanitário a ser feito. Joe nota a palavra *humano* em *humanitário* e, no entanto, esse tipo de compaixão "humana" só é reservada para animais, não para pessoas. Não existe a opção de uma injeção de cinco segundos para Joe. Não é permitido aos médicos serem humanitários com os humanos. Espera-se que Joe e todos iguais a ele sofram e aguentem firme, suportem uma qualidade de vida reduzida a zero, enquanto são um fardo para todos os entes queridos até o final amargo e pavoroso.

À merda!

Joe vai até a cômoda. As sirenes da polícia uivam lá fora, alongando-se, flutuando, vagando à distância. Joe para e escuta. Silêncio.

Abre a primeira gaveta e pega sua pistola, sua Smith & Wesson Bodyguard. Remove a trava do gatilho e segura a arma. Curva os dedos ao redor do cabo, apreciando o poder contido em seu peso leve, o encaixe natural em sua mão. Solta o carregador e o encara. Seis balas, mais a que já está na câmara. Totalmente carregada. Repõe o carregador no lugar.

— Joe?

Ele ergue o olhar, atônito.

— O que está fazendo? — pergunta Rosie, parada na entrada do quarto, iluminada pela luz do corredor.

— Nada. Volte pra casa do JJ.

— Joe, você está me assustando.

Ele olha para os buracos negros e sombras escuras por todas as paredes, para a arma em sua mão. Não olha para Rosie.

— Não tenha medo, querida. Só estou me certificando de que funciona.

— Funciona. Guarde a arma, está bem?

— Isso não tem a ver com você, Rosie. Volte pra casa do JJ.

Joe espera. Rosie não se mexe. A raiva primitiva agita-se dentro dele. Ele engole e range os dentes.

— Joe.

— Vá embora, eu disse! Dê o fora daqui!

— Não. Não vou a lugar nenhum. Seja o que for que você vá fazer, vai ter que fazer na minha frente.

Capítulo 29

A arma continua nos seus planos. Joe não prometeu nada a Rosie. Na outra noite, ela conseguiu acalmá-lo, mas ele ainda está gostando da sua decisão, do controle que ela lhe oferece. A ideia de enganar a doença de Huntington, livrando-se do seu final diabólico, enche Joe com uma sensação de justiça, até mesmo de uma doce vitória. Ele vai se retirar em seus próprios termos. Não vai dar à doença a satisfação demoníaca de acabar com ele. No final, o mocinho vai sair vitorioso, e a maldição perderá. É claro que o mocinho vence morrendo, mas pelo menos, dessa maneira, impede que a doença leve o crédito. É uma clássica história do bem contra o mal. A Disney poderia fazer uma porra de um filme com essa merda.

Abre a primeira gaveta da cômoda e percorre as etapas conhecidas. Aninha a arma na mão, retira a trava do gatilho, solta o carregador, conta as balas, recoloca o carregador, trava o gatilho, devolve a arma para a cômoda, fecha a gaveta. Antes de largar a maçaneta, abre a gaveta mais uma vez, permitindo-se mais uma visão da arma, confirmando sua presença e, então, a fecha.

Expira, absorvendo a deliciosa satisfação de saber que a arma e as balas permanecem ali. O alívio corre por ele, rápido e abrangente, melhor do que a descarga de endorfina que sente depois de correr pela Forty Flights. Gostaria que a sensação perdurasse. Nunca perdura.

Verifica a arma várias vezes por dia. Em geral, várias vezes por hora. Não consegue parar. Em poucos minutos, o alívio terá se evaporado completamente e ele será incomodado por aquela incerteza viciante. E se a arma tiver sumido? E se as balas tiverem sumido? É irracional. Ele sabe que elas estão na cômoda. Acabou de conferir. Mas a dúvida fica mais insistente, uma campainha soando mais rápido e mais alto no centro da sua cabeça, repetidas vezes, e não parará até ele atender a maldita porta.

Confira a arma. Confira a arma. Confira a arma!

Assim, a única maneira de se livrar do pensamento compulsivo é conferir a porra da pistola. Então ele faz isso. Ali. Conferido. Tudo no mesmo lugar. Mas, em minutos, a incerteza enlouquecedora acha seu caminho de volta até ele, como um cachorro ansioso que acabou de apanhar um graveto, nunca se cansando da brincadeira, não importa o número de vezes que Joe o tenha jogado.

Ele pega mais uma Budweiser na geladeira, constata, no balcão, as três latas vazias de hoje de manhã mais cedo e volta para sua poltrona na sala. Percebe que tomar cerveja e conferir sua arma não é uma combinação responsável, mas dá de ombros. Pode fazer o que quiser. Pode lidar com isso.

A porta da frente se abre e ele ouve passos vindo do hall de entrada. Rosie está no trabalho. Provavelmente é Donny ou Tommy vindo para lhe passar um sermão em relação à arma, à bebida e ao fato de assustar Rosie. Espera por isso. Endireita-se na poltrona, segurando a lata de Budweiser como um desafio, espirrando um pouco de cerveja em sua calça de moletom, pronto para defender seu plano e suas ações para os amigos. Eles entenderão. Levanta os olhos e é Katie. Não está pronto para defender nada para Katie.

Ela o olha de cima a baixo com as mãos no quadril e não diz nada. Vira-se, vai até as janelas e puxa os três blecautes até o teto. A sala inunda-se de luz natural. Joe aperta os olhos e vira a cabeça, afrontado pelo dia ensolarado. Não tinha notado o quanto a sala estava escura. Partículas de poeira flutuam e brilham no ar sobre a mesinha de centro, coberta com uma pilha de *Patriot Ledgers* não lidos, dois sacos vazios de batatas fritas, a xícara esquecida com canudinho do café desta manhã.

A filha vira-se e vai direto até Joe. Pega o controle remoto no braço da sua poltrona, desliga a TV, leva o controle até o móvel da televisão e o deixa ali.

— Ei — diz Joe.

Katie fica calada. Puxa a cadeira de balanço e a coloca bem em frente a ele. Senta-se e, então, se lembrando, recua alguns cuidadosos centímetros. Sabe agora, por experiência, que não deve se colocar muito próxima do pai. Pode levar um tapa da doença de Huntington no rosto, um soco nas costelas, ser chutada nas canelas, derrubada. Na semana anterior, ele deu uma cotovelada no nariz de Rosie, deixando-a de olho roxo. Ele ainda pode ver a descoloração do hematoma debaixo do olho, mesmo sob a maquiagem que ela passa para escondê-lo. A esposa parece abusada. Em vários aspectos, ela é.

— A mamãe me contou o que aconteceu — diz ela, olhando inabalável nos olhos do pai.

Joe não diz nada. Gostaria de interrompê-la logo ali, dizer que a mãe não deveria ter-lhe contado nada, que ela não deveria se preocupar ou que não é da sua conta, mas as palavras estão presas dentro da cela da doença de Huntington. Em vez disso, ele fixa-se nos olhos azuis da filha, onde a determinação e o medo lutam pela supremacia, ambos mantendo-a grudada na cadeira. Katie espera, provavelmente prevendo resistência, mas o silêncio acena para que prossiga.

— Não vou dizer nenhum clichê, nem citar algum morto famoso ou ir cheia de ioga pra cima de você. O que eu vou dizer vem de dentro de mim.

Ela para, reparando na lata de Budweiser na mão dele. A princípio ele fica indignado. Pode fazer o que quiser. Mas depois os olhos azuis dela olham-no com tal desapontamento que ele não consegue aguentar. Coloca a lata na mesinha de lado.

— O negócio é o seguinte, pai. Você ensinou pra gente um montão de coisas que fez a gente ser quem é. Ensinou o que é certo e o que é errado, respeito pelos outros, nossa ética profissional. Ensinou pra gente honestidade e integridade, como amar uns aos outros. É, nós todos fomos bem na escola, mas nossa verdadeira educação veio de vocês. Você e a mamãe foram sempre nosso primeiro e melhor exemplo do que fazer.

Joe balança a cabeça, comovido.

— JJ e Meghan vão ter isso. Pat e eu também podemos ter — diz ela, com uma onda de medo atravessando sua voz, arejando cada palavra, e Joe tem vontade de fazer qualquer coisa para proteger a filha desse som angustiado.

Mas ele é a causa impotente desse som e isso o consome.

Katie aperta o canto interior dos olhos com os indicadores. O braço de Joe abre-se para fora, batendo a mão na mesinha de lado e derrubando, acidentalmente, a lata de cerveja no chão.

Katie dá um pulo da cadeira e corre para a cozinha. Volta com um rolo de papel-toalha e enxuga a poça de cerveja no chão.

— Obrigado, querida — diz Joe.

Katie volta para a cadeira de balanço, encara o pai nos olhos e respira fundo antes de continuar.

— Não conhecemos mais ninguém com doença de Huntington. Você é nosso único exemplo. Vamos aprender com você como viver e morrer com a doença, pai.

Joe evita seus olhos e pensa no seu plano. Seu plano perfeito. A decisão humanitária. Ensinará a eles a coisa humanitária a ser feita, a saída vitoriosa. A arma. Ele deveria conferir a arma.

— Não estou te dizendo o que fazer, pai. Não tenho a resposta. Nenhum de nós tem. Não sabemos o que é certo e o que é errado quando se trata da doença de Huntington. Mas o que quer que você faça, será o conselho que está nos dando.

A arma é o plano. É a coisa certa a ser feita. É isso que vai ensinar pros filhos. Vai ensinar-lhes a se matar antes que a doença de Huntington mate a todos. A arma é o plano. A arma. Ele deveria conferi-la. Quer se levantar e ir até a cômoda, mas Katie continua com o olhar fixo nele. Vá até a arma. É uma coceira que ele não pode coçar, intensificando-se a cada segundo que fica sentado na poltrona. Resistir ao impulso é uma agonia.

— E, tudo bem, vou passar um pouco de ioga pra você — diz Katie, a voz ainda trêmula.

Ela aproxima a cadeira de balanço de Joe, fazendo com que os joelhos dos dois se toquem. Inclina-se para frente e coloca as mãos nas coxas do pai.

— Se você acabar com isso agora, vai evitar um futuro que ainda não aconteceu. Você ainda tem motivos pra estar aqui. Eu ainda quero que você fique aqui. Todos nós queremos. Precisamos de você, pai. Por favor. Precisamos aprender como viver com isso.

Seus penetrantes olhos azuis pousam nele, determinados e amorosos, e ele vê ali a menininha desprotegida, a Katie de três anos de idade, uma parte da sua própria história da qual ela nem se lembra, que Joe tem o privilégio singular e raro de conhecer. Subitamente, todos os pensamentos sobre a arma desaparecem e resta apenas Katie, sua filha linda e corajosa, esta mulher crescida que o ama o suficiente para encará-lo assim, sua garotinha. E um alívio percorre o cerne de Joe, maior e mais profundo do que todos os cuidados com a arma juntos. Ele explode em lágrimas e não tenta contê-las. Katie também chora e eles estão cara a cara, duas confusões choramingando e não há vergonha nisso. Não há vergonha em lugar algum.

Algo desperta dentro de Joe. Ele se lembra de ensinar a JJ como puxar o zíper do casaco e jogar beisebol, de mostrar a Patrick como olhar dos dois lados antes de atravessar a rua e como patinar no gelo. Ensinou Meghan a estalar os dedos e assobiar. Ensinou a Katie como jogar xadrez. Lembra-se da primeira vez em que ela o derrotou de verdade. Ensinou aos filhos sobre dinheiro, como dirigir um carro e trocar um pneu furado, a importância de ser pontual, de sempre se dedicar cem por cento. A responsabilidade de ser pai deles tem sido seu orgulho e ele continua responsável, mesmo quando todos deixaram de ser crianças. Sempre serão seus filhos. Ele poderia dar um fim à sua doença de Huntington, hoje, mas essa parte da sua herança continuará neles.

Ele não tem sido nada além de uma visão triste, sentado numa sala de visitas escura, usando calças de moletom sujas, tomando cerveja antes do meio-dia, conferindo sua arma dia e noite, matando todo mundo de medo. Não é este o exemplo que quer estabelecer. E, logo ali, funde-se um novo plano, integral e óbvio, poderoso e inequívoco. É isso que ele está destinado a fazer. Ensinará aos filhos como viver e morrer com a doença de Huntington. Isso é a coisa certa a ser feita, a verdadeira decisão humanitária.

Joe enxuga o rosto com a manga da camisa e suspira.

— Quer dar o fora daqui?

Os olhos molhados de Katie iluminam-se.

— Quero. Pra onde?

— Que tal a academia de ioga?

O rosto todo de Katie abre-se num prazer surpreso, como se ele tivesse acabado de lhe oferecer um bilhete premiado de loteria.

— Jura?

— Juro. Faz parte da minha lista de desejos.

— Você vai adorar, pai.

— Eu preciso de um daqueles tapetinhos de enrolar?

— Eu tenho um pra você.

— Não faço ideia de como se pratica isso, então, vá com calma comigo.

— O lindo da ioga é isso. Você só precisa aprender a respirar.

Joe repara na subida e descida automática do seu peito. Respiração. Hoje ele ainda consegue fazer isso.

— Ei, Katie.

Ela espera.

— Obrigado, querida.

— É isso aí, pai.

— Como é que você ficou tão inteligente?

Katie dá de ombros e sorri.

— A mamãe.

Joe ri, inclina-se para frente, e abraça sua garotinha com todo amor e orgulho que tem guardado.

Capítulo 30

Rosie está na cozinha procurando velas enquanto Joe e o restante da família esperam por ela. Eles estão prestes a começar o primeiro jantar de domingo dos O'Brien na nova sala de jantar. Joe está à cabeceira de uma mesa de carvalho estilo piquenique, da Jordan's Furniture, que acomoda oito pessoas, espaço de sobra para todos. A mesa e seu amplo espaço para os cotovelos é um progresso, mas Rosie ainda não está feliz. A parede que separa a cozinha do velho quarto das meninas foi derrubada e sumiu, destruída pela fúria de Joe, porém, ele ainda não arrumou tempo para refazer a parede com o prometido balcão de bar. E agora eles estão amontoados de uma maneira diferente da que ficavam na cozinha, com as caixas de papelão contendo roupas velhas e a tralha de Natal ainda para serem guardadas em algum lugar, ou doadas, empilhadas contra as paredes, pairando perto demais das costas das cadeiras de todos. E não existe luz no alto. Quando aqui era o quarto das meninas, elas tinham abajures. Às quatro horas de uma tarde de fevereiro, a sala está parcialmente iluminada pela luz forte da cozinha e pela luz mortiça do corredor.

— Achei — diz Rosie, voltando para a mesa, vitoriosa, com uma vela votiva em cada mão.

A imagem no recipiente de vidro da primeira vela que Rosie coloca na mesa é de Nossa Senhora Desatadora dos Nós. A segunda é de São Miguel matando o diabo com sua lança. Rosie acende as duas velas com um único fósforo e a sala não clareia grande coisa.

— Que tal?

— Muito romântico — diz Meghan.

— Talvez eu deva pegar um abajur na sala — sugere Rosie.

— Sente-se, mãe. Está bom — devolve Katie.

Rosie cede, diz um agradecimento superficial, seguido por um resmungo coletivo de "Amém", e o jantar começa. Joe observa Rosie passando uma travessa de cordeiro, uma tigela de nabos cozidos com movimentos muito eficientes, o cabelo ainda úmido de uma ducha no final da tarde, os olhos esmeralda sem brilho nas sombras projetadas pela vela de Nossa Senhora. Sua presença na outra ponta da mesa parece distante. Provavelmente, ela não falaria com Joe por uma semana, se soubesse que ele estava pensando isso, mas ela parece muito mais velha do que 44 anos.

A doença de Huntington dele a consome. O divórcio iminente, o episódio e a obsessão com a arma, os buracos nas paredes, seus chamados e mensagens constantes para saber onde ela está. Ela sofre por causa de JJ e Meghan, e tem dificuldade de concentração por se preocupar com Patrick, Katie e o bebê Joseph. Além disso, não está conseguindo seu sono reparador. Dá plantão noturno três vezes por semana na casa de JJ, dormindo no quarto de hóspedes, pronta com uma mamadeira ou uma canção de ninar para o bebê, sempre que ele acorda, dando ao casal um alívio da responsabilidade ininterrupta de cuidar de um recém-nascido. Fora isso, agora trabalha 30 horas semanais, dez a mais do que antes, o que afirma não fazer diferença, mas Joe percebe que tudo isso está começando a ter seu preço.

JJ e Colleen saem e voltam para a mesa, inclinando-se e se endireitando, paparicando o bebê, sentado em uma cadeira reclinada, vibratória, que balança, colocada sobre o chão. Nenhum dos dois toca no jantar.

— Ei, vocês dois, ele está bem — comenta Rosie.

— Só estou ajeitando a cabeça dele — diz JJ.

Colleen limpa com um pano azul a mais ínfima porção de baba branca no canto da boca do bebê e, depois, enfia uma chupeta.

Ele suga a coisa como um profissional durante alguns segundos, mas depois para e ela rola para o chão. JJ se abaixa, pega a chupeta debaixo da mesa e, antes de enfiá-la novamente na boca do bebê, Colleen impede-o com a mão.

— Não, caiu no chão. Espere. Tenho outra na sacola de fraldas — diz, pegando o objeto contaminado e deslizando de lado para fora da cadeira.

Enquanto isso, para Joe, o bebê Joseph parece perfeitamente satisfeito. Na verdade, a criança poderia cochilar, se JJ e Colleen deixassem-no em paz. Pais de primeira viagem. Cada geração tem que aprender por si só.

— Cadê o Felix? — pergunta Joe.

— Portland — responde Katie, sem entrar em detalhes.

— Pensei que ele só fosse em junho — diz Patrick.

Katie não diz nada.

— Ele ainda não foi — adianta Meghan. — Só vai ficar lá esta semana.

Katie mantém os olhos baixos, concentrada em comer sua salada. Felix não perdeu um jantar de domingo desde que ela o trouxe pela primeira vez, em novembro. Joe gosta do sujeito. É inteligente e ambicioso, mas não parece ser um *workaholic* e não fala sem parar sobre trabalho. Ainda torce pelo Yankees, o que é um problema com probabilidade de perdurar, mas agora tem assistido algumas vezes ao Bruins na sala com Joe, e o pai o pegou torcendo pelo time pelo menos uma vez, então existe uma esperança. Tirando o Yankees, ele não parece ter nenhum vício condenável. Foi criado como protestante, mas Joe não tem nada contra isso. É gente boa, nem um pouco o pretensioso Toonie que ele esperava. É bem educado e trata Katie com respeito. Joe percebe pela maneira que ela se anima sempre que ele está na sala. A filha não se parece muito com Rosie, mas sempre que Felix está por perto, algo nela é igual à mãe, especialmente quando jovem.

Joe observa a filha comendo a salada, o rosto abatido e pesado, o oposto da animação, e um arrependimento passa por ele como um veneno. Basicamente, mandou Katie romper com esse ótimo rapaz, um homem que ela obviamente ama, para proteger Rosie. Olha para a esposa e para os buracos abertos com marreta que emolduram seu rosto exausto na parede do corredor atrás dela. Não está exatamente protegendo-a de porra nenhuma. Por que Katie tem que carregar esse fardo? A vida é curta demais, uma das muitas lições que a doença de Huntington está forçando por sua goela abaixo, aprecie ou não o gosto.

Uma porção mofada de batata, dura como pedra, aterrissa repentinamente no meio do prato de JJ, com um estrondo que assusta todos.

— Nossa, Pat! A mãe te pediu pra limpar o teto na semana passada! — diz JJ.

Está ficando cada vez mais improvável para Joe levar a comida do garfo ou da colher até a boca, sem que um espasmo da doença mande-a para outro lugar. Sua mão contrai-se, ou os dedos soltam o talher, ou o braço arremessa-se enlouquecido, fazendo a comida voar direto no rosto ou na camisa de alguém, na parede ou no teto. A comida que bate no teto cai de volta na mesma hora, mas o purê de batatas de Rosie, que Joe sempre disse que lembrava cola, grudou e ficou ali. O patriarca olha para cima. Nacos de purê endurecido, de jantares anteriores, pendem como lustres de estalactites por todo teto.

— Me esqueci — diz Patrick.

— Você também não consertou os buracos nas paredes do corredor — lembra JJ, que fechou os buracos do quarto, lixou e pintou.

— Andei ocupado. Estou tratando disso.

— Você não anda tão ocupado, pelo amor de Deus!

— Não vejo você por aqui ajudando em nada.

— Não moro aqui de graça, sugando a mãe e o pai. O mínimo que você poderia fazer é tirar a bunda da cadeira e ajudar os dois.

— Não é que você pague exatamente um aluguel e tenha seu próprio canto.

— Sabe de uma coisa? — grita JJ, o rosto, agora, num enfurecido tom rosado. — Tenho mulher e filho, mas vou fazer isso. Vou limpar o teto e consertar o resto dos buracos, já que você é um merda totalmente inútil.

— JJ — repreende Rosie.

— Não, mãe. Estou cansado de ele não ser responsabilizado por nada. Já contou pra eles sua grande novidade, Pat?

Patrick fica calado, mas seus olhos estão tentando assassiná-lo do outro lado da mesa.

— Vai contar pra eles, garotão?

— Cale a porra da sua boca, JJ.

— Olha o palavreado. JJ, pare com isso. Pat, o que foi? — pergunta Rosie.

— Nada, mãe. Não tem novidade. Eu limpo o teto depois do jantar.

— Ah, tem novidade. O Pat emprenhou essa menina com quem ele vem se atracando.

A sala fica muda. Joe olha para São Miguel matando o diabo na vela e, depois, agarrando seu garfo como uma lança, ergue o olhar para Pat, para o rosto pálido e sardento do filho, seus olhos azuis taciturnos, os ombros caídos e o cabelo despenteado da cor de um chá pouco concentrado.

— Diga que não é verdade — interfere Joe.

Patrick hesita, depois confirma com a cabeça.

— Pelo menos é o que ela diz.

— Quem diz, Pat? Quem é essa menina? — pergunta Rosie.

— Ashley.

— Ashley do quê? — pergunta a mãe, controlada, os olhos fechados. Joe imagina que ela esteja rezando a Deus, pedindo paciência e força para não matar o filho.

— Donahue.

— A filha de Kathleen?

— Sobrinha — diz JJ.

— E por que não fomos apresentados a ela? — inquere Rosie.

Patrick dá de ombros.

— A gente só estava ficando. Não era nada sério.

— Bom, agora é pra lá de sério — berra Joe, enfurecido, enfatizando cada palavra. — Como é que você pode ser essa porra de um total irresponsável? Sua mãe te deu as malditas camisinhas, pelo amor de Deus, e mesmo assim você engravida a menina!

— Você engravidou a mãe e vocês só tinham 18 anos.

— E eu fiz a coisa certa e me casei com ela. E se você tiver a doença de Huntington? Já pensou nisso? Você pode ter passado essa doença pra um bebê inocente.

— Ninguém gritou com o JJ por talvez passar a doença pro bebê dele.

— Cala a porra da sua boca estúpida agora mesmo — avisa o irmão. — Eu sou *casado* e não sabia da doença antes de a *minha esposa* ficar grávida.

— Você contou pra ela que corre risco de ter Huntington? — pergunta Rosie.

— Não.

— Você vai fazer aquele teste e descobrir se tem — diz Joe, apontando o garfo para a cabeça de Pat.

— Não, não vou.

— A menina merece saber — diz Joe.

— Eu não quero saber. Não vou fazer.

— Você vai fazer e vai se casar com ela — ameaça Joe.

— Não vou. Não vou fazer o teste estúpido e não vou me casar com a Ashley.

— Você tem uma responsabilidade para com aquela moça e o seu filho que vai nascer.

— Posso ser pai da criança sem me casar. Não amo ela.

Rosie se levanta.

— Não aguento mais isso. Pra mim, chega — diz ela, olhando para Joe, evitando Patrick, sua voz vibrando aguda e vazia. Joga o guardanapo na mesa e sai.

A porta do quarto bate e outro pedaço de batata petrificada cai do teto, aterrissando na mesa com um baque desajeitado, ao lado da vela de Nossa Senhora. O bebê choraminga. Colleen pega-o e tenta acalmá-lo com a chupeta, mas ele não fica com ela na boca. Meghan aperta o grosso cachecol cinza junto às orelhas, como se estivesse tentando se esconder dentro dele.

— Puta que pariu, Pat. Como você pôde fazer isso? — pergunta Joe, encobrindo os lamentos do bebê. — Como?

O jovem não responde. A raiva enfurecida que inundava Joe amaina e se funde com uma impotência densa que assenta em seu cerne. A doença é uma praga maldita que espalha um caos diabólico de maneira que não lhe agrada, mas não há o que ele possa fazer quanto a isso, senão testemunhar a devastação. Pat está ali sentado, arrogante e ignorante, tornando uma situação ruim ainda pior, e Joe não suporta olhar para ele. Larga o garfo no prato e se levanta da cadeira desajeitadamente, saindo às pressas da sala antes que seus quatro filhos adultos vejam-no chorar.

Capítulo 31

Faz algumas semanas que Joe vem praticando ioga com Katie. Toma à risca, duas vezes por dia, o que Rosie chama de suas "pílulas que contêm sabe-lá-Deus-o-quê", como parte de um experimento clínico duplo-cego aleatório. Inscreveu-se para participar do Projeto de Biologia Humana da Doença de Huntington. Reza na igreja por todos eles, agora especialmente por Patrick e seu filho vindouro, pedindo orientação, graça e boa saúde. Joe está realmente progredindo no balcão do bar da cozinha, com a ajuda de JJ, Patrick e Felix. Está até se mantendo longe da cerveja antes do jantar e da sua arma. Vem fazendo o melhor que pode com cada dia que lhe é dado, empenhando-se em mostrar aos filhos como viver dignamente com a doença de Huntington.

Mas o que o deixa confuso é pensar à frente. A parte da morte. Qualquer final possível para a doença de Huntington é ruim. Pneumonia. Inanição. Perdurar como um semicadáver até que Deus, por fim, abra os preciosos portões para o paraíso. Que tipo de exemplo digno ele pode proporcionar aos filhos quanto à maneira de morrer da doença? Não consegue imaginar e fica morto de medo por estar se dirigindo passivamente para um futuro onde ficará descontrolado, vulnerável, sem um plano.

Mas ele tem tempo. Como diria Katie: "Ou você está aqui agora ou em lugar nenhum". Então, hoje ele ainda está aqui, vivendo com a doença, tentando não pensar na parte da morte.

Joe e Katie estão de pé em seus tapetinhos na academia de ioga. Katie orienta-o em uma aula que adaptou só para ele. "Particular", é como ela chama. Faz esse tipo de coisa regularmente para duas mulheres, ambas Toonies. Uma é uma médica do hospital especializado Mass Eye and Ear, famosa mundialmente, que trabalha muito.

Katie lhe dá aulas duas vezes por semana, às nove da noite. A outra, aparentemente, não consegue atender aos encontros em grupo, por ter vários horários semanais conflitantes para cabelo, unha e terapia, além de não gostar de suar na frente de ninguém. Assim, é muito mais simples pagar aulas particulares com Katie.

E agora tem o aluno de Katie com doença de Huntington. Seu querido e velho pai. Os dois estão lado a lado, de frente para o espelho. Ele ficou sabendo que esta não é a configuração típica de uma aula normal. Katie ensina a todos os outros da frente da sala, virada para a parede onde tem a pintura do Buda. Mas colocou Joe em frente à parede espelhada para que ele possa ver o que seu corpo está fazendo. Isso ajuda de fato.

Na maioria das vezes, o olho da sua mente, seu senso de cinestesia, está dormindo ou vendado. Acrescente uma pitada de anosognosia e ele fica completamente alheio. Em geral, não faz ideia do que suas pernas e braços estão fazendo ou onde estão no espaço, até cair, bater em uma parede, dar um encontrão em alguém ou quebrar alguma coisa. Ontem, ele estava sentado em sua poltrona, assistindo feliz ao Bruins, para, de repente, se ver esparramado de bruços no chão. É seu próprio dublê, estrela de uma comédia pastelão. Só que o show não é engraçado. A Huntington tem um senso de humor doentio.

Não são apenas a choreia, a anosognosia e a falta de cinestesia, que lhe causam problema. A força extraordinária e com grande frequência imprópria que ele consegue gerar sem ter consciência surpreende a todos. Já por duas vezes, ao levantar a tampa do vaso sanitário para mijar, arrancou-a fora. Se pelo menos conseguisse controlar seus poderes de super-herói para sempre...

Katie fica parada em cima no tapete, os pés pálidos plantados sob a distância do quadril, as pernas paralelas. Olhando no espelho,

Joe observa seus pés igualmente pálidos, mexendo-se, subindo e saindo do tapete, como se estivesse pisando em uma invasão de formigas. Depois do seu episódio com a arma, Rosie queixou-se dele e a dra. Hagler abaixou sua dosagem de Tetrabenazina. No rótulo, existe um aviso em destaque para tendências suicidas e depressivas, afetando vinte por cento de quem toma o medicamento. Puta coisa incrível. A depressão já é um sintoma da doença de Huntington, mais um chocolate numa deliciosa variedade do pacote. Então, vamos dar às pessoas que estão enfrentando uma doença terminal brutal, que provavelmente já apresentam depressão, um remédio que possa exacerbar esse sintoma e provocar pensamentos suicidas. É uma puta de uma ideia genial. Mas se Joe quiser tratar sua choreia, e ele quer, a Tetrabenazina é a melhor e única coisa que eles têm.

Joe gosta de imaginar o medicamento como um exército farmacêutico de patrulheiros perseguindo os bandidos da doença de Huntington que cometem choreia, agarrando-os, algemando-os e prendendo-os. Com menos Tetrabenazina na ativa, ele tem mais bandidos à solta dentro dele, cometendo abomináveis atos de choreia. Ele tem se mexido muito.

Mas Rosie está feliz com a troca. Já não existe uma obsessão pela arma. Joe argumentaria que foi Katie, e não um ajuste na medicação, que o tirou do buraco negro, mas a esposa está traumatizada demais para ouvir qualquer referência a um novo aumento da droga. Todos eles terão que viver com mais movimentos descoordenados. Mais choreia, menos arma.

A compulsão em checar alguma coisa permanece, mas a obsessão de Joe com sua arma foi transferida para seu celular. Ele envia, provavelmente, uma centena de mensagens por dia a Rosie. A necessidade de saber onde ela está e ter certeza de que esteja bem parece tão urgente quanto a necessidade por oxigênio. Ele perde o fôlego enquanto espera sua resposta. Portanto, se ela não responde em poucos segundos, ele escreve novamente. E de novo. Sabe que está deixando sua esposa maluca, mas não consegue parar.

— Braços para cima.

Joe imita Katie e agora eles estão se movendo "juntos" por uma coisa chamada Saudação ao Sol.

— Dobra para frente.

Katie faz o mergulho do cisne e suas mãos espalmadas pressionam o tapete, o nariz nos joelhos. Os braços de Joe agitam-se para baixo e seus dedos balançam em frente a suas canelas, a mais de um quilômetro do chão. O corpo de Katie é um canivete, o de Joe, um Quasimodo.

— Sustentação a meio caminho.

"Já estou, querida". Depois a posição da prancha. A flexão para cima. Cachorro olhando para cima. Cachorro olhando para baixo. Como sempre, eles ficam parados nisso por um tempo.

— Relaxe na posição. Onde você tem dificuldade?

Joe ri.

— Aqui só tem muito esforço, filha.

Parece que Katie poderia ficar nessa posição para sempre, mas Joe está gemendo e ofegando, o sangue fluindo para sua cabeça rósea suada, rezando para que acabe o cachorro olhando para baixo.

Katie ri.

— Você pode ficar na posição do cachorro olhando para baixo, detestando cada segundo dela, ou pode ficar nessa pose tranquilo e sem reagir, respirando calmamente. Das duas maneiras você fica nessa pose. Você decide a qualidade da sua experiência. Seja o termostato, não a temperatura.

Sábias palavras, mas Joe deseja que ela chute o balde e os tire do cachorro olhando para baixo. Seus braços estão tremendo. Os pés ainda estão agitados, aniquilando formigas invisíveis. Pressiona o tapete com força com as mãos, mas a mão direita faz algo que a esquerda não faz, e Joe cai de barriga. Levanta-se de joelhos, limpa o nariz com a manga da camisa e volta a pressionar na posição cachorro olhando para baixo.

— Tudo bem, pai?

— Tudo. O que vem depois do Cão Olhando para baixo?

Katie volta a rir.

— Vá pra ponta do tapete.

Joe desce os joelhos e engatinha em frente. Katie espera por ele ali. Ele se levanta.

— Erga os braços. Mão no coração

Amém.

Eles repetem e repetem. Joe bufa e oscila, debatendo-se e caindo. Katie é graciosa, fluida, forte. Faz com que pareça simples. Mesmo sem a doença de Huntington, Joe não se pareceria em nada com ela. A cada segundo, é tomado por um empenho desajeitado, os músculos esforçando-se, o cérebro atrapalhando-se para copiar a postura de Katie, julgando sua dolorosa inadequação. Essa merda não é para fracotes.

Mas ele permanece firme e a repetição é sua aliada. Seus músculos começam a prever o que acontecerá a seguir. Conhece a coreografia dessa dança. Katie parece perceber isso e suas dicas começam a focar mais na respiração.

— *Inspire*, braços para cima. *Expire*, dobra para frente. Inspire. Sustentação a meio caminho. Expire. Inspire.

E, então, acontece algo mágico. O movimento vai para o plano de fundo. Joe torna-se um corpo que respira e que, por acaso, está se movendo. Respira devagar, ritmado, com longas inspirações, exalando pelo nariz, exatamente como Katie ensinou, e descobre serenidade no movimento. Está em transe. Acabaram-se as formigas. Acabaram-se as quedas. Os bandidos que provocavam a choreia fugiram da cidade.

Já foram cinco aulas particulares com Katie e esta é a primeira vez em que sente esse tipo de quietude em movimento, essa pausa desperta da choreia. Costumava correr a Forty Flights até o ponto da exaustão, caindo repetidas vezes nos degraus, ralando joelhos, cotovelos e mãos, tornando-se um caos sangrento até que a choreia acenasse sua bandeira branca. Isso é melhor. E bem mais seguro.

Depois da saudação ao sol, eles vão para o chão. Três cobras. Duas lagostas. E depois a ponte. Ele teme a ponte. Deita-se de costas, os pés plantados, joelhos dobrados e, ao sinal de Katie, ergue o quadril até o céu. Ou, pelo menos, ergue um pouco.

— Segure essa posição, não a sua respiração. Fique assim por dez segundos.

As pernas de Joe tremem. Sua garganta parece contraída, estreita. Ele aperta o rosto e grunhe, soltando a respiração entrecortada. Contrai todos os músculos que consegue, lutando para manter a bunda longe do chão, para se manter firme, continuar lutando.

— A postura começa quando você quer se livrar dela. Acalme suas reações. Acalme seus pensamentos. Acalme o esforço. Assista e respire.

Num primeiro momento, Joe descobre seu rosto e destrava o maxilar. Respira e, conscientemente, relaxa tudo, menos os pés, que empurra contra o chão. Vê seu estômago subir e descer. Subir e descer. E aí está ele, quase confortável na ponte.

"Continuar lutando" funcionou para Joe, enquanto policial. Funcionou até para ele como marido e pai. Mas não funciona muito bem como um homem com doença de Huntington. Continuar lutando é um esforço. É guerra. Apesar do Seroquel e da sua dose inadequada de Tetrabenazina, ele ainda apresenta choreia, perda de coordenação e cinestesia, transtorno obsessivo-compulsivo, paranoia, impulsividade, anosognosia, oscilações desenfreadas de humor com uma predileção inconsciente para a raiva e síndrome disexecutiva. E fala enrolado. O problema com a dicção começou. Ele não tem uma arma real para combater a doença de Huntington. Jamais admitiria isso para Donny ou Tommy, ou para qualquer um dos colegas, mas talvez, em vez de continuar lutando, sua abordagem para a doença devesse ser "continuar na posição".

Katie, piedosamente, manda Joe relaxar sua ponte. Eles passam para a dobra para frente sentado. Bebê feliz, torção espinhal.

E por fim, sua favorita, savasana. Posição do morto. A ironia do nome dessa posição não lhe escapa. Joe deita-se no tapete, seus braços nas laterais, as pernas abertas, pés esticados, olhos fechados. Respirando. Deixando esvair todo o esforço. Cedendo a tudo. Permitindo que cada quilo seu seja sustentado pelo tapete e pelo assoalho de madeira sob ele, que nesse momento parece, de certa maneira, mais confortável do que o colchão da sua cama.

Às vezes, Katie lê uma passagem inspiradora de um dos seus livros de ioga, enquanto ele se mantém na posição, mas hoje ela não diz nada. Sem olhar, ele pode sentir sua presença no tapete ao lado. Joe respira, sem forçar ou esperar nada, e submerge, soltando o corpo e os pensamentos, esvaziando-se.

E nesse espaço vazio emerge a imagem da sua mãe. Uma lembrança. Ela está em seu quarto compartilhado do hospital estadual, sentada em uma cadeira de rodas reclinada, estofada, um cinto de segurança branco passado sobre seu peito, um preto preso ao redor da cintura. Veste uma camisa azul de manga curta, que dança em sua estrutura magra, um bracelete de papel amarelo-florescente com os dizeres RISCO DE QUEDA ao redor do pulso translúcido. Seus pulsos estão destacados, os dedos ossudos, curvados e rígidos.

Ela se esforça para falar, grunhindo, soltando rosnados baixos de animal selvagem. Seu rosto se contrai rápido, como se tivesse levado um soco inesperado. Volta a grunhir e joga o queixo para cima, para o teto. A boca permanece aberta. Uma baba pinga do lábio inferior em sua camisa azul.

Joe tem 11 anos. Sente nojo, vergonha, repulsa. Vira a cabeça para outro lado. Quer ir embora.

"A posição começa quando você quer se livrar dela. Acalme suas reações. Acalme seus pensamentos. Acalme o esforço. Assista e respire."

"Mantenha-se na posição."

Joe fica deitado na posição do morto e começa a reviver a mesma vívida lembrança da mãe, mas ela muda, como se Deus tivesse alcançado seu cérebro e o rodado alguns graus.

"Assim não. Desse jeito."

A cadeira de rodas da mãe, os cintos de segurança, sua camisa azul de manga curta, o bracelete amarelo, os rugidos, a baba. Em vez de olhar para outro lado, Joe encara-a nos olhos e vê os olhos da mãe sorrindo para ele. Seu rosto se contrai, ela grunhe, mas agora os olhos de Joe estão ligados nos dela, sem medo, e os sons guturais animalescos tornam-se humanos, inteligíveis.

— Oiãda.

Obrigada.

Sua mãe está agradecendo à enfermeira por lhe dar o almoço. Está agradecendo ao marido por escovar seu cabelo. Está agradecendo a Joe e Maggie pelos desenhos que fizeram para ela.

E antes que eles partam por mais uma semana, a mãe reúne toda a força que tem para produzir um gemido expressivo.

— Ão oês.

Amo vocês.

As últimas palavras que Joe ouviu a mãe dizer, palavras que só entendeu agora, foram "Obrigada" e "Amo vocês". Gratidão e amor.

Joe reproduz a lembrança e vê a mãe mais uma vez. Incapaz de andar ou de se alimentar sozinha, incapaz de defender sua reputação dos rumores de que era uma alcoólatra, uma pecadora e uma péssima mãe, incapaz de viver em casa, de abraçar os filhos, de colocá-los na cama à noite, ela sorri para Joe com os olhos. No final, sua mãe não era um cadáver vivo esperando morrer em um hospital. Era uma esposa e uma mãe que amava sua família, grata por vê-los e ainda amá-los enquanto pudesse.

Lágrimas escorrem pelas têmporas de Joe, molhando seu cabelo ao se lembrar da mãe, não mais o monstro grotesco que ele desprezava e culpava e da qual sentia vergonha. Era Ruth O'Brien, uma mulher que não tinha culpa de ter a doença de Huntington, que ofereceu amor e gratidão à sua família quando não tinha mais algo para dar.

Depois de todos esses anos, ele vê sua mãe. Relembrada.

Eu te amo, mãe. Por favor, me perdoe. E o coração de Joe incha, sabendo que isso já acontece. Ele é amado e foi perdoado.

E, como um relâmpago, surge seu exemplo. Sua mãe à sua frente. A lição que ela passou para que ele passe para seus filhos, a coragem para enfrentar cada respirada com amor e gratidão.

— Ok, pai. Vamos sacudir os dedos dos pés e das mãos. Estique os braços acima da cabeça e, quando estiver pronto, passe para a posição sentada.

Joe e Katie estão, agora, sentados com as pernas cruzadas, olhos abertos, vendo um ao outro no espelho. O rosto de Katie também está molhado de lágrimas.

— Vamos trazer as palmas das nossas mãos juntas até nossos corações.

Joe copia a filha. Por um momento, eles permanecem em silêncio, orando.

— A luz dentro de mim curva-se e homenageia a luz dentro de você. Namastê.

— Namastê — diz Joe, sorrindo para a filha no espelho. — Eu te amo, Katie.

— Eu também te amo, pai.

— Obrigado, meu bem.

Amor e gratidão.

Capítulo 32

Joe está parado no vestíbulo da entrada, tentando entender o que está vendo, ou melhor, o que não está vendo. A pia de água benta de mármore sumiu. Ele está olhando para dois buracos de parafuso e uma mancha de tinta branca no formato da pia, 20 anos mais brilhante do que a parede branca que a cerca, incapaz de imaginar quem faria isso. Alguns meses atrás, poderia nem ter percebido sua falta. O sacramento da água benta sempre foi coisa de Rosie. Mas, conforme os sintomas da doença de Huntington pioraram, ele imaginou que uma água abençoada por Deus é tão eficiente quanto qualquer coisa que a medicina moderna tenha para ele, e infinitamente mais barata. Assim, nos últimos meses, acolheu o gesto de devoção, ungindo-se em nome do Pai, do Filho e do Espírito Santo ao sair e ao voltar para casa. Certa manhã, quando ninguém estava olhando, chegou até a tirar o canudo do seu copo, afundou-o na pia e bebeu um pouco. Mal não iria fazer.

Joe joga suas chaves na mesa do corredor e vai saudar a Virgem Maria, outro ritual ao qual ficou ligado de modo quase obsessivo, mas fica no vazio. Ela também se foi. Não há nada na mesa exceto suas chaves e a toalhinha marfim onde Maria costumava ficar. Será que eles foram roubados por algum católico insano?

Na sala de visitas, a cena é semelhante. Falta o crucifixo na parede acima da lareira. Jesus, São Patrício, São Cristóvão, os anjos, as velas votivas, até o coral de Natal e a cena da manjedoura desapareceram. Apenas os sapos, os bebês, os Snoopys e as fotos de família permanecem. Para Joe, a sala parece melhor sem toda a tralha religiosa, mas ele fica gelado. As estátuas e velas não significam nada para Joe, mas significam tudo para Rosie.

Ele continua a inspecionar a sala como se fosse uma cena de crime. A tábua de passar de Rosie está montada, mas o fio do ferro de passar está fora da tomada, e a roupa limpa ainda é uma pilha amassada na cesta que está no chão. O sumiço da tralha religiosa, a roupa sem passar. Nada mais parece estar faltando, mas aí seus olhos param no armário da TV, o indício final. Os videotapes da Oprah sumiram.

Rosie destrambelhou.

— Rosie?

Ele entra no quarto e lá está ela, ainda de pijama rosa, deitada na cama em posição fetal, o rosto vermelho e congestionado, os olhos fundos, o cabelo ruivo parecendo fazer parte de uma banda de rock dos anos 80. Ele se ajoelha no chão ao seu lado e se inclina para o colchão como um menino que reza na hora de dormir. Seu rosto está no nível do dela, a apenas alguns centímetros de distância. Dá para ele sentir o hálito suave em seu nariz. Ela cheira a vinho.

— O que aconteceu, querida?

— Nada.

A Madona segurando o menino Jesus foi-se da mesa de cabeceira ao lado dela. Em seu lugar, há duas garrafas de Chardonnay e um copo de geleia, todos os três vazios.

— Você está bêbada.

— E...

— E? São dez horas da manhã.

— Não ligo nem um pouco.

— Não liga, é?

— É isso mesmo — diz ela, desafiando-o a corrigi-la.

Ele nem sonharia em fazer isto.

— O que você fez com toda a tralha religiosa?

— Guardei.

— Por quê?

— Porque não acredito mais em Deus.

— Entendo.

— Não acredito. Pra mim, chega. Como, Joe? — pergunta ela, sentando-se agora, subitamente ganhando vida.

Tem um discurso a ser feito, que andou cozinhando em vinho a manhã toda, só esperando uma audiência. Ele pode vê-lo em seus indignados olhos verdes.

— Como é que eu posso? Como posso acreditar em um Deus que faria isso com a nossa família? Somos pessoas boas, Joe.

— Eu sei. Coisas ruins acontecem com pessoas boas todos os dias.

— Ah, não me venha com nenhuma besteira clichê. Eu estava aceitando a sua morte.

— Obrigado, querida. Isso é muito meigo.

— Não, você sabe o que eu quero dizer. Já fui com você a inúmeros enterros de policiais. Vi a dor nos rostos daquelas esposas. Estava preparada para ser uma dessas mulheres desde os meus 20 anos.

Ele entende. Os funerais sempre levantam essa questão. Isso não é uma brincadeira de polícia e bandido. Essa merda é real. Às vezes, os mocinhos são abatidos. E quando eles perdem um irmão ou uma irmã de farda, todo policial em posição de sentido, homenageando o que está no caixão, pensa exatamente a mesma coisa: "Poderia muito bem ser eu".

— Eu estava bem quando rezava só por você — diz Rosie. — Dava pra lidar. A dra. Hagler disse que a doença é lenta, então, tudo bem, isso é uma bênção, certo? Ainda temos tempo. Rezei para que Deus me desse força e bênção para suportar isso, para cuidar de você, para ser grata por cada dia que temos. Você sabe que eu sempre acreditei em confiar na vontade de Deus.

Joe confirma com um gesto de cabeça.

— Além disso, somos irlandeses. Sabemos como aguentar dificuldades exaustivas, devastadoras. A perseverança está no nosso sangue, puta que pariu.

Joe concorda. Eles são uma raça de pessoas fortes e perseverantes, teimosas como uma mula com intestino preso, e se orgulham disto.

— Mas aí tem o JJ e depois a Meghan. Eles têm a porra dessa coisa mutante e horrorosa no sangue, no cérebro e vão morrer antes de mim, Joe, e eu não aguento. Não aguento.

Este é o pior pesadelo para uma mãe e a voz de Rosie falha sob o peso cruel desse pensamento. Está chorando e Joe não sabe o que dizer para consolá-la. Quer passar os dedos pelo seu cabelo, enxugar suas lágrimas, esfregar suas costas e abraçá-la, mas não confia que seus braços e mãos farão o que pretende. Ele poderia dar um soco em seu rosto, apertá-la demais, cutucar seu olho ou enfiar as unhas em sua pele, tirando sangue. Sabe que é possível, porque já aconteceu. É como se seu centro de comando do cérebro para movimentos voluntários tivesse sido sequestrado por uma gangue de moleques perversos e eles estivessem ali, rindo feito maníacos, enquanto mexem ao acaso nos interruptores. Ou, ao contrário, os garotos estão ali de braços cruzados, alguns teimosos, outros indolentes, recusando-se, descaradamente, a atender ao pedido simples e educado de Joe para ligar a sequência motora adequada para um abraço. Assim, ele resiste ao desejo de tocá-la e Rosie chora sozinha ao seu lado.

— Eu penso nas cerimônias do funeral, seus rostos e corpos lindos nos caixões, enterrados e não tenho vontade de passar um minuto nesta terra sabendo que dois dos meus filhos estão enterrados debaixo dela.

— Shh, querida, não pense nisso.

— Não consigo parar. Imagino eles mortos no chão e é inverno, e os corpos deles ficariam tão frios. Não suporto.

— Você tem que parar de imaginar isso. Eles não vão morrer logo. Você precisa ter fé.

— Não consigo. A fé que eu tinha foi quebrada. Foi-se. Eu tentei. Tentei rezar por eles, no começo estava cheia de humildade e esperança, mas depois passei a implorar e se transformou nessa raiva absoluta contra Deus, os anjos e a igreja. E se Katie, Patrick e o bebê também tiverem isto? Eu poderia perder *todos*, Joe!

Joe nota que Rosie não incluiu o bebê por nascer de Patrick, uma criança bastarda ilegítima, em sua lista de "todos".

— Eles não vão ter nada. Você não vai perder.

— Vou te dizer de uma vez, rastejo pra dentro do caixão com o último deles. Eles vão ter que me enterrar viva, porque não vou continuar sozinha.

— Rosie, querida, não é bom pra você pensar assim. Você tem que se concentrar nos filhos vivos.

— E se as meninas nunca se casarem, nem tiverem famílias por causa disso? E se JJ e Colleen decidirem que não devem ter mais filhos?

— Todos eles podem fazer aquela coisa in vitro. Ou podem adotar.

— E se JJ ficar sintomático e perder o emprego? Como é que ele vai sustentar a família? Quem vai ensinar ao Joey a brincar de pega-pega e jogar beisebol, e todas essas coisas de pai e filho?

Sua voz vai ficando mais aguda a cada pergunta. Joe teme que suas dúvidas se voltem para si mesma num autêntico ataque de pânico de bêbada.

— Ele não está sintomático e temos que esperar que não esteja por no mínimo 20 anos. E Colleen também pode ensinar essas coisas pro Joey. Você já viu os arremessos dela? Ela tem um baita de um braço.

— Acho que eu vi sintomas em Patrick.

— Não viu. Você só está assustada e imaginando o pior. Olhe, existe muita esperança para nossos filhos. Esses cientistas vão descobrir tratamentos eficazes e uma cura pra esse troço.

— Como é que você sabe? E se não descobrirem?

— Vão descobrir. Tenho fé neles. Temos todas essas pessoas muito inteligentes lá no fim da rua, nos laboratórios do Navy Yard, dedicando suas vidas a essa descoberta. Elas já conhecem a mutação e é a única coisa que causa a doença de Huntington. Vai acontecer. Um dia eles vão curar isso, se Deus quiser a tempo de salvar nossos filhos. E tomara que ninguém mais na nossa família tenha o gene. É pra isso que eu rezo.

— Você reza?

— Nossa! Não precisa ficar *tão* chocada. É, eu tenho ido à igreja.

— Desde quando?

— Um mês. Imagino que se existe uma época pra rezar e descobrir algum propósito maior e misericórdia é agora.

— Você vai à missa?

— Não. Não preciso do padre e de todo o senta-levanta. Provavelmente eu cairia de cara e provocaria uma confusão. Vou de manhã, depois que acaba a missa das 7h30.

— Então, o que você faz?

— Sento e rezo.

Joe realmente começou a ir à igreja por causa da irmã, Maggie. Finalmente, falou com ela pelo telefone no mês passado, contou-lhe tudo. Ela ficou chocada e preocupada, até chorou, enquanto perguntava sobre os filhos de Joe, o que o surpreendeu, já que ela nem os conhecia. Embora ele se sinta grato que Maggie não tenha notado qualquer sintoma em si mesma, também não pôde evitar se sentir indignado. Tanto ele quanto Maggie tinham uma chance de cinquenta por cento de herdar a doença de Huntington da mãe. Por que não poderia ser ela a ter a doença e não ele? Maggie não tem filhos. A doença poderia terminar nela. Por que Deus amaldiçoaria seus filhos com essa doença desgraçada? E para sua vergonha, Joe odiou Maggie por, provavelmente, ser negativa para Huntington. Odiou Deus por escolhê-lo, por dar a doença a sua família. Mais do que tudo, odiou a si mesmo.

Sem que fosse uma decisão tomada conscientemente, na manhã seguinte levou sua triste figura até a São Francisco, desmoronou em um dos bancos e, sozinho na igreja, rezou a Deus em voz alta. Naquele dia, rezou por muitas coisas, mas, acima de tudo, pediu perdão a Deus. Para sua surpresa, quase que imediatamente se sentiu absolvido, mais leve, mais puro, o ódio tóxico levado do seu corpo. Desde então, foi à igreja quase todas as manhãs.

Quatro fileiras a partir dos fundos, do lado direito, onde sempre se sentavam como uma família, quando as crianças eram pequenas. Só fica ali cinco minutos no máximo a cada vez. Poderia muito bem rezar da sua poltrona na sala de visitas, mas gosta de rezar naquele lugar, em seu velho banco na igreja de São Francisco. Aprecia as colunas que levam a arcos grandiosos no nível do mezanino, concebidas segundo a catedral de Limerick, Irlanda, do órgão de tubos, das bandeiras americana, irlandesa e de Charlestown, do crucifixo de ouro pendendo do teto, dos vitrais nas janelas e na via sacra, do assoalho de madeira gasto e pintado de vermelho. Suas preces feitas ali parecem oficiais, abençoadas, ouvidas.

Deus, por favor, ajude os cientistas a encontrar uma cura para a doença de Huntington, assim meus filhos não perdem a vida para isso.

Deus, por favor, faça com que Patrick, Katie e o bebê Joseph sejam gene negativo.

Deus, por favor, faça com que JJ e Meghan sejam curados e me deixe viver tempo bastante para saber que eles vão ficar bem. Ou, se ainda não puder haver uma cura, faça com que eles não fiquem sintomáticos até estarem bem velhos.

Deus, por favor, reze por Rosie. Não me deixe ser um fardo grande demais para ela. Faça com que ela sempre se sinta amada por mim. Por favor, cuide dela depois que eu me for.

E por último, Deus, se eu não estiver sendo muito ganancioso, por favor, ajude o Red Sox a ganhar a World Series, o Bruins a ganhar a Stanley Cup, e o Pats a ganhar o Super Bowl.

Amém.

Depois, ele se benze, beija sua moeda da sorte e vai para casa.

— O que você acha disso? — pergunta Joe. — Eu rezo por você e pelas crianças, você reza por mim, só por mim. Assim, você não fica sobrecarregada e todos ficam cobertos. A ajuda viria numa boa.

Rosie sacode a cabeça sem se convencer.

— Mas por que, Joe? Por que Deus faria isso com a gente?

— Não sei, querida. Não sei.

Ele faz uma pausa, desejando ter algo mais sábio para oferecer. Onde está Katie com uma das suas malditas citações inspiradoras da ioga quando ele precisa dela?

— Quer pôr toda a tralha de Jesus de volta? — pergunta.

— Não — funga ela. — Não posso. Ainda me parece uma mentira.

— Tudo bem, não precisamos disso. O Snoopy continua ali. Podemos rezar pra ele. Em nome do Snoopy, do Charlie Brown e do Santo Woodstock — diz Joe, benzendo-se.

— Pare com isso, é terrível.

— Ou podemos usar o Caco. Santo Caco, mãe da miss Piggy.

— Pare, isso é ridículo e uma blasfêmia.

— Viu? Você ainda acredita. Não perca a fé, meu bem.

Joe agarra-se à beirada da cama e se levanta, gemendo enquanto seus joelhos estalam. Abre os braços, convidando Rosie a sair dali.

— Venha comigo. Vamos fazer uma xícara de chá pra você.

Rosie cede. Eles vão juntos, inclinando-se e tropeçando, batendo nas paredes do corredor e no quadril um do outro. Uma esposa bêbada e um marido com doença de Huntington. Fazem um belo par. Ao cambalearem pelo corredor e finalmente chegarem à cozinha, ocorre a Joe que isto é o melhor que qualquer pessoa pode esperar da vida.

Alguém que você ame que cambaleie com você nos momentos difíceis.

Capítulo 33

A fisioterapeuta de Joe é uma moça chamada Vivian. Joe chama-a de Viv. Tem cabelos loiros que balançam, um sorriso grande e fácil num rosto bonito, e um corpo em forma, mas feminino, que Joe acha agradavelmente desconcertante. A esta altura, ele sabe que não se deve deixar enganar por sua aparência de menininha meiga. Viv é dura como prego. Não demonstra piedade por Joe e isso é o que ele mais gosta nela.

Toda semana, eles trabalham por uma hora o equilíbrio, a força central e o que Viv chama de "treinamento de marcha". Este é um elegante termo fisioterapêutico para andar. Joe acha mais do que desmoralizante o fato de precisar de uma profissional paga para treiná-lo a andar. Mas, paciência. Que seja.

Ele está sobre o tapete, de quatro, no que Katie chama de posição da mesa.

— Ok, agora se mantenha na posição enquanto eu o empurro — diz Viv. — Preparado? Resista.

As mãos de Viv estão nos ombros de Joe, empurrando-o para trás, enquanto ele se inclina para suas mãos, fazendo força com as pernas, com o torso, com os braços, na verdade com todo o corpo. No início ele fica firme, mantendo a posição, mas já praticou esse exercício vezes demais com Viv para comemorar agora. Enquanto ele está se dedicando cem por cento a isso, sabe que, provavelmente, Viv está trabalhando apenas uns 25 por cento.

— Ok, bom trabalho. Sente-se nos calcanhares e descanse.

Ela está lhe dando um descanso no que Katie chama de posição da criança.

— Os braços permanecem esticados para fora.

Viv massageia as coxas de Joe e depois amassa os nós do seu pescoço. Suas mãos pequenas e tratadas são surpreendentemente fortes. A seguir, vai trabalhar no seu trapézio. Abençoada seja. A sensação de ser tocado é muito boa e ele diz isso da maneira mais respeitosa, sem a menor conotação sexual.

Rosie está evitando Joe, ultimamente. Ele compreende que uma proximidade física com ele possa ser perigosa. Ele poderia, involuntariamente, dar um soco, jogar a comida ou soltar uma palavra ríspida, e, qualquer que seja o caso, é passível de atingi-la em um lugar que doa. Joe entende o motivo de ela manter uma distância segura em relação a ele durante o dia. Mas agora ela também dorme toda noite no andar de cima, na casa de JJ, cuidando do bebê Joseph para que seus pais possam dormir. Ela adora tudo que diz respeito a ser avó, diz que se sente abençoada por poder ajudar, que quer aproveitar cada minuto, mesmo às três da manhã, porque ele não será bebê por muito tempo, mas Joe acha que dormir fora é também uma desculpa para estar onde ele não esteja, que talvez ela esteja praticando, experimentando um pouco do seu futuro. Sejam quais forem os motivos, perder Rosie é difícil. Mais do que a fisioterapia.

— Ok, chega de descanso. Volte a ficar de quatro. Vamos repetir.

Dessa vez, Vivi empurra seus ombros com mais força e Joe treme com o esforço. Ela parece conhecer seu limite e recua antes que Joe desista ou perca. Devolve-o à posição da criança e Joe recupera a compostura.

— Ok, última vez. De volta.

É quando ela o vence. Pelo menos em uma dessas semanas, ele gostaria de permanecer imóvel ao enfrentar ao empurrão mais forte dela. Infelizmente, ele não sabe como realizar essa façanha. Apesar de todo esse treinamento físico, continuará a ficar menos ágil, menos coordenado, mais fraco com o passar do tempo, e não mais forte. Está lutando contra uma maré que enche mais e mais.

— Resista, Joe. Vamos lá. Venha com tudo. Segure-me aqui, Joe.

Ele está apertando, inclinando e empurrando com toda sua força, resfolegando e grunhindo e, então, como se previa, Viv força-o para trás sobre seus calcanhares. Derrotado mais uma vez. Viv 52, Joe 0.

A seguir, ele está em pé junto a outro terapeuta, George, também jovem e fisicamente em forma, o que deve ser uma exigência do trabalho. É careca e tem um cavanhaque, o que faz com que pareça bravo sempre que não está sorrindo. Ele tem os antebraços e bíceps mais musculosos que Joe já viu. O cara é o Popeye.

Viv fica em frente de Joe e George posiciona-se atrás dele. Mais partidas de Derrube o Joe. Fisioterapeutas são uns sádicos. Ela segurará Joe se ele cair para frente, George o apanhará se cair para trás, e, no caso da direita ou da esquerda, pode ser qualquer um dos dois.

— Levante o pé direito do chão e se mantenha assim — diz Viv, esticando os braços como asas de avião.

Joe a imita e levanta a perna apenas uns 2,5 centímetros do chão, mas em sua mente ele é o Karatê Kid.

Viv conta:

— Um, dois. Tente de novo. Um, dois. De novo, Um, dois, três. Ok, do outro lado.

Joe ergue a outra perna por um número de segundos semelhante e detestavelmente inadequado, antes de perder o equilíbrio. Há semanas não passa do "três".

— Agora, resista às minhas mãos — diz Viv, numa investida com os braços esticados e suas mãos fortes pressionando o quadril de Joe. — Não me deixe tirá-lo do lugar onde está parado.

Agora, ele não é páreo para ela desde a primeira tentativa. Vai para trás. Eles repetem. Ele vai para trás. Repetem mais uma vez. Ele olha seu colo cheio e jovem, enquanto ela empurra. Vai para trás. Mais uma vez. Perde o equilíbrio, mas não recua. Está caindo e sente medo por cerca de meio segundo até que George, sua rede humana de proteção, agarra-o.

— Obrigado, cara — agradece Joe.

— Estou aqui para isso — diz George.

Joe estuda seu reflexo no espelho. Nesta semana, faz um ano que ele foi diagnosticado. Está desanimado, notando o quanto seu corpo mudou em um ano. Antes da doença, suas camisetas sempre ficavam justas. Seu peito era largo, musculoso, trapézios maciços, bíceps que esticavam as mangas das camisas, e provavelmente de cinco a dez quilos extras ao redor da cintura. Mede apenas 1,75 metro, mas era um homem grande, considerando sua altura.

Perdeu a gordura ao redor da cintura, mas sua barriga agora se projeta como a barriga de uma criancinha, sem força abdominal para segurá-la. Também perdeu massa muscular em seus peitorais, nos bíceps, nos trapézios, em toda parte. É um cara de meia-idade, magrelo, baixo, fraco, com uma postura desleixada, que acabou de ser vencido, com facilidade, por uma garota.

Ele poderia ser a foto de "depois" em um comercial de dieta, mas não. Ninguém diz: "Ei, Joe, você está ótimo!" A doença de Huntington não é um planejamento para perda de peso. Ele parece encolhido, um pouco enrugado, flácido, a caminho de ser esquelético e doentio.

— Ok, Joe. Sente-se — diz Viv. Ela, George e Joe sentam-se no tapete do chão azul, um de frente para o outro, como crianças. — Antes que a gente dê por terminado, hoje, tem mais alguma coisa acontecendo?

— Não.

— A Rosie me disse que você está arrastando algumas palavras.

— Ah, é, acho que sim.

Viv sacode a cabeça.

— Tudo bem, vamos fazer algumas coisas bem rápido. Ponha a língua pra fora e a mantenha assim. É, mas deixe pra fora. Não, ela voltou pra dentro. Pra fora. Estique de volta pra fora. A sua língua é uma coisinha tímida. Isso, mantenha-a assim. Agora, mexa-a para a direita, agora para a esquerda. De volta para a direita. Hummm.

Bom, aquilo pareceu ridículo, e pelo som do "Hummm" de Viv, ele falhou no teste da língua. A fisioterapia não funciona, exatamente, para melhorar a autoestima de Joe.

— Espere — ordena a fisioterapeuta.

Ela vai até sua grande sacola de truques, onde guarda seu estoque de bolas de apertar, as faixas elásticas e os chicotes e as correntes. Volta com um pirulito vermelho.

— Ok, Joe, chupe isso.

Ela abre a boca, um pedido para Joe fazer o mesmo. Ele faz e ela enfia o pirulito em sua boca.

— Não me deixe tirá-lo daí, ok?

Viv puxa o palito e ele escorrega da boca de Joe sem resistência.

— Vamos tentar de novo. Não me deixe tirar. Ótimo. Ótimo.

E então, ali está Viv com um pirulito vermelho na mão.

— Vamos fazer de novo.

Ela enfia o pirulito na boca de Joe. Dessa vez, ele quebra o pirulito com os dentes e mastiga. Viv tira um palito sem pirulito. Joe sorri. Ela sacode a cabeça.

— O que eu faço com você?

— Você é uma mulher má que tira doce de um bebê.

— Compre alguns pirulitos e faça isso em casa com a Rosie. Vai te ajudar a fortalecer a boca e os músculos do maxilar e deve auxiliar na fala arrastada. Parece bom?

— Um pouco.

— Ok. Antes do fim, acho que está na hora de conversarmos sobre te arrumar um andador.

— Não, não. Eu avisei pra não falar nessas coisas. Não é uma linguagem adequada para uma moça como você.

Joe sabia que essa conversa viria. Foi assim que Viv terminou as duas sessões anteriores. A esta altura, ela fala em andador. Mais tarde, vai falar em cadeira de rodas. Joe detesta isso.

— Temos que pensar na sua segurança. Os tombos são...

— Não são grande coisa. Você cai e levanta de novo. Faz parte da vida, meu bem.

Viv sacode a cabeça, paciente, mas frustrada com ele. Anda tocando bastante nesse assunto do andador, mas até agora ele ainda consegue resistir.

— Ok. Mas você não vai conseguir evitar este assunto por muito tempo.

Vitória para Joe. Viv 0, Joe 3. Ele sorri, saboreando sua única vitória do dia. Até as pequenas contam.

Katie entra do saguão do Hospital de Reabilitação Spaulding, e seu pai já está sentado na sala de espera, terminada sua sessão de fisioterapia. Ela teria chegado na hora, mas teve que rodar pelo Navy Yard algumas vezes procurando lugar para estacionar, depois, levou dez embaraçosos minutos para enfiar o maldito carro na vaga. Ele está assistindo à TV afixada na parede e ainda não percebeu que a filha chegou. Katie para antes de se aproximar dele.

Joe fica se ajeitando em seu assento, como se tentasse ficar confortável, mas não consegue. Está em perpétuo movimento. Sua cabeça desliza ao redor do eixo do pescoço, inclinando-se, acenando para baixo, balançando, como se alguém tivesse afrouxado os parafusos que ligam seu crânio à coluna. Os movimentos dos membros começam ao acaso, mas em geral evoluem dentro de um padrão, algo próximo a um ritmo constante, se ela observar por tempo suficiente. Calcanhares para cima, calcanhares para baixo, batida dos dedos dos pés, calcanhares para cima, calcanhares para baixo, batida dos dedos dos pés, batida dos dedos dos pés, movimento dos ombros, esticada do braço, alçar das sobrancelhas, calcanhares para cima, calcanhares para baixo. Ele está dançando uma música que ninguém mais no planeta pode ouvir.

O mais difícil para Katie é testemunhar suas contorções faciais. Fazem com que ele pareça perturbado. Ela se envergonha de admitir que, às vezes, precisa se lembrar que não é este o caso. Ainda que conheça o motivo das contorções faciais, elas são desagradáveis. Os desavisados podem deduzir que ele seja perigoso, desequilibrado ou que esteja bêbado.

É por isso que ele usa as camisetas. O sujeito que faz as camisetas TOWNIE estampou uma dúzia para seu pai, de graça. Agora, ele não quer usar outra coisa. Desde que JJ contou aos colegas do corpo de bombeiros sobre seu status genético, não existe motivo para manter a doença de Huntington trancada no armário. Assim, com a bênção do filho, seu pai está na missão de educar o mundo ou, no mínimo, as boas pessoas de Charlestown. As camisetas cinza, com dizeres em azul no centro do peito dizem:

ISTO É A DOENÇA DE HUNTINGTON

Saiba mais em HDSA.org

Ou pergunte para mim

Ele criou muitos outros slogans sobre a doença e queria fazer toda uma coleção de camisetas, mas Rosie pôs um fim naquela ideia. A maioria delas não era, em absoluto, politicamente correta. Ela disse que ser vista em público com ele já é difícil o bastante sem que ele esteja com uma camiseta ofensiva. Katie achou que algumas delas eram bem engraçadas.

Tenho doença de Huntington. Qual é a sua desculpa?

Este é o meu cérebro com a doença de Huntington

A vida é boa, mas a doença de Huntington é de foder

Você está encarando um homem com doença de Huntington

Vai se foder. Isto é a doença de Huntington.

Ela agora vai até ele.

— Ei, pai, está pronto?

Ele bate nas coxas.

— Tô. Vamos!

Katie segura a porta para ele ao saírem do prédio. A tarde está excepcionalmente agradável, por volta de 20 graus, algo estranhamente raro para março em Boston. Ela vira o rosto para o céu e fecha os olhos, sentindo o sol tocar em seu nariz e em suas bochechas. O calor faz Katie sorrir. Cansou do inverno. Mas sabe que hoje é mais uma provocação cruel do que uma verdadeira prévia. Ninguém em Boston já está guardando gorros, luvas e casacos de inverno. Amanhã poderia nevar 30 centímetros. As flores rosa e brancas que Katie ama demorarão no mínimo mais um mês para desabrochar. Ela mantém a cabeça inclinada por mais alguns segundos, antes de começar a se preocupar com as queimaduras de sol. Não está usando protetor.

Seu pai inspira e sorri.

— Que dia! Está com pressa pra ir pra algum lugar?

— Não.

— Quer dar uma volta?

— Claro!

Passear com o pai é estressante. Ela só vai buscá-lo de carro na fisioterapia para evitar caminhar com ele. Mas quem pode resistir a um dia destes?

Katie quer ficar bem perto para agarrá-lo, caso ele comece a cair, mas não perto demais para levar um punho voador no rosto. Ela lhe deixa um espaço de segurança consideravelmente amplo. Não tirará os olhos dele enquanto caminha, mas é assustador observar. Cada junta — os tornozelos, os joelhos, o quadril, os cotovelos, os pulsos, os dedos, os ombros — está totalmente envolvida na tarefa. Cada passo é exagerado, brusco, frenético, quase violento. Ela se vê prendendo o fôlego, da maneira que imagina que uma mãe faça ao ver seu bebê dando os primeiros passos inseguros e vacilantes. É um milagre ele não cair.

E, então, ele cai.

Foi rápido demais para ela reagir a tempo. Ela acha que ele arrastou a ponta do tênis e, depois, se debateu, suas pernas correndo para acompanhá-lo, como um personagem de desenho animado. Está esparramado, de barriga para baixo, os braços abertos na calçada, e ela está parada acima dele, perplexa. Mesmo esperando que isso acontecesse, estupidamente não consegue fazer nada.

— Pai! Você está bem?

Agora, ela corre até ele e se agacha. Ele se esforça para se sentar, e limpa a areia e o cascalho das mãos e dos braços.

— É, estou bem.

Katie examina-o. Nada de sangue. Espere.

— Pai, você está sangrando — diz ela, apontando o meio da sua própria testa.

Ele passa a ponta dos dedos na testa, vê o sangue, depois limpa a cabeça com a parte de baixo da sua camiseta.

— Foi só um cortezinho — minimiza ele.

É mais do que um cortezinho.

— Espere aí.

Ela remexe em sua bolsa.

— Eu tenho um band-aid, mas é da Hello Kitty — diz, levantando-o, deduzindo que ele vai recusá-lo.

— Ok — diz Joe, absorvendo mais sangue com a ponta da camiseta. — Não acho que eu vá parecer ainda mais ridículo.

Katie abre o band-aid e o coloca com delicadeza sobre o corte, grudando-o na testa do pai. Olha-o de cima a baixo. Palmas e cotovelos ralados, manchas de sangue por toda camiseta debaixo do ISTO É A DOENÇA DE HUNTINGTON, um curativo da Hello-Kitty grudado no meio da sua testa.

— É, você está um pouco mais ridículo — diz ela, sorrindo.

O pai ri.

— Francamente, meu bem, estou pouco me lixando. Vamos até aquele parque.

Eles caminham até o Memorial de Massachusetts da Guerra da Coreia e o pai escolhe um banco. Eles estão arrumados em círculo, na verdade um hexágono, que ela percebe ao contar os seis pilares que definem o espaço. Os nomes dos soldados de Massachusetts que morreram na Guerra da Coreia estão eternizados em cada pilar.

Outros nomes estão eternizados em tijolos ao longo do caminho e, ainda, outros nos bancos de mármore. No centro do hexágono há uma estátua de bronze de um soldado, maior do que o tamanho natural, equipado com capa de chuva.

Katie nem sabia que aquele lugar existia. A maioria dos Townies ignora o conjunto histórico do Centro. Eles não sobem no Monumento da Bunker Hill, nem fazem o passeio do *USS Constitution*. Sua mãe diz que esteve no Old Ironsides num passeio escolar do segundo ano, mas não se lembra dele. O monumento é alto. O navio é velho. O conjunto histórico é bom, mas nem tanto.

Pai e filha sentam-se lado a lado a uma distância segura e ficam calados. O banco de mármore ensolarado dá uma sensação de calor agradável em suas mãos. Um pardal passa pelos pés deles, pulando nos tijolos e salta para a grama. Ela ouve vozes infantis flutuando pelo ar aquecido, presumivelmente vindas de um playground que não consegue ver.

Como faz sempre que tem tempo livre para pensar, imagina o resultado do seu teste genético, impresso, esperando por ela em um pedaço de papel fechado num envelope branco na sala de Eric. O que estará escrito nele? Ela sempre começa imaginando que é gene positivo.

"Sinto muito, Katie, mas você terá a doença de Huntington, exatamente como a sua avó, seu pai, JJ e Meghan."

E então, ela começa a acreditar nesse cenário, sua mente deslanchando com ele. Uma menina de 22 anos com gene positivo para a doença de Huntington. História trágica. Sua mente adora as histórias trágicas.

Imagina a possibilidade de ser positiva para a doença muitas vezes por dia. *Sim*, sua mente diz. *Sim, você é*. E ainda que saiba que a história é apenas uma possibilidade, um pensamento que não é real, criado pela sua mente, o medo que o pensamento desperta vai assumindo uma forma física dentro dela. O medo que ela carrega é pesado, tão pesado, que ela fica impotente para abrir mão dele.

Carrega seu medo pesado para a aula de ioga e para a cama com Felix. Esconde ele bem lá no fundo, mas, ultimamente, parece que não há mais espaço. Ela é uma mala cheia em toda sua capacidade, mas todo dia pensa no resultado positivo, o que aumenta o medo a ser carregado, fazendo com que precise enfiar mais coisas lá dentro. Precisa.

As lágrimas estão sempre de prontidão, mas ela segura o choro. Guarda tudo dentro de si. Tem absoluta certeza de que logo não conseguirá fechar o zíper. O medo está expulsando-a. Todas as vezes que seus pulmões expandem-se, todas as vezes que seu coração bate, eles vão de encontro ao medo dentro dela. O medo está na sua pulsação, em toda respiração superficial. Ele é uma massa preta em seu peito, expandindo-se, esmagando seu corpo. Logo, ela não conseguirá respirar.

Toda manhã, por um décimo de segundo, ela esquece. Então o peso escuro está ali, ela se pergunta o que é e se lembra. Ela provavelmente tem a doença de Huntington.

Portanto, passa os dias fingindo. Cada olá animado, cada aula que dá, pregando dádiva, gratidão e paz, todas as vezes em que faz sexo com Felix, é uma impostora passando pelos movimentos da sociedade civilizada, fingindo que tudo está ótimo.

"Ei, Katie! Como vai você? Bem. Estou bem."

Ela não está bem. Ela é uma mentirosa de merda. Está planejando sua Huntington, ensaiando seu encontro final com o orientador genético, ouvindo as palavras pronunciarem seu destino condenado. "Você é positiva." E está praticando sua resposta, forte, gelada, até arrogante: "É, eu sabia". Então, segue, imaginando seus primeiros sintomas, que nunca vai se casar ou ter filhos, que vai viver numa casa de repouso e morrer só.

Ela sabe que se entregar a toda essa narrativa negativa não está lhe fazendo bem. Tem as ferramentas para dar um fim nisso. Se seus pensamentos podem criar o medo, eles podem eliminá-lo. Mas por alguma razão doentia, escolhe mantê-lo. Está chafurdando nele e, daquela maneira ruim, a sensação é boa, como comer uma assadeira de brownies quando está fazendo detox, ou roubar uma fatia de bacon quando se é vegana.

— E aí, como você está? — pergunta seu pai.

Ela está prestes a lhe dar uma resposta caridosa, sua mentira metódica. A palavra "Bem" está na sua boca, mas de repente ela não suporta seu gosto.

— Estou com medo, pai.

Ela olha para seus sapatos, os saltos dos pés pousados no chão, imóveis. Olha para os pés do pai. Calcanhares para cima, calcanhares para baixo, batidas dos dedos dos pés.

— Eu sei, querida. Eu também estou com medo.

No passado, ele teria tentado encobrir o medo dela com algum conserto rápido, como colocar um band-aid da Hello Kitty num corte sangrento. Como a maioria dos pais que quer proteger suas garotinhas, teria tentado acabar com o medo, escondê-lo ou negá-lo, o que fosse preciso para sentir que liquidara o problema. "Não fique assustada. Não há nada para ter medo. Não se preocupe. Tudo vai dar certo." Ele teria deixado Katie ainda com a sensação de medo e sozinha nisso. Mas hoje, para sua total surpresa, ele está ao lado dela.

Ela chega mais perto, quadril com quadril, e passa o braço em volta dele. Ele também passa o braço em volta dela. Ter medo juntos é bem menos assustador.

— Eu estava pensando em você e no Felix — diz o pai. — Se você resolver que quer se mudar pra Portland, tem a minha bênção. Da sua mãe também.

— Tenho?

— Viva a sua vida, meu bem. Não importa o que aconteça, ela é muito curta. Vá fazer o que você quer sem arrependimentos, nem culpa.

Seu pai tem feito um trabalho admirável ao viver bem com a doença de Huntington, dando um exemplo positivo para os filhos, mas essa mudança de opinião é totalmente inesperada. Ela fica satisfeita com a sua bênção, mas é a massa negra e pesada dentro dela, e não a desaprovação dos pais, que a tem impedido de embalar suas coisas, recusando-lhe a permissão para ir.

— Você vive me surpreendendo, pai.

— O quê? Você acha que os seus iogues são os únicos iluminados?

Katie ri. Seu sorriso aterrissa nos olhos dele, e lá está ele, seu pai. Se ela procurar, vai encontrar o amor em seu olhar.

— Você está dizendo que os policiais são esclarecidos? — pergunta ela, provocando-o.

— Ah, estou. Eles não deixam a gente usar azul até sermos aprovados no treinamento Zen.

Ela ri, novamente.

— Vamos até ali — diz o pai, apontando com a cabeça para a trilha.

A trilha é de tijolos, irregular e sinuosa. Katie observa cada passo precário do pai, sem saber se tem outro curativo, caso ele caia. Eles vão até o final sem incidentes. Estão parados em frente a uma pequena fonte, uma poça rasa em um círculo de concreto, um esguicho jorrando um modesto borrifo de água no centro. Além da fonte, encontra-se o conhecido panorama de arranha-céus, o Centro Governamental de Boston e o distrito financeiro.

— É uma cidade linda — diz o pai, contemplando o horizonte.

— É — concorda Katie, na verdade pensando que é razoável, imaginando qual será o aspecto de Portland.

— Tenho uma coisa pra você — diz o pai, enfiando a mão no bolso dianteiro da calça. Tira dali uma moeda de 25 centavos, exibindo-a na palma da mão. — Quero que você fique com isso, para dar boa sorte.

Entrega a moeda a Katie e segura sua mão na dele por um instante.

— Obrigada, pai.

Ela dobra os dedos sobre a moeda e fecha os olhos. Imagina a massa preta de medo dentro do seu peito, respira o mais fundo que consegue, enchendo seus pulmões com a máxima capacidade e, depois, solta o ar, expirando a massa negra pela boca, libertando-a. Depois, abre os olhos, gira o braço e atira a moeda na fonte.

Olha para o pai. Está pálido, chocado.

— Não acredito no que você acabou de fazer.

— O quê? Fiz um desejo.

Ele ri e sacode a cabeça.

— O que você queria que eu fizesse com ela?

— Sei lá. Não esperava que fosse se livrar dela.

— Fiz um desejo.

— Ótimo, meu bem. Espero que se realize.

— Eu também.

Eles ficam ali um tempinho a mais, antes de buscar o carro, sob o céu ensolarado e cálido, ambos assustados e esperançosos.

Capítulo 34

É começo da tarde. Katie e a irmã estão sentadas nos degraus da frente. Meghan fuma um cigarro, algo que só faz quando não há risco de a mãe ver ou sentir o cheiro. Seu avô morreu de câncer no pulmão e a mãe vira uma fera sempre que a pega fumando. Patrick está dormindo, Colleen passeia com o bebê, Rosie e JJ estão trabalhando, e o pai, na fisioterapia. A Cook Street está ensolarada e quieta, sem carros zunindo pela rua, sem gente correndo ou passeando com cachorros. Não há ninguém por perto.

Há muito tempo Katie não relaxava assim com a irmã. Elas moram juntas, então todos concluem que as duas se veem o tempo todo, mas a verdade é que raramente se encontram. Na maioria das vezes trocam um bom-dia, sonolentas, enquanto enchem canecas de viagem com café ou chá; um oi rápido quando Katie sai correndo para dar aula ou quando Meghan voa para pegar um ônibus até a cidade; contornando uma à outra enquanto Meghan arruma sua caixa de maquiagem para um apresentação ou quando Katie tira sua roupa de ioga e coloca um jeans e um suéter para sair com Felix; um abraço rápido e boa noite, antes de irem para quartos separados, fechando as portas para ir dormir. Isso nas poucas ocasiões em que Katie realmente está lá. Na maioria das noites, ela dorme no apartamento do namorado. Mesmo com a remoção da barreira autofabricada entre elas, as duas ainda conservam o hábito de ocupar lados separados do seu velho muro. Sem um motivo para permanecerem distantes, ainda não encontraram uma maneira de voltar a ficar próximas.

— E aí, o que está rolando entre você e o Felix? — pergunta Meghan, batendo a cinza solta da ponta do seu cigarro.

— Não sei. Temos brigado muito, ultimamente.

— Sobre o quê? — Meghan levanta a sobrancelha direita perfeitamente esculpida.

Ela já sabe.

— Ele está me pressionando para que me decida sobre Portland e isso está me deixando muito estressada. É como se eu tivesse coisas demais pra resolver agora.

O teste genético de Katie fica suspenso sobre sua cabeça como uma guilhotina, a lâmina pontuda pairando centímetros acima da pele nua e tenra do seu pescoço. Talvez ela seja gene negativo e não exista guilhotina. Vai ver que seu gene da maldição de Huntington é normal e ela nunca terá a doença. Talvez esteja livre.

Ela tenta imaginar essa sensação de liberdade, mas está sentada ao lado de Meghan, sua irmã mais velha, uma dançarina linda, realizada, que é positiva, e ser livre dessa doença não dá a sensação de liberdade. Parece injusto, corrompido, podre. Sente-se totalmente indigna de tal benção.

— É como se fosse o pior timing possível — diz Katie.

— Ou é absolutamente perfeito — diz Meghan.

Katie analisa a irmã, seu cabelo castanho macio, os olhos verdes amendoados, as cinco sardas em seu rosto. Cinco. Levaria um dia todo e uma calculadora para contar as sardas no rosto de Katie. A estrutura *petite* de Meghan, seus pés pequenos e delicados. Katie coloca seu pé nu, feio, de Fred Flintstone, no degrau ao lado do pé de Meghan. Eles não se parecem em nada.

Elas têm o mesmo senso de humor e os mesmos gostos para roupas, músicas e homens. Meghan entende Katie melhor do que ninguém do planeta. Mas além de ser naturalmente mais bonita, mais inteligente e conseguir dançar feito anjo, Meghan sempre foi muito mais corajosa do que Katie. Na escola, a mais nova estava desesperada para fazer o papel de uma das órfãs na produção de *Annie*. Em seus sonhos mais loucos, a professora de teatro escalava-a como Annie. Mas teve medo demais, ficou tímida até para contar seu interesse em voz alta, quanto mais tentar. Meghan fez o teste. Representou uma das órfãs. Katie detestou-a por isso e, consumida pelo ciúme, passou meses sem falar com a irmã. Nunca disse a ela o motivo.

Meghan nunca teve medo de flertar abertamente com o menino de quem gostasse e da mesma maneira não tem medo de rejeitar alguém por quem não esteja a fim. Sabia que queria ser bailarina desde pequena e foi com tudo nessa direção, sem perder tempo, sem pensar se seria boa o bastante ou concluir que não fosse. Nada de planos vagos ou de "talvez um dia". Simplesmente reivindicou a coisa. "Isso me pertence."

O mesmo aconteceu com seu teste genético. Ela simplesmente o fez. Não agonizou sobre cada consulta, nem ignorou os telefonemas de Eric. Não adiou o dia do seu julgamento. Chegou à sala de Eric no mesmo dia em que seus resultados ficaram prontos, sentou-se em frente a ele juntamente com uma amiga do Balé de Boston e recebeu sua sina.

Enquanto isso, Katie está paralisada, afundando em uma sopa vegana densa e cremosa de medo.

— Como é que você faz? — pergunta Katie. — Você não tem medo.

— Ah, tenho sim. Eu me cago de medo o tempo inteiro. — Meghan dá uma longa tragada em seu cigarro, vira a cabeça e sopra a fumaça para longe do rosto da outra. — Mas seja o que for, tenho que seguir em frente. Sou uma bailarina. Vou continuar dançando até não poder mais.

— O que você faria se fosse eu? — pergunta Katie, buscando um conselho, ou talvez levar sua irmã corajosa a tomar decisões por ela.

— Em relação ao Felix?

— E ao resultado do teste.

— Descubra o resultado e se mude com o Felix.

— E se eu for gene positivo?

— Mude-se com o Felix e seja gene positivo.

Katie pisca, chocada. Meghan nem ao menos parou para pensar a respeito.

— Tá, mas não seria totalmente injusto da minha parte me envolver mais com ele, *sabendo* que vou ter a doença?

— Jesus, não se martirize!

— Não — diz Katie, sua voz um violino choroso. — Só não sei se eu poderia, conscientemente, sobrecarregá-lo com um futuro desse.

— Por que é que você tem que escolher o futuro dele?

Porque... Porque. Katie pensa, mas não consegue completar essa frase sem soar como uma fedelha mimada ou uma completa imbecil. Elas ficam em silêncio por um tempo.

— Como você acha que o JJ está se saindo? — pergunta Katie.

— Acho que bem.

— Já percebeu alguma coisa nele?

— Não. Você?

— Não.

— E em mim? — pergunta Meghan.

— Nada. Você está bem.

— Jura por Deus?

— Juro.

— Obrigada. Estou um pouco preocupada com o Pat. Sei lá, ele tem essa coisa que acontece nos olhos. Como se eles fossem evasivos.

— É bem o jeito que ele é.

Mas Katie anda pensando a mesma coisa. Toda vez que ela acha que, possivelmente, esteja vendo algo, manda para longe. Não pode ser. Mas lá está. Meghan também percebe. Patrick já poderia estar sintomático. Mas que inferno!

— Ele contou pra Ashley sobre a nossa família ter a doença de Huntington? — pergunta Katie.

— Não sei.

— Você acha que ele vai acabar se casando com ela?

— Nem pensar — diz Meghan, cutucando a pele morta no dedão do pé. — Provavelmente é melhor assim.

— É — diz Katie, concordando com as duas observações.

Ela ama o irmão, mas mesmo subtraindo a possibilidade da doença de Huntington, Patrick não é, exatamente, um material para marido ideal.

— E em mim? Você vê alguma coisa?

— Não — diz Meghan, depois verificando os pés, as mãos e os olhos de Katie. — Você está bem.

— Todas as vezes em que caio de uma pose na aula, penso "Será que é? Será que isso significa que eu tenho?"

— É, a Huntington fode totalmente com a sua cabeça. Antes disso, se eu caísse da ponta, ou me atrapalhasse numa contagem de oito, ou outra coisa qualquer, pensava, "Porra" e ficava puta comigo mesma por alguns segundos. Mas depois eu pensava "Paciência, merdas acontecem". Agora, se cometo algum erro, fico tomada por um enorme momento de pânico, sem palavras, de parar o coração. Na verdade, é como se eu estivesse tendo um enfarte.

— Eu tenho *semanas* inteiras de um pânico que para o coração — diz Katie.

— Você tem que relaxar ou isso vai te deixar louca. Seja quanto tempo eu tiver, não vou deixar a Huntington roubar o tempo livre de sintomas que ainda tenho. Não sei quando essa coisa vai bater, mas não vou viver como se já tivesse a doença, antes de ter de verdade.

Katie concorda. "Ou você está aqui agora, ou em lugar nenhum."

— Eu também percebo que a maioria das bailarinas profissionais deixa de viajar e para de se apresentar em companhias quando chega aos 35 anos. Então, não existe motivo para eu não ter uma carreira completa na dança antes que a Huntington se estabeleça.

— É verdade.

— É por isso que vou morar em Londres no outono.

— O *quê*?

— Fiz um teste pra companhia do Matthew Bourne quando eles vieram pra Boston e fui aceita.

— Você vai pra Londres? — pergunta Katie, sem conseguir acreditar.

— Vou pra Londres!

Aqui está Katie, sofrendo com a possibilidade de se mudar com Felix para Oregon, culpada, assustada e preocupada com a perspectiva de deixar Charlestown e sua família, sua zona de conforto, e lá está Meghan, sem drama, que simplesmente, *bum*, decide se mudar sozinha para outro país.

— Não posso acreditar que você vá morar em *Londres!*

— Eu sei. Estou totalmente pirada. A companhia chama-se New Adventures e eles são incríveis. A coreografia do Matthew é mais contemporânea e ousada, adoro sua narrativa, a maneira como ele combina a atuação com a dança. Você tem que ver *Edward Mãos de Tesoura*. É alucinante. Eles viajam por todo o Reino Unido. No ano passado, eles também se apresentaram em Paris e Moscou.

— Puta que pariu, Meg. Parece incrível. Quanto tempo você vai ficar lá?

— Não sei. No mínimo, três anos.

Katie estuda a irmã, e nela não há nem um pingo de culpa ou hesitação. É claro que Meghan deve ir. Então, por que Katie sente-se obrigada a ficar?

— Você acha que a mamãe e o papai vão ficar nervosos por você ir embora?

— Não. Eles já sabem. O papai está tranquilo com a ideia e a mamãe está tentando ficar. Você sabe como ela se preocupa. E, então, eu meio que preciso te dizer uma coisa — diz Meghan, insinuando, com o tom de voz, algo importante e ruim.

— O quê? — pergunta Katie, preparando-se.

— Vou morar com o JJ e a Colleen no verão, sem pagar aluguel, pra economizar dinheiro pra Londres, em troca de cuidar um pouco do bebê.

— Tudo bem — diz Katie, aliviada. Não é nenhuma catástrofe.

— E detesto ter que te dar essa notícia, mas você indo ou não pra Portland, também vai se mudar.

— O quê?

— A mamãe e o papai precisam alugar de verdade o nosso apartamento. O valor atual pra um apartamento de três quartos é meio que quatro vezes o que a gente paga e eles precisam do dinheiro.

Merda. Isso é uma catástrofe.

— Quando é que alguém ia me contar tudo isso?

— Só foi decidido há uns dois dias, depois que eu contei pra eles sobre Londres. A mamãe está com medo de te contar. Está mal porque o papai transformou nosso antigo quarto em sala de jantar e eles vão te pôr pra fora sem te dar um lugar pra ir. Eu disse pra ela que, provavelmente, você iria morar com o Felix, mas ela fingiu não ouvir.

— É, agora ela praticamente está me forçando a viver em pecado.

— Certo.

— É como se o universo estivesse me dizendo pra me mudar pra Portland.

— É.

Katie tem a necessidade súbita e avassaladora de sair dos degraus da entrada. Não pode mais ficar quieta.

— Quer dar uma corrida? — pergunta.

— Eu? Não, a não ser que alguém esteja perseguindo a gente.

— Um passeio? Preciso me mexer.

— Não. Vá você. Preciso tirar um cochilo antes de anoitecer.

Hoje à noite, Meghan dançará *A Dama das Camélias*. Termina seu cigarro e o apaga no degrau.

— Não conte pra mãe. Eu te vejo hoje à noite?

— Sim.

— Você vai trazer o Felix?

— Vou.

— Ótimo. E ioga de manhã, certo?

— Certo.

— Tá, te vejo mais tarde. Te amo.

— Também te amo.

Uma lembrança passa por Katie, enquanto ela abraça a irmã. É a missa da manhã de domingo, a homilia do padre, e Katie tem cerca de 10 anos. Padre Michael está contando uma história sobre uma menina doente em um hospital. Ela precisa de uma transfusão de sangue e, sem isso, morrerá. O irmão mais novo da menina, único membro da família com o mesmo tipo de sangue, oferece-se para fazer a doação e salvá-la. Quando a enfermeira acaba de tirar seu sangue, o menino pergunta: "Agora, eu vou morrer?" É claro que o menino entendeu errado e iria viver, mas acreditou que, doando seu sangue, seria ele quem morreria no lugar da irmã.

A história é linda e inspiradora, mas Katie odiou e passou anos sendo assombrada por ela. "Eu JAMAIS faria isso pelos meus irmãos ou por Meghan." Sentia-se fisicamente doente todas as vezes em que pensava no menino, tomada de culpa e vergonha. Seu coração devia ser do tamanho de uma uva passa. Se fosse uma boa pessoa, seria mais como aquele garotinho. Deve ser má. Sentiu-se envergonhada demais para confessar seus pensamentos aos padres. Não merecia absolvição por esse pecado. Teria que ir para o inferno.

Havia anos que não pensava nessa homilia. E agora, abraçando a irmã na entrada de casa, coração com coração, a lembrança da história do menino e de sua irmã doente leva Katie a um lugar inteiramente diferente. Pensa em Eric e no seu sangue tirado, agora, há seis meses, no resultado do teste à sua espera, e um pensamento curioso instala-se destemido no fundo do seu coração, irradiando um amor altruísta. Se pudesse tirar o resultado de gene positivo de Meghan, sendo ela mesma gene positivo, ela faria isso. Faria de verdade.

Lágrimas afloram aos olhos de Katie, enquanto abraça a irmã com um pouco mais de força. Talvez ela seja mais corajosa do que pensa.

Katie começa andando até o alto da Cook Street, virando à esquerda na Bunker Hill e, depois, seguindo pela Concord. Passa pelos prédios, pelos canteiros de flores e pelos lampiões, pelas bandeiras da Irlanda e de Boston pendendo das janelas. Imagina como será Portland. Felix diz que o rio Columbia é imenso e lindo, cercado por montanhas, cachoeiras e trilhas para caminhadas. Diz que não se parece em nada com o rio Mystic. E se tudo em Portland for completamente diferente daqui?

Ela segue pela Winthrop Street, para no meio-fio e olha para baixo. Dois tijolos vermelhos lado a lado, incrustados no centro da calçada, estendendo-se em uma linha que atravessa a rua. A Freedom Trail, a Trilha da Liberdade.

Ela observa por um momento os tijolos sob seus sapatos e, então, segue seu impulso. Sempre quis fazer isso. Caminha ao longo da linha vermelha, às vezes de tijolo, às vezes de tinta vermelha, e a segue pela City Square, até o limite de Charlestown, oposto ao Paul Revere Park. Para, olha para trás, e continua andando.

É claro que ela costuma sair de Charlestown o tempo todo. Vai jantar com Felix em Cambridge e no South End, regularmente. Nessa noite, vai à Opera House. Mas nunca saiu do seu bairro seguindo com seus próprios pés a verdadeira Freedom Trail, a Estrada de Tijolos Amarelos da sua infância.

Entra na Charlestown Bridge e imediatamente detesta aquilo. O caminho dos pedestres, traçado com tinta vermelha, é uma grade de metal. Olhando para baixo, ela pode ver a boca do rio Charles abaixo dos seus pés e parece que seu estômago despenca. Continua andando e está, assustadoramente, bem acima da água negra e opaca. Carros e caminhões zunem pelo seu ombro direito, a apenas centímetros de onde ela está, vibrando o chão de metal sob seus sapatos, agredindo seus ouvidos. Ela para, tentada a dar meia volta. Sente o perigo ao lado e abaixo dela. O conforto de tudo que conhece atrás chamando-a de volta.

Não. Fará isso. Firma os olhos à frente e continua seguindo, um passo de cada vez.

Finalmente, termina aquela ponte horrorosa. Atravessa a rua e, ainda na Freedom Trail, para na esquina da North End, o bairro italiano de Boston. Conseguiu! Não está mais em Kansas.

Olha para trás, para Charlestown. Ainda pode ver o monumento, o Navy Yard, a ponte Tobin. Pode, praticamente, ver sua casa. Ri. Que patético!

Pensa em Meghan, vivendo como positiva para a doença de Huntington, não recorrendo a uma desculpa para se limitar sob nenhum aspecto. Meghan vai se mudar para Londres. JJ teve um bebê. Seu pai pratica ioga.

Felix vai para Portland.

Katie sorri consigo mesma, continuando ao longo da trilha pelo North End, para longe de casa, imaginando aonde a linha vermelha vai dar.

Você sempre teve o poder, garota. Vá viver seus sonhos.

Capítulo 35

É uma noite clara e fria de abril em Fenway, a segunda semana da estação, e Joe não está a serviço do lado de fora do estádio em Yawkey Way. Por fim está, abençoadamente, do lado de dentro, sentado com Donny, Tommy, JJ e Patrick, junto à linha da terceira base, 14 fileiras atrás do banco de reservas do time visitante. As entradas foram um presente de Christopher Cannistraro. Se Joe soubesse que a visita a um advogado resultaria em lugares incríveis para um jogo do Sox, teria se divorciado de Rosie muito tempo antes. Isso só em parte é brincadeira.

O jogo ainda não começou. Donny e Tommy saem para buscar cervejas e comida. JJ e Patrick estão folheando o programa, conversando sobre jogadores e arremessadores, médias de rebatidas e de corridas limpas. Joe está satisfeito só em ficar sentado assimilando tudo, seus sentidos arrebatados pela tradição e beleza deste amado estádio de beisebol.

A grama do campo interno é verde como um campo de golfe, a terra parecendo a argila fértil da Geórgia. As linhas de *foul-ball* e das bases são brancas como um comercial de sabão em pó Tide. O ar está gelado no seu rosto e tem um cheiro fresco, ocasionalmente de cachorro-quente e pizza. A música animada do órgão faz com que ele pense em ringues de patinação e carrosséis de parques de diversões, a boa e velha diversão norte-americana. Sente-se confortado pelo anúncio em néon da CITGO nas cores vermelha, branca e azul, que se conserva igualzinho desde que Joe era menino. Seu coração suaviza-se de orgulho ao ler os números aposentados, que estão no Hall da Fama do paredão Green Monster: 9, 4, 1, 8, 27, 6, 14, 42.

Os jogadores estão em campo, aquecendo-se em camisetas vermelhas de mangas compridas, bonés azuis e calças brancas que vão até os tornozelos. Joe sente falta do seu uniforme de policial, a unidade visível, fazendo parte de uma equipe, sendo um deles, a irmandade. Sente falta de tudo isso. Uma admiração vertiginosa e infantil toma conta dele quando os jogadores mandam uma bola baixa bem à sua frente. Eles parecem imensos e Joe se sente privilegiado, como se estivesse testemunhando um momento notável da história dos Estados Unidos. Bem, não é a posse presidencial, nem mesmo um jogo eliminatório, mas mesmo assim, é algo especial.

Donny e Tommy voltam com pizzas e cervejas. Donny estica-se à frente do peito de Joe, passando cervejas para JJ e Patrick e, depois, entrega a que está com tampa e canudo para Joe. O estádio está se enchendo e a multidão está agitada por antecipação.

A voz do locutor, ecoando como se fosse Deus, pede a todos os policiais, bombeiros e paramédicos que se levantem, em agradecimento a tudo que têm feito e continuam a fazer para proteger e servir à cidade de Boston. É a semana anterior ao segundo aniversário das bombas na Maratona de Boston e a cidade está revivendo as lembranças, tanto o horror, quanto o heroísmo. As imagens daquela segunda-feira de abril, ressuscitadas pela mídia em números de certo modo obscenos, ainda angustiam o coração de Joe. Por sorte, há novas imagens contrapondo-se às antigas, retratos alentadores das vítimas das bombas usando próteses para voltar a andar, correr e dançar, de corredores e espectadores que compareceram em números recordes no ano passado, determinados a aparecer e retomar o dia.

E foi o que fizeram. Os órgãos de segurança de Boston estavam ali com o quadro completo, extremamente alertas e igualmente determinados a ver o dia transcorrer em paz do começo ao fim. Foi uma verdadeira e gloriosa vitória para os mocinhos. Os lemas eram "*Boston Strong.*" E "segura na posição".

No começo, a fileira toda deles reluta em se levantar, mas Patrick começa a se agitar e a chamar atenção para eles. Donny, Tommy e JJ levantam-se e, por insistência de Tommy, Joe junta-se a eles. É um cumprimento público respeitoso e significativo, mas para Joe o momento vem mesclado com uma profunda melancolia, sabendo que, neste ano, não estará a serviço com seus colegas policiais no Dia do Patriota. É o primeiro na fileira a voltar para seu assento.

Em poucos minutos, eles voltam a se levantar para a execução do hino nacional, cantado por uma jovem de Cape. Ela não foi tão bem, mas os agudos sempre provocam arrepios em Joe. Depois disso, deu-se o primeiro arremesso. O Sox está em ação.

A primeira entrada é um, dois, três para os dois times. Na parte alta da segunda entrada, Joe olha para Patrick bem a tempo de ver seu copo de Miller Lite escorregar da sua mão e cair no chão, entre seus pés. Patrick olha para a cerveja derramada e depois para Joe. Seus olhares encontram-se, o rosto de Patrick sem cor, substituída por uma palidez de medo.

— Deixe disso, Pat. Não quer dizer nada — diz Joe.

— Olhe — interrompe JJ, levantando sua cerveja para mostrar. — Estes copos estão todos molhados e escorregadios e meus dedos estão congelados.

— Não se preocupe com isso — diz Joe. Mas Pat está preocupado e Joe sabe que nada que ele disser vai adiantar. — Não se preocupe.

O pai olha à volta, apostando consigo mesmo que, no mínimo, cem pessoas derrubarão suas bebidas hoje à noite. Não significa nada. Ninguém deu um esbarrão ou um encontrão em Patrick, nem ele estava segurando muitas coisas, nem estava bêbado ainda. E daí? Não significa nada. Tommy acena para um dos meninos que anota pedidos e pede outra cerveja para Patrick.

O filho continua se recusando a fazer o teste genético. Diz que não aguentaria se tivesse certeza que vai ter a doença de Huntington, que provavelmente começaria a beber e não pararia mais. E embora afirme, sem nenhum tipo de plano específico, que será um pai responsável para seu filho, por mais que Joe e Rosie tivessem ameaçado e implorado, não se mexeu um centímetro quanto a se casar com Ashley. Não fará isso. O próximo neto de Joe será um bastardo. A Joe só resta rezar para que o pobrezinho seja saudável.

Não muito longe dos seus assentos, Joe observa o técnico da terceira base. Ele vai para frente e para trás da base dos pés ao calcanhar. Balança os joelhos. Toca o boné, o rosto, o estômago, sinalizando para o corredor da segunda.

Em seguida, Joe analisa o arremessador. Ele sai da borracha, volta para ela, tira o boné, enxuga a testa, recoloca o boné, cospe por sobre o ombro, aperta os olhos e sacode a cabeça. Acena com a cabeça e faz um arremesso. O rebatedor não acerta. *Strike.*

Agora, Joe fica com o rebatedor. É Pedroia. Ele puxa sua luva esquerda, depois a direita, entra no quadrado do rebatedor, bate a ponta do bastão na base, depois gira o bastão uma, duas vezes. Então, todos os músculos param. Aí vem o arremessador. Pedroia segura a rebatida. Bola.

Pedroia sai do quadrado. Puxa a luva esquerda, depois a direita, volta para o quadrado do rebatedor, bate o bastão na base, e tudo recomeça. Joe tem a sensação de que jogar beisebol é muito parecido com ter a doença de Huntington.

Pedroia e o arremessador estão prontos. O adversário lança a bola. Toda energia dispersa concentra-se, então, no centro de Pedroia, uma fração de segundo antes de sua decisão intuitiva de rebater ou segurar. Ele estica o braço para trás, depois move o torso e acerta uma *looping single* rasteira no campo esquerdo. O Fenway explode em comemoração.

Na parte alta da sexta entrada, o Sox lidera por 3-2. Joe consulta seu relógio. São quase nove horas, mas o estádio está bem iluminado, enganando os sentidos para que acreditem que é dia. A cidade e o céu além do parque estão escuros, a não ser pelo luminoso da CITGO e pelos pontos amarelos das janelas do edifício Pru. Fora isso, não há nada além do Green Monster. Só o Fenway.

Sem um motivo ou um aviso, Joe fica de pé num pulo e com pouco espaço para acomodar as pernas num movimento tão forçado, começa a inclinar-se na fileira à frente deles. Está caindo, sem um jeito de se segurar, quando Tommy agarra-o pela parte de trás da gola do casaco e o puxa de volta para o assento.

— Obrigado, cara.

— Não tem de quê.

Sua choreia está piorando. Esse salto repentino é um dos seus novos movimentos típicos. De repente, ele fica em pé de um pulo, dando um susto em todos que estão na sala, inclusive nele mesmo, e, depois, se joga de novo na cadeira, às vezes caindo para trás. Se estiver com algo no colo, ou quebra ou derrama. Às vezes, os saltos são repetidos numa série de impulsos rápidos, como se fosse algum exercício calistênico maluco. Não tem controle sobre isso. Odeia pensar no assunto, mas seria bom usar um cinto de segurança.

Agora, várias pessoas olham, algumas até se viraram completamente em seus assentos. Donny se concentra no curioso que está mais perto deles.

— Quer tirar uma porra de uma foto? Ele tem Huntington. Vire de costas e assista ao jogo.

O sujeito obedece. Joe imagina que ele esteja lá sentado, pensando: "O que é Huntington? Qual é o problema desse cara?" E provavelmente espera que, seja o que for, não seja contagioso.

Joe olha as cores espalhadas pelas arquibancadas. Sabe que as cores são pessoas, mas não consegue ver seus rostos. Na verdade, não consegue ver o rosto de ninguém aqui, esta noite, a não ser o daqueles que estão mais perto dele. Só consegue distinguir o rosto dos jogadores se olhar para a tela de TV gigante acima do muro verde. Um estádio cheio de pessoas sem rosto.

O Fenway acomoda pouco mais de 37 mil pessoas, mais ou menos o mesmo número dos portadores de Huntington nos Estados Unidos. Trinta e sete mil. É um número sem rosto e, quando se trata de doenças, também é um número pequeno. Mais de cinco milhões de pessoas nos Estados Unidos têm Alzheimer. Quase três milhões de mulheres americanas têm câncer de mama. Apenas 37 mil têm doença de Huntington. As empresas farmacêuticas não estão exatamente se matando para descobrir a cura para 37 mil pessoas, quando poderiam fazer frente ao Alzheimer ou ao câncer de mama. O risco e o custo do desenvolvimento de medicamentos são altos. A doença de Huntington não trará uma grande bolada em retorno.

Os pensamentos de Joe vão para todas as pessoas sem rosto que estão aqui, lutando contra doenças. Aqui há mulheres com câncer de mama, crianças com leucemia, homens com câncer de próstata, pessoas com demência, pessoas que morrerão antes do final do ano. Pode ser que Joe seja o único aqui com doença de Huntington.

O cansado e cínico policial em Joe olha à volta os 37 mil sem rosto e admite que, estatisticamente, exista um assassino aqui. Há maridos que espancam as esposas, pessoas que não pagam seus impostos, cidadãos que cometeram uma variedade de crimes desconcertantes. Então, Joe olha para a sua direita, para além de Patrick, e se concentra em alguns dos rostos que consegue ver. Nota um pai com o filho de cerca de 10 anos. Ele colocou seu boné do Sox para trás, é sardento, e está com a luva levantada, pronto para uma *foul ball*. Em frente a eles, Joe avista dois velhotes, indivíduos que, provavelmente, se conhecem há 60 anos e frequentam o estádio por esse mesmo tempo. Está cercado por maridos e esposas, namorados e namoradas, filhos e filhas, netos e amigos íntimos, pessoas com trabalhos honestos e vidas reais. Rostos reais.

Agora são dois eliminados, parte baixa da oitava entrada. Big Papi está pronto. A contagem está em três-dois.

— Vamos lá Red Sox! *Plá. Plá. Plá, plá, plá.*

Big Papi acerta com força uma bola alta em direção à parede do campo central. Todos no estádio prendem o fôlego. A bola quica inesperadamente na parede, e Big Papi está em segurança na segunda base. O Fenway fica de pé, amando-o.

Joe olha para Patrick, que assobia e comemora, segurando sua quarta cerveja sem problema. Viu? Não significou nada. Ele está bem. Seu filho está bem.

Uma ola começa nas arquibancadas. Joe acompanha o movimento e o bramido à volta do estádio. O movimento parece um organismo vivo, uma água-viva pulsando. Ele a vê e a ouve chegando mais perto, mais perto e, então ergue os braços, tornando-se parte dela, e tudo no Fenway passa por ele como uma corrente elétrica maciça, continuando sua volta novamente. Toda *aquela* quantidade de americanos tem Huntington. "Apenas" 37 mil. Aqui em Fenway não há nada de "apenas" em relação a esse número. Essa percepção provoca-lhe arrepios.

Sem uma cura, todos que têm a doença morrerão. Joe visualiza um Fenway vazio e silencioso, o jogo continuando sem nenhum torcedor para assisti-lo. Fica com o coração partido por cada um destes assentos. A ideia é avassaladora, assustadora.

Está na parte alta da nona entrada, e o arremessador vai um, dois, três. O Sox vence, 5-2. JJ assobia. Patrick uiva e bate palmas.

Tommy inclina-se para frente, seu programa enrolado em um tubo em suas mãos.

— Grande jogo — diz Joe.

— É, não me lembro de ter ganhado entradas para o Sox quando me divorciei — diz Donny. — Cannistraro está me devendo. Vamos repetir isso.

Joe ri, concordando. Espera ficar bem por tempo suficiente para voltar ao Fenway.

— Está pronto? — pergunta Tommy.

— Um segundo — diz Joe.

Ele leva um instante querendo guardar aquele momento na memória, a alegria da vitória, as cervejas e as pizzas, a energia elétrica da multidão, uma noite no Fenway com seus melhores amigos e seus dois filhos. Seu assento ainda não está vazio. E hoje à noite, ele aproveitou cada segundo. É incrível.

— Pronto.

Eles caminham para o corredor. Donny e Tommy posicionam-se dos dois lados de Joe, JJ observando-o por trás. Joe vira a cabeça para o campo uma última vez.

Boa noite, meu amigo. Está na hora de ir.

Capítulo 36

Eles estão na sala de espera da clínica de aconselhamento genético. Todos eles: Katie, JJ, Colleen e o bebê Joey, Patrick, Meghan, seus pais e Felix. Ela trouxe todos. Que tal isso como apoio?

Estão sentados aqui há 15 minutos, um minuto além da eternidade. Ninguém fala, lê revistas ou faz contato visual. Todos olham vagamente para seus pés ou para as paredes. Sua mãe esfrega as contas do terço, murmurando com os olhos fechados. Katie segura a mão de Felix com tanta força que perdeu a circulação dos dedos. Não solta. Engole e é como se seu estômago estivesse virando do avesso. Ela acha que está prestes a vomitar.

O fato de estarem todos de ressaca e mal terem dormido não ajuda. Patrick teve a noite de folga e decidiu que a véspera da Hora da Verdade de Katie pedia álcool. Katie não discutiu. JJ, Pat, Meg, Katie e Felix foram cedo ao Sully's e fecharam o lugar. JJ deu a largada com uma rodada de doses de tequila. Katie lembra-se vagamente de tomar shots de Jäger após muitas, muitas cervejas. Todos eles ficaram totalmente bêbados.

— Isso é pra lá de divertido — diz Patrick. — Dá pra ver por que vocês todos quiseram participar.

Ninguém diz nada.

— Quando a gente terminar aqui, podíamos ir todos fazer colonoscopia no final do corredor.

— Você gostaria de uma baita mangueira no rabo, né, Pat? — provoca JJ.

— Que grosseiro! — reclama Meghan.

— Meninos — ralha a mãe, sem abrir os olhos.

— Na verdade, estou precisando cagar — diz Patrick.

— Foi por isso que eu não te trouxe na minha consulta — devolve Meghan.

— Tem um banheiro por aqui?

— Saindo pela porta, à esquerda — diz JJ.

Katie observa a mãe rezando. *Obrigada, mãe.* Seu pai dá um pulo, assustando a todos. Faz uma dança rápida, um leve arrastar de pés e se joga novamente na cadeira. Alguns minutos depois, a porta da sala de espera abre-se e Patrick volta.

Então, a outra porta se abre repentinamente, cortando o ar como uma lâmina de guilhotina que se ergue. Eric Clarkson surge à frente deles. Sua expressão é séria. Depois, vendo tantos O'Brien, sorri. Ainda está sorrindo. Não estaria sorrindo se fosse dar más notícias. Seria sadismo.

O ânimo de Katie e a ressaca de Katie se erguem, flutuando, por um instante, sem peso, acima dela, até que sua lembrança mergulha-os de volta em seu corpo. Ele também ainda não sabe o resultado do teste. O sorriso não tem nada a ver com a doença de Huntington. Só está feliz por vê-los.

— Oi, minha gente — diz Eric. — Ei, Joe, gostei da camiseta.

O pai balança a cabeça e sorri. Ele tem muito orgulho das suas camisetas.

— Podemos? — pergunta Eric, segurando a porta aberta.

Katie é a primeira a se levantar. Ainda de mãos dadas com Felix, segue Eric pelo corredor, conduzindo a família O'Brien em fila indiana, como se eles fossem um cortejo fúnebre ou um exército marchando para a linha de frente. Eles se amontoam na sala do especialista. O espaço é pequeno demais para tanta gente. Katie senta-se em uma das cadeiras e sua mãe ocupa a que resta ao lado dela. Todos os outros permanecem em pé, espremidos e encostados na parede atrás dela.

— E eu me preocupando que você não fosse trazer ninguém!

Sua sala parece estar igualzinha ao que ela se lembra. Seu diploma, o pôster com o tema ESPERANÇA, a orquídea. Ela olha para o quadro branco.

Cromossomos. Genes. DNA. CAG.

Uma aula introdutória de genética, ainda não apagada de uma consulta anterior, outra alma inocente formalmente apresentada à biologia cruel da doença de Huntington. Tudo parece igual, com uma notável exceção, uma foto emoldurada de Eric com seu cachorro e uma moça bonita. É simpática. Parece um pouquinho com Katie. Ao lado da foto, está o presente que Katie lhe deu no ano anterior.

A esperança é a coisa emplumada
Que pousa na alma
E canta a canção sem palavras,
Sem silenciar jamais.
—Emily Dickinson

Ela puxa um tantinho o alto da sua camiseta, logo acima do coração, e passa os dedos sobre sua nova tatuagem, a pele ainda vermelha e ardida. Uma pena branca. Esperança. Olha para baixo, para o lado externo de seu tornozelo direito. Uma flor de lótus rosa. Sua outra tatuagem. As flores de lótus desabrocham ao se enraizarem na lama, um lembrete de que a beleza e a graça podem surgir de algo feio. Algo parecido com a doença de Huntington. Tinha pensado em fazer só a pena, mas a dor causada pela agulha não chegou nem perto de ser tão ruim quanto ela esperava, então também fez o lótus. Sua expectativa foi bem pior do que a experiência real. Possivelmente, como neste momento.

Ela costumava pensar que ser gene positivo mudaria tudo. Se ela for positiva, com certeza isso afetará o que virá pela frente, mas o futuro é uma fantasia. Tudo o que existe é o presente. Hoje, se ela descobrir que é gene positiva, nada mudará em relação ao agora. Ela ainda amará as pessoas nesta sala e elas continuarão a amando. Ela ainda se mudará com Felix para Portland na próxima semana. Suas malas estão prontas.

Então, por que precisa saber?

Todo mundo morre. Como diria seu pai: "É o preço de se jogar pôquer." Talvez haja um acidente ou algo fatal espreitando dentro deles: câncer, enfarte, Alzheimer. Katie olha para Eric e sua namorada, feliz na foto emoldurada, e deseja que ele não seja atropelado por um ônibus aos 35 anos. Mas vai saber! Quem sabe que sina genética poderá estar à espreita dentro de Eric, da sua mãe ou de Felix?

Então, a doença de Huntington pode ser o motivo da sua morte, um dia. Ela se cansou de viver com a desculpa de um dia. Está determinada a se manter concentrada no motivo pelo qual vive agora. Ama sua família. Ama Felix. Ama inspirar bem-estar e paz pelo ensinamento da ioga. Ama a si mesma. O amor é sua razão de viver e isso não tem nada ver com esse mal.

Então, por que precisa saber se o terá no futuro?

Olha o envelope branco no centro da mesa de Eric. Tem cinquenta por cento de chance de ser positiva para a doença. Um risco de cara ou coroa. Mas tudo na vida é um risco. Mudar-se para Portland, abrir uma academia de ioga, amar Felix. Cada respiração é um risco. Rememora a citação que escreveu ontem na parede do seu quarto, antes de todos irem para o Sully's e ficarem de porre, sabendo que as palavras serão cobertas por tinta em uma semana, antes que os novos inquilinos se mudem.

Cada respiração é um risco. Respiramos por causa do amor.
—Katie O'Brien

Ergue o olhar para Eric, que a analisa. Aqui estão eles. Seu terceiro e último encontro. Ela poderia sair em disparada como uma noiva apavorada no dia do casamento. Poderia dizer, educadamente: "Não, obrigada." Poderia sair deste prédio sem saber da verdade e se mudar para Portland com Felix. Poderia ser uma menina de 22 anos e não saber que letras estão escritas em seu DNA.

Ou poderia descobrir.

Se aquele pedaço de papel revelar que ela é gene negativo, estará livre da doença de Huntington. Acabaram-se as preocupações cada vez que deixar cair a colher. Nenhum ataque de pânico todas as vezes em que se remexer na cadeira. Seus filhos jamais terão a doença.

A ideia de escutar Eric dizer que ela é gene positivo costumava apavorá-la. A ideia tornou-se um medo que a consumiu fisicamente. Mas só é uma ideia aterrorizante se ela escolher ser aterrorizada. A qualidade da sua experiência depende totalmente dos pensamentos que escolher. A realidade depende daquilo ao qual se presta atenção. Quer ela seja gene positivo ou negativo, está determinada a colocar sua atenção no viver, e não no morrer.

Ainda agarrando a mão de Felix, Katie vira-se e seu olhar cruza com o do pai. Os olhos dele ficam grandes e redondos, as sobrancelhas sobem e ficam suspensas. Uma careta da doença de Huntington. Possivelmente, o rosto que ela terá no futuro. Ela lê sua camiseta. ISTO É A DOENÇA DE HUNTINGTON. E então as sobrancelhas dele relaxam e há um brilho tranquilizador em seus olhos. Sem palavras, ela sabe o que ele está lhe dizendo: "Estou com você, querida." Este é seu pai.

— Então, Katie, estou com o resultado da sua avaliação genética. Está pronta? — pergunta Eric, segurando o envelope, seu destino, nas mãos.

Ela aperta a mão de Felix e foca nos olhos de Eric. Respira fundo. Solta o ar. Ham. Cada respiração é um risco. Respiramos por causa do amor.

— Estou.

Chamada para ação de Lisa

Caros leitores,

Meus agradecimentos por lerem *A família O'Brien*. Através dessa história, espero que tenham adquirido uma conscientização solidária pelo que significa viver com a doença de Huntington. Também espero que vocês se juntem a mim colocando essa conscientização solidária em ação. Através de um pequeno donativo para a pesquisa da doença de Huntington, VOCÊS podem fazer parte do progresso que levará à cura.

Por favor, disponham de um momento e acessem www.LisaGenova.com e cliquem em **Readers in Action-Huntington's** para fazer uma doação à pesquisa da doença. Vocês serão levados para um Fenway Park animado e para uma maneira divertida e interativa de ver o impacto da sua doação. Também é possível verificar a contagem, tanto do número de leitores que contribuíram, quanto do montante arrecadado.

Agradeço por usarem seu tempo para se envolver, para transformar em ação sua conscientização solidária.

Vejamos o quanto incrivelmente generoso e poderoso o público leitor pode ser!

Namastê,
Lisa Genova

Agradecimentos

Acima de tudo, sou profundamente grata às famílias afetadas pela doença de Huntington, que se revelaram tão abertamente, confiando-me suas experiências mais pessoais. Conversei com pessoas que estavam no começo, no meio e em estágio avançado da doença, pessoas que são gene positivo e assintomáticas, gene negativo e em risco. Conversei com cônjuges, pais, irmãos, filhos e amigos de pessoas afetadas. Muitos deles tornaram-se meus amigos próximos e queridos. A cada um deles, devo meu entendimento da complexidade de se viver com essa doença.

Agradeço a Cheryl Sullivan Staveley, Kevin Staveley, Meghan Sullivan, Jeri Garcia, Karri Hagler Wilson, Lance Mallow, Kathy Mallow, Robin Renschen, Mary Shreiber, Elise Shreiber, Alan Arena, Lisbeth Clinton Granfield, Rosemary Adamson, Mark Wiesel, Catherine Hayes, Genevieve McCrea, Gail Lambert, dr. Jeff Carroll, Matthew Ellison (fundador da HDYO.org) e Michelle Muller. Vocês me mostraram a humanidade que não pode ser encontrada em livros clínicos.

Agradeço a Karen Baker, LICSW, MSW (Mestre em Assistência Social), que imediatamente soube que eu precisava conhecer Cheryl Sullivan. Um agradecimento especial a Cheryl. Sou imensamente grata por tudo que me ensinou sobre o assunto. Por todo o tempo que passou comigo, por me convidar para entrar em sua casa e participar da sua família. E, além das páginas deste livro, sou realmente grata por sua alma generosa, amorosa e por sua amizade. Também sou profundamente grata por ter tido a chance de conhecer sua linda filha, Meghan.

Meghan morreu de doença de Huntington juvenil no início da manhã de uma segunda-feira, em 12 de maio de 2014, aos 26 anos.

Foi uma divulgadora tenaz da doença de Huntington, estimulantemente corajosa em sua atitude positiva. Ela ficou conhecida por seus sorrisos contagiantes e imensos abraços. Mostrou-me que, mesmo numa situação que parece sem esperança, o amor e a gratidão são possíveis. Meghan, obrigada por tocar a minha vida e a de inúmeros outros com a maneira como a que você viveu. Penso em você todos os dias.

Um agradecimento enorme aos vários profissionais da saúde que, de maneira tão generosa, gastaram seu tempo me ajudando a obter um retrato preciso dos aspectos neurológicos, genéticos, científicos e terapêuticos de se viver com a doença de Huntington. Agradeço à dra. Anne Young (neurologista), ao dr. Steven Hersch (neurologista), a Rudy Tanzi (neurocientista), Alicia Semaka, PhD, CCGC (Canadian Certified Counsellor), Judy Sinsheimer (assistente social clínica), Suzanne Imbriglio (fisioterapeuta), David Banks (especialista comportamental) e Allan Tobin (antigo conselheiro científico sênior da Fundação CHDI — Cure Huntington Disease Initiative).

Um enorme obrigado, cheio de admiração aos policiais que me ajudaram a entender o cotidiano do seu trabalho. Quando comecei a escrever este livro, sabia que queria despertar a consciência do leitor para a doença de Huntington. Depois de tudo que aprendi, espero que este livro também traga reconhecimento e gratidão pelos policiais. Agradeço aos policiais Daniel Wallace, Richie Vitale, John Quarranto, ao policial aposentado Frank DeSario e à detetive Melissa Marshall.

Um agradecimento especial ao policial de Boston que não quis saber de mim. Por causa dele, conheci Danny Wallace, que se tornou meu consultor diário da polícia, meu "empurrador", meu muso e meu querido amigo. Danny, você me deu muito mais do que pedi e este livro ficou infinitamente melhor por causa da sua imensa contribuição. Agradeço por me encontrar em Charlestown e em Cape Cod, pelas rondas, as idas às delegacias, por explicar e reexplicar, por todos os passeios, fotos, e-mails e textos, por ler meus rascunhos e muito mais. Adoro e admiro você e sou grata por nossos caminhos terem se cruzado. Agradeço o tempo todo a sorte que tive quando o primeiro policial que encontrei em Charlestown não quis conversar comigo. Não existem coincidências, certo? Danny, sou muito abençoada por conhecer você e chamá-lo de amigo.

Agradeço aos Townies Jamie Kelly, Jack Sullivan, Frank e Carol Donlan. Depois de uma longa e corajosa batalha contra o câncer, Carol faleceu enquanto eu editava este manuscrito. Carol, agradeço por compartilhar comigo suas histórias de infância, por me contar sobre o bairro e o homem que você amou.

Agradeço a Allison Sloan, a maravilhosa Toonie e associada sênior da Reading Public Library, que passou um dia comigo, num grande passeio, andando pelo Centro, apresentando-me para vizinhos, dividindo fatos divertidos comigo, tanto históricos quanto atuais.

Para melhor entender a vida de Katie como professora de ioga, fiz parte do treinamento de duzentas horas como professora de ioga no Power Yoga de Jill Abraham. Completei as duzentas horas e recebi o certificado em maio, uma semana antes de terminar o primeiro esboço. Pela sua contribuição ao personagem e às inúmeras maneiras pelas quais minha própria vida foi enriquecida, serei eterna e profundamente agradecida a meus companheiros iogues e professores: Jill Abraham, Leigh Alberti, Jed Armour, Katie Briody, Keveney Carroll, Rhia Cataldo, Eric Clark, Victoria Diamond, Andrea Howard, Heather Hunter, Ed Jacobs, Victor Johnson, Kristin Kaloper, Michelle Kelly, Haley King, Kadri Kurgun, Amy Latham, Alicia Mathewson, Terri McCallister, Lauren Miller-Jones,

Jessica Riley Norton, Andrea Odrzywolski, Kelley Field Pearce, Heather Pearson e John Perrone.

Agradeço a Susanna Vennerbeck, ex-dançarina do Balé de Boston, Jennifer Markham, professora da instituição, Sylvia Deaton, atualmente no corpo de baile, e minha linda prima Lizzie Green, que frequentou a escola do mesmo local.

Agradeço a meu amigo querido Greg O'Brien, que compartilhou seu amor e muitos livros sobre sua herança irlandesa. Agradeço a Rose Summers, que compartilhou muitas histórias ótimas sobre a Irlanda e sobre sua formação como católica irlandesa. Agradeço a Beth Schaufus Gavin, minha querida amiga irlandesa há trinta anos, que respondeu a todo tipo de perguntas sobre as músicas irlandesas, sobre os protestantes e sobre cerveja. Um cumprimento e um reconhecimento a seu pai, que inspirou o personagem de Michael Murphy

Agradeço a minha incrível assistente, Kate Racette, que me acompanhou em Charlestown e tornou essas viagens produtivas, calmas e divertidas, pesquisou todos os tipos de fatos e números para mim, e que se virou em quatro diariamente para tornar meu tempo de escrita possível e minha qualidade de vida como um todo incrivelmente fantástica.

Agradeço a meu irmão, Tom Genova, que esclareceu todas as perguntas relacionadas aos times de Boston. Agradeço também a meu irmão e ao meu simpático amigo Danyel Matteson, por dividirem histórias pessoais sobre seus queridos cachorros.

Agradeço a Larry Luchino por responder a inúmeras perguntas relativas ao Boston Red Sox e ao Fenway, por explicar a diferença importante entre um *ballpark* e um *stadium*. Agradeço a Stacey Lucchino pela generosidade em me convidar a ir ao Fenway, por averiguar as possibilidades no levantamento urgente de fundos necessários para a pesquisa da doença de Huntington, e depois ter arregaçado as mangas sem hesitação. Agradeço também a Dave e Lynn Waller pela generosa e rápida adesão, por contribuir com seus incríveis talentos a esta causa merecedora.

Agradeço a Ragdale, pela magnífica residência de escritor e para todos que tornaram meu período tão produtivo e mágico: Jeffrey Meeuwsen, Regin Igloria, Jack Danch, Cynthia Quick e Linda Williams. Minha gratidão e amor para o generoso Forever Om Yoga, e a comunidade de Lake Forest: Sandra Deromedi, Brian Floriani, Areta Kohout e Janna Park.

Um amoroso obrigada a meu brilhante e inspirador amigo Michael Verde, que me concedeu tempo e espaço para escrever durante o retiro do Memory Bridge (memorybridge.org) no Tibetan Mongolian Buddhist Cultural Center em Bloomington, Indiana.

Uma enorme gratidão a Vicky Bijur e Karen Kosztolnyik por seus cuidadosos e criteriosos feedbacks em muitos esboços. Agradeço também a Carolyn Reidy, Louise Burke, Jen Bergstrom, Jean Anne Rose, Jennifer Robinson, Marcy Engelman, Liz Psaltis, Liz Perl, Michael Selleck, Wendy Sheanin, Lisa Litwack e Becky Prager pelo amplo apoio dado a este livro.

Um agradecimento do fundo do coração a meus queridos primeiros leitores: Anne Carey, Mary MacGregor, Laurel Daly, Kim Howland, Kate Racette e Dan Wallace. E ainda Cheryl Sullivan e Jeri Garcia. Agradeço por lerem, me incentivarem a prosseguir, pelo *feedback*, amor e apoio. Cheryl e Jeri, obrigada por terem a coragem de ler esta história, por confiarem em mim e por me darem feedback. Amo vocês dois.

Este livro foi impresso em 2019,
pela Eskenazi, para a HarperCollins Brasil.
O papel do miolo é pólen 80g/m², e o da capa é cartão 250g/m².